PROHIBIDO

Los libros de los mortales

PROHIBIDO

TED DEKKER
Y TOSCA LEE

GRUPO NELSON
Una división de Thomas Nelson Publishers
Desde 1798

NASHVILLE   DALLAS   MÉXICO DF.   RÍO DE JANEIRO

Editora General: *Graciela Lelli*
Traducción: *Ricardo y Mirtha Acosta*
Adaptación del diseño al español: *Grupo Nivel Uno, Inc.*

ISBN: 978-1-60255-778-9

Impreso en Estados Unidos de América

12 13 14 15 16 QG 9 8 7 6 5 4 3 2 1

El principio

LOS GENETISTAS DESCUBRIERON EN el año 2005 el gen humano que controla las formas tanto innatas como aprendidas del temor. Se le llamó estatmina u oncoproteína 18. En los quince años siguientes se identificaron también todos los elementos que influyen en la genética de las emociones principales.

Casi una década después, tras la catastrófica guerra que destruyó gran parte de la civilización, la humanidad juró abandonar todo lo que había conspirado para destruirla. De las cenizas surgió un nuevo mundo en que se eliminaron tanto las tecnologías avanzadas como las apasionadas emociones que llevaron a la ruina. Un mundo sin odio, sin malicia, sin tristeza, sin ira.

La única emoción genéticamente permitida para sobrevivir fue el temor. Durante cuatrocientos ochenta años reinó una perfecta paz.

Hasta ahora...

ROM

Capítulo uno

NUNCA HABÍA CADÁVER.

Ni siquiera en un funeral. Los dolientes se sentaban de lado uno junto al otro sobre las rígidas bancas para no mirar directamente al ataúd vacío y al destino que se cernía sobre todos ellos. Todos sabían que al morir el cuerpo ocurriría solamente una de dos cosas, un resultado más probable que el otro.

El terrible final, por supuesto.

Rom, de veinticuatro años e hijo de Elías Sebastián, se sentó en una banca en la parte trasera. Era un hombre sencillo en todos los aspectos. No es que no fuera atractivo, pero en realidad tampoco era agraciado según las normas del Orden, que reservaba la verdadera belleza para los miembros de la realeza.

El joven ya había cantado en homenaje a la vida del difunto. Cantar para los muertos era un trabajo humilde pero noble. Humilde porque la vida de cualquier artista era humilde... ya que solo por la gracia de Sirin, quien había escrito acerca de los méritos educativos de las artes, los artesanos encontraban algo de trabajo en un mundo impasible ante los dones creativos. Noble porque estar cerca de los muertos era un asunto temible para la mayoría de personas. Pero a Rom no le importaba. Necesitaba el trabajo, y los muertos necesitaban sus oficios religiosos.

Concluido su trabajo, Rom dobló a lo largo el programa del funeral mientras esperaba un buen momento para marcharse desapercibido. Allí, en el borde superior, estaba el nombre del difunto: Lucas Tavor. Rom dobló de nuevo el papel; ahora se veía la edad de Tavor: sesenta y ocho. No muy viejo en este mundo adelantado en que se podía llegar a vivir ciento diez o ciento veinte años.

El joven lanzó una mirada al ataúd vacío tendido sobre la estructura metálica entre las columnas frontales de la Gran Basílica. Esta era una de las basílicas más estupendas de la ciudad, en opinión de Rom... no debido a su tamaño, ya que no era de las más grandes, sino al intricado vitral encima del altar.

Todas las basílicas ostentaban sus tesoros, pero esta representación de Sirin, el martirizado padre del Orden, era más exquisita que las demás. Las innumerables rayas circundantes de la aureola se extendían como un agrietado estallido de sol por encima de la cabeza, incluso en un día gris. Esta era la representación universal de la paz, una imagen inspiradora del hombre que había predicado libertad de los excesos de la vida moderna y de las trampas de la emoción.

La mano derecha de Sirin acunaba una paloma. La izquierda reposaba en el hombro de un segundo hombre: Megas, quien sostenía el empastado Libro de las Órdenes, canonizado bajo su gobierno. Toda basílica alojaba la misma imagen, pero ninguna tan elaborada como esta.

El sacerdote se hallaba de pie detrás del altar, mientras se le reflejaban ligeramente sobre los hombros los sistemáticos rayos de la aureola de Sirin. Dos clérigos se encontraban a los costados del estrado mientras el religioso alisaba las páginas del Libro de las Órdenes sobre su pedestal.

—Nacidos una vez, a la vida, somos bendecidos.

—Somos bendecidos —repitió la asamblea, de unos cincuenta en total.

Sus murmullos se levantaron como espectros hasta la bóveda arqueada en lo alto.

—Agrademos al Creador a través de una vida de diligente orden.

—Agrademos al Creador.

Las bocas de los clérigos se movían con las de la congregación. Más allá de ellos, sobre el estrado, los braserillos de plata que exhalaban incienso a través de la asamblea colgaban vacíos sobre sus cadenas.

—Sabemos por medio de su Orden que el Creador existe. Si agradamos, hemos de nacer en la otra vida, no en temor, sino en felicidad eterna.

Felicidad. Ausencia eterna de temor... o eso se decía. Aunque Rom era menos dado a temer que la mayoría, necesitó algún pensamiento abstracto para imaginar que no lo tocara para siempre al menos algún aspecto de esa emoción.

Se decía que existieron otras emociones antes de que la especie humana evolucionara, pero estas también eran muy difíciles de imaginar. Estas sensaciones de una época más vil, igual que tumores extirpados, nunca volvieron a aparecer; la humanidad resistió finalmente la plaga negra que casi la había destruido.

Rom no estaba seguro de conocer siquiera las palabras que describían a todas esas emociones. Y las que conocía no le proporcionaban ningún sentido. Por ejemplo, la palabra arcaica *pasión*. Por mucho que intentaba entender esto, solamente lograba evocar ideas de varios grados de temor. U otra sensación: *tristeza*. ¿Qué era eso? Era como tratar de imaginar cómo sería la vida si él nunca hubiera nacido.

No importa. La única emoción que sobrevivía en la humanidad concedía orden en esta vida y la posibilidad de felicidad en el más allá. Sin embargo, solo imaginar tal futuro bastaba para producirle un dolor de cabeza.

Frente a Rom, un muchacho de cabello rizado se dio la vuelta en la banca. Con los dedos metidos en la boca miraba con ojos saltones mientras Rom seguía doblando el papel del programa y levantaba la pequeña obra para que el muchacho pudiera ver aquello que estaba tomando forma entre los dedos.

Un panegirista se acercó al podio, con una página impresa en la mano. Las cabezas de los reunidos estaban fijas ahora en ese ataúd vacío, ya sin poder desviar la mirada.

—Lucas Tavor tenía sesenta y ocho años de edad —leyó el hombre.

—Se cayó —susurró una mujer joven dos bancas más allá; la poderosa acústica de la basílica transportó las palabras hasta Rom—. Se fracturó la cadera. Uno de sus hijos lo encontró un día después del accidente.

Era fácil suponer el resto de la historia. Bajo los auspicios de la Autoridad de Transición, desde hacía tiempo, la sociedad había adoptado la costumbre de transferir a un asilo a enfermos, heridos graves y personas débiles. Allí los humanos más cerca de la muerte que de la vida podían pasar los días que les quedaban, ahorrándoles a sus seres queridos el burlón recordatorio del manto inevitable de la muerte. Además, nunca había un cadáver en un funeral, porque aquel por quien se hacía el funeral a menudo no había muerto.

No técnicamente, al menos.

Rom se puso de pie y ajustó la correa de su mochila. Deslizándose en la banca, ofreció la concluida grulla de papel al muchacho, quien la aceptó con dedos húmedos.

Ya en el exterior, sobre las gradas de la basílica, la ciudad se extendía ante él, concreto gris debajo de las amenazantes nubes en las últimas horas de la tarde. En cada una de las siete colinas de la ciudad, los capiteles y las torrecillas de los centenarios edificios pinchaban el cielo como muchísimas agujas atravesando un forúnculo.

Esta era Bizancio, la ciudad más grande de la tierra, con quinientos mil habitantes, y hogar para tres mil de los veinticinco mil personajes de la familia real en el mundo, quienes habían llegado de todos los continentes para servir en asuntos gubernamentales y estatales. Este era el centro del planeta, hacia donde se dirigían todas las miradas en asuntos políticos y religiosos, sociales y económicos. Era la sede del poder ante el cual habían condescendido todos los dominios terrenales desde el fin de la era del Caos quinientos años atrás, cuando el mundo se había doblegado ante las grandes potencias de Estados Unidos y Rusia.

Caos. Casi los había matado a todos. Pero la humanidad aprendió de sus errores, y el Año Nulo había señalado un nuevo comienzo para un nuevo mundo depurado de pasiones destructivas. La paz había gobernado en los cuatrocientos ochenta años desde entonces, y Bizancio era el centro de toda ella.

La ciudad estaba más poblada que de costumbre mientras se preparaba para organizar la toma de posesión de la soberana del mundo, Feyn Cerelia, hija del actual soberano, Vorrin, de la familia real Cerelia. Nunca antes un futuro soberano había sido descendiente directo de un soberano en el gobierno, y, sin embargo, la mano fortuita del destino estaba a punto de cambiar la historia. Por tanto, la toma de posesión de Feyn Cerelia era considerada un acontecimiento particularmente propicio, que inflaría durante varios días la población de Bizancio a casi un millón.

La imagen de Feyn ya había engalanado las banderas y los edificios de la ciudad durante meses. Por semanas enteras, los vagones de trenes habían traído equipo de construcción, barricadas y alimentos de todas partes del mundo a fin de aprovisionar a Bizancio para la ocasión. Los autos negros pertenecientes a los nobles de la familia real y sus servidores habían llegado a ser algo común en calles no acostumbradas a la congestión motorizada. No había habido producción masiva de automóviles desde la era del Caos, y ninguna carretera más allá de la ciudad estaba suficientemente intacta para justificar el exorbitante costo de los vehículos. Los negocios realizaban su comercio por ferrocarril, tren subterráneo, cochecitos tirados por hombres o mensajeros privados. El mismo Rom nunca había conducido un auto.

Él miró por la calle hacia el occidente. En cinco días, todo el tráfico sería bloqueado en un radio de kilómetro y medio de la Gran Basílica cerca de la Fortaleza. Los equipos de construcción habían pasado ya una semana levantando las altas tarimas en cada lado de la Vía de los Desfiles, por la cual viajaría la nueva soberana montada en uno de los caballos sementales de la realeza. Todos los demás miembros de la familia real y ciudadanos asistentes se aproximarían también a la toma de posesión en orden formal, a pie.

Más allá de la ciudad, hacia el oriente, la región recóndita se expandía hacia el mar. El territorio había cambiado a causa del polvillo radioactivo de las guerras, testimonio del Caos. La que una vez fuera tierra de agricultura ahora era árida e inadecuada para producir los alimentos de los que vivían los habitantes de Bizancio. La erosión había delineado nuevos cañones sobre la estéril superficie de un campo antes exuberante y fértil. Por tanto, la ciudad dependía de las provisiones de Europa Mayor hacia el norte y de sus hermanas más fértiles: Sumeria al oriente, Russe al noreste y Abisinia al sur. Estos territorios antiguos, una vez mejor conocidos como Europa, Oriente Medio, Rusia y África, proveían de buena gana para Bizancio, la ciudad que una vez se llamara Roma. Sus aportes constituían el diezmo al Orden, un pequeño precio que pagar para vivir en paz.

Hacia el sur de Bizancio yacían las ciudades industriales que casi alcanzaban la costa, conectadas solo por ferrocarril, con sus carreteras tan destrozadas como el paisaje mismo.

Tan solo en el último siglo la tierra había mostrado indicios de verdadera recuperación. Crecían árboles a lo largo de ralos lechos de riachuelos y en algunos lugares las hierbas habían rescatado el suelo. Hoy el campo estaba escasamente punteado por fincas y establos de gente de la realeza que deseaba escapar de los confines de la ciudad en busca de terrenos con matorrales verdes. Esto brindaba muy poca paz, pero cualquier cosa que redujera el temor era un respiro bienvenido.

Rom había oído que la ciudad fue un lugar de luz en una época: de sol en el día y lámparas en la noche, como gemas brillantes esparcidas sobre un fondo de terciopelo. Televisores y computadores conectaban a todos. Los aviones entrecruzaban el cielo.

Los ciudadanos poseían armas.

Ahora la electricidad personal estaba racionada. Los televisores se veían en lugares públicos, y solo para uso estatal. Muchos tenían teléfonos, pero las computadoras estaban restringidas para uso gubernamental. Los aviones, reservados para empresas reales, eran una vista extraña en el cielo encapotado de Bizancio. Y las únicas armas de fuego en el mundo se hallaban solo en museos.

Un farol chisporroteaba en lo alto y Rom volvió la mirada hacia el cielo. No, no se trataba de un farol, sino relámpagos arremetiendo contra el río Tibron. Rom se ajustó más la mochila y descendió corriendo los limpios escalones hacia la calle.

Para cuando llegó al metro había comenzado a llover. Bajó a toda prisa las gradas de concreto al interior del viciado calor del subterráneo y fue recibido por la luz eléctrica de la estación, el lento tráfico peatonal, y los chirriantes frenos de un tren que se aproximaba.

La ruta a casa incluía un trayecto de cinco minutos hacia la terminal central y luego un viaje de veinte minutos al sureste. Había tiempo suficiente para sacar su libreta y componer los nuevos versos de una canción para el funeral en que cantaría la semana entrante. Pero aun después de volver a poner el bolígrafo en el bolsillo, el texto parecía inadecuado, demasiado similar a la canción que había cantado hoy.

Eso era de esperar. Si había algo que no había evolucionado desde el Año Nulo, era el arte. Como artesano, Rom comprendía que, debido a la pérdida de las musas emocionales, la creatividad se había sofocado tanto en el arte como en la cultura. Hasta las sutilezas del idioma habían permanecido relativamente inmutables. Un pequeño precio a pagar por el Orden. Pero, de todos modos, un precio.

Rom salió del metro a seis cuadras de su casa, abriéndose paso en medio de las expresiones distraídas y preocupadas de quienes descendían al interior de la estación. Una llovizna constante salía desde un cielo gris más claro en lo alto; hacia el norte, los definidos bordes del horizonte que el hombre acababa de dejar se habían ensombrecido a causa del velo de un adecuado aguacero.

El tráfico peatonal era escaso. Quienes estaban afuera corrían hacia sus destinos debajo de sombrillas y periódicos. En la calle, el solitario auto oscuro de un miembro de la realeza pasó a toda velocidad, lanzando un arco de agua hacia la acera.

Rom agachó la cabeza y se ajustó aun más la chaqueta alrededor del cuerpo. La lluvia ya le bajaba por las puntas húmedas del cabello y le entraba a los ojos. Se mantuvo bajo los aleros de los negocios antes de entrar en un callejón estrecho entre la extensa pared de ladrillo de un antiguo teatro y un albergue abandonado.

Hoy, Rom había hecho su trabajo con diligencia. Se había ganado su modesta vida. Se había congregado ya tres veces esta semana, pero volvería a hacerlo mañana, una cuarta vez, a causa de Avra.

Avra, su amiga de la infancia, quien evitaba ir a la basílica. Avra, con su mirada serena y su corazón temeroso. El acto de presencia de Rom había sido un pacto entre ellos por años, ¿y por qué no? A él no le costaba nada ir en vez de ella, y aunque quizás los sacerdotes no lo tolerarían, podría significar una diferencia para el Creador. De todos modos esta era la única oportunidad de la muchacha.

Rom estaba pensando en los atribulados ojos marrones de su amiga cuando una voz sonó detrás de él.

—¡Hijo de Elías!

El grito resonó contra los ladrillos cubiertos de hongos, por encima del golpeteo de la lluvia. Rom se volvió y miró a través de la ligera llovizna. Una figura escuálida se tambaleaba en medio del estrecho callejón, con el largo y andrajoso abrigo agitándose húmedamente detrás del sujeto. Tenía la mirada fija en Rom.

Hijo de Elías. A Rom no lo habían llamado así en años.

—¿Le conozco? —preguntó Rom entrecerrando los ojos en medio de la lluvia.

Ahora el viejo estaba tan cerca que Rom podía verle las cejas entrecanas y las mejillas hundidas, el cabello canoso pegado contra la cabeza. Podía oírle la jadeante respiración. El hombre acortó la distancia entre ellos con sorprendente velocidad y agarró a Rom por los hombros. Los delgados párpados totalmente abiertos.

—¡Eres tú! —exclamó el extraño en tono áspero entre respiraciones jadeantes, mientras las comisuras de los labios se le llenaban de saliva.

El primer pensamiento de Rom fue que el hombre se las había arreglado para escapar de la Autoridad de Transición y que estaba huyendo de las escoltas del asilo. Sin duda era bastante viejo. Y era obvio que estaba loco.

Pero el hombre conocía el nombre del padre de Rom, a quien un pequeño indicio de temor le recorrió la piel. ¿Qué pasaba con este viejo?

—¡Eres tú! —repitió el anciano—. Nunca creí volver a poner los ojos en Elías, pero, por el Creador, ¡te pareces mucho a él!

Dos hombres giraron en la esquina del callejón y corrieron hasta donde Rom se hallaba con el anciano. En medio de la monótona salpicadura de la lluvia casi parecía verse que esos individuos usaban el uniforme plateado y negro de la guardia de la Fortaleza. Extraño. La jurisdicción de ellos era la Fortaleza misma, al otro lado de la ciudad. Tal vez debido a la toma de posesión...

El anciano apartó violentamente la mirada para observar por encima del hombro. Al ver a los dos hombres apretó con más fuerza los hombros de Rom y habló de prisa.

—Me han encontrado. Y ahora también te perseguirán a ti. Escúchame, muchacho. ¡Óyeme bien! Tu padre dijo que podías ser confiable.

—¿Mi padre? —cuestionó Rom, parpadeando en medio de la lluvia—. Mi padre está muerto. Murió de fiebre.

—¡De fiebre no! ¡Tu padre fue asesinado, muchacho!

—¿Qué? Eso no puede ser.

El hombre soltó a Rom y se palpó nerviosamente el abrigo, tirando de un bolsillo interior que no parecía coincidir con el resto de la prenda. Este sobresalía con una forma cuadrada del tamaño de dos puños juntos. Tiró de ella.

—Lo mataron. Como fueron asesinados todos los demás custodios. Por causa de esto —expresó el viejo y le mostró el paquete a Rom—. ¡Tómalo! No queda ningún otro. Tómalo, o tu padre habrá muerto en vano. Aprende los secretos de lo que te entrego. Encuentra al hombre llamado Libro. Libro, ¿me oyes? Está en la Fortaleza... encuéntralo. ¡Muéstrale que tienes esto!

Los despliegues de temor eran bastante comunes, pero era claro que el viejo estaba demente. En reacción, el indicio del propio temor de Rom se le coló hasta el corazón.

Un tercer hombre había aparecido en la entrada del callejón. Uno de los dos primeros le gritó que se volviera y lo rodeara. Ahora Rom pudo ver que usaban efectivamente los colores de la guardia de élite de la Fortaleza. ¿Todo por un anciano?

Rom sintió con los dedos el paquete sujeto, húmedo y aún caliente por el contacto con el cuerpo del anciano.

—¡Júramelo!

—¿Qué...?

—¡Jura!

—Lo juro. Yo...

Los guardias no estaban a más de veinte pasos de distancia, corriendo con mucho más afán del que justificaba su anciana presa.

—¡Protégelo! —vociferó el viejo, cuya voz sonó como un inesperado rugido—. Es poder y vida... la vida como fue... y grave peligro. ¡Corre!

Ahora los guardias estaban solo a una docena de pasos de distancia.

—¡Corre!

El sonido de ese grito sorprendió tanto a Rom que dio cinco o seis grandes zancadas antes de vacilar. ¿Qué estaba haciendo? Si los guardias iban tras el hombre, por cualquier razón que fuera, Rom debía detenerse y ayudarles. Debía darles el paquete, dejar que ellos lo arreglaran todo. Se detuvo en seco y dio media vuelta.

Habían agarrado al hombre, doblándolo al asirlo. Algo resplandeció en medio de la lluvia. La dentada hoja de un cuchillo. No de las que Rom estaba acostumbrado a ver en fotos, sino un arma rigurosamente prohibida.

—¡Corre! —volvió a gritar el viejo.

Mientras uno de los guardias sujetaba al anciano, que se sacudía violentamente, el otro le desgarró la arrugada garganta con la hoja del cuchillo. El cuello del desventurado se abrió soltando un profundo y oscuro chorro; su último grito se convirtió en un balbuceante sonido mientras las rodillas le cedían.

Entonces, la severa mirada del guardia se posó en Rom. El anciano ya no era la presa que perseguían.

Rom lo era.

Capítulo dos

AGARRANDO EL PAQUETE, ROM salió corriendo entre los dos edificios hasta la calle, girando en la esquina a toda velocidad. El tercer guardia estaba allí para cortarle el paso, y ninguno de los dos tuvo tiempo para detenerse. Chocaron con tal fuerza que a Rom se le salió el aire de los pulmones y el mundo entero comenzó a zumbarle en los oídos.

El guardia cayó gimiendo debajo de Rom. El envoltorio se le cayó de las manos y rodó por el pavimento.

El joven se liberó de los dedos del guardia, se abalanzó hacia el paquete, salió rodando y logró ponerse de pie con el objeto en las manos. Pero en el proceso perdió la mochila.

Gritos desde el callejón... demasiado cerca.

Debía detenerse, volverse y entregarles el envoltorio. Aclarar el asunto. Pero la imagen de ese cuchillo y del oscuro chorro de sangre hizo que Rom se lanzara hacia el otro lado de la calle. A duras penas se salvó de una segunda colisión, esta vez con una bicicleta que se aproximaba.

Viró en una calle lateral, esquivando con las justas a una muchacha que cargaba una bolsa llena de comestibles. Los brazos de la chica prácticamente volaron. El asustado joven oyó tras de sí el estrépito de la bolsa al caer sobre el pavimento. Siguió corriendo a toda prisa hasta la primera intersección y dobló en una calle a su derecha: Calle Entura, a cinco cuadras de su casa.

Rom acababa de observar cómo la vida de un hombre se le escapaba a borbotones por la garganta. La mirada en los ojos del anciano no había sido de locura, sino de temor extremo. Y ahora ese mismo miedo consumía a Rom en una forma que nunca antes había experimentado.

Tu padre fue asesinado.

Su madre nunca había dicho nada por el estilo. Sin duda, ella lo habría sabido.

Giró a la izquierda al final de la cuadra dentro de una vía de adoquines delgados. No había farola allí. Recorrió deprisa el solitario camino, los pulmones le ardían.

Al final de la calle había una imprenta abandonada con tablas que cubrían las ventanas y con las pilastras decorativas rotas o desmoronadas. Rom conocía este lugar, lo había curioseado antes, inclusive se lo mostró una vez a Avra, preguntándose si este podría convertirse en un segundo taller antes de renunciar a la idea por demasiado costosa.

Bajó el ritmo, resoplando, y miró alrededor. No había nadie presente que pudiera ver. Corrió algunos pasos más, escudriñando todo el primer piso del edificio. Exactamente allí... aún faltaban las tablas de una ventana a nivel del suelo que una vez él rompiera y apartara para poder entrar.

Se abrió paso a través de la abertura, refunfuñando cuando una tabla astillada le desgarró el hombro de la chaqueta hasta tocarle la piel. Vaciló allí dentro solo un momento mientras los ojos se le acostumbraban a la oscuridad. El extraño silencio del aire viciado le inundó las fosas nasales.

Atravesó tambaleándose el salón hasta otro más grande en la parte trasera y darse contra la pared justo dentro de la entrada abierta. Escuchó durante largos momentos, esforzándose por oír gritos o sonidos de alguien atisbando por entre las tablas de las ventanas. El silencio solamente lo rompía su propia y penosa respiración, y los movimientos rápidos y ligeros de roedores que corrieron a lo largo de la pared más lejana.

Rom exhaló una irregular respiración y se deslizó hasta quedar sentado en el suelo, haciendo caso omiso del yeso que le ensuciaba los hombros. Con manos temblorosas, se quitó de los ojos el agua de lluvia. Pero no todo era lluvia. Tenía rojos los dedos. También había sangre en la sucia muselina del paquete.

Bajó el envoltorio. Pero el solo hecho de verlo, el precio manchado de sangre de una vida, y más de una según el anciano, parecía algo espantoso.

¿Qué he hecho?

Había corrido presa del pánico y seguramente pagaría un terrible precio. Sin embargo, ¿por qué había corrido el viejo? ¿Y por qué lo habían asesinado los guardias?

Lo mataron, ¡te lo aseguro! Como fueron asesinados todos los otros custodios. Por esto.

¿Qué podría valer el precio de una vida?

Rom prestó atención por un momento más en busca de cualquier sonido de que alguien lo perseguía; entonces, satisfecho de estar a solas con las ratas, agarró el envoltorio y se impulsó hasta levantarse. Caminó hasta un sitio con luz vaga entre las tablas de una de las viejas ventanas.

Los dedos escarbaron en la húmeda muselina apartándola con un ruido de hilos a lo largo de la costura donde la habían cosido al abrigo del anciano. La abrió. Sacó una caja.

Se trataba de una cajita de madera, no más grande que un joyerito que Rom había hecho una vez para su madre. Era oscura y estaba húmeda, como si sudara por su cuenta. Y era antigua.

La caja no estaba cerrada con llave, pero el pestillo de hierro no quiso moverse cuando trató de retirarlo con una uña.

Aunque volvió a intentarlo, supo que debía llevar el objeto ante las autoridades, sin abrirlo, y explicarlo todo. Pero en cuanto huyó violó la ley. No había misericordia para quienes violaban las leyes del Orden. Y si lo que el anciano indicó fuera cierto, ¿le habría sucedido lo mismo a su padre?

Se agachó, puso el pestillo contra el borde de piedra del alféizar de la ventana, y presionó hasta abrir la caja.

Dentro había un pequeño envoltorio. Algo envuelto en un pedazo delgado de... ¿qué? ¿Pergamino? No, de cuero. Una sección doblada y enrollada de piel, asombrosamente suave. Retiró el envoltorio y puso aparte la caja. Desenvolviendo el pergamino, extrajo lo que había enrollado adentro.

Un frasquito de vidrio. Del tamaño de la palma de la mano de Rom, estrecho en la parte superior y con una protuberancia en la base del tamaño de dos dedos, sellado con una tapa inoxidable.

Levantó el objeto hasta la escasa luz que entraba por la ventana. Lo sacudió. El interior del frasco estaba cubierto por un líquido oscuro, espeso y viscoso.

Ahora se podían ver cuatro líneas de marcación en el frasco. Cinco medidas.

¿Por esto había perdido un hombre la vida?

Poder y vida... la vida como fue, había llamado el anciano a esto.

Grave peligro...

Eso es lo que esto había sido. Tan bueno como una ampolleta de muerte.

El joven empezó a envolver otra vez el frasco, pero entonces observó varias marcas descoloridas en el pergamino. Sujetando la ampolla entre los dedos de una mano extendió el cuero antiguo. En un costado había una lista de lo que parecían ser nombres... nombres con fechas, cada uno de ellos tachado. El otro costado estaba cubierto con línea tras línea de letras que no le explicaban nada que pudiera descifrar, excepto por un párrafo claramente escrito y apiñado en el margen superior, como si lo hubieran agregado en una fecha posterior. Rom inclinó el pergamino hacia la luz crepuscular, divisando estas palabras:

La Orden de Custodios ha jurado proteger
Este contenido para el Día del Renacimiento
Cuidado, cualquiera que lo beba...
La sangre destruye o concede el poder de vivir

Volvió a leer. Y luego una vez más. Pero la tercera vez que leyó no tuvo más sentido para él del que había tenido la primera vez. *¿La Orden de Custodios?* La única orden que Rom conocía era el Orden mismo. Y un Día de Renacimiento sucedía cada cuarenta años en la toma de posesión del nuevo soberano, como acontecería dentro de cinco días.

Él nunca le había oído decir algo así a su padre; ni había visto que tuviera algo así. ¿Era posible que sí hubiera dicho algo? Pero Rom era niño cuando murió su progenitor.

Solamente le constaba una cosa: Si era verdad lo que el anciano había dicho, el papá de Rom había muerto por este frasco y este mensaje. Y si lo que el mensaje decía era cierto, su padre había sido un custodio, probablemente de este mismo frasco.

Ahora el envase estaba en posesión de Rom, quien podría darse por muerto.

Huir de la autoridad era una ofensa grave castigada con la pena de muerte.

Su madre. Su madre sabría qué hacer si había algo de verdad en lo que dijo el anciano.

Rom envolvió el frasco en el pergamino, volvió a poner el envoltorio en la caja y la colocó de nuevo en la cubierta de muselina. Luego lo paralizó una idea horrible.

Había dejado atrás su mochila, donde tenía la cartera con su identificación. Los guardias sabrían pronto quién era él. Vendrían a buscarlo a casa. Y su madre estaba allí.

El pulso se le aceleró a un ritmo nuevo y frenético. Tenía que hablar con ella antes de que los guardias llegaran, aunque solo fuera para contarle la verdad.

Agarró la caja y corrió hacia la abertura en la ventana. Silencio. Salió a hurtadillas y miró hacia la calle, que se ponía oscura.

Nadie.

Se colocó la caja debajo del brazo, inclinó la cabeza y salió corriendo hacia su casa.

Capítulo tres

L A FORTALEZA EN EL centro de Bizancio contenía más poder detrás de sus muros de diez metros de alto del que había en todos los continentes juntos del mundo. Dentro de sus cinco kilómetros cuadrados se hallaban los apartamentos de mármol y piedra caliza del soberano, la corte suprema, el senado y las oficinas administrativas más encumbradas del mundo.

Los secretos de la era del Caos recorrían sus antiguos túneles y merodeaban por sus archivos. Susurros de una época llena de pasión revoloteaban a través de sus criptas. La Fortaleza podría ser la brújula con la cual navegaba el mundo, pero para quienes habitaban dentro de ella era principalmente un albergue de secretos.

Saric, hijo de Vorrin, iba y venía dentro de una pequeña estancia debajo del centro del gran capitolio amurallado. Pocos de quienes trajinaban allí arriba cuchicheando acerca de sus asuntos se habrían imaginado alguna vez la extensión del espacioso laberinto que había debajo de ellos. Además, solo unos pocos conocían estos espacios subterráneos tan íntimamente como Saric; y en especial esta, enclavada dos pisos debajo del pasillo de reunión del senado.

Aquí, Megas había reunido al consejo que canonizara el Libro de las Órdenes. Aquí había dado la orden de destruir todas las obras del Caos: las armas mecanizadas de la guerra, las redes, la tecnología, la religión, el arte, recordatorios todos de una época en que la pasión desenfrenada gobernaba, y arruinaba, los corazones de la humanidad.

Aquí, Sirin, el fundador del Orden antes de Megas, había sido asesinado.

Feyn, hermanastra de Saric, consideraba morbosa la habitación. Muy poco tiempo atrás, Saric se había puesto de acuerdo con ella. Solo siete días antes, para ser exactos. Ahora él encontraba la recámara llena de extraña energía y con los fantasmas de una historia que apenas había comenzado a apreciar.

El espacio albergaba diversos artículos en similares estados de desuso o decadencia, cada uno un ilícito sobreviviente del decreto de Megas: libros antiguos, algunos de ellos frívolamente escritos solo para el entretenimiento y la intensificación de las emociones, con sus páginas despedazándose y apenas legibles; un cáliz de una época en que las basílicas albergaban adoradores de un dios diferente; una colección de cuchillos curvos, uno de ellos con una vaina incrustada con joyas pertenecientes a una antigua región de la India; varias espadas y una lanza larga, la punta de la cual se había deteriorado en un pedazo de metal; y un arma automática que mucho tiempo atrás había dejado de funcionar adecuadamente, cuyos orígenes Saric nunca había sabido.

La recámara hexagonal casi había sido destruida una vez por el fuego. Desde entonces, los muros ennegrecidos de piedra tendían a conservar humedad. Todo lo que se colgaba en ellos tendía a descomponerse, incluyendo el centro de atención de la cámara: un tapiz del padre de Saric, el soberano Vorrin, deteriorado durante una década por el musgo que residía en sus hilos.

Saric se pasó la ensortijada mano por el cabello y luego por la nuca, se alisó el trozo de pelo en forma de V que tenía debajo del labio inferior. Igual que los muros de la recámara, él estaba sudando.

—Dime otra vez lo que me está sucediendo —expresó, con mucha tranquilidad.

El alquimista que se hallaba de pie casi en el centro de la habitación no era joven. Corban era uno de los altos colegas de la alquimia, los miembros adelantados de la secta secreta de los alquimistas.

—Ya se lo he explicado, mi señor.

—¡Solo porciones! —exclamó Saric, volviéndose para mirarlo; la palabra rebotó en la piedra; entonces él bajó la voz—. No soy uno de tus ratones enseñados a recoger bolitas cuando lanzas algunas en mi dirección. Quiero saber *todo* lo que me está ocurriendo. Ahora mismo.

Un temblor recorrió los huesos de Saric.

Habían pasado muchas cosas en siete días. En el espacio de tan escasas horas, un nuevo mundo había levantado el dobladillo de sus faldas ante él. Un mundo de hervidero de placeres y de ira acalorada.

Saric había aprendido que la ira en particular era una forma propia de placer, una de las pocas descargas verdaderamente placenteras para la nueva bestia que agarraba al mundo desde la caja torácica de Saric.

—Entonces empezaré desde el principio —explicó Corban inclinando la cabeza.

Cuando el alquimista inclinó el rostro mostró la fragilidad extrema de su nuca. Era un hombre menudo, aunque las largas túnicas de su oficio disfrazaban bien esa realidad.

—Dentro de la primera generación del Año Nulo, nuestros antepasados alquimistas comenzaron a aplicar análisis del genoma humano para curar sistemáticamente las condiciones que enferman a la humanidad. Los cánceres, las cegueras, los virus epidémicos...

—Ahórrame la propaganda.

—Usted pide respuestas. Debe ser paciente...

—¿Me instruyes acerca de paciencia? —cuestionó Saric mientras le bajaba sudor por la espina dorsal—. No tengo otros quinientos años. En este momento mi hermana está preparando su discurso de investidura. *Yo* tengo días. Lo cual significa que *tú* tienes minutos.

Saric deseó que se le calmara la tensión alrededor de los pulmones. Ahora mismo sentía deseos de matar con las manos a un cerdo. Podría saltar desde la torrecilla del vigía de la Fortaleza y salir ileso.

Podría extirparse sus propios ojos.

Se pasó la manga por la frente, medio esperando verla enrojecer. Todo el cuerpo le dolía. Todo su ser quemaba.

El alquimista cruzó las manos.

—Cuando aprendimos a corregir las equivocaciones heredadas de nuestro ADN, también decodificamos las enfermedades emocionales de la humanidad. Usted debe entender que el sistema límbico del cerebro... un circuito que comprende las amígdalas, el hipocampo y el hipotálamo, entre otros...

—¡Demasiado!

Corban pestañeó.

—Cuando identificamos la codificación de estas emociones también descubrimos una forma de eliminarlas, todas menos la única requerida para nuestra sobrevivencia...

—El temor. Sí. Sí, sé todo acerca de los males de la emoción, como predicara Sirin. Dime lo que me ha ocurrido a *mí*.

—Como usted dice, Sirin predicó en contra de la frivolidad de la emoción y denunció las pasiones. Para ese fin, Megas ofreció una solución: un patógeno con el código genético para alterar el ADN de cualquier huésped. Aerotransportado y muy contagioso. Lo llamaron Legión.

Legión. El nombre pendía en el lugar.

—Sirin no quiso tener nada que ver con Legión —continuó Corban—. Aunque sus filosofías ya estaban fallando, no aceptaría la solución. Y por tanto fue retirado... no por fanáticos, como enseña la historia, sino por Megas.

Saric soltó una lenta respiración.

—¿Me estás diciendo que Sirin fue asesinado por el mismo Megas? Todo el mundo creía que Sirin fue asesinado por radicales, acontecimiento que provocó el nuevo Orden mundial.

—Sí. Y los pocos que lo saben guardan este secreto con sus vidas.

—Por tanto —añadió Saric mirando alrededor de la recámara de otra manera—. En ese momento el Orden obtuvo tanto su mártir como su prueba contra todo ardor que Sirin condenaba.

—Efectivamente. Y Megas consiguió los medios para asegurar la lealtad eterna del mundo.

—Por consiguiente, después de todo, es verdad que Sirin fue asesinado por fanáticos. Solo que no los que creíamos.

—Supongo que sí.

—Este patógeno, esta Legión que despojó a la humanidad de todo, menos del temor... ¿estás diciendo que funcionó?

—El virus cumplió con su cometido en el transcurso de unos cuantos años.

—Y, por tanto, el estado no emocional del mundo no es la preferencia selectiva de la evolución, como se nos ha enseñado a todos, sino un acto de opresión.

—*Yo* lo llamaría un acto de liberación —objetó Corban vacilante.

Saric soltó una lenta exhalación. Saber esto lo llenó de una extraña satisfacción. También lo perturbó. Fue hasta la consola y agarró el cuchillo incrustado de joyas, arrastrando cuidadosamente el pulgar sobre las puntas retorcidas de los engastes.

—Estás diciendo que todos, incluido yo, estamos infectado con un virus.

—No. Ya no es una infección viral. Casi la mitad de nuestro código genético se deriva de diversos virus. Piense en ello... como un nuevo volumen añadido a la biblioteca de nuestro código genético.

—Así que, en contra de todo lo que hemos oído acerca de que vivimos como humanos que hemos evolucionado, ¿estás insinuando que, selectivamente, hemos retrocedido?

El alquimista frunció los labios.

—Yo diría que hemos adaptado nuestra composición emocional del mismo modo que seleccionamos la traslucidez de la piel que ustedes los nobles parecen apoyar, la palidez de los ojos que ustedes consideran hermosa.

—Simplemente apagando los interruptores de esas emociones que ya no nos sirven.

—Por así decirlo, sí.

Fuera lo que fuese lo que este virus hubiera hecho a la humanidad, los alquimistas habían encontrado la manera de deshacerlo en Saric. El caos de emociones había llegado removiendo todo dentro de las venas y neuronas demasiado tibias para albergar el fuego de esas emociones, y él no estaba seguro de si quería matar al alquimista o agradecerle por ello.

Emoción. Olvidados tanto tiempo, hasta los nombres de las emociones se habían convertido tan solo en un vestigio, algo inútil sin respaldo. Esperanza. Envidia. Disgusto. Amor.

Amor. La emoción arcaica en la era del Caos simplemente se entendía ahora como un deber basado en el honor y el respeto, despojado de emoción. Sin embargo, ¿cómo se sentía? Saric lanzó el cuchillo enjoyado sobre la consola.

—Así que eso es. El mundo ha sido castrado —concluyó.

—A pesar de nuestro enorme conocimiento, la emoción ha retenido sus misterios. No hemos comprendido por completo los más complejos funcionamientos de Legión.

Saric miró a Corban.

—Los alquimistas continuaron estudiando los fundamentos de la emoción —continuó este último—. A través del proceso aprendimos a restaurar algunas de las emociones que una vez apagamos con Legión.

—El suero.

—Sí, el atraviridae. Lo denominamos Caos, por obvias razones.

—El virus negro —expresó Saric lentamente.

—Por tal razón vine aquí hace siete días, y el resto usted lo sabe —siguió explicando Corban—. Usted está mirando el mundo como una nueva criatura. Digo *nueva* porque aunque hemos reanimado los centros de emoción de su cerebro, no es exactamente lo mismo que habría sido si hubiera nacido así. Me gusta pensar que se trata de una mejoría. Pravus eligió bien.

Pravus el Anciano, principal entre los colegas. Él también había tomado el suero un buen rato antes de ordenar a Corban que se lo administrara a Saric.

—Tú eres su hombre de confianza —manifestó Saric—. Me pregunto por qué no te eligió para este... honor.

La mirada de Corban se levantó lentamente. Era fija pero inocente.

—Lo habrías hecho, ¿verdad? —inquirió Saric, apenas más fuerte que un susurro.

Corban siguió en silencio.

—Pero no tienes la sangre real que Pravus necesita. Ah. Lástima.

Pero Corban no podía comprender la lástima. Ni siquiera por sí mismo.

Saric sintió la súbita punzada de algo parecido a la soledad. Se preguntó dónde estaba Feyn, si había terminado de escribir su discurso de investidura, y en qué postura se hallaba ahora, en este momento. Se preguntó con qué había decidido vestirse ella hoy, a qué comida le olería el aliento, y por qué la posición inclinada de esos ojos fríos y nebulosos.

Corban debió haber visto el temblor en las manos de Saric o el sudor en la ceja, porque presionó con una pregunta personal.

—¿Está usted confundido acerca de lo que está sintiendo?

—Tengo... extrañas sensaciones que no sé cómo describir —titubeó Saric alejándose y respirando profundamente—. Apenas logro

TED DEKKER Y TOSCA LEE

contenerlas. La energía que emanan es como dolor. Ansío cosas que nunca quise poseer. Las mujeres...

—Deseo, mi señor —lo interrumpió susurrando Corban—. Lujuria.

—Ansío tener cosas de otros —asintió Saric poco a poco—. Pienso en matar a alguien sacándole la vida de los pulmones con mis manos, especialmente si me lo impidieran.

—Ira. Quizás celos.

Ira. Celos. Estos también podrían ser los nombres de los colores para los ciegos.

—¿Algo más? —inquirió el alquimista.

—Deseo cosas. La túnica de mi padre, que es de terciopelo fino bordado con oro. Y aun más, quiero el cargo que representa esa túnica. Estoy celoso de ello.

¡Ya está! Lo había dicho, había dado voz a la serpiente bicéfala que golpeaba ahora con gran placer y furia en su interior.

—Ambición, mi señor. Y es claro que esa es la idea central. Pravus devolvería el poder a la casa de la alquimia a través de usted, quien por sangre es medio alquimista.

Un buen plan, en realidad. Así que Pravus tenía la misma sed pero necesitaba a Saric para saciarla.

Ambición. Era la más grande de esas serpientes en su interior. Lo hacía sentir pleno tenerla dentro de él, y también muy engrandecido. Saric se sintió excelso en ese salón, como si lo llenara simplemente estando parado allí. Como si la Fortaleza no pudiera contenerlo, como si el mundo mismo quizás no pudiera saciarlo. Todo y todos los demás se sentían minúsculos en comparación.

—Pregunto, mi señor —dijo Corban, acercándose—. ¿Siente algo más? ¿Alegría quizás?

—¿Alegría?

—También la llaman *satisfacción*. Una sensación de bienestar, según los registros. Realización.

—Siento alegría cada vez que me traen una nueva mujer —expresó Saric mirando las reliquias a su alrededor—. Siento gozo ante el sonido de sus gritos.

Corban lo estaba analizando con intenso escrutinio.

—Pues bien, ¿ha satisfecho tu curiosidad tu conejillo de indias? —preguntó Saric.

—Usted malinterpreta mi motivación —explicó el hombre mayor—. Y no creo que lo que describe sea alegría. Hemos reiniciado algunas emociones, pero no todas. Solo aquellas de naturaleza más tenebrosa, aparentemente.

—Mi hambre de carne ha aumentado. Es lo que ansío, hasta la exclusión de todo lo demás...

—Eso no es extraño. La carne es el pilar de la dieta mundial.

Durante casi dos siglos la ley había restringido el consumo calórico, había vigilado los carbohidratos y había eliminado el azúcar en los ciudadanos. Era de conocimiento público que los hidratos de carbono, incluso los que se hallan en los vegetales, reducían la vida. ¡Pensar que en la era de la ciencia secreta había habido dietas basadas en vegetales!

—No. Ni siquiera tolero la idea de comida muy cocinada. Me repele. De hecho, el olor a venado de lo que cenaste me causa repugnancia.

—¿Puede usted oler eso?

—Puedo oler sangre en cualquier parte y prefiero que mis comidas la contengan. Y luego está esto...

Saric apartó el cuello empapado del abrigo y se acercó al alquimista en tres zancadas.

—¿Ves cómo las venas me sobresalen de la piel?

Solo en el último día, la yugular se le había ennegrecido casi del todo debajo de la superficie, como si por ella corriera tinta. La piel de Saric ya era traslúcida, tanto que no necesitaba resaltar la vena a lo largo del antebrazo, como hacían algunos de la realeza, con talco azul cosmético. En realidad, a Saric le había agradado el cambio y se maravillaba de él. Pero cuando observó que se ennegrecía la ramificación azul de sus venas se preguntó con temor y fascinación qué significaba eso.

—En cuanto a los efectos secundarios, yo imaginé que usted los encontraría agradables —observó el alquimista—. Bueno, si eso es todo, mi señor...

—*No* es todo. Quiero saber qué podría hacerle el suero Caos a mi mujer, Portia. Cada una de las mujeres a las que se lo he dado ha muerto, algunas veces antes de acabar con ellas.

—Me opongo enérgicamente a eso —alegó Corban meneando la cabeza—. Lo hemos permitido en las mujeres traídas para satisfacer los nuevos gustos suyos, sabiendo que ellas no sobrevivirían. Pero no es aconsejable dárselo a Portia. Durante meses estudiamos la línea de sangre que usted tiene antes de administrarle el suero. Es claro que este no se adaptó a todas las líneas de sangre, y muchas de nuestras muestras iniciales no reportaron... resultados favorables. Permítame recordarle que solo hay tres personas que saben de su reciente conversión, incluido usted mismo. Es sumamente peligroso compartir este secreto con cualquiera.

Saric se alejó. Así eran las cosas. ¿Se estaría él muriendo como resultado de su reanimación?

De ser así, arrancaría de este mundo *toda gota* de placer y poder que pudiera. ¿Qué importaba? El Orden mismo se basaba en una mentira.

Además, él ya estaba en el infierno.

Un escalofrío le subió por la columna vertebral. Necesitó de toda su determinación para impedirle que se apoderara de sus miembros.

—Y sin embargo, Corban, tendremos que conseguir una muestra fresca del suero. Porque estoy sumamente interesado en compartir con mi esposa esta... estas nuevas pasiones.

Un agudo golpecito vino del otro lado de la puerta. Y luego él lo olió: cobre y sal.

Sangre.

—¡Adelante!

Dos centinelas entraron al aposento. Uno de ellos, el más alto, llevaba una bolsa, cuya abertura se cerraba en el puño del hombre.

—Mi señor.

Saric le tomó la bolsa, la levantó como calculándole el peso, y luego la vació de un tirón en dirección a Corban.

La cabeza de un anciano salió rodando. Colgó torpemente antes de quedar boca arriba. Los ojos estaban abiertos con una increíble mezcla de temor y asombro.

—¿Es él?

—El custodio, sí —comunicó el más alto; el otro, que parecía más fuerte, miró a Corban.

—Él es el último, entonces.

—El último del que sepamos. Además del que usted tiene en los calabozos.

—La ampolleta. ¿Dónde está la sangre?

—El anciano lo encontró —advirtió el guardia vacilando.

—¿A quién?

—Al hijo de Elías. El custodio se la entregó antes de que pudiéramos quitársela.

—¿Estás diciendo que el hijo de un custodio muerto tiene la sangre?

El guardia asintió con la cabeza.

—Ustedes lo han visto —manifestó Saric soltando una respiración lenta y controlada.

—Sí.

Se rumoraba que la sangre era superior a la del suero Caos que Saric había recibido. Regresaría a quien la consumiera al estado total de retroceso del hombre caótico. Un nuevo despertar, para ser precisos, más completo que el que ahora experimentaba Saric. Quedaba por ver si realmente tenía tales propiedades, pero al menos ahora una cosa era cierta: Existía.

—¿Saben ustedes a dónde irá?

—Sí, señor. Lo hemos tenido bajo vigilancia durante años, desde la muerte de su padre.

—Encuéntrenlo. Consigan la sangre. Si no tengo la cabeza de ese tipo antes de que termine el día de mañana, tendré la de ustedes.

Capítulo cuatro

ROM PENSÓ QUE AL ver la conocida y estrecha calle detrás de las casas en su cuadra le calmaría el martilleo del corazón. Esperó que las humildes viviendas de la calle Piera, con su pintura resquebrajada y ladrillos antiguos, corrigiera el eje de un mundo sacado de repente de su centro.

No fue así.

Las delgadas casas con sus costados derechos y sus tejas de compuesto asfáltico le parecieron extrañas posibilidades, aun en contra de los sonidos comunes de perros ladrando y de alguien tapando un tarro metálico de basura.

Regresó a mirar dos veces mientras corría por el costado izquierdo de la entrada, luego aminoró la velocidad cerca de la edificación anexa a la cuarta casa. La pintura del exterior del edificio estaba pelada de un gris insulso, aunque el alféizar de la solitaria ventana era nuevo y aún casi blanco.

El taller de Rom, heredado de su padre.

Su progenitor, un sencillo artesano igual que él. ¿Sería siquiera posible lo que el anciano había dicho: que su padre había sido uno de estos custodios?

A menos de siete metros pudo ver la parte trasera de la casa que compartía con su madre. La luz brillaba a través de la ventana de la cocina, que estaba resquebrajada. Del interior venían los sonidos de la cena en proceso: una cuchara raspando el contenido de una olla, el ruido de esa olla al ser puesta en el lavaplatos debajo de la ventana.

No había señales de los guardias de la Fortaleza.

La conocida figura de su madre, Anna, inclinada sobre el lavaplatos. El temor de Rom comenzó a amainar al verla preparando la merienda como si esta fuera una noche normal, pero la emoción resurgió de nuevo ante la realidad de que acababa de cometer un delito castigado con pena de muerte.

¿Qué diría ella cuando él se lo contara? ¿Lo entregaría? Su madre estaba obligada a hacerlo por el Orden, pero Rom no creía que lo hiciera... no si ella sabía que lo irían a matar. Desobedecer el Orden era algo terrible, coquetear con el infierno. Pero ayudar o entregar a la muerte a la propia carne y sangre era igualmente terrible: semejante a traer la muerte sobre uno mismo. Este era un conflicto de temores que el Orden no podía resolver, por mucho que en las reuniones de la congregación predicaran regularmente la obediencia.

El joven miró la caja envuelta en muselina que tenía en la mano. Se sentía pegajosa allí, apretada con firmeza entre los dedos que habían olvidado cómo aflojar. Tenía que controlarse, para pensar.

Rodeó el pequeño inmueble, hurgando el llavero en el bolsillo. Lo encontró y rápidamente abrió el taller. Accionó el interruptor de la luz.

No había guardias esperando para matarlo.

Cerró la puerta detrás de él y se quedó mirando los símbolos de su vida, extrañamente irrelevantes ahora frente al crimen: la envejecida mesa de trabajo en el centro, la igualmente deteriorada mesa auxiliar a lo largo de la pared. El torno, los cajones de madera y retazos de metal que él había guardado de otros proyectos y construcciones abandonadas. El taller estaba tal cual lo había dejado en la mañana, incluso la media taza de café sobre la mesa de trabajo.

Miró la desvencijada silla en el rincón, la de la mella permanente en el cojín. Allí se sentaba Avra cuando llegaba de visita después de haber trabajado en la lavandería de la familia.

Avra. Otra vez Rom trató de imaginar lo que ella diría si supiera lo que él había hecho. Debido a la amistad que tenían, la muchacha pronto temería por sí misma más de lo que había temido en el pasado, es decir, bastante.

Pero justo ahora él tenía sus propios temores con los que luchar.

Rom se dirigió a la mesa y puso allí la caja. Estaba seguro de algo: No podía huir eternamente del Orden. Lo encontrarían y lo matarían debido al misterioso frasco, la importancia del cual no comenzaba a entender.

Humedeció un trapo y se restregó a ciegas la sangre seca en la cara, y luego tiró el trapo a la basura. Hizo una pausa, volvió a sacarlo de la basura, envolvió la caja en él y lo empujó hasta el fondo del tarro.

Después de cambiarse la chaqueta sucia por otra que tenía en el respaldo de la silla salió del taller y se dirigió a casa.

Adentro, el brillo de la luz eléctrica iluminaba la cocina. Otra iluminaba la pequeña sala hacia el frente de la casa. Estas eran las dos pequeñas extravagancias que ellos se daban el lujo de tener, esas dos luces que reemplazarían por velas tan pronto terminaran de cenar.

En la cocina, Anna sacó dos vasos del escaparate. Como maestra de secundaria, a ella siempre la habían considerado sabia, y a menudo los estudiantes le pedían consejo. El padre de Rom le dijo una vez: «Si de verdad existe felicidad en el más allá, tu madre sería la primera en recibirla».

Luego él se había ido para investigar por su cuenta. De eso hacía cinco años.

—¿Cómo te fue el día? —preguntó Anna a Rom por encima del hombro.

Un estofado soltaba vapor de un tazón en el centro de la mesita de la cocina. Pero en vez de calmarlo, el olor le revolvió el estómago.

—Y quítate esa chaqueta vieja antes de sentarte. ¿No usaste al menos la buena para ir a la basílica?

Como Rom no respondió, Anna levantó la mirada, alarmada por el extraño silencio de su hijo.

—¿Rom? ¿Qué te pasa? —inquirió, bajando los vasos y acercándosele—. ¿Estás enfermo?

—Algo... —titubeó Rom, y carraspeó—. Algo sucedió hoy.

—¿Qué quieres decir con *algo*? ¿Y qué te pasó en la cabeza? —inquirió ella echándole el flequillo para atrás e inclinándose para examinarlo.

—Yo venía de la basílica y había un anciano esperándome en el camino a casa. Me dijo que conoció a papá.

Ella arqueó la ceja, pero se mantuvo serena. Se necesitaba mucho para despertar el temor de mamá, una peculiaridad que había transmitido a su hijo.

—Muchas personas conocieron a tu padre —expuso, como si dijera: *¿y eso qué?*

Los platos sobre la mesa estaban tan limpios y vacíos como rostros frescos. Qué no daría Rom porque esta fuera una cena normal en cualquier día normal.

—Creí que estaba loco, pero entonces llegaron guardias de la Fortaleza. Debieron de haberlo seguido...

—¿Guardias de la Fortaleza?

—Dijo que papá no murió de fiebre, sino que lo asesinaron.

—Pero eso no es verdad.

—El hombre me dio una caja... la misma por la que mataron a papá, dijo él. Hizo que yo la agarrara. Y entonces los guardianes de la Fortaleza...

Anna mantuvo firme la mirada, pero no dijo nada.

—Madre, tenían un cuchillo —advirtió Rom, ahora con temblor en la voz—. Vi cómo degollaban al anciano, allí en el callejón. Lo asesinaron.

Ahora Anna palideció, mostrando los primeros indicios de un temor que ni siquiera ella podía reprimir.

—Te debes haber equivocado.

—¡Yo lo vi! Vi cómo la sangre le salía a borbotones.

—El hombre debió seguir su camino. Así como tu padre. Nada de eso es tu problema. Nada. Recuérdalo y todo esto pasará —dijo ella rápidamente, después de titubear, luego se volvió hacia la mesa, y vaciló de nuevo—. Confío en que discutiste estas cosas con los guardias.

He aquí el problema. La equivocación que seguramente le provocaría la muerte.

—No.

Anna se quedó paralizada.

—Huí.

Ella se volvió, tenía el rostro pálido como una pizarra blanca.

—Dejé caer la mochila —confesó Rom—. Saben quién soy.

Ambos se quedaron mirándose durante varios largos minutos, hablando con las miradas lo que ahora era dolorosamente obvio. Con esta simple acción Rom había hecho lo inimaginable. Había alterado para siempre no solo su propia vida, sino la de su madre.

—Por tanto, ellos saben dónde vives —expresó asustada la mujer.

—Sí.

Rom se sintió impotente para detener el miedo que le surcaba la mente. Si alguien tan sabia y razonable como su madre temía por la vida al oír lo que él había hecho, ¿cuánto más debía él temer por la suya propia?

—No debiste huir.

—Lo sé.

Las palabras se suspendieron entre ellos.

—No temas, madre. Voy a irme. Cuando ellos vengan, no habrá aquí nada que los haga sospechar de ti. No te lastimarán.

—Sí, debes irte.

Rom sentía un gran respeto por su madre. La honraba como prescribía el Orden. Y aunque la manera de vivir o morir de ella realmente no era asunto de él, se sentía obligado a mostrarle su compromiso quitando de ella toda sospecha cuando vinieran por Rom. Él no tenía por qué afectarle el viaje con sus propios errores. La petición de Anna de que se fuera era su manera de decir que él debía seguir su propio camino... con sus consecuencias, sin afectar el de ella.

—Pero antes de irme, debo saber algo. ¿Llamó alguien alguna vez *custodio* a papá?

—¿Custodio? ¿Qué es eso? Nunca había oído esa palabra.

—¿Se ocultó entonces de ti también?

—El sendero de tu padre fue su trayectoria. Sea que lo mataran o que muriera... ¿qué preocupación real es eso para cualquiera de nosotros? Nuestra responsabilidad ahora es amarnos lo suficiente para hacer lo que es mejor. Mantener el Orden y asegurar nuestra propia y adecuada muerte. Quizás encontrarnos después de la muerte.

Amor. En realidad mamá y él se amaban; sin embargo, ¿qué era el amor sino la obligación de la lealtad?

—Agarraré la caja y me iré.

—Aún tienes la caja —dijo ella con mucha tranquilidad.

—Sí.

—¿La trajiste a casa?

—Está en el taller.

—¡Debes dar parte inmediatamente! Dásela a ellos y diles que cometiste una equivocación al quedarte con ella.

—Nunca me creerán. El momento para eso ya pasó. *Huí*, mamá. Me persiguieron un buen rato.

Anna desvió la mirada, caminó hasta una silla y se sentó cuidadosamente, mirando a través de la ventana.

—Me iré ahora —avisó Rom.

—No —objetó Anna, y lo miró de nuevo—. Es demasiado tarde. Ve a buscar la caja. Ambos estamos ahora en peligro. La llevaremos juntos a la Fortaleza.

La mujer se levantó de la silla, miró a su alrededor y comenzó a desatarse el delantal.

—Iremos. La llevaremos a la Fortaleza y aclararemos esto.

Anna parecía segura de sí misma. Frente a su confiada lealtad al Orden y su incondicional respeto a la obediencia, cesó el temor de Rom. Ella tenía razón. Eso era lo que se debía hacer. Lo que él debió hacer desde el principio.

—Iré por mi abrigo —indicó ella—. Ve por la caja.

Rom salió por detrás, sin molestarse en cerrar la puerta tras él. Una vez dentro del taller, sacó la caja del cubo de basura.

Esta era la caja que había decretado el destino de su padre y que ahora decretaría el suyo. Los dedos le hormiguearon ante el pensamiento y se preguntó si alguna vez sabría su significado. El interrogante fue tronchado por un grito.

A Rom se le paralizó el corazón. El grito había venido de la dirección de la casa.

Otro grito partió el aire nocturno. Era su madre. Siguieron unas voces aumentadas y luego sofocadas.

El joven soltó la caja y giró hacia la puerta. Lo que hizo a continuación no procedía de un acto de la razón o la sabiduría, ni siquiera del honor. Simplemente reaccionó, sin pensar, lanzándose hacia la casa incluso antes de saber que las piernas se le estaban moviendo.

Subió a toda prisa los peldaños hasta el porche trasero, se encontró con la entrada abierta hacia la cocina, y entonces se paró en seco. Allí en la entrada a la sala se hallaba un guardia de pie de espaldas a Rom. Empuñaba un cuchillo, dirigido hacia el suelo.

Esta era la segunda vez ese día que había visto algo así, y esta le pareció aun más surrealista que la primera. Estas imágenes no deberían existir. No en la vida real, no frente a los ojos de cualquier hombre decente, no en su casa.

—Aquí estás —expresó la voz que venía de un hombre de cara gruesa, con labios achatados y cejas oscuras, sosteniendo el cuchillo como si fuera una extensión natural de su brazo—. ¡Tráiganla!

Los otros dos guardias, también con cuchillos, aparecieron con la madre de Rom, arrastrándola cada uno por un brazo. Ella tenía el vestido manchado de rojo por un rastro de sangre que le manaba de una profunda herida en la mejilla derecha.

Esta era su madre, paralizada del terror. Había desaparecido su acostumbrado manto de sabiduría o cualquier pretensión de seguridad. Estaba visiblemente temblorosa por el apretón de los dos gendarmes.

—Rom...

Los labios de ella, estirados en ambas direcciones, temblaban. Suplicaba con los ojos como si fuera una niña.

Se abrió la puerta detrás de Rom, quien con una rápida mirada vio que dos hombres más entraban a la casa. Lo tenían rodeado.

—Por favor, ¡no dejes que me maten! —exclamó Anna colgando entre ambos guardias, y las palabras se le convirtieron en aterrados sollozos.

Rom lo vio todo en cámara lenta, lo inevitable de todo eso. Iba a morir, así como su madre.

Extrañamente, al menos por el momento, Rom no sintió temor. No sintió nada en absoluto.

—¿Sientes eso, muchacho? —inquirió el guardia de grueso rostro levantando la hoja y presionándola en la garganta de Anna—. ¿Sientes los dedos del temor apretándote el corazón?

La sangre se filtró por el borde en que la hoja entraba un poco en la piel del cuello de la mujer.

—Lo sientes porque no tienes duda de que lo que ves con tus propios ojos también te sucederá a ti.

El temor dio a Rom como un puño a la garganta.

—Lo sé porque todos sentimos lo mismo —manifestó el hombre de cara gruesa, que en realidad tenía un destello de miedo en la mirada—. Todos tenemos nuestra manera de servir al Orden. La mía es ayudar a hacer lo correcto. ¿Dónde está el paquete?

Aunque su madre suplicaba por su vida, Rom sabía que no podía afectarle el viaje, especialmente estando rodeado por tantos guardias. Así que esto no le concernía y seguramente ella encontraría la felicidad.

El propio viaje de Rom aún podría yacer delante de él, pero sabía que estos hombres no tenían intención de dejarlo vivo, con caja o sin ella.

—Dímelo —ordenó el hombre.

Los ojos de su madre imploraban. Las lágrimas le bajaban por las mejillas.

—Por favor, por favor. ¡No quiero morir, Rom!

¡Él iba a morir! La mente se le llenó de pánico. Iba a morir, y el pensamiento de una muerte tan próxima le llegó como un monstruo más poderoso y vicioso que cualquier otro que hubiera sabido que existiera. Le comenzó a temblar el cuerpo.

—¡Estás mostrando Orden, muchacho! ¿Verdad? —exclamó el guardia al tiempo que tajaba pausadamente la garganta de Anna, cortándole el grito junto con arterias y con al menos parte de la médula espinal.

El cuerpo de la mujer quedó inerte como algo desenchufado. Los otros dos gendarmes le soltaron los brazos.

Rom perdió la razón ante el miedo incluso antes de que ella tocara el suelo, mientras el hombre que la había matado aún tenía la espalda hacia él. El joven se lanzó hacia adelante, estrellándose contra la espalda del sujeto que se interponía en su camino. El guarda cayó contra uno de los que habían sostenido a la madre, perdiendo ambos el equilibrio.

Pero Rom no se fijó en eso. Simplemente salió corriendo. Pasó sobre el cadáver de su madre, entró a la sala, atravesando la puerta frontal antes de que alguno de los guardias pudiera recuperarse.

Solo entonces se las arregló para hacer acopio de razón suficiente a fin de formarse una idea lógica. Para comprender que lo único en el mundo que les interesaba ahora a estos hombres era la caja.

La caja era la única esperanza que le quedaba.

Se lanzó hacia la izquierda, rodeando la casa hacia el taller. Con algo de suerte, ellos lo perseguirían por el frente mientras él se dirigía a la parte trasera de la casa.

Le llegaron gritos mientras atravesaba corriendo la puerta del taller. Entonces entró y cruzó el salón, patinando y casi cayéndose al agarrar la caja del lugar donde la había puesto.

Recuperó el equilibrio y salió del taller. Los hombres ya venían, rodeándolo por el costado de la casa en medio de la oscuridad que caía. Giró a la izquierda y corrió hacia la valla de hierro a la altura de la cintura entre su casa y la del vecino. Si había alguna ruta de escape, sería por aquí.

Rom saltó la cerca, aterrizó en un montón de piedras y corrió a toda velocidad por el estrecho terreno trasero... y por el siguiente después de ese. Al llegar al final del tercer terreno viró hacia el camino y atravesó corriendo los antiguos adoquines.

Un grito salía del callejón a menos de veinte pasos de distancia. Rom corrió por la estrecha hilera entre dos casas al otro lado del sendero, hacia la calle opuesta. Pasó por parcelas de varias casas y un bosquecillo de arbustos hasta un camino al borde de un parquecito del vecindario.

Las perennes nubes que oscurecían el sol durante el día también cubrían la luna durante la mayor parte de las noches. No obstante, Rom se abriría paso en este sendero aun en medio de la oscuridad total.

Solo pensó en la única persona que podía ayudarle a que este lío tuviera sentido.

Avra.

Tardó diez minutos a un trote constante en llegar al barrio de ella, donde giró en la esquina de una pequeña edificación anexa. Sin oír ningún sonido, corrió inclinado a lo largo del sendero peatonal de casas en hilera, hasta la quinta. Al llegar a la parte trasera del inmueble se detuvo a medio camino ante una pesada puerta con cerradura de combinación, tratando de escuchar cualquier señal de persecución.

Nada.

Ingresó el código y entró en el edificio, pero no podía respirar con facilidad.

Ver a su madre morir de manera tan violenta lo dejó sin dudas de su propio destino. Si ellos la mataron simplemente para meterle miedo, no se lo pensarían ni un instante para matarlo.

Volvió a revivir la escena: el espantoso chorro de sangre, la caída del cuerpo de Anna, la forma en que chocó contra el suelo.

En la era del Caos, antes de que la humanidad evolucionara de su esclavitud a las emociones, él podría haber sufrido los debilitantes efectos. Recordaba la palabra *tristeza*, fuera lo que fuera, y sabía que esta emoción podría haberlo convertido en un trozo inútil de carne, en cuyo caso ya habría estado muerto.

Por otra parte, el *miedo* casi lo había paralizado. Ahora tendría que controlar ese temor si esperaba sobrevivir.

Subió una corta escalera de cemento venido a menos. El descansillo se dividía en dos entradas. Rom introdujo el código a la izquierda y entró en silencio, preguntándose por un instante si estaría entrando en otro escenario de muerte.

La cocina y la sala allí adentro estaban en silencio, débilmente iluminadas por una solitaria lámpara.

—¿Avra? —llamó; la voz le pareció demasiado fuerte.

Pasó a toda prisa la cocina hasta el pasillo que llevaba a la única alcoba del piso. La puerta se abrió fácilmente.

—¿Avra?

La joven se irguió de golpe en la cama a lo largo de la pared adyacente. Un libro cayó al suelo con un golpe seco.

—¡Rom! —gritó ella—. ¿Qué estás haciendo asustándome de ese modo?

Por un momento él se dijo que todo era mentira. Que aquello no había sucedido: el asesinato del anciano o el de su madre. Aquí, en el conocido desorden de la habitación de Avra, sin cambio en todos los años que la había conocido, casi podía creerlo.

Pero entonces recordó la caja que llevaba en la mano, y el dolor en los dedos por la mortal manera de agarrarla.

Y la mortal manera con que lo había agarrado a él.

No encontraría refugio aquí. Los hombres lo habían hallado en casa; pronto vendrían a este lugar.

—Necesito tu ayuda —anunció.

Avra le devolvió la mirada con ojos tan opacos que él no podía darse cuenta de dónde terminaba el iris y dónde comenzaba la pupila. A primera vista se podría creer que tenía menos de sus veintitrés años.

De estructura ágil y huesos pequeños, la muchacha encarnaba la fragilidad juvenil, aunque era más fuerte de lo que se podría creer.

—¿De qué estás hablando? ¿Qué pasa contigo?

Se les acababa el tiempo. El joven miró alrededor, encontró los zapatos de Avra y se los pasó.

—Debemos irnos. Rápido. Póntelos —pidió, dejando caer los zapatos frente a la cama; apagó la lámpara sobre el escritorio e hizo a un lado las cortinas—. ¡De prisa!

—¿De prisa? ¡Me estás asustando!

—Tenemos que irnos.

—¿Qué? ¿Por qué?

—Mi madre está muerta —anunció, sintiendo hueca la voz.

—¿Qué? —exclamó ella, parpadeando.

Rom la miró desde la ventana.

—Vi cómo mataron hoy a un hombre y huí. Lo mataron por esto —expresó él sosteniendo el atado en la mano.

—¿Qué quieres decir con que lo *mataron*?

—Muerto. Asesinado. ¡Debemos irnos!

—¿Ir a dónde? ¡Hablas sin ningún sentido!

Rom quiso hablar del pánico que le crecía con cada segundo que pasaba.

—La guardia de la Fortaleza mató por esto a un hombre, el que me lo dio, y lo apuñalaron. Con un cuchillo. Y luego vinieron a mi casa.

—¿Qué?

—Vinieron por esto. Y mataron a mi madre.

Avra lo miró.

—Necesito tu ayuda. Y tú necesitas la mía. Llegaron por mi madre y vendrán por ti.

—¿Crees que me van a matar? —preguntó ella, con el tono algo más fuerte.

Afuera ladró un perro.

Rom miró por la ventana hacia la oscuridad detrás del edificio. Dos figuras se reflejaron en el brillo de una ventana de un nivel más bajo.

—¡Están aquí!

Avra se puso de pie, pero entonces se quedó allí, paralizada.

—No quiero que mi viaje concluya hoy —manifestó Rom—. Pero eso pasará si me quedo aquí. Y si tú te quedas, creo que el tuyo también terminará. Si estás lista para eso, me iré. Pero te aseguro que te matarán.

La joven titubeó solo por un instante más, su respiración era superficial y rápida en el aire entre ellos. Luego metió los pies en los zapatos.

—¿A dónde vamos?

Él ya había pensado en esto. A ella no le gustaría la respuesta.

—¿Confías en mí?

—Sí —convino Avra agarrando el abrigo y poniéndoselo sobre los hombros.

Rom la tomó de la mano. Corrieron juntos por el pasillo. Cuando la muchacha giró hacia la cocina, él la atrajo hacia el otro lado.

—No. Rápido. Por el frente.

El joven sopló la solitaria lámpara de la sala. En medio de la oscuridad Avra abrió la puerta principal.

Esperaron. Rom parpadeó, demasiado tenso para reajustarse a la oscuridad.

—Ahora —susurró él cuando el perro volvió a comenzar su maníaco ruido.

Mientras bajaban las gradas y salían hacia al interior de la noche, Rom envió una oración al Creador. Solamente le pidió una cosa: no presenciar un tercer asesinato esta noche.

Capítulo cinco

LA ELEVADA LUZ ELÉCTRICA dentro del túnel titilaba intermitentemente a través de las ventanas del tren subterráneo. Saltaba en rayas sobre los asientos vacíos. Jugueteaba entre las hebras del cabello de Avra.

Se hallaban parados juntos en la parte trasera. Rom con un brazo alrededor de la barandilla de salida posterior, y el otro alrededor de Avra, quien parecía no poder dejar de temblar. Él sabía la razón. Ella, más que nadie, no estaba preparada para arriesgarse a encontrar su propia muerte. A pesar de la nube fúnebre que se había cernido sobre la muchacha durante años, estaba menos preparada que cualquiera para lo inevitable.

El cabello de la joven se había enganchado en la incipiente barba de Rom, quien cerró los ojos, inhalando el jabonoso aroma del pelo y tratando de imaginar que este era cualquier otro día. Que la respiración de Avra contra la clavícula de él no era irregular, y que los pequeños dedos que se le clavaban en la espalda no estaban helados.

La caja, ese envoltorio tóxico, estaba presionado entre ellos, oculta dentro de los pliegues del abrigo de Avra, donde lo había metido al ver a un oficial de obediencia cerca de la entrada del metro.

Ella se estremeció y Rom le apretó más el brazo a su alrededor mientras el tren se zarandeaba al dar una curva.

—No puedo creerlo. No puedo creerlo —susurraba Avra—. ¿Estás seguro de que está muerta?

Rom pensó en la sangrante herida en el cuello de su madre y en la manera en que cayó al suelo. En la sangre, demasiada sangre, encharcándose en las tablas del piso. Pensó en el terror de ella, y de él.

—Sí.

Rom miró a través del vagón del tren a sus únicos pasajeros más: una anciana que leía un periódico y un hombre de edad universitaria que miraba hacia nada en particular por las oscuras ventanas.

Se preguntó si alguna otra vez se daría el lujo de tener pensamientos infructuosos o sueños al azar. De algún modo lo dudaba.

Avra giró el rostro en el hombro de él.

—No veo cómo te pueda ayudar. Quizás simplemente deberías entregarte.

—No estoy listo para morir.

—Pero si es tu camino...

—¿Y si es el tuyo? ¿Estás lista?

Se quedó callada.

—Sé que al huir estoy arriesgando la felicidad. Lo sé. Pero no puedo ir. No todavía. Necesito que me ayudes a pensar en esto. Y yo te puedo ayudar a seguir viva. Porque te repito que si encuentran a cualquiera de los dos, estamos muertos.

—Dijiste que se trataba de un frasco de sangre —expresó ella—. ¿De quién? ¿Por qué un anciano diría eso de tu padre, y por qué los guardias lo querrían? ¿Por qué el anciano no se lo entregó?

—No lo sé. Shhh.

Al otro lado del vagón, el hombre joven los miró. La mujer que leía el periódico había comenzado a roerse una de las uñas. Rom estaba seguro de que no habían oído nada, que ya tenían suficientes temores propios como para mantenerlos ocupados.

El tren llegó a la estación.

—Aquí nos bajamos.

Ella aún no le había preguntado a dónde se dirigían, y él no se lo había dicho.

Cruzaron la estación hacia la salida, examinando el andén del otro extremo, donde conversaban dos oficiales de obediencia. Agachándose, pasaron el portón a toda prisa y subieron las gradas para salir a la calle. La luz de lámpara se reflejaba en charcos amarillos sobre el pavimento. El aire era pesado, prometiendo lluvia.

—Estamos yendo a la basílica, ¿verdad? —dijo finalmente la joven.

Él asintió con la cabeza.

—¿No hay otro sitio?

—No a esta hora. Por eso no habrá nadie allí.

El cielo se abría en lo alto. Comenzaba a caer lluvia en pequeñas y escasas gotas, y luego en la embestida furiosa de un aguacero. Rom y Avra cruzaron la calle corriendo juntos, pasaron la pálida luz de la lámpara, y atravesaron la oscuridad hacia la inminente forma de la basílica.

Él aún conservaba la llave de las honras fúnebres que había tenido esa misma mañana; era rutinario que la recogiera con anticipación para poder entrar antes y practicar. A veces, si tenía tiempo extra, prendía velas por Avra sobre el pequeño pasillo del altar. Los clérigos dirían que las velas no suplían la necesidad que ella tenía de asistir personalmente a los servicios, y sin duda tenían razón. Pero él ya lo había hecho durante años en secreto porque ella se lo había pedido. Además de Anna, no había nadie a quien Rom honrara tanto como Avra, por razones que ni siquiera él entendía.

Entraron por la pequeña puerta de madera lateral. Adentro, el espacio cavernoso de la basílica resonó con el sonido de las chirriantes bisagras. Las representaciones en vitral de Sirin y Megas parecían opresivamente desoladas a pesar de sus ojos claros, adaptados en los últimos años al pálido y helado azul codiciado por los nobles de la familia real.

Rom volvió a cerrar la puerta detrás de él. El sonido del pestillo envió un sepulcral eco, como al cerrar una bóveda en la caverna del santuario.

—Por aquí —indicó él.

Rom la guio hacia una puerta estrecha al costado, la abrió y accionó el interruptor del rellano. Luz eléctrica, pálida como las lámparas de la calle, pero solo con la mitad de intensidad, que apenas iluminaba la antigua escalera. Descendieron al primer descansillo, y al segundo, y luego entraron al corredor del sótano más allá de un antiguo ascensor de servicio. El joven se detuvo junto a una bodega a mitad de camino. Si seguían más lejos, irían a parar a la antigua cripta. Avra no lo soportaría.

Por primera vez en su vida, él tampoco estaba seguro de que pudiera soportarlo.

El salón era grande, tanto que tenía dos puertas hacia el pasillo. Allí había varias pilas de sillas plegables, candeleros de siete brazos, cajas de velas. Además estaba el ataúd del funeral de esa mañana. Yacía sobre su estructura metálica contra la pared del fondo.

Rom apartó la vista, nervioso por el ataúd ahora en la débil luz.

De una caja sacó varios cirios de cera de vainilla, los puso en uno de los candeleros, y los prendió con uno de los encendedores de velas que había en el rincón. Apagó la luz del salón, de modo que el ataúd quedó en la oscuridad.

—¿Mejor?

Avra permanecía parada en el círculo de la luz del cirio, con la mirada completamente perdida. Rom agarró una silla de una pila, la puso en el suelo, y la desplegó para que ella se sentara. Pero la joven prefirió quedarse allí, sosteniendo la caja con la sangre.

—No podemos regresar, ¿verdad?

—No lo sé.

Él le tomó la caja y la colocó en una mesita al lado de los candeleros, observando que las manos de Avra estaban colocadas como si aún la sostuvieran. Un momento después bajó los brazos.

Rom fue de una zancada hasta la silla y se sentó, se volvió a levantar, se frotó la cara, se volvió a sentar. Miró la caja.

—Me estás poniendo más nerviosa.

Él necesitaba hacer todo eso para mantener la calma.

—Me ayuda a pensar. No puedo reflexionar.

—No deberías haber tomado la caja.

—Lo sé. Pero el anciano habló de mi padre. Me hizo jurar. Y luego... luego lo mataron.

—Cualquiera hubiera huido —señaló Avra soltando una respiración convulsiva—. Yo lo habría hecho.

—Huir, sí. Pero tomar la caja...

—No debiste haberla tomado.

—Pero lo hice.

—Podríamos dejar la ciudad, ir a Europa Mayor —sugirió ella—. A casa de mis padres...

—No. Ellos nos entregarían.

—¡No podemos quedarnos aquí! Tal vez tu madre tenía razón. Quizás deberíamos ir a obediencia.

—¿Estás olvidando todo lo que digo el momento en que lo digo? —objetó Rom, señalando con el dedo hacia la caja—. Están *matando* a las personas relacionadas con esa cosa. ¡Mataron a mi padre!

—¡Eso no lo sabes! —exclamó Avra, pero estremeciéndose mientras hablaba—. Tu madre lo llevó personalmente al centro de bienestar. Él estaba enfermo de fiebre.

Rom sabía que Avra nunca iría de buena gana a un centro de bienestar.

—Tu mamá tenía razón. Ella era una mujer sabia. Era... —continuó ella; la voz se le fue apagando poco a poco mientras miraba la caja—. ¿Qué tal un sacerdote? Podrías hablar con uno de ellos. Los sacerdotes deben saber de qué trata esto. Podrían llevarla.

—El escrito dentro de la caja hablaba de muerte —opinó Rom titubeando, cavilando en ello—. Quizás un sacerdote *sabría* qué hacer.

—Entonces, eso es, llevémosela a un sacerdote. Él puede entregarla.

—No sé por qué, pero creo que a pesar de todo vendrían tras de mí —expresó Rom levantándose, yendo de un lado al otro, y meneando la cabeza—. Mataron a mi madre, ¡y ella ni siquiera había visto aún la caja! No. Están matando a todos los relacionados con esto. Y eso ahora te incluye.

—¡Pero yo no tengo la menor idea acerca de esta caja! ¡No quiero tener nada que ver con ella!

—Eso ellos no lo saben.

—¡Entonces no debiste haber ido a mi casa!

—Aunque no lo hubiera hecho, ellos habrían supuesto que los dirigirías hasta mí. ¡No te das cuenta de la naturaleza de esto, Avra! Te *matarán* porque, además de mi madre, eres la más cercana a mí.

—¡Pero ni siquiera soy familiar tuyo!

—Somos más cercanos que la familia. Nadie más podría saberlo, pero de algún modo ellos lo saben.

En realidad, Rom y Avra eran como pulmones gemelos, respirando el mismo aire durante más años de los que él podía contar, durante la escuela y después. Nadie sabía los secretos que guardaban entre ellos, aunque era evidente que los había.

Avra se dirigió a la silla y se sentó. El borde del abrigo se le amontonó en el antiguo piso de piedra.

—Tal vez deberías destruirla.

—Ya lo pensé. Pero ellos creen que la tengo. No. De todos modos soy hombre muerto.

—Podrías acudir a los miembros de la familia real.

—¿Como quién? ¿Tienes amigos nobles de los que yo no tenga conocimiento?

Ella se quedó en silencio.

—Las tierras del cañón —indicó después de un momento—. Podríamos huir al desierto. Se dice que allí vive gente. Nómadas, que viven fuera del alcance del Orden.

—Es un mito.

—¿Estás seguro? La gente murmura. Hay informes...

—Aunque no fuera un mito, ¿quién querría vivir fuera del alcance del Orden?

Por primera vez, Rom comprendió que Avra misma ya lo había entendido, por así decirlo. Desde luego que ella había pensado en salir. Y también comprendió las razones de su amiga para no hacerlo.

Avra nunca se iría sin él.

—Piensa en ello, Rom. Sin Orden... sin código de honor. Sin ciudadanos delatando unos a otros por la más pequeña infracción, y viviendo cada día en temor... Se trata de vivir. Simplemente *vivir*, por el mayor tiempo posible...

—¿Fuera del Orden? ¿Sin la oportunidad de asistir para nada a la congregación? ¡Nos estaríamos condenando nosotros mismos!

Avra no dijo nada. Los dos ya sabían dónde yacía el destino eterno de la muchacha.

Abruptamente, ella apartó la mirada.

—Avra...

La chica se levantó de repente queriendo precipitarse hacia la puerta, pero tropezó en el borde del abrigo, el cual se rasgó de un lado, tirándole hacia abajo el escote de la túnica y dejándole al descubierto una piel que era antinaturalmente lisa y demasiado clara. Una cicatriz, una enorme roncha levantada y arremetida contra el cuello.

Rom recordó la primera vez que vio esa herida, siete años atrás. En carne viva, la piel levantándose al instante y desprendiéndose allí donde el aceite de linterna de un aplique de pared se había derramado e incendiado sobre Avra. Ella había acudido a él en estado de *shock* y temblando, casi desmoronándose. Pero no había gritado hasta que Rom llamó a su padre para pedirle ayuda.

El Orden no toleraba defectos físicos.

De alguna manera, Rom sabía que su padre no iba a decir nada. El hombre había llegado en silencio y mostró al hijo cómo ayudar a cubrir las quemaduras con vendas húmedas, que ayudarían a ocultarlas de las miradas de Anna y de los padres de Avra.

—¿Es malo ayudarle a mi amiga? —había preguntado Rom.

Nunca había olvidado lo que su padre contestó.

—El Orden honra la vida por miedo a la muerte. A nosotros se nos ordena amar la vida, pero lo que llamamos amor, Rom, es la sombra de algo perdido. Es la lealtad nacida del temor. Temor y amor, a veces los dos entran en conflicto. Ayudar a Avra es cierta clase de amor. Pero ahora debes guardar para ti lo que te estoy diciendo.

Rom había pensado en las palabras de su padre muchas veces después de eso, incluyendo el día en que su madre se lo llevó al centro de bienestar.

Nunca regresó.

Actualmente, Avra operaba la lavandería familiar y vivía sola, pues sus padres se habían mudado a Europa Mayor. Ella no había puesto un pie en una basílica hasta este momento, por temor a que la descubrieran, como si un sacerdote pudiera suponer su terrible secreto tan solo por la mirada en los ojos de la joven.

El temor de ella se extendía más allá de la basílica hasta la sociedad en general. Aunque parecía completa ante todos los que la veían, albergaba la idea de que no era aceptable, viviendo de esta forma solo mientras pudiera guardar su secreto... y aun entonces, viviendo solo hacia un fin inevitable. El Orden la rechazaba. Y el Orden era la mano del Creador. No habría felicidad para ella en la otra vida.

Esto le había robado todo compromiso matrimonial. Para Avra el matrimonio sería imposible. Su esposo estaría obligado por el propio código de honor a reportarla en el momento en que le viera el defecto. Por lo que la muchacha se había negado a todo compromiso sin ninguna explicación para sus padres.

—¡Avra! —gritó Rom corriendo para detenerla—. Si huyes ahora, ten la seguridad que ellos te encontrarán. ¡A los dos!

La joven se detuvo, temblando. Rom se le acercó, subiéndole el borde del abrigo hasta cubrirle la cicatrizada piel y tapándola tiernamente. Ella tiró de la tela cerca de su cuello con pálidos dedos. Para cuando él la volvió a acercar a la silla, la chica ya se había controlado.

Rom tenía que pensar. Estaban perdiendo un tiempo valioso.

Se dirigió a la caja y la abrió. Tenía que haber más. ¿Qué decía el pergamino? *La sangre destruye o concede el poder de vivir.* Sin duda había destruido. Rom había presenciado eso de primera mano, ¿verdad? Sin embargo, ¿qué significaba *vivir*?

Un susurro sonó detrás de él.

—¿Es todo?

—Es todo.

El joven levantó el frasco, lo desenvolvió con cuidado y colocó el antiguo envase de vidrio sobre la mesa. Entonces al lado alisó el pergamino abierto.

—¿Ves?

—¿Qué dice? —preguntó Avra parada detrás de él.

Rom leyó el verso en voz alta, esforzándose por ver en la penumbra.

> *La Orden de Custodios ha jurado proteger*
> *Este contenido para el Día del Renacimiento*
> *Cuidado, cualquiera que lo beba...*
> *La sangre destruye o concede el poder de vivir*

—¿*Día del Renacimiento*? —indagó Avra apoyada en el hombro de Rom—. ¿Qué renacimiento? ¿La toma de posesión?

—No sé. No lo parece.

—*Cuidado, cualquiera que lo beba...* ¿beber qué?

—*La sangre destruye o concede el poder de vivir.* Con solo mirar esto. Supongo que se refiere a la sangre.

—Eso no puede ser. Uno no bebe sangre.

—Pero eso es lo que dice. *Cuidado, cualquiera que lo beba.*

—Sí. *Cuidado.* Algo así como «no lo hagas». Debe de ser venenosa.

—No habrían matado al anciano por poseer veneno. La gente lo compra todo el tiempo para matar roedores.

—*La sangre destruye* —continuó ella, señalando las palabras con el dedo—. Es venenosa o malsana.

—¿Qué significa entonces: *o concede el poder de vivir?*

—Es solo jerga religiosa.

Rom bajó el pergamino. Avra lo levantó; sus labios se movían como si volviera a leer las líneas del único párrafo legible.

Rom alzó el frasco y lo sostuvo a la luz del cirio. Había retrocedido la primera vez que lo vio. Ahora observó la manera en que se adhería al interior del antiguo cristal. El líquido era tan oscuro que tan solo insinuaba la más recóndita sombra de rojo a la escasa luz del candelero.

¿Beber sangre? Inconcebible, sí.

Pero solo horas antes le había parecido inconcebible asesinar. La vida sin su madre había sido inconcebible. Huir de la autoridad. Todo era inconcebible.

Y todo se había vuelto realidad.

Trató de girar el sello metálico. No se movió. Lo retorció con más fuerza.

—¿Qué estás haciendo?

El sello cedió con un chirrido metálico.

—Solo quiero olerla.

—¡No lo hagas!

Rom desenroscó y levantó el tapón. El frasco se abrió con una rápida bocanada, como si inhalara aire por primera vez en siglos.

Lo olfateó. Metal y sal. Grave peligro y vida.

Supo lo que estaba pensando antes de que lo razonara lógicamente.

Lo mismo le sucedió a Avra.

—¡Rom! ¡No!

Pero él se llevó el frasco a los labios. Tomó un pequeño sorbo. Hizo una mueca. Un sabor rancio y metálico le llenó la boca.

—Bueno, definitivamente es sangre.

—¡Estás loco! ¡Vuélvela a su sitio!

Él alzó el frasco hasta la luz del cirio, notó la primera línea de medida que tenía. Suficiente para cinco.

—¿Tienes una mejor opción?

—¡Sí! ¡No beber veneno!

—No creo que sea veneno —objetó Rom negando con la cabeza—. Pero si me equivoco, deja el frasco con mi cuerpo y ve a alguna parte segura hasta que me encuentren.

Se volvió, llevó otra vez la botella a los labios y tomó un sorbo, suficiente para bajar el volumen hasta la primera medida.

Avra observaba, aterrorizada.

Rom debió obligarse a tragar. Sabía asqueroso. Más que rancio. Amargo. Por un escalofriante momento se preguntó si Avra tenía razón acerca de que después de todo esto era veneno.

Volvió a tapar el frasco y esperó. Nada. Se volvió a ella y extendió las manos.

—¡Eres un tonto insensato! —exclamó la joven, pálida.

—Tal vez —asintió él volviendo a poner el frasco en la caja—. Pero ahora sabemos lo que...

Una fuerza lo golpeó como una viga de acero en el estómago. Cayó sobre una rodilla, se agarró de la mesa. Perdido.

—¡Rom!

El fuego quemaba las venas del hombre, quien cayó al suelo y se enroscó, arañándose el vientre. Para cuando comenzó a convulsionar, estaba solo vagamente consciente de Avra arrodillada a los pies de él. Las piernas patearon una pila de sillas. Una de ellas se estrelló contra el suelo casi encima de los dos.

Ella tenía razón. Era veneno.

El temor le inundó y ennegreció su mundo.

Capítulo seis

LOS TACONES DE LAS botas de Saric resonaban fuertemente como golpes de martillo a lo largo del corredor superior que llevaba a la residencia del soberano. El pasaje estaba flanqueado por los bustos de pasados soberanos y cubiertos por tapices de terciopelo y seda de hilos de oro, regalos con ocasión de la toma de posesión de Vorrin casi cuarenta años atrás. Saric no había notado hasta ahora cuán polvorientos y raídos se habían vuelto.

Sus reemplazos ya habían comenzado a llegar al enorme patio de recepción de la Fortaleza. Cajones de regalos, cortesía de las naciones y sus dirigentes, recordatorios del mundo más allá de este... la presencia simbólica de los estados y de las mil millones de almas que los habitaban.

Los techos abovedados del atrio, pintados de dorado siglos atrás, brillaban con sol falso, sus grietas y erosiones atestiguaban la era antigua de este capitolio que había soportado la historia y que a la vez miraba hacia el futuro.

Dos de los guardias de élite observaban abiertamente a Saric mientras se aproximaba a la cámara exterior.

—Dominen sus miradas —dijo Saric bruscamente al pasar.

El hombre despreció el tono malhumorado de su propia voz al hablar. Era culpa del veneno que le latía en las venas, y que había puesto a prueba su resolución de mantener una compostura sensata desde la primera vez que se manifestara junto con sus tenebrosas crías: pasión, ambición, lujuria, codicia.

Ira.

Apenas podía dormir, debido a las guerras que se llevaban a cabo en su mente. Las disfrutaba y odiaba a la vez.

Pero no tenía intención de delatarse.

Torció los dedos para impedir que temblaran. El puño derecho de la camisa de seda se le había apartado de la muñeca, y dejaba ver claramente las venas, tan oscuras ahora que parecían negras. Saric había concluido que eran hermosas. Sin embargo, mantenía alzados tanto el escote como el cuello de la túnica, y cuidadosamente cerrados, de modo que el borde le rozaba la mandíbula.

Pasó el escritorio de la secretaria y se dirigió a grandes pasos hacia las puertas dobles de bronce que había más allá. De cuatro metros de alto, y tan gruesas como una pared, estaban adornadas con los símbolos de las oficinas en las siete casas continentales. A la derecha: los alquimistas de Russe, los educadores de Asiana, los arquitectos de Qin, los ambientalistas de Nova Albión. A la izquierda: los banqueros de Abisinia, los sacerdotes de Europa Mayor y los artesanos de Sumeria. La gran brújula, símbolo de la oficina del soberano, estaba enmarcada en el panel medio alto. Sus puntos escalonados eran los mismos que había grabados en la aureola de Sirin.

Sirin... Megas... el Orden. Pero Saric sabía que nada era como una vez pareciera ser. Hasta las grandes puertas de esta oficina ya no lo rechazaban como ocurriera antes. Al contrario, le hacían señas para que se acercara.

Puso la mano contra la brújula, con los dedos extendidos, y se abrió paso al interior.

Vorrin estaba de pie ante el ventanal de pared a pared, de espaldas al salón. Rowan, el presidente del senado, se hallaba cerca de él, como siempre. El hombre nunca estaba a más de tres pasos de distancia.

Perro faldero.

Las cabezas de ambos hombres se volvieron. Saric se inclinó sobre una rodilla, el largo borde de su túnica cayó sobre la exuberante alfombra abisinia. Los propios apartamentos de él no tenían nada tan suntuoso como esta alfombra. Eso era algo que debía rectificar.

Vorrin no lo reconoció al instante. Después de unos momentos, Saric levantó la mirada.

Rowan estaba analizándolo con demasiada franqueza para el gusto de Saric.

Finalmente, Vorrin habló desde el otro lado del salón, con la mirada fija en alguna parte fuera de la ventana.

—Hijo.

Saric se levantó y se le unió. Esta era la primera vez que era atendido por su padre en semanas. Cuando Vorrin se volvió frente a Saric, este se sorprendió de la imagen.

Aunque el soberano vestía el manto del poder real de su posición, Saric nunca había visto a su padre lucir tan viejo. La carne de las manos, cuello y hasta el rostro parecía hundirse en el hueso. Las venas y tendones se mostraban a través de la piel enflaquecida por la edad. Las manchas cutáneas punteaban el dorso de las manos y los costados de sus altas y afeitadas mejillas. Las canas estaban peinadas hacia atrás y recogidas en la nuca, pero habían disminuido tanto que se dejaban ver partes del cuero cabelludo.

A pesar de que tenía diez centímetros más de alto que su hijo, en una majestuosa estatura de un metro y noventa y ocho centímetros, a Saric le pareció seco como una cáscara.

Por el contrario, el hijo nunca había estado más consciente de la vitalidad en sus propias venas. Nunca se había sentido tan fuerte, tan absolutamente viril. Al lado de la fantasmagórica piel grisácea de su padre, la suya propia era del color del mármol pálido, hermosa en todos los sentidos.

Saric se inclinó y sus labios tocaron la piel apergaminada de la mejilla de Vorrin. La acción le disgustó. Desde esta cercanía, la débil luz que entraba por el inmenso ventanal solamente resaltaba la transparente fragilidad de las arrugas a lo largo de la boca de Vorrin, y las venitas púrpura, como arañas debajo de los ojos.

El hombre parecía muerto.

¿Cómo es que nunca había observado el frágil estado de su padre? ¿Cómo era que Vorrin siempre le pareció tan viril como un hombre treinta años más joven, tan carismático como un dios para él, hasta hoy?

Vorrin lo saludó tan desapasionadamente como siempre antes de volver la mirada hacia la ciudad al otro lado de la ventana.

—He pedido a Rowan que someta a la ley tu solicitud.

—Gracias, padre —contestó Saric con el corazón acelerado, volviéndose para enfrentar al líder del senado—. ¿Y bien?

Rowan, al contrario del soberano, nunca parecía envejecer. La piel suave y oscura, y las orejas pequeñas, la opacidad de los ojos y la inclinada estatura, incluso la manera en que se ataba el cabello en la nuca, todo parecía darle la elegancia de un gato.

—Hemos revisado su solicitud de ocupar la silla de presidente del senado en la toma de posesión de su hermana, y la encontramos inconstitucional. El Orden decreta que su hermana —ordenada por el Orden y por nacimiento más cercano a uno de los tres ciclos de nacimiento elegibles durante el reinado de nuestro actual soberano— designará su propio director del senado entre prelados continentales y presentes, o entre la casa de supervisores, anteriores y actuales, para representarla en su tiempo libre en todos los asuntos de orden público, privado, político y religioso. Como usted no es prelado ni supervisor, ni nunca lo ha sido, en sentido estricto... no es elegible.

A Saric se le nubló la visión, pero mantuvo su compostura y apartó la mirada. Pravus había previsto esto. Ya lo habían anticipado ambos. Y sin embargo, oírlo le provocó ira.

—¿Y el hecho de que tú fueras prelado durante solo nueve días antes de tu propia designación te califica para este cargo sobre mí, el hijo del soberano? —objetó.

Rowan no se levantó ante el insulto.

—Cito textualmente el libro —comunicó—. Y por tanto estas sucesiones están prescritas, de modo que nadie debería proclamarse, y ninguna persona debería poner en peligro a su prójimo o a sí mismo por obtener logros o ganancias. Y de ahí que ningún hombre debe aspirar más allá de su condición, o se expone a la pérdida de su lugar en este mundo. El Creador lo ha hecho como debería ser. Todo está bien por debajo del Creador.

—Todo está bien por debajo del Creador —repitió Vorrin en voz baja.

Saric también entonó las palabras, con la mirada fija en el hueco de la garganta de Rowan.

—Gracias Rowan —manifestó Vorrin.

El soberano parecía cansado, su voz ligeramente chillona por la edad y las décadas de exigencias que le habían impuesto. Conferencias durante horas. Discursos dictados desde el gran balcón y reuniones privadas en el salón del consejo. Audiencias en el senado.

Demasiado agotado, muy fatigado. Lo debieron haber quitado años atrás.

Rowan inclinó la cabeza, con las manos cruzadas delante de él, retrocedió tres pasos, y salió por la discreta puerta lateral.

—Padre... —comenzó a decir Saric.

—Es una noche hermosa, como muy pocas —interrumpió Vorrin, como si no hubiera oído; parecía agotado—. ¿Sales a caminar conmigo, hijo mío?

La impaciencia chasqueó dentro de Saric como las quijadas de un gran reptil. Pero hizo un gesto tenso y siguió a su padre más allá de los acolchados sillones donde se habían sentado prelados y directores de casas políticas demasiadas veces como para ser contadas en estos últimos cuarenta años. Pasaron el enorme escritorio con sus patas en forma de garra y la parte superior de piedra, donde se habían firmado muchos decretos del senado como por voluntad del Creador mismo.

Salieron al balcón que rodeaba la esquina del despacho. El largo pórtico lleno de columnas que llevaba al senado se hallaba exactamente debajo, de modo que todo senador, en su camino a la Sala del Senado, pasara debajo de la bendición del soberano. Se decía que Megas había diseñado esta edificación con ese motivo; así podía mirarlos y ellos entrarían a su reunión con el rostro del soberano como lo más importante en sus mentes.

Vorrin levantó la mirada hacia las nubes, luminiscentes donde obscurecían a la luna.

—Quizás cuando la toma de posesión de tu hermana haya concluido estemos juntos en una noche como esta y hablemos de asuntos intrascendentes. Y Feyn será la que cargue nuestros temores en sus hombros, quien los lleve con ella a su cama en la noche, y quien se levante a caminar de un lado a otro en medio de la noche. Y Rowan también estará aliviado a fin de caminar por los pórticos como un senador más o servirá como líder del senado en los tiempos libres de ella, como ha hecho durante los míos.

Saric se volvió para agarrarse de la barandilla de balcón. Debajo del abrigo, la camisa húmeda se le pegaba a los músculos de la espalda.

—Todo eso es bueno para ti, para Feyn, y hasta para Rowan. Pero, ¿y yo?

—¿Tú? —objetó Vorrin fijando en su hijo los ojos azules nublados—. Tú vivirás aquí, con ella, y conmigo. Ella necesitará entonces de tu lealtad.

—Lealtad. Un perro es leal —objetó Saric sin poder contener la tensión en la voz—. Dime: ¿Cómo debería mi lealtad servirle a ella? ¿Qué de mi intelecto, mi carisma, mi visión... qué de todo eso? ¿Deberían desperdiciarse por *lealtad* a mi hermana?

—Por supuesto que no. Eso no es desperdicio, hijo mío —contestó Vorrin, ajeno a las emociones que se agitaban en Saric—. Los continentes miran a esta familia como lo han hecho por cuarenta años y, por la gracia del Creador, como lo harán por cuarenta más. Tú eres el rostro del hijo del soberano saliente, y hermano de la nueva soberana. Tú y tu esposa, Portia, son ejemplos de orden para todo el mundo. De la pureza y la paz de nuestro sistema. De toda bendición. Hijo mío...

Estiró la mano y palpó la mejilla de su hijo.

Saric se apartó del repulsivo toque apergaminado.

—Estás sudando. ¿Estás enfermo? —preguntó Vorrin mirándose las delgadas yemas de los dedos y frotándoselas.

—No estoy enfermo. Es más, estoy muy, pero que muy bien. Así que dime, anciano, ¿dónde está la justicia en que el poder pase de mi padre a mi hermana menor, saltándome por completo?

—Hijo mío, no entiendo —manifestó Vorrin, parpadeando.

Saric respiró profundo y contuvo la ira.

—Perdóname, estoy cansado —expresó, acercándose otra vez y agarrando la helada y gris mano de su padre entre la suya—. Solamente escúchame. Aún puede haber justicia en el Orden, padre. Te ruego que en estos días, antes de que tu despacho pase a Feyn, me concedas mi pequeña solicitud. Nunca te he pedido nada. Nunca te volveré a pedir algo.

Sintió muy delgados los huesos de la mano de su padre.

—¿Qué estás diciendo? ¿Qué es lo que pides? —inquirió Vorrin tratando de retirar la mano, pero Saric la sostuvo firme, apretándola.

—No puedo dirigir el senado. Fue un error que yo lo pidiera. Buscaré el perdón de Rowan y elogiaré su responsabilidad judicial en este asunto. Yo mismo iré a decírselo. Sin embargo, tú puedes legítimamente abandonar el poder.

—Pero... ¿por qué haría eso? —preguntó Vorrin, la piel alrededor del cuello se le estremeció un poco al expresarlo.

—Porque soy tu hijo. Y lo harías como un regalo para mí. Tú has tenido cuarenta años. Feyn tendrá cuarenta. Déjame tener cinco días. ¡Una miseria! Días para probar lo que mi padre ha asumido y lo que mi hermana también asumirá, y así conoceré el verdadero alcance de la carga que ella tendrá, y su privilegio. Y así será mayor mi *lealtad*.

—Pero yo... —titubeó Vorrin, demasiado impactado para responder; demasiado débil para comprender.

—La ley es clara —continuó Saric—. Si algún soberano deja el cargo, su hijo mayor terminará el mandato. Y debo decirte, padre, que me preocupa la fragilidad de tu mano, y la delgadez de tu piel.

Saric apretó aun más la mano del anciano, preguntándose innecesariamente si en algún momento podría sentir que uno de esos huesos reventaba.

—Yo lo veo, te haces más débil. Nadie más lo ve. No quieren hacerlo. Ven lo que se les ha dicho que vean: su soberano. Pero yo, yo veo de veras.

Saric finalmente lo soltó. El viejo retrocedió tambaleándose.

—¡Lo que pides es imposible! Totalmente fuera del Orden. Fuera del libro.

—¡Maldito sea el libro! —explotó Saric.

Vorrin lo miró.

—Lo que estoy diciendo, padre —declaró Saric, de manera más ecuánime—, es que es deber mío informar de la debilidad que padeces. Que puedo *olfatear* el deterioro en tus células. Por tu propia voluntad, debes dimitir. El código de honor exige que tú mismo cambies...

Una ráfaga atravesó el aposento, aparentemente extrayendo el aire del balcón donde se hallaban. Adentro, las pesadas puertas se habían abierto.

Padre e hijo se volvieron al mismo tiempo. Y Saric vio entonces que la recién llegada al salón había atraído el mismo viento hacia sí. Ella tenía este efecto: galvanizar el aire de modo que todas las cosas fueran hacia ella como un imán.

Su hermana, quien pronto sería la soberana.

Feyn.

La joven caminó hacia el centro del salón. El cabello negro le caía por la espalda, rizado en la brisa del balcón abierto como si tuviera vida propia. Sus largas manos estaban dobladas por delante, pálidas contra el azul oscuro de su túnica. Sus ojos pálidos, muy parecidos al hielo, revisaron el salón, posándose en las puertas abiertas del balcón, en su padre...

Y en Saric.

Aunque Feyn se pusiera de rodillas, no había equivocación: Ella era la que ordenaba en el lugar.

—Padre —comentó Feyn inclinando la cabeza.

Saric no se planteó entrar al salón.

—Ah, hija mía.

Vorrin le salió al encuentro y le puso una mano en la mejilla. Feyn la tomó, sin parecer darse cuenta de la debilidad del hombre. Ella le dio media vuelta y le besó la palma.

Qué no daría Saric por tener esa muestra de estima de parte de Feyn. No, por dársela. Su padre tenía razón: El mundo se consideraría bendecido de inclinarse ante tal criatura. ¿Tendría ella alguna idea del fuerte poder que ejercía? Toda la Fortaleza sería un santuario para ella.

Saric dejó exhalar una respiración entrecortada, loco de celos, pero sintiéndose totalmente indigno a la vez. Su nuevo yo se sintió perplejo y deshecho en presencia de su hermana.

Especialmente cuando ella se volvió de su padre y se dirigió a él.

—Feyn —saludó con voz demasiado inestable para su propio gusto.

—Hermano —contestó ella yendo hacia él y besándolo.

—Si me perdonas, debo atender algunos asuntos —manifestó Saric cerrando los ojos y soportando el beso.

Retrocedió tres pasos de los desapasionados ojos de su hermana antes de volverse, abrir de un empujón la pesada puerta de bronce, y salir caminando a grandes zancadas. Atravesó con firmeza el gran vestíbulo hasta sus habitaciones personales, ardiendo en deseo, apenas capaz de pensar con claridad. El veneno se le deslizaba por las venas como una serpiente, imponiendo que se le alimentase o liberase.

Respirando con dificultad, indignado por su debilidad frente a su propia hermana, Saric tropezó con su comedor, iluminado solamente por dos candelabros, cada uno con media docena de velas. Había dado solo dos pasos hacia su dormitorio cuando distinguió una figura sobre el piso a la derecha.

Portia. Ella tenía la mirada levantaba al cielo, jadeante, los ojos inyectados de sangre y bien abiertos.

Su esposa se las había arreglado para escapar de las amarras en la cama que él le había puesto después de inyectarle el suero menos de una hora antes.

Todos los sirvientes se habían ido. Nadie había que oyera los gritos o viera el sufrimiento de la mujer.

Saric pasó la mesa y bajó la mirada hacia su torturada esposa, quien tenía arqueada la espalda, y cuya respiración salía como en arrebatos salvajes de un animal. Nunca le había parecido tan hermosa a él, nunca.

El hombre se puso sobre una rodilla, luego se inclinó y le besó la boca, saboreando la sangre donde ella se había mordido la lengua.

La vuelta en sí de Portia, si sobrevivía, tardaría algún tiempo. Varias horas al menos. Quizás toda la noche.

Demasiado tiempo para que él se sentara con los brazos cruzados.

Capítulo siete

DURANTE VARIOS HORRIBLES MINUTOS Avra sacudió y codeó a Rom tratando de hacerlo volver en sí. Aún estaba ido como un muerto, pero todavía respiraba. Mientras lo hiciera, ella podría mantener la calma.

Pero él no podía morir. No debía morir. Llevaba años temiendo el vacío que la tragaría cuando Rom finalmente se casara con Lydia, a quien le había prometido matrimonio años atrás. Pero ese temor palidecía al lado de la posibilidad de ver morir ahora a Rom.

Si él moría, la probabilidad de que ella también muriera se convertiría en una realidad espantosa e insoportable. Avra no era rival para la guardia de la Fortaleza que ahora mismo probablemente estaría rodeando la basílica. No tenía a dónde ir. Y aunque Rom había sido diligente con el Orden toda su vida, al menos hasta hace poco, el mismo hecho de que ella respirara marcaba su desobediencia y venidera condenación. Aunque nunca estuvo dispuesta a someterse a ese destino, definitivamente ahora tampoco lo estaba.

—¡Rom! —gritó, volviendo a sacudirlo.

Él había convulsionado antes de perder el conocimiento, pero ahora yacía lánguido y Avra no estaba segura de qué era peor: las convulsiones o esta terrible inmovilidad. El hombre tenía la boca abierta y su respiración era veloz y desordenada, como si fuera cautivo de una pesadilla.

Pero la verdadera pesadilla la vivía Avra; su más grande preocupación esta mañana había sido ocuparse del enorme volumen de ropa sucia en el negocio de su padre. Esta noche enfrentaba el infierno.

Frente a tal horror redobló sus esfuerzos. Con la mandíbula fija por el miedo, le dio a Rom una palmada en la mejilla.

—¡No me dejes, Rom! —gritó, sacudiéndole de nuevo los hombros, sin importarle que la cabeza de él golpeara en el suelo.

Tenía que despertarlo para que pudiera vomitar este veneno, expulsándolo del estómago.

—¡Rom, despierta!

Pero ningún esfuerzo tenía el más leve efecto en él, quien se hallaba más allá de la ayuda que ella pudiera prestarle. Y eso significaba que Avra también estaba fuera de la ayuda de él.

Ella se levantó y comenzó a andar de un lado al otro, mordisqueándose el borde de la uña del dedo índice. Tratando de pensar.

Podía dejar aquí a Rom y volver a casa.

No, tal vez la guardia ya estaba allí, esperando el regreso de ella.

Podría tratar de hallar un mejor lugar en que ambos se ocultaran, lejos de cualquier lugar asociado con alguno de ellos, quizás en las afueras de la ciudad, o en uno de los desagües de la urbe. Pero esa era una idea absurda. ¿Cómo iba ella a cargarlo hasta ese lugar? ¿Y de qué se supone que vivirían, de ratas?

Agua. Ella debería hallar algo de agua y derramarla en Rom. Quizás si estuviera suficientemente fría... Pero si él no despertaba con sus palmadas y sacudidas, ¿qué bien haría el agua?

Los minutos se convirtieron en una hora, y Rom aún no se movía.

El agotamiento le ganó la conciencia, y la muchacha se dejó caer en la silla colocada en el rincón, pero sin ninguna propensión a dormir. Debía mantenerse alerta por si se aproximaban guardianes. Por otra parte, si los encontraban en esta bodega, ni ella ni él tendrían ninguna posibilidad de sobrevivir. Rom había asegurado que los guardias tenían cuchillos. Habían degollado a Anna.

Y si le habían hecho eso a Anna, ¿qué le harían a ella? Los imaginó irrumpiendo, encontrándola indefensa, rompiéndole la túnica hasta ponerle al descubierto las cicatrices. Cayendo sobre ella con sus cuchillos. Decapitándola. Tajándole toda la imperfección hasta que les rogara que la mataran.

Se cubrió el rostro con las manos.

Y Rom estaría inconsciente todo el tiempo. ¡Cómo deseaba que fuera ella la que durmiera mientras él estuviera vigilando! De algún modo, Rom había representado siempre el papel de protector. Pero allí yacía su amigo, perdido ante cualquier visión que estuviera viviendo detrás de sus ojos cerrados.

Avra bajó los brazos y miró el cuerpo bocabajo e indefenso de Rom. ¡Al menos no estaba muerto!

El pensamiento la tomó desprevenida. Rom no estaba muerto. No que hubiera determinado que él no fuera a morir, pero después de verlo inconsciente todo este tiempo en que no empeoraba, Avra ahora podía suponer que después de todo la sangre no era veneno.

La chica no tenía idea de lo que había hecho esa sangre, pero aparentemente no lo estaba matando.

Miró el frasco de sangre, y luego la puerta. Debería irse ahora, salir de esta odiada basílica, de este salón, huir de esta locura. Ellos vendrían por él y quizás ella no lo volvería a ver, pero esto era lo que debía hacer. Si a ellos les satisfacía encontrar el frasco con él, quizás eso hasta salvaría la vida de ella.

Tal vez hacer lo correcto también expiaría en cierta medida su ausencia de la basílica todos estos años. Por el defecto de sus cicatrices. Por la misma presencia de ella entre los vivos.

¿Y qué es la muerte? —habían preguntado los sacerdotes en la liturgia de la última reunión a la que ella asistió—. *La muerte es la puerta al temor eterno o a la senda hacia la felicidad.*

Pero el único orden que Avra conocía era el ritmo de su propia vida y el papel consolador que Rom encarnaba. Ella no estaba segura de poder existir sin él. En realidad, entregarlo a los guardias era invitar a una nueva clase de muerte.

La situación sin salida la agotó en extremo.

Avra había apoyado la cabeza contra la pared. Su mirada se dirigió a la caja abierta que contenía ese temible frasco, y al pergamino que había al lado.

Capítulo ocho

SOMBRAS Y ESPECTROS HUSMEADORES jugaban entre los pliegues de las colgaduras de la cama, mirando a través de la fina ropa blanca abisinia, intacta al amanecer. Una antorcha titilaba en la pared cercana. Sus sombras se contorsionaban todo por el recorrido hasta el rincón.

La noche entera los demonios habían perseguido a Portia, cada uno de ellos con el rostro de su marido, siguiéndola con la mirada de un asesino.

Portia, fiel esposa de Saric, yacía en cama gravemente enferma. La mujer giró sobre su costado, y por un momento pensó que iba a vomitar.

Tenía la piel pegajosa, las sábanas estaban húmedas con su sudor. Las sintió malolientes.

Alrededor de ella, la alcoba parecía como cada mañana. Pero algo estaba mal. Algo que hizo que le corriera una punzada de temor por la columna vertebral.

Se apoyó en un codo, se quitó la sábana del torso desnudo y miró alrededor de la alcoba. Más allá de la cama, una espesa seda cubría las paredes de piedra. El dormitorio estaba lujosamente decorado en todos los detalles: desde el armario de cedro empotrado en la pared del fondo hasta las cortinas de terciopelo que llegaban al suelo y la alfombra de seda suave. Pero estas también estaban sucias por el humo de las antorchas, con olor a fuego y restos de una cena medio cruda traída del comedor adyacente en algún momento durante la noche.

Portia podía oler la carne y la sangre, amargas en las fosas nasales.

Además de eso, aquí había algo repugnante.

Portia miró a su izquierda. Allí, a su lado, Saric estaba repantingado, las finas sábanas de hilo apartadas de la musculosa sección del pecho. Frescas marcas de uñas le marcaban el hombro.

Más allá de la cama, una mujer, quienquiera que fuera, yacía sobre el piso de espaldas a ellos. Su epidermis, sin duda alguna vez hermosamente tersa, estaba estropeada ahora por negros moretones bajo la, aparte de eso, pálida piel de brazos y piernas.

Saric y su última concubina. Él y sus voraces apetitos de los últimos tiempos.

Y ella... ella misma se había retorcido en agonía violenta por su cuenta, gritando por motivos totalmente distintos. El rostro le dolía. Todo el cuerpo le dolía. El corazón le palpitaba con fuerza contra el pecho y sentía que la mente se le estaba incendiando.

Levantó el brazo y se examinó un verdugón en el rostro. Tenía sangre debajo de las uñas.

Se deslizó de la cama. Ni Saric ni la concubina se movieron. La confundida mujer se movió a través de la alfombra. En alguna parte más allá de las pesadas cortinas de terciopelo (nadie se había molestado en cerrarlas anoche) la mañana tenía la audacia de acercarse a la ventana y entrar a mirar la evidencia de una vida que Portia ya no reconocía.

Hizo una pausa ante el gran espejo del rincón y se examinó el cuerpo: los moretones, los verdugones, los rasguños. Confusión acumulada en la mente, que le ofuscaba los recuerdos. No estaba segura de qué era lo que le había hecho Saric, pero sí sabía que él le había dado algo virulento y venenoso que la estaba consumiendo.

Se revisó las vetas oscuras de un moretón a lo largo del muslo, entonces recordó vagamente haber tropezado con algo después de saltar de la cama, pidiendo ayuda a gritos. Saric se había reído de ella.

Portia se llevó un dedo a la barbilla, siguiendo la línea de un rasguño que habría producido la veta de una costra durante la noche. Una nueva clase de temor más devastador que cualquier sentimiento que nunca hubiera sentido le sonrojó el rostro.

Arremetió contra el espejo. El vidrio cedió ante el puño con un terrible estruendo.

—Buenos días, querida —oyó detrás de ella.

Gritó y dio media vuelta, sobresaltada. Saric se deslizó de las sábanas sin mirar la figura en el suelo. Él era delgado de caderas y bien musculoso, con la forma de una estatua de bronce cubierta con una túnica negra y suelta. La imagen de su esposo la atrajo de inmediato.

¿Había estado alguna vez tan seductor? Una extraña tibieza inundó el estómago de ella. ¿Era esta también la obra del veneno?

Sangre de los dedos de Portia caía en la alfombra. Pero el dolor de las cortadas a lo largo de sus nudillos palidecía ante el asombro de este nuevo deseo que surgía en su interior.

Saric se le acercó, le levantó la mano lastimada y la estudió por un instante antes de llevarse los nudillos a los labios.

Portia intentó retirar la mano, pero él no se lo permitió. La atrajo hacia sí.

—Dije *buenos días* —resaltó, y la besó larga y firmemente en la boca, frotándole los labios con sangre.

Portia estaba a punto de quedarse sin respiración cuando se las arregló para apartarse.

—¡Exijo saber qué me hiciste!

—¿No te gusta?

—¡Me he pasado toda la noche gritando de dolor!

—Eso pasará.

—Me vas a decir de qué se trata.

—No seas fastidiosa —manifestó él rechazándola.

—¡Dime! —gritó ella, deleitándose en el sonido de su voz levantada.

La mujer que había en el suelo se movió y gimió.

El sonido le pareció a Portia excesivamente ofensivo. Repugnante. Por lo que atravesó a grandes zancadas la alcoba, agarró por el cabello a la drogada mujer y la arrastró hacia Saric.

—Portia —advirtió él.

Ella soltó abruptamente el cabello de la mujer y dejó que la cabeza golpeara en el suelo. La nariz de la concubina estaba cubierta de sangre encostrada, y ennegrecido uno de los ojos. La simple vista de todo ello inundó de rabia a Portia.

—¡Cómo te atreves a traer otra mujer a nuestra habitación!

—Eso es inexacto —objetó Saric acomodándose en uno de los sofás, levantando una de las copas con restos de bebida y sorbiendo de ella.

El cuerpo hecho ovillo de la concubina gimió y agarró el pie de Portia, quien la apartó a patadas.

—Dime qué me hiciste.

—Tú, junto con toda la humanidad, has sido objeto de un patógeno llamado Legión, el cual alteró tu código genético —informó Saric contemplando la copa—. Te embotó todas las emociones menos el temor. Ahora he remediado eso.

—¿De qué estás hablando?

—¿Estás sorda? Te arreglé. Muéstrame algún aprecio.

—¿Legión? ¿Remediar? —cuestionó Portia atravesando furiosa la alcoba—. ¿Sabes qué creo? Que me estás matando.

—Al menos sientes —opinó Saric soltando una lenta y fuerte respiración—. Yo no podía soportar un día más observándote flotar por ahí como un fantasma, aunque creo que podría llegar a lamentar esa decisión.

—Mírame... ¡estoy agonizando!

—Al menos morirás como una mujer completa.

—¿Dónde conseguiste eso? ¿De dónde vino?

—De los alquimistas. Por orden de Pravus.

—¿Pravus? —preguntó ella, pestañeando.

—Existe un suero que dicen que es aun más poderoso... un remanente de sangre del Caos guardado todos estos años por un grupo clandestino llamado la Orden de los Custodios. Pronto lo tendré también —dijo Saric bajando la copa.

A Portia le dolía la cabeza. Le vibraba. La sangre le martillaba en cada parte del cuerpo: los oídos, las sienes, los dedos.

—¿Con qué propósito?

—Tener poder, por supuesto. ¿No puedes pensar en estas cosas por ti misma?

—Poder sobre qué.

—Sobre todo —replicó él con una sonrisa en los labios.

Portia se dio cuenta de que ese era el mismo deseo loco que ahora le corría por las venas, y que también le había atrapado la mente a su esposo.

—¿Todo? ¿Te has vuelto loco? Tu hermana será quien esté gobernando el mundo dentro de pocos días. *Tú* te arrodillarás ante *ella*.

En un rápido movimiento, el hombre se puso de pie y golpeó a Portia con suficiente fuerza para partirle la cabeza, poniéndola a tambalearse.

—Ella me pondrá a cargo del senado cuando tome el juramento —declaró Saric temblando, con ojos vidriosos y fijos.

—¿El senado? —cuestionó Portia llevándose una mano a la mejilla—. ¿Y supones que eso te dará el poder que necesitas?

—No. Necesitaremos un ejército para hacerlo.

¿Un ejército? La confundida mujer necesitó un momento para desenterrar el significado de la palabra desde las tinieblas de la historia. Se estremeció. El solo hecho de considerar la idea era traición y motivo de una rápida ejecución. El mundo no había visto un ejército en siglos. Era incomprensible.

—¿Cómo te propones levantar un ejército?

—Ponte algo de ropa —ordenó Saric sacando una túnica de seda y lanzándosela, aunque ni siquiera era de ella—. Contrólate.

Portia deslizó los brazos a través de las anchas mangas de la seda. Esta olía a sudor, como todo en esta decadente alcoba.

—Me controlaré cuando saques de aquí a esa bazofia —estableció, y miró a través de la habitación hacia la cama, hasta donde se había arrastrado la mujer con el cabello rubio enredado.

—¿Por qué te preocupas por una concubina? —exigió saber Saric.

—Deshazte de ella —ordenó Portia yendo hasta donde él y volviéndolo a presionar.

—¿Qué sugieres? —inquirió él inclinando la cabeza.

Portia se puso detrás de su esposo.

—Sugiero que la degüelles —le susurró al oído, con la mirada enfocada en la cama—. Alimenta con ella a los perros. Compláceme.

Saric se volvió poco a poco, agarrándole firmemente la barbilla entre el pulgar y el índice, levantándole el rostro y besándola a fondo.

De repente la soltó, alargó la mano hacia el cuchillo de carnes sobre la mesa, atravesó a toda prisa la alcoba hasta la cama, y sin contemplaciones agarró por el cabello a la mujer que yacía en el piso.

—Toma nota —dijo, mirando a su esposa—: Mataré a quien yo quiera, cuando quiera. Y lo hago por gusto.

Entonces tajó el cuello de la muchacha.

Portia no se perdió la manera en que Saric observaba sangrar a la mujer sobre la cama, la manera en que los músculos de él se le retorcían a lo largo de la mandíbula.

La helada ráfaga de miedo volvió a surgirle por la columna.

—Ya has estropeado las sábanas —fue todo lo que ella dijo.

Capítulo nueve

LOS OJOS DE ROM se abrieron. Por un momento solo estuvo consciente del yeso descascarado en el cielo raso en lo alto. No lograba establecer su ubicación ni podía recordar haberse quedado dormido debajo de eso, no tenía idea de dónde se hallaba.

Comprendió que respiraba con dificultad, que los dedos y el rostro le hormigueaban como si acabaran de recuperar la circulación. Que la cabeza le vibraba.

Parpadeó, siguiendo con mirada desenfocada una grieta en el techo de yeso. ¿Estaba drogado?

Los acontecimientos de la noche se le estrellaron en la memoria como fragmentos que caen de una ventana rota.

No estaba drogado.

Había ingerido la sangre.

Otros detalles le llegaron a la mente. El anciano. Su padre. Avra.

Rom se sentó, demasiado rápido, y el salón se inclinó a su alrededor. El corazón se le estrelló contra la caja torácica, con tanta fuerza como para hacer que se preguntara otra vez si la sangre en realidad había sido un veneno que incluso ahora estaba a punto de hacerle estallar las arterias.

Algo no iba bien. Se sentía como si oscilara sobre un precipicio angosto entre la vida y la muerte, optimista y aterrado a la vez. La bodega era más tenebrosa ahora de lo que recordaba; solo uno de los siete cirios aún ardía en el candelero. Las sombras se arrastraban desde los bordes del salón, deslizándose con el brillo intermitente de la vela a lo largo del ataúd contra la pared.

70

Ataúd. Basílica. Por un momento se preguntó si se estaba muriendo. Si las cosas extrañas que le atacaban la mente eran el inicio de la felicidad o de algo horrible.

Se irguió, arreglándoselas para poner un pie debajo de su cuerpo. Luego se tambaleó hacia un costado, plantando el rostro en el suelo. Una sensación de dolor le recorría desde la barbilla, la impresión debió de haberle sacudido el cerebro.

Logró ponerse de rodillas y, con mirada inestable, miró alrededor. Esta era la bodega a la que había escapado, con sus pilas de sillas y candeleros de honor. Rom no estaba muerto, sino dolorosamente vivo.

Sin embargo, no podía disimular que a su cabeza le pasaba algo malo. No solo estaba mal, sino terriblemente desajustada. El joven parecía incapaz de encontrar sentido a lo que le rodeaba.

Quizás se debía a la oscuridad. Las horrorosas sombras.

Se tambaleó hasta ponerse de pie, los brazos desequilibrados.

Una sensación de pesimismo le golpeó los sentidos como alquitrán ardiendo. Le abarrotó las fosas nasales y le llenó los pulmones, obligándolo a esforzarse para respirar. Pero cuando lo hizo no aspiró aire, sino terror... terror y tenebrosidad.

Durante varios segundos permaneció con los pies plantados y las rodillas dobladas, tratando de respirar. *Creador mío, ayúdame. Me estoy muriendo, ¡ayúdame!* Pero el terror solamente aumentó.

Movió la cabeza por el lugar, buscando escape. Allí, a su izquierda, ardía la única fuente de luz: un cirio con una llama débil y titilante.

Fuego. Un ojo felino guiñando en lo alto de un cirio.

Parpadeó, y el dedo de fuego se dobló y le hizo señas. Al instante disminuyó el temor, atenuado por una nueva sensación que le acariciaba el fondo de la mente.

Bajó los brazos y respiró con mayor facilidad, cautivado por la visión. ¿Había visto alguna vez algo tan maravilloso? ¿Cómo funcionaba ese brillo efusivo? ¿Cómo podía algo tan pequeño y tan carente de sustancia desterrar todo cuanto estaba mal?

Alrededor de él, la oscuridad respiraba como si estuviera viva, y sin embargo delante de él una sola llama de no más de la mitad del tamaño de su dedo meñique lo invitaba a maravillarse.

Los ojos se le llenaron de lágrimas. Una sensación de calidez le recorrió los brazos y la espalda. ¡Era fenomenal! Rom se tambaleó hacia adelante y se detuvo frente al cirio, incapaz de alejar la mirada.

—Creador —susurró, con la lengua seca dentro de la boca; la emoción lo atragantó—. Qué hermoso.

Por el rabillo del ojo veía las sombras enroscándose detrás del ataúd. ¿Era posible eso? La sangre hacía obrar su poder como una droga.

Volvió la mirada hacia la llama. El mundo había cambiado ante sus ojos, y esta lengüeta de luz era una obra de magia. Recorrió el dedo a través del flexible cuerpo de cera y le maravilló el calor que le producía en la piel. ¿Cómo había dado por sentado algo así?

No supo cuánto tiempo permaneció en este estado. Para cuando se enderezó, el cirio apenas era más que un charco de cera. En algunos minutos más se tragaría por completo la llama y las tinieblas lo ahogarían.

El joven siguió el moribundo brillo de la vela hacia una pila de sillas y la pared, hasta el menguante anillo de luz en el suelo...

Y la forma acurrucada en el rincón.

Allí yacía Avra, durmiendo de costado. Su diminuto y sereno cuerpo, subiendo y bajando con cada respiración. La cabeza le reposaba en el brazo, vuelta hacia Rom con ojos cerrados, ajena a la excéntrica conducta de él.

Avra.

Él no se pudo mover. La vista de ella yaciendo allí lo angustió.

Avra era un ángel. Un ángel en el sueño de Rom inducido por el veneno. El corazón se le llenó de una extraña sensación. La deseó. Anheló que estuviera con él.

Rom se movió hacia la muchacha, calmando su respiración, sin atreverse a hacer ruido. Se quedó sobre ella, asombrado. Avra era hermosa. Pronunció tiernamente el nombre de su amiga, temiendo molestarla.

—Avra.

El nombre le produjo un temblor en los labios. Esta era Avra, pero no era ella. El veneno había robado la antigua Avra y la había reemplazado por otra mujer.

Se posó en una rodilla y tocó un mechón del cabello de la joven. Las dos mujeres parecían idénticas, pero esta era más hermosa. No, era mágica. Un ángel, una diosa, el producto más descabellado de su imaginación de altos vuelos.

El deseo le arrolló el corazón. No un simple anhelo de tenerla, sino unas ansias de envolverla, de absorberla por completo. Una avidez de servirla, si tan solo ella se lo permitiera, porque tal criatura no merecía nada menos. Era magnífica.

Deseó sostenerla y besarla, ¡pero no se atrevió! Le temblaban los dedos, así como el mechón de cabello femenino en ellos. Y, sin embargo, no era un ángel, sino una mujer de carne y hueso.

Avra.

Algo se le agitó a Rom en la mente, despertando de golpe en un amplio vendaval. Una puerta dentro de él se abrió a una nueva realidad. Una en que adoraba a Avra. Era una devoción más allá de la lealtad actual que una vez llamara *amor*... el mismo amor que había afirmado tener por su madre.

El recuerdo de su madre sobre un charco de su propia sangre se le estrelló en la mente, haciéndole soltar el mechón de cabello. La fuerza de la sensación que lo había golpeado lo lanzó hacia atrás sobre los talones.

¿Estaba muerta su madre?

El joven se levantó de un salto, giró hacia la puerta y salió disparado de la bodega. Solo una idea lo empujaba escaleras arriba, subiendo los peldaños de tres en tres. Un temor, una ansiedad, un pensamiento horrible y debilitador.

Su madre estaba muerta.

No se detuvo sino hasta llegar a la calle y solo entonces porque se dio cuenta de que había dejado a Avra.

Avra, a quien adoraba.

Permaneció bajo las tenues luces de la calle, perdido, desgarrado, pero luego comprendió que Avra estaba dormida y en paz. Y él... él tenía que averiguar si su madre estaba realmente muerta o si incluso había la más leve posibilidad de salvarla. Iría y regresaría por Avra antes de que despertara.

Rom se inclinó y salió disparado en medio de la llovizna gris.

Tardó menos de treinta minutos en llegar a su casa por la vía del metro y una ruta directa a través de calles vacías en la noche. Sabía que se arriesgaba a que lo atraparan, especialmente si habían apostado guardias en su casa. Pero las nuevas emociones que bullían dentro de él hacían de lado todas las razones y exigían que lanzara a la cuneta su propia seguridad. Tenía que ver a su madre. Debía asegurarse de que no había manera de poder salvarla. Nada más importaba.

Rom no podía entender el arrollador impulso y el dolor que lo habían atrapado, pero no importaba. Era esclavo de ese impulso y ese dolor. Era lo único que podía hacer para ocultar sus lágrimas de los pocos pasajeros nocturnos que viajaban en el metro.

Cuando llegó, su corazón tartamudeó. La puerta trasera de su casa se hallaba entreabierta a la luz de la luna.

Pero eso era bueno, ¿verdad? Si las autoridades hubieran completado su obra aquí, habrían acordonado la casa. La habrían sellado.

Por otra parte, si su madre estuviera viva y pudiera moverse por el lugar, habría cerrado la puerta. Pero Rom ya sabía que la idea de que ella hubiera sobrevivido era la desesperada fantasía de un hijo desesperado.

Lo había sabido mientras se hallaba en el tren, observando titilar las filas de luces. Con cada paso había sabido que su misión de salvar lo que estaba perdido solamente lo aplastaría. Pero lo que era posible o práctico había sido reemplazado por un impulso más primitivo.

Esperanza.

Buscando alrededor cualquier señal de que estuvieran vigilando la casa, fue corriendo hasta la puerta. Ningún sonido desde adentro. La lámpara de la cocina aún estaba encendida.

Con suavidad abrió del todo la puerta y miró a través de la abertura cada vez mayor. Pudo ver la cocina. La entrada al comedor estaba vacía.

El corazón le palpitaba con fuerza. Abrió más la puerta y entró con sigilo. Baldosas blancas y negras...

Sangre.

Allí estaba su madre.

Rom miró la forma arqueada, desprovista de vida. Resurgió todo en su interior: el guardia tajándole la garganta, la manera en que los ojos de su madre se le quedaron en blanco, el cuerpo desplomándose.

Al mirarla revivió esos momentos brutales como si estuvieran sucediendo frente a él otra vez con despiadada exactitud. La muerte siempre había ocupado el mismo espacio que el temor, pero ahora algo mucho más feo que ese temor desenrollaba su forma serpentina desde un pozo profundo dentro de él, saliendo a través de la garganta como un dragón, los ojos rojos y los colmillos al descubierto.

La emoción le era tan extraña que sintió cómo el estómago se le conmovía en toda su capacidad. No se podía mover. Solo podía permanecer allí, temblando de pies a cabeza, con ganas de vomitar, pero sin siquiera poder agacharse para hacerlo.

Su primer pensamiento fue que lo habían cortado junto con su madre y que incluso ahora se estaba desangrando sobre el piso de la cocina.

Su segundo pensamiento fue que no era una hoja no le había producido la muerte. El veneno del frasco lo estaba matando.

Ese dragón que erguía la cabeza comenzaba a sangrar, llenándole los pulmones y la garganta con sofocante terror.

Rom avanzó trastabillando bajo el peso de un dolor tan grande que no lo podía soportar. Cayó a tierra sobre el cadáver de su madre, le hundió los dedos en los hombros y sollozó, vacilante al principio y luego con grandes jadeos y gemidos.

Supo entonces que había hallado su camino al interior del infierno. El caos se lo estaba engullendo. Había ingerido la sangre prohibida, despertando todo aquello que era impío a fin de devorarlo. En largos e implacables gemidos, Rom lamentó la muerte de su madre.

¿Qué había hecho? *¿Le había* provocado la muerte a su propia madre? ¡La piel de ella estaba fría e inerte por culpa de *él*! Había abierto una grieta en la tierra y liberado al diablo. Su madre había muerto, pero era ahora *él* quien sentía esa muerte en una forma que ella, leal al Orden, nunca pudo haber sentido.

El pacífico rostro de su madre le llenó la mente, tan estoico y reservado, tan calmado para alarmarse y asustarse. ¿Cuántas veces permaneció ella allí junto él para sanarle una rodilla lastimada o cuando despertaba temblando por temor a la muerte? Su madre estaba allí en el recuerdo, preparando alimentos cada mañana y tarde a fin de que él pudiera crecer fuerte; metiéndolo en una cálida cama en la noche y ahuyentándole los temores con palabras tranquilizadoras y sabias.

Ahora ella se hallaba en un charco de su propia sangre. Olas de desesperación subían borboteando desde ese hoyo negro, bañándolo con repulsión. El temor que había sentido de niño bajo el tierno cuidado de su madre palidecía al lado del tenebroso dolor que lo consumía.

Aún podía saborear la ácida abominación de la sangre que había ingerido, y con cada sollozo maldecía el impulso de ponerse en los labios ese asqueroso veneno. Ahora abrazaría el destino de su madre sobre su propio horror.

Por un momento consideró terminar con su vida. Si esta plaga había afligido una vez a la humanidad, entonces la humanidad había sobrevivido solamente erradicando los rastros de esa peste. Y ahora él había invertido ese orden e invitado a una muerte viva para consumirlo.

¿Qué he hecho? ¿Qué locura me ha tentado para subvertir la verdad que mantenía todas las cosas en perfecta paz?

Las últimas amarras que le ataban la mente a cualquier semblanza de razón se habían disipado. Las quijadas del dragón se abrían de golpe, lanzaba la cabeza al frente y rugía con furia.

Rom separó bruscamente la cabeza sobre el cadáver de su madre y gritó lleno de pánico a pleno pulmón, con los ojos cerrados. Pero el terror solamente se intensificó.

La mente se le ennegreció. Se levantó y caminó tambaleándose. Tropezó con el cuerpo de aquella mujer especial. Se dio contra la mesa, agarró una silla para mantenerse erguido y, resollando, la destrozó en el suelo.

Pero nada de ello se notaba tan fuerte como la desesperada flagelación de un individuo en las fauces de la muerte. Estaba vagamente consciente de que sus gritos serían oídos por cualquier transeúnte a esta temprana hora, pero él parecía no poder controlar su dolor ni su reacción ante la emoción que lo envolvía. La muerte le rastrillaba las garras a lo largo de los huesos, sin considerar asuntos sin sentido tales como comportarse con calma ordenada.

Se agarró el pelo con ambas manos, lo suficientemente fuerte como para hacer que el cuero cabelludo le doliera, luego recostó la cabeza contra la pared y lloró. Todo era inútil. Sin esperanza. Lo hecho, hecho estaba.

Y allí... la figura de su madre yacía inmóvil ante las violentas protestas de él.

Fue hasta donde ella, se puso de rodillas y rodeó con los brazos el cuerpo inerte, sollozando.

No estaba seguro de cuánto tiempo la apretó, pero al sucumbir ante esa angustia comprendió algo nuevo. Había caos en sus venas. Estas recién despertadas emociones solo podrían ser la peor de las enfermedades. Había tomado la sangre y de alguna manera esto lo había revertido a un estado de macabras tinieblas. Por eso el Orden había llegado a tales extremos a fin de proteger a la humanidad del frasco de sangre.

Amó a su madre en la nueva y desgarradora manera que sentía ahora. Lloró, se sintió desolado, seguro de que el corazón humano no podía sobrevivir por mucho tiempo a tal quebrantamiento.

Pero incluso mientras pensaba en el horror de la vida en esta nueva prisión infernal de desolación, otro pensamiento le rondó por la mente.

Avra.

Había dejado el frasco en el mismo salón con Avra. ¿Y si, al descubrir que él se había ido, ella bebía la sangre?

El pensamiento lo levantó del suelo. ¡Debía volver con Avra! Pero no podía dejar así a su madre. En un estupor de pesadilla, Rom secó la sangre de las heridas del cadáver y llevó el cuerpo a la cama. La colocó bajo las cobijas y le retiró los enmarañados cabellos del rostro de tal modo que pareciera casi ella misma, dormida como en cualquier noche.

¿Qué estás haciendo, Rom? ¡Tienes que regresar!

Al salir corriendo de la alcoba de su madre vio el desastre de sangre en el piso de la cocina. Pensó en limpiarlo, echar por el desagüe todo rastro de muerte y abrir las ventanas para purgar de la casa el mal olor de la sangre. Durante un espeluznante momento permaneció inmóvil, atrapado en su propio sufrimiento.

Pero el rostro de Avra le apareció en la mente, vertiéndose el frasco de veneno en la boca.

Con un gemido de horror saltó sobre la sangre, atravesó corriendo la puerta trasera sin molestarse en asegurarla, y se dirigió a la estación de metro a paso ligero.

El cielo había palidecido. Los vecinos descubrirían el cuerpo de su madre y llamarían a la autoridad de transición. La idea de que ella estuviera en ese lugar lo aterró, pero no pudo imaginar una mejor manera de honrarla que permitirle ir a la felicidad según el Orden al que ella había servido.

Ahora su deber era salvar a Avra. Querida y dulce Avra, a quien amaba y por quien moriría aunque fuera solo para salvarla de esta infame muerte que lo había encontrado a él.

Avra... Avra, a quien amaba más que a sí mismo.

Echó a correr mientras unas nuevas lágrimas le nublaban la visión.

Capítulo diez

LO QUE FUERA QUE le hubiera hecho la sangre, Rom no encontraba una manera de ocultarlo antes de volver a subir al tren por la mañana temprano. Lo que más le mortificaba era los extremos de emoción. Luchaba un minuto por suprimir su terrible dolor, luego al siguiente era vencido por una desesperación de salvar a Avra de algo similar. Un momento empuñaba las manos en un esfuerzo por contener las lágrimas; al siguiente murmuraba el nombre de Avra como una oración, como deseando que el tren se moviera a más velocidad.

Pero se le reveló un nuevo sentido para su condición en su anhelo por Avra. Sí, antes había descubierto un profundo deseo de protegerla, pero ahora un profundo amor le llenaba el corazón con una calidez que sentía menos como dolor y más como intoxicación. El amor, hasta ahora entendido nada más que como el deber de alguien de mantenerse leal, ardía furiosamente ahora con emoción.

Si Avra no había tomado la sangre, y Rom esperaba desesperadamente que no lo hubiera hecho, aún poseería un cerebro con el que él pudiera razonar.

El momento en que llegó a la basílica, sus pensamientos se hicieron pedazos. Las crecientes nociones de benevolencia y compasión dirigidas hacia Avra eran lo que más lo confundía. No se trataba tanto de una cuestión de dolor, sino de deseo y amor. Sin duda, de amor. ¿Sería posible que solo estuviera reaccionando con exageración a su nuevo estado mental? ¿Sería posible que ya no tuviera la capacidad de controlar esas sensaciones atolondradas? ¿Sería posible que simplemente tuviera el corazón demasiado débil para contener emociones opuestas? Agonía por la muerte de su madre... amor por Avra.

Tal vez, como un hombre hambriento, consumiría cualquier cosa o a cualquier persona ahora mismo. Y quizás habría llorado por el paso de un gorrión.

No. No podía aceptar aquello. Estas sensaciones eran demasiado reales. Un ataque fresco de lágrimas le inundó los ojos al bajar corriendo las gradas hacia la bodega donde había dejado a su amor.

Intentó abrir la puerta, la encontró sin cerrojo, miró adentro.

Lo primero que observó fue la luz. Todos los cirios se habían prendido. No había señales del frasco... no recordaba dónde lo había dejado.

Dirigió velozmente la mirada hacia el suelo. Avra estaba allí, acurrucada, temblando. Pero sin el frasco. Gracias al Creador, sin el frasco.

Entró a toda prisa y cerró la puerta. La joven no se movió para indicarle que lo había oído entrar.

—Avra, aquí estoy.

Cruzó el salón en tres zancadas, se arrodilló al lado de ella y la abrazó. Los brazos de la chica lo ciñeron y él la agarró con más fuerza.

—Shh, shh. Aquí estoy.

Avra se había enredado en el abrigo, y Rom pudo sentirle los hombros tiritando, no por temblores, sino por sollozos. El cabello de ella caía sobre el brazo de él, colgando hacia el suelo mientras la acunaba contra el pecho. La boca de Avra se retorció con un suave lamento. Oír y ver esto desgarró el corazón de Rom.

Intentó enderezarle el abrigo, acomodárselo alrededor y sobre los hombros. Se maldijo por dejarla enfrentar sola su temor.

—Avra, no llores. ¡Estoy aquí! Estoy bien. ¿Ves?

Ella siempre había sido temerosa, y con razón. Pero ahora la idea de verla sufriendo hizo surgir en Rom algo nuevo y feroz, algo tan alojado en su corazón que supo que aquel era su sitio; que tal vez siempre estuvo allí, esperando, durmiendo, silencioso hasta ahora.

—No llores, por favor —pidió él, retirándole el cabello del rostro con una mano temblorosa. Había suficiente luz para ver que tenía las mejillas rasguñadas, que uno de sus labios había sangrado, y que los ojos estaban hinchados de llorar. ¿Cuánto tiempo había estado así?

—Avra. Lo siento. Lo siento mucho.

Esta era la frase normalmente enunciada por temor después de una equivocación, pero ahora él sentía algo más. Sentía remordimiento.

Rom nunca la había visto de este modo, sin la columna vertebral recta, apuntalada contra cualquier temor que se estuviera apoderando de ella.

Colocó la mejilla contra la cabeza de su amiga. Ya no olía a jabón ni al aroma de pelusa limpia de la lavandería, sino a piel y al almizcle del sudor, como algo dulce y embriagador. Metió el rostro entre el cabello de ella y aspiró profundamente.

Dulce Creador. ¿Cómo es que nunca antes lo había notado?

Volvió a quitar las manos del rostro de Avra y le besó los ojos. Le tocó el labio donde se había mordido. Pero también tenía sangre en la comisura de la boca.

Un frío le recorrió la nuca.

Miró alrededor del salón.

—¿Avra? ¿Dónde está la caja?

Entonces la vio en el suelo cerca de una de las patas de la mesa. Estaba abierta, el pergamino adentro. El frasco se hallaba en el suelo cerca de donde aparentemente había rodado hasta detenerse.

Aun desde aquí pudo ver que el frasco estaba casi medio vacío.

El corazón del confundido joven se sobrepuso a una fuerte pulsación, empujándole sangre espesa a través de las venas como si de repente estas hubieran colapsado, para luego abrirse a fin de aceptar una ráfaga de vida nueva.

Se volvió otra vez hacia Avra, con la mente inundada de horror. Pero no vio temor en los ojos de ella. Lo miraba con ojos tiernos y redondos, flotando en medio de algo que él no había visto antes. El fulgor de miedo había desaparecido, reemplazado por una necesidad que reflejaba el propio anhelo de Rom.

Ninguno habló. Rom quiso hacerlo. Quiso gritarle su indignación por el peligro al que se había expuesto. Quiso suplicarle perdón y llorar con ella.

Entonces, de pronto, ya no quiso hacerlo. El impulso por corregir lo malo de la situación desapareció, sofocado por una desesperación de amar a esta mujer.

Avra comenzó a temblar en los brazos de Rom, pero no de miedo. Los ojos femeninos lo miraron con el mismo deseo que él sentía, estaba seguro de ello, y este juicio lo impulsó a un lugar tan extraño que no estaba seguro de si había sido absorbido dentro de la misma felicidad.

Avra ya no era la jovencita que había protegido a través de la vida, sino la mujer que él necesitaba igual que el aire. Ella se estaba irguiendo, con ojos encendidos, rodeándole el cuello con los brazos y besándolo en la boca con tan intensa pasión que lo enardeció y que le hizo enfurecer de deseo la mente.

Respirando con dificultad, se alimentaron mutuamente, dos almas necesitadas que se habían encontrado cerca de la muerte antes de hallar el único alimento que podía sustentarlas.

La muchacha lo echó hacia atrás, se le sentó a horcajadas cuando su amigo cayó al suelo. Los dedos femeninos se incrustaron en el cabello de Rom. Los labios de ella sofocaron los de él. La joven respiraba por la nariz en cortas y desesperadas ráfagas en busca de aire.

Las manos de Rom se pasearon por la firmeza de la espalda de ella, por sus pequeños hombros, por la cortina que formaba su cabello mientras ella lo apretaba, devorándole. El éxtasis desafió la tormenta que había asolado la mente de él. Esto era algo físico, cierto, pero también era muchísimo más que eso.

El corazón de Rom estaba vivo. Gritando con placer. Ansioso de amar y ser amado, despierto a un mundo vertiginoso y prohibido de amor y pasión.

Avra retrocedió repentinamente unos centímetros. Tenía los ojos bien abiertos y su aliento inundó la boca de Rom. Se miraron fijamente, paralizados por un instante.

Entonces ella se separó de él, rodando hasta ponerse de rodillas, y pestañeando.

—¿Qué nos está sucediendo? —preguntó con voz que parecía extraviada.

Rom se puso de pie; la cabeza le daba vueltas. No lo sabía. ¿Era esto vida o muerte? Una hora antes había jurado que era muerte, pero si lo que sentía ahora era muerte, entonces entregaría su vida sin titubear aunque solo fuera para sentir el abrazo de esa muerte.

—Yo no quería... —titubeó ella tragando saliva.

—Sí, lo querías.

Avra mantuvo los ojos fijos en Rom, sin hacer intento alguno por seguir desechando sus sentimientos.

—Ambos lo queríamos —afirmó él arrodillándose al lado de ella.

La tomó en los brazos y la sujetó tiernamente. Avra vaciló, luego echó las piernas hacia un lado y reposó la cabeza contra el pecho de Rom.

—¿Estás bien?

—Bebí la sangre, Rom —confesó ella, temblando de nuevo—. Te sentí salir y traté de llamarte, pero ya te habías ido. Creí que me habías abandonado.

—¡Nunca! ¿Me oyes? Nunca —le aseguró él abrazándola y ocultando el rostro en el cabello de la chica.

El pensamiento de abandonarla lo horrorizó, pero no pudo hallar las palabras para expresar sus sentimientos. Así que la sostuvo cerca, consciente de la calidez de ella. El dolor que él había sentido al encontrar a su madre muerta no fue menos, pero ahora una desesperación por las emociones que Avra había despertado lo inundó con una gratitud que no lograba comprender.

Actuara como actuara la sangre, Rom ahora estaba seguro que esto no podía ser algo tan simple como la puerta al infierno. Algo mucho más profundo les había sucedido a los dos. Habían cambiado. Huían de la justicia. Estaban envenenados, vivos, moribundos... lo que fuera.

Pero, por encima de todo, estaban juntos.

—¿Estamos muriéndonos? —susurró Avra.

—No. No lo creo. Quizás estamos más vivos que nunca.

Él quiso decirle cómo se sentía, descifrar lo que les estaba sucediendo, pero había un asunto más urgente ahora. Sabía que los sacerdotes llegarían pronto a preparar la primera reunión. Debían recobrarse y encontrar otro lugar donde esconderse.

—Debemos irnos pronto.

Rom le tomó la mano y deslizó los dedos a través de los de ella, maravillándose de la pequeñez de estos, de la delicadeza del dedo meñique de la joven.

—¿Sientes algún dolor? —le preguntó.

—Me duele la mente.

—Siento mucho no haber estado aquí para ti.

—¿A dónde fuiste?

—A casa —contestó Rom, mirando los cirios encendidos—. Tenía que ver a mi...

—Tu madre —exclamó ella mientras lágrimas frescas le salían por los ojos—. Oh, Anna... ¡pobre Anna! Rom, ¡lo siento mucho!

Ella lo estrechó entre los brazos y ambos lloraron juntos, abrazados. La herida no parecía cerrarse, y Rom se preguntó si era posible que los corazones realmente se hicieran pedazos.

—Mírame —susurró él, después de que las lágrimas hubieran vuelto a detenerse.

Avra lo miró de frente, con las pestañas aún húmedas. ¿Había sido siempre tan hermosa?

El joven bajó la cabeza hacia la de ella y le estampó un beso en la mejilla.

—Rom...

Lo que llamamos amor, Rom, es la sombra de algo perdido. ¿Cómo había sabido eso el padre de él?

—Te amo, Avra —le declaró, acariciándole la mejilla con el pulgar—. Con el amor que una vez fue. La sangre nos ha llevado atrás en el tiempo. Sientes tanto como yo.

Los ojos de la muchacha buscaron los de Rom, comprendiendo. Y entonces Avra estiró los brazos, se los puso alrededor del cuello y lo atrajo hacia ella. Él la volvió a besar, suavemente esta vez, pero cuando la joven se separó estaba volviendo a respirar de manera irregular, temblorosa.

—¿Es locura esto?

—No —le aseguró Rom, besándole el cuello, la parte alta del hombro.

—No.

Las cicatrices de ella.

—Nunca me importaron antes y tampoco ahora. No te habría tenido sin ellas. Juro que si yo tuviera el poder para sanarlas, lo haría solo para agradarte. Para mí eres completa —expresó él, volviéndola a besar.

Un suave sonido seco se oyó sobre sus cabezas y Rom levantó súbitamente la suya. Los sacerdotes.

—Rápido.

Se puso de pie y la ayudó a levantarse. Agarró la caja, volvió a envolver el frasco en el pergamino y luego, cuidadosamente, colocó dentro el envoltorio y lo cerró.

—¿Estás bien?

—No lo sé —contestó ella, pero estaba más estable de pie de lo que él había estado.

Avra se sujetó el abrigo mientras él soplaba los tres cirios restantes. En medio de la oscuridad, Rom alargó la mano hacia la de ella, y le colocó la caja.

—¿Puedes llevar esto?

Oyó el ruido que ella hacía al deslizarse el objeto en el bolsillo del abrigo.

Juntos se movieron hacia la puerta.

—¿Podrás correr?

—Sí.

Rom abrió la puerta lo suficiente como para mirar hacia afuera y escuchar. Unos pasos bajaban resonando por el hueco de la escalera más allá del corredor, en dirección a ellos. Él hizo retroceder la puerta y llevó a Avra a través de la bodega hacia la segunda puerta, poniendo la mano en la perilla y haciéndola girar.

Esperó hasta que los pasos se detuvieran exactamente afuera de la primera puerta. Tan pronto como esta se abrió, sacó a Avra a toda prisa. Huyeron por el oscuro pasillo en dirección opuesta al hueco de la escalera por la que habían descendido la noche anterior.

El sonido de los pasos de ambos cambió a un eco a medida que entraban al túnel de la antigua cripta. Estaba totalmente oscuro allí y mucho más frío que el suelo liso que pisaban conforme se trasladaban hacia los bordes irregulares de piedra toscamente labrada. Avra se estremeció. La mano de Rom apretó la de ella.

Se pegaron al muro, avanzando poco a poco más allá de los sarcófagos tallados que se alineaban erráticamente por el pasillo y de las esporádicas paredes de piedra que sobresalían entre las cámaras.

Rom había evitado anoche esta parte del nivel más bajo, pensando que el temor los podría paralizar. Pero ahora, aunque retrocedía cada vez que sus dedos tocaban uno de esos nichos de muertos, se veía impulsado por algo superior al temor a la muerte.

El deseo de vivir.

Más que eso, deseos de mantener con vida a Avra.

—Ya casi —susurró él, palpando la barandilla de la escalera de caracol, y la helada curva que se formaba a lo largo del rellano.

Una corriente fría de aire soplaba desde abajo.

—¿Qué hay allá abajo?

—Más de lo mismo.

Rom guio a Avra por la escalera, sus pisadas parecían resonar demasiado fuerte con cada paso. Las gradas parecían imposiblemente largas y altas, como si las estuvieran trepando por la eternidad antes de que finalmente la baranda se nivelara en un rellano iluminado por un rayo de luz que sobresalía por debajo de una puerta.

Palpó la perilla, pero luego titubeó.

—¿Qué estás haciendo? —susurró Avra.

Por un momento, Rom no estuvo seguro de cómo decir lo que estaba pensando.

—Una vez que salgamos...

—No podremos dejar de correr —expresó ella terminándole el pensamiento.

—¿Estás segura de que quieres hacer esto?

—No puedo vivir sin ti.

A él se le salía el corazón del pecho. Besó los dedos de la joven.

—¿A dónde iremos? —preguntó ella.

—Ahora mismo, la única persona que me viene a la mente es Neah —contestó él después de tomar aire.

—¡Neah! ¡Ella está tan vinculada al Orden como los que nos persiguen! ¡Nos delatará en seguida!

—Es ella o Triphon.

Los dos amigos más íntimos que tenían de la universidad. Rom ya había examinado todas las posibilidades. En los últimos seis años, Avra no había mantenido contacto personal con nadie más que él, y Rom había descartado sistemáticamente toda relación, vecino u otro artesano que conociera.

—No hay nadie más.

—Neah trabaja en la Fortaleza. Nos podría ayudar a encontrar a este individuo llamado el Libro, sea quien sea.

—¿Quieres de veras tratar de hallarlo? ¡Seguro que nos atrapan! No, Rom. Tenemos que salir de la ciudad. Debemos huir.

—Al final nos agarrarán. Este tal Libro podría ser el único ser vivo que sepa de veras lo que nos está ocurriendo. O cómo podríamos arreglar las cosas. O si es que podremos hacerlo.

—Demasiado peligroso. Todos conocemos el código de honor.

Quienes infringían el Orden eran responsables de informar no solo de otros sino de sí mismos. Cualquier persona que no lo hacía se arriesgaba a ser delatada por no delatarse.

En un sistema gobernado por el miedo, el código casi nunca fallaba.

—No me gusta.

—¿Se te ocurre otra alternativa?

Como Avra no contestó, Rom presionó la perilla de la puerta y la abrió lo suficiente para mirar. El altar estaba en el rincón opuesto del santuario. Más abajo, cerca de la entrada al atrio, los primeros en llegar se ubicaban en la entrada principal. Rom no vio ningún guardia.

—Mantente cerca.

Entonces abrió la puerta y salió con Avra, corriendo juntos hacia una puerta lateral, la cual abrió él.

—¿Rom? —oyeron una voz cerca del altar.

Ambos se volvieron. Un sacerdote se hallaba en el estrado, con un incensario colgado en cada mano.

—¿Rom? Alguien estuvo aquí buscándote hace tan solo unos minutos. Creo que aún podría estar por aquí, veré si...

Agarró la mano de Avra y salieron disparados hacia la luz del día. La puerta se cerró con un pesado sonido.

—¡Corre! —gritó Avra, soltándose de la mano.

—¡Por acá! —exclamó Rom virando hacia la entrada de un metro, a una cuadra de distancia.

Un camión aceleraba por la calle. En la acera, el tráfico peatonal era notablemente más denso que el día anterior.

Rom miró por encima del hombro.

—¡Camina, camina! —expresó respirando fuerte—. No queremos llamar la atención. Ponte la capucha.

Juntos se unieron a la corriente humana que entraba en la estación del metro.

El día anterior, una nueva bandera había sido colocada en lo alto con la imagen de Feyn Cerelia y la fecha de su toma de posesión, exactamente dentro de cuatro días a partir de ahora. Rom sintió que los ojos de la futura soberana los siguieron todo el trayecto hasta el interior del área del metro.

Había que preguntarse si vivirían para ver el acontecimiento.

Capítulo once

—¿ESTÁ ALLÍ? ¿LOGRAS VERLA? —susurró Avra.

Rom se asomó por la pared lo suficiente para mirar a través de la ventana.

—Aún no.

Se hallaban pegados contra la pared entre la puerta principal y una pequeña ventana en el descanso privado del apartamento de Neah en el segundo piso. La escalera que llevaba a la entrada de Neah la habían construido en el estrecho espacio entre dos edificios. Desde aquí podrían merodear sin llamar la atención.

Hace mucho tiempo, por la ventana debía de verse el verdor de un patio trasero. Al menos así es como Rom lo imaginaba. Sin embargo, ahora, desde aquí tan solo se veía el concreto destrozado de las escaleras y la piedra del edificio vecino. La cortina transparente había sido corrida hacia un lado a fin de que pasara toda la luz oriental que pudiera entrar.

En la distancia, las campanas de la basílica hicieron resonar la hora: las ocho en punto. Las reuniones comenzaban por toda Bizancio y continuarían durante todo el día. Era jornada de reposo, separada con el propósito de renovación y de reunión de asamblea al final de la semana de trabajo. Cuán diferentes sonaban hoy esas campanas: inquietantes y más líricas a la vez.

Rom se reclinó contra la pared y miró el cielo revuelto en lo alto. Por primera vez en su vida, esa simple vista le provocó asombro en el corazón. Hasta las campanas tañían sus propios acordes llenos de asombro y huecos anhelos.

Todo era diferente.

Cuando la última campanada dejó de sonar se oyeron voces dentro del apartamento, de un hombre y una mujer. Rom miró a Avra.

—¿No está sola? —susurró ella.

—Creo que no —contestó él volviendo a mirar por la ventana, la boca apretada y recta.

—¿Quién estaría aquí a esta hora?

Rom lograba ver el rincón de la muy bien equipada sala de Neah, la silla color crema y la lámpara para leer. Debía asomarse más para ver la parte principal del espacio, pero no quiso arriesgarse a mirar directamente, no hasta saber quién estaba con ella.

Las voces volvieron a oírse en tan visible discordia que Rom comenzó a preocuparle menos que lo vieran. Se asomó un poco más.

—¿Qué ves?

—Un hombre, sentado en una de los sillones de la sala.

—¿Un hombre? ¿Desde cuándo Neah tiene un hombre, quien sea, a su alrededor? No se casó, ¿verdad?

—No que yo sepa. Ni siquiera sabía que estuviera comprometida.

Adentro, Neah caminaba por la sala. El hombre sentado en uno de los mullidos sillones se movió hacia adelante exactamente en la línea de visión de Rom.

¿Qué...?

Rom sintió que le brotaba una sonrisa del pecho y se esforzó por sofocar el sonido y la extraña frivolidad que esto le causó. No había sabido que la emoción estuviera asociada con risa, una delicadeza social. Pero el humor que sintió era mucho más que una respuesta cortés. Lo impulsaba una hilaridad que le hizo volver a preguntarse si estaría loco. ¿No acababa de morir su madre? ¿No acababa de cesar su vida como la conocía, posiblemente para siempre? Y sin embargo...

—Nunca te imaginarías quién está allí.

Avra se quedó mirándolo.

—¡Triphon!

—¿Triphon? —preguntó ella, pestañeando.

—Él mismo.

No fue alegría lo que le inundó el rostro a Avra, sino temor.

—¡Triphon pertenece a la guardia! Debemos irnos —advirtió separándose de la pared, pero Rom la agarró por la muñeca.

—Espera. Él solo está en entrenamiento. Oficialmente aún no es parte de la guardia.

—¿Cuál es la diferencia? —inquirió ella entre dientes.

Rom se volvió hacia la ventana. La camisa de Triphon se le tensó a través del ancho abanico de sus musculosos hombros al inclinarse hacia adelante en el sillón para levantar de la baja mesita de centro frente a él un papel de apariencia característica.

—¡Vaya! —exclamó Rom sintiendo que el pulso se le aceleraba.

Las cejas de Avra se levantaron. Se colocó alrededor de Rom y miró por la ventana.

—¿Qué...? Oh, Creador.

—Creo... —titubeó él, mirándola—. ¿Son esos documentos...?

Pero tenían que ser. Él había visto esas mismas letras en su propio compromiso hacía varios años.

Triphon estaba proponiendo un contrato matrimonial.

La apagada voz de Neah se oyó adentro.

—Debemos irnos —opinó Avra retrocediendo.

—¿A dónde? No tenemos a nadie más.

—En entrenamiento o no, Triphon está con la guardia de la Fortaleza. Ya es bastante malo que Neah se nos asuste el momento en que se lo digamos, ¡pero Triphon podría matarnos!

—¿Crees realmente que un aprendiz tenga alguna idea respecto de misiones que tienen que ver con antiguos frascos de sangre, y de perseguir y matar a antiguos custodios de secretos?

La muchacha se detuvo a pensar.

—Hablemos con ellos.

—¿Vamos a interrumpirlos?

—¿Por qué no? Neah lo rechazará. Esto es asunto de los padres. No sé que está pensando él.

No es que el rechazo significara algo para el intrépido Triphon. Si Rom conocía poco el miedo, Triphon lo conocía aun menos.

Rom tardó un momento de más para comprender que las voces allá adentro se habían silenciado. Él y Avra quedaron mirándose cuando la puerta principal de Neah se abrió.

Triphon apareció en el umbral, con su porte de más de un metro noventa y cinco —o noventa y ocho, contando la estirada pulgada de su corte atlético de cabello— llenando la puerta.

—¿Quién está ahí? —preguntó.

—Triphon —expresó Rom, asintiendo con la cabeza.

—Hola, Rom.

Neah apareció cruzando los brazos detrás de su visitante. Tenía el cabello rubio echado hacia atrás en su trenza característica. El suéter y los pantalones color beige parecían más propios para la oficina, o la congregación, que para un día en casa.

—Vaya, si se trata nada menos que de Rom. Y Avra. Apenas los reconocí. Ha pasado mucho tiempo. Y no parecen fantasmas. ¿Qué están haciendo aquí? ¿Espiándonos? Díganme que no acaban de asistir a la reunión así de desaliñados.

—Qué gusto verte, Neah —saludó Rom—. ¿Podemos entrar?

Triphon se hizo a un lado.

Rom detectó mientras pasaba el consentimiento de parte de Triphon, más consciente que nunca del hecho de que tenía diez centímetros menos de estatura que Triphon.

Una vez dentro se volvió para ver entrar a Avra, que enfrentaba de lleno el peso de la mirada de Neah.

—¿Y bien? —inquirió Neah dirigiéndose a Rom—. ¿Qué están haciendo aquí?

—Salvándote de la proposición de Triphon —respondió él.

—Neah estaba a punto de aceptarla —explicó Triphon cerrando la puerta.

—No, ¡no es verdad!

—Ustedes dos tienen un aspecto terrible —expresó Triphon—. ¿Están enfermos?

De pronto Rom no supo qué decir.

—Estamos en problemas.

—¿Problemas?

Rom comenzó a preguntarse si Avra tenía razón en que venir aquí fue una mala idea.

—Nos envenenamos —espetó Avra—. Por accidente.

—¿Qué? —exclamó Neah, pálida—. ¿Qué quieres decir con que se envenenaron *por accidente*?

—No nos envenenamos nosotros mismos —corrigió rápidamente Rom, y miró a Avra—. Tenemos este frasco que me entregaron. Este frasco de sangre antigua. Aparentemente tiene alguna clase de efecto.

—¿Como una droga?

—Quizás. Sí. Algo así.

—Sí —estipuló Avra.

—Idiotas —dijo Neah.

—Necesitamos ayuda —expuso Rom mirando primero a Triphon y después a Neah.

—Déjenme ver si entendí con claridad —pidió Neah—. Ustedes hallaron un poco de sangre vieja. La tomaron. Se envenenaron o se drogaron. Y vienen aquí, ¿a mi apartamento? ¿Qué clase de amigos son ustedes?

—No podemos ir a casa —explicó Rom.

—¿Qué significa: *no podemos ir a casa*?

—Hay algunas personas tras esta sangre —declaró Rom sopesando cómo decirlo—. Debido a sus propiedades, creo. No es seguro para nosotros ir a casa.

—No seas ridículo —objetó Neah—. Deberían ir de inmediato a obediencia.

—No podemos —interpeló Avra.

—¿Qué quieres decir con *no podemos*?

Triphon prestaba atención a la descarga verbal con una ceja levantada.

—¿Qué *no* nos estás diciendo? —interrogó Neah mirando a Avra.

—Escucha —contestó la muchacha, levantándose entre ellos para tomar a Neah por el brazo—. La cuestión es que nos hemos cruzado con algo con lo cual no estamos seguros de qué hacer, y no estamos seguros de lo que eso nos ha hecho a nosotros. Pero creemos que es algo malo, que podría ser veneno...

—*No* es veneno —rebatió Rom, lanzando una mirada a Avra y dando un paso adelante—. Si estuviéramos envenenados, habríamos muerto, en vez de estar experimentando este... estas sensaciones. Y no me sentiría como suelo hacerlo respecto a... las personas... con esta... atracción.

—Eso los dejó atónitos. O al menos a Triphon.

—¡Habla racionalmente! —exigió Neah.

—Si estos sentimientos son alguna indicación, muy bien podrían ser veneno —explicó Avra, hablándole directamente a Rom.

¿Por qué lo estaba contradiciendo Avra?

—¿Atracción? —indagó Triphon, mirándolos—. ¿Qué quieres decir?

—Bueno, este... tú sabes.

Rom miró a este hombre tan fuerte como un toro que acababa de hacer caso omiso a la tradición, para venir a ofrecer un contrato de matrimonio directamente a Neah. ¿Por qué? No era por deseo, porque hasta donde Rom sabía nadie en el planeta sentía verdadero deseo por otro ser humano.

Nadie más que él y Avra ahora.

Buscó una manera de parecer convincente. Dio un paso hacia el gigantón. Era más probable que Triphon fuera más condescendiente que la misma Neah.

—Atracción. Deseo. Ansias, querer estar con alguien no por temor de perder sino por la realización de algo más. Es algo mágico, y ahora Avra y yo lo tenemos.

—¿En serio? —preguntó Triphon con el ceño fruncido.

—Las tonterías de las que estás hablando no existen —cuestionó Neah—. Ya no. Avra tiene razón, ustedes dos están enfermos. Deberían ir a un centro de bienestar.

Entonces Neah se volvió hacia Triphon.

—Deberías escoltarlos en tu camino a casa.

—No podemos —declaró Rom, respirando hondo—. Nos hemos ido contraviniendo el Orden.

—¿Qué quieres decir con que se *han ido contraviniendo el Orden*? ¡Entonces ustedes mismos se tienen que reportar!

Avra le lanzó una mirada aguda como diciéndole: *¿Ves? ¡Te lo dije!*

—Acerca de esta atracción —interpeló Triphon—. ¿Te refieres a algo como a una necesidad sexual?

Rom hizo una pausa para pensar. El sexo era una necesidad reconocida y común, como la necesidad de comer o beber. Pero ahora que pensaba al respecto, con Avra de pie cerca, la misma noción de sexo le parecía enormemente distinta. Ya no era una simple necesidad de procrear o de obtener alivio, parecía algo más profundo.

—Sí —contestó, soltando una lenta respiración—. Como hambre o sed. Pero por la compañía del otro, no simplemente para satisfacer el cuerpo.

—Quizás Neah debería intentarlo —comentó Triphon.

—Pero es más que eso —continuó Rom antes de que Neah pudiera objetar—. Se lo estoy diciendo, nos hemos tropezado con algo que ha despertado nuestras emociones básicas.

Rom miró a Avra, quien lo observaba con intensidad.

—Asombro, belleza, amor —concluyó él.

—Imposible —objetó Neah.

—También ansiedad y preocupación —siguió diciendo Rom haciendo caso omiso a Neah—. Pero ya teníamos la mejor parte de eso en el temor. Si tengo razón, somos algo *más* de lo que éramos antes.

—Eso es absurdo —cuestionó Neah—. Estás hablando de algo arcaico. Tan lejano como vivir en cavernas.

—No. Es algo vivo. Dentro de nosotros.

—Eso es sacrilegio.

—Si esta nueva sangre que fluye por mis venas es sacrilegio, ¡entonces hay algo erróneo en nuestra comprensión de esa palabra! —exclamó Rom sintiendo que el corazón se le aceleraba.

—¡Estás contra el Orden! —gritó Neah, pinchando a Rom con el dedo—. Ustedes mismos deben entregarse. Y si no lo hacen, ¡Triphon y yo lo haremos!

A pesar de la dureza en la mirada gris de Neah, Rom sabía que esa brusquedad provenía del temor. Ella tenía un buen empleo en la Fortaleza organizando itinerarios para los miembros de la realeza. Tenía demasiado que perder si no defendía el código de honor.

—Respecto a esa poción mágica —expresó Triphon—. Déjame verla.

Rom miró el abrigo de Avra. Triphon le siguió la mirada.

Avra miró a los dos hombres, arrinconada.

Rom asintió con la cabeza.

—No voy a tomar parte en esto —aseguró Neah—. ¡No me implicaré en sus acciones!

—Entonces no mires —sugirió Triphon.

Avra le pasó la caja a Rom, quien la llevó a la mesa y la depositó allí, abriendo el broche de presión y sacando el frasco envuelto en el pergamino. Triphon se le acercó por detrás, de modo que Rom prácticamente podía sentir la voluminosidad de él mirando por encima de su hombro.

Neah avanzó pausadamente hasta acercarse a Avra y ponérsele al lado. Ahora los cuatro miraban el paquete que había costado las vidas tanto del anciano como de ambos padres de Rom.

Los recuerdos le aparecieron por todas partes en la cabeza, y con ellos una tristeza en efervescencia que le inundó el pecho a Rom. Bajó el frasco sin poder contener el sollozo que le brotaba de la garganta. Sin embargo, se las arregló para tragárselo un segundo antes de que la emoción se apoderara de él.

—¿Qué es esto? —preguntó Triphon—. ¿Estás llorando?

—Lo ha vencido el temor —objetó Neah—. Él sabe que esto está mal. Míralo. Se ha vuelto loco.

—Déjalo en paz —pidió Avra bruscamente, con lágrimas en los ojos—. Simplemente perdió a su madre por esta cosa. Está sintiendo tristeza, y si ustedes no estuvieran adormitados, ¡también llorarían!

—¿Perdió a su madre? —inquirió Neah—. ¿Los expulsó a ustedes?

—Tristeza —dijo Triphon, como si fuera una palabra extraña.

—No, la mataron —explicó Avra.

Las palabras resonaron entre ellos.

—Eso es imposible. ¿Quién haría algo así?

—La guardia de la Fortaleza —reveló Rom; ahora sí que ambos se habían condenado.

—Eso no puede ser verdad —rebatió Triphon.

—Sea lo que sea, salgan de mi casa —declaró Neah, con aire de indispuesta.

—Escúchenme —exclamó bruscamente Rom, volviéndose a los dos—. Pregúntense por qué la guardia de la Fortaleza mataría a un anciano y a mi madre por un simple frasco de sangre guardada.

—¿Anciano? —interrogó Triphon.

Rom levantó una mano, manteniendo el frasco envuelto cerca del pecho. Entonces se apartó de ellos.

—Escuchen, les diré todo desde el principio. Pero tienen que prometerme oírlo hasta que haya terminado. Escúchenme atentamente.

Nuevas emociones le reverberaban en la voz. El amor de su madre, de Avra, de su padre perdido, la belleza de la vida. Les contó todo, comenzando con el anciano en el callejón y terminando con Avra tomando la sangre en la bodega de la basílica. La mandíbula de Neah se puso más tensa por momentos, pero los ojos de Triphon volvían una y otra vez hacia el envoltorio en la mano de Rom.

—Nunca me he sentido tan... vivo —concluyó, resumiendo el asunto lo mejor que pudo.

—Veámoslo —pidió Triphon.

Rom volvió a la mesa, desenvolvió el frasco y lo bajó. Extendió el pergamino y señaló el escrito en la parte superior. Este era el único mensaje inteligible en medio de un cuadro de caracteres aparentemente al azar. Pero la atención de Triphon estaba en el frasco, por lo que lo agarró de la mesa y lo levantó, mirándolo de reojo.

—¿Bebiste esto?

Rom asintió con la cabeza.

—¿También tú? —le preguntó Triphon a Avra.

—Sí, yo también.

—Eso fue lo más estúpido que ustedes dos han hecho —opinó Neah; corrió hacia la mesa y arrebató el pergamino—. Está claro que esto pertenece a la Fortaleza. Lo devolveré personalmente si tengo que hacerlo.

—¡Neah! —gritó Avra—. No tienes idea de lo que esto es ni de lo que hemos pasado. ¡Ni idea!

—Eres una tonta. ¿Sabes a lo que te estás arriesgando?

Neah siguió vejando a Avra, pero la atención de Rom estaba en Triphon, quien ya tenía los dedos en la tapa metálica.

El hombre abrió la tapa, olisqueó una vez y luego se llevó cuidadosamente el borde del frasco a los labios e inclinó hacia atrás el frasco.

Rom no hizo nada para detenerlo.

—¡Triphon! —exclamó Neah con el rostro pálido.

Triphon bajó el frasco. Su único trago había llevado la sangre más abajo de la siguiente medida... un hecho que Rom registró con un poco de alarma. Había habido solo suficiente para cinco personas, pero ahora quedaban menos de dos medidas.

—Bueno, puedo decirles que sabe horrible —confesó Triphon, limpiándose la boca con el lomo de la mano y volviendo a sellar el frasco.

—¿Te has vuelto loco? ¡Ahora también tendré que delatarte!

—Estoy cumpliendo mi deber como guardia —dijo Triphon pasándole otra vez el frasco a Rom.

—¿Qué deber? Tú estás en *aprendizaje*.

—Ver si hay algo de verdad en todo lo que estos dos...

De pronto el hombre gimió y retrocedió tambaleándose y doblándose como si le pincharan el estómago... luego cayó al final de la mesa, golpeando una lámpara y tirando un cuenco de cerámica que se estrelló en el suelo.

Rom saltó hacia delante intentando agarrar al gigantón antes de que cayera sobre los restos de cerámica, pero Triphon se las arregló para recuperarse lo suficiente y tambalearse hacia la cocina.

—Un poco de... agua...

Cayó debajo del arco entre los dos espacios.

Por un momento se quedaron mirándolo, inmóviles.

—¡Lo han matado! —gritó Neah.

—No...

—¡Ustedes se han vuelto locos y han matado a Triphon! —exclamó Neah girando y corriendo hacia la puerta, con el pergamino ondeándole en la mano.

—¡Rom! —gritó Avra.

Mirando otra vez la forma inmóvil de Triphon, Rom lanzó el frasco a Avra y corrió tras Neah, quien salió corriendo por la puerta y ya bajaba las escaleras.

Pudo oír a Avra corriendo detrás de él. Si Neah escapaba sería la perdición de ellos.

Era plena luz del día. Si Neah salía del patio comunal del complejo de apartamentos no habría manera de detenerla sin la presencia de testigos. Todos los departamentos en este lado del edificio miraban hacia el mismo patio. Obediencia estaría sobre ellos en minutos.

Rom la persiguió, moviendo los pies escaleras abajo como pistones. La mujer estaba casi a tres cuartos de bajar por completo, cinco escalones por delante de él, cuando Rom se lanzó pasándola en el rellano inferior. Dio la vúelta al estrellarse Neah contra él.

Cayeron al suelo, hechos una maraña. El pergamino se soltó de la mano de la mujer y voló hacia la puerta en medio de una fuerte brisa.

Avra bajó las escaleras y los pasó a toda prisa, casi tropezando con el pie de Rom mientras corría tras el pergamino. Lo agarró antes de que el viento pudiera empujarlo debajo de la puerta y llevarlo al patio.

—¡Quítate de encima! —chilló Neah—. ¡Quítate...!

Rom le puso una mano sobre la boca, esforzándose por levantarse. Pero ella se retorcía y se agitaba con tanta fuerza que él no podía lograrlo, pues la asustada mujer gritaba dentro de la mano de él.

Avra se volvió a toda prisa.

—Vas a tener que dejarla inconsciente —decretó.

—¡No puedo hacer eso!

Neah lo pateó en la ingle.

Matarla se convirtió de repente en una posibilidad.

Rom cayó sobre ella, inmovilizándola esta vez de espaldas al concreto. Una vez que él se recuperó, la levantó bruscamente. Avra la agarró por los tobillos.

Resoplando con esfuerzo, la subieron a jalones por las escaleras y la volvieron a meter al apartamento. Avra cerró y trancó la puerta. La larga forma de Triphon permanecía inmóvil en la entrada de la cocina.

Neah comenzó a retorcerse y agitarse con renovada urgencia.

—Tendremos que atarla.

—Comprenderás que tendrás que darle la sangre ahora.

Rom no había llegado a pensar hasta eso, pero entendió el razonamiento de Avra. Esta sería la única manera de persuadirla de que colaborara, aunque fuera solo por interés personal. Seguramente no podrían dejarla atada en el clóset para que muriera de hambre.

Neah gritaba sus objeciones dentro de la mano de Rom.

—Aprisa.

Avra desapareció dentro de la cocina con el frasco de sangre en la mano.

Rom arrastró a Neah hasta el sofá y se dejó caer, con ella de espaldas y encima de él. Entonces levantó una pierna, tratando de sujetar las de la mujer, pero solamente logró atraparle una. Retiró bruscamente la mano justo cuando ella intentaba morderle.

—¡Avra!

—Espera...

—¿Un poco de ayuda?

Neah gritaba.

—Y quizás uno o dos puñetazos... ¡los vecinos van a oír! —exclamó Rom, volviendo a apretar la mano en la boca a Neah.

Avra salió de la cocina con una taza y un embudo. Puso la taza en la mesita de pared y pasó el extremo angosto del embudo entre los dedos de Rom. Después de algunos intentos y de otro grito de Neah, Avra logró meterlo en la boca de la mujer.

—Inclínale más la cabeza hacia atrás. Rápido.

Rom lo hizo, sujetando la estrecha punta del embudo firmemente entre dos de sus dedos. Sintió el mordisco de Neah, tratando de hacer el objeto a un lado con la lengua, pero los dedos de él lo mantuvieron firme en su sitio. Avra agarró la taza de medir y la llenó hasta la mitad con un líquido rojo más claro.

—Lo mezclé con agua miel —informó Avra.

La joven se subió sobre Neah, entre sus patadas, le puso una rodilla en medio del pecho, le apretó la nariz, y derramó una pequeña cantidad del fluido dentro del embudo. Medio asfixiada, Neah hablaba incoherencias. Avra se inclinó un poco hacia atrás y esperó a que algo del fluido se escurriera por el embudo. El resto desapareció dentro de la boca de la mujer. Avra observó moverse la garganta y entonces vació todo el líquido adentro.

Neah tosió, gimió una vez, y empezó a calmarse. Cuando todo el fluido se había drenado en el embudo, Avra lo retiró.

—Lo siento, Neah. Esto tendrá sentido, lo prometo.

Esperaron hasta que la mujer se puso rígida y finalmente se apaciguó.

—¿Está inconsciente? —averiguó Rom.

—Lo está —contestó Avra bajándose.

Unos segundos después los dos se hallaban parados ante la forma inerte de Neah, quien respiraba más rápidamente que Triphon sobre el suelo detrás de ellos, pero a los pocos segundos los rápidos resoplidos de ella comenzaron a amainar.

—Así no es exactamente como creí que esto sucedería —admitió Rom.

Casi toda la trenza de Neah se había desajustado. Hebras de su pálido cabello se le esparcían por la cara. Los dientes y el interior de los labios estaban alineados en un rojo macabro.

Rom nunca antes había pensado en Neah, tan terca y aferrada al Orden cuando ellos llegaron, pero en ese momento se dio cuenta de que era muy hermosa. En el silencio del apartamento de la mujer se vio deseando levantarle la mano, darle la vuelta y maravillarse ante el lado inferior de la muñeca femenina.

Una mano se posó sobre la de Neah, pero no fue la de Rom. Avra acariciaba el dorso de esa mano y la línea de los dedos.

—Siento que el corazón se me está destrozando por ella. No sé por qué. ¿Crees que nos perdone lo que le hemos hecho?

—Lo averiguaremos, supongo —contestó él.

Rom miró alrededor del apartamento, viéndolo realmente por primera vez. Todo se hallaba perfectamente organizado, desde el lugar de los cuadros en las paredes hasta la nítida pila de libros sobre la mesa de centro. Cada color, cada textura en la casa de la mujer reflejaba armonía. No había tonos brillantes, matices turbadores ni superficies incompatibles. Todo en este apartamento había sido elegido con un propósito específico: tranquilizar a quien vivía rígidamente dentro de los confines del Orden.

Orden y temor.

—¿Ahora qué? —susurró Avra.

Rom se enderezó. La sala quedó envuelta en un extraño silencio.

—Esperemos.

Entonces estiró la mano hacia la de Avra, retirándosela de la durmiente Neah. Pasaron la extendida forma de Triphon y entraron a la cocina.

—¿Y si Neah tuviera razón, Rom? En que todo esto es criminal. ¿Cómo saber si estamos haciendo lo correcto?

Algo del pasado de Rom encajó en su lugar.

—Mi padre me dijo algo en cierta ocasión en que le hice una pregunta parecida —enunció en voz baja.

—¿Qué contestó?

—Que lo que llamamos amor es una sombra de algo perdido.

—¿Cómo pudo haber sabido eso?

—Porque era un custodio. Lo que confesó el anciano que degollaron era cierto. Y también era verdad lo que mi padre dijo acerca del amor. Yo no lo sabía entonces, pero ahora lo sé. No sé qué es lo correcto, pero sí sé que estamos más cerca de la verdad de lo que estábamos antes.

Rom pensó que si miraba fijamente durante mucho tiempo a los ojos de Avra podría conocer sus pensamientos. Que podría saberlos sin preguntar. Estaba tratando de escudriñar esas profundidades cuando la joven se le acercó y le acarició la nuca con una mano.

Él no estuvo consciente de haberse inclinado hacia Avra, solo de que el aliento de ella era cálido contra la boca de él. Que los labios femeninos, cuando él los besó, eran inconmensurablemente suaves.

Quiso saborearla. Inhalarla. La idea de besarla, acto que naciera de la ternura en la bodega, se convirtió en una necesidad que debía satisfacer plenamente. Cómo es que nunca había hecho esto hasta el día de hoy, ¿cómo no se le ocurrió en todos esos años y días juntos?

Le soltó la mano y deslizó ambos brazos alrededor de ella, besándola profundamente. Avra era dulce, salada y húmeda, sus pequeños dedos le apretaban el cabello a la altura de la nuca.

Cuando la chica se apartó bruscamente, él se tambaleó. Podía oírle la respiración, más fuerte y más pesada que antes.

No, esa era su propia respiración.

—¿Rom?

El joven le miró la boca, la manera en que los labios, aún húmedos, se le movían al pronunciar:

—Triphon está despertando.

Capítulo doce

HE AQUÍ LOS OJOS que han cautivado al mundo —enunció la criada Nuala bajando el delineador de ojos negro y poniéndolo sobre el gráfico astronómico al que había insistido a Feyn que dejara de revisar al menos el tiempo suficiente para maquillarla.

La futura soberana se volvió en el banco para mirarse en el espejo del tocador. El rostro redondo de Nuala le apareció por sobre el hombro contra el fondo de cortinas de seda.

—Véase, mi señora, está hermosa.

Belleza, pensó Feyn inactivamente. Qué concepto tan extraño. Una cuestión de rasgos deseables... en este caso, los ojos grises claros y la piel pálida de la realeza. La codiciada evidencia de la evolución de la humanidad, prueba de que se habían convertido en algo grandioso.

Y ella debía ser más grande que todos los demás. No porque lo deseara personalmente, sino porque en cuatro días aceptaría el manto de soberanía de manos del soberano, su padre.

En el espejo, la mirada de Feyn se levantó hasta el rostro de Nuala, que era demasiado redondo, demasiado ancho a través de la frente, demasiado brusco para que las masas lo consideraran hermoso. Pero para Feyn la mujer era agradable. La vista de la criada a menudo podía calmarle la ansiedad. ¿No era eso belleza? Nuala no poseía la palidez de ojos o la piel traslúcida de los nobles aunque, igual que muchos, se resaltaba las venas delineándolas en los antebrazos con talco azul. ¿Le hacía menos evolucionada su piel opaca? ¿Menos hermosa?

No importaba. Nuala era una de las personas más sabias que Feyn conocía, y esta fue la razón principal de que años antes la escogiera como criada.

Feyn subió la mano para sobarse el cuello. Nuala se la retiró suavemente a un lado y comenzó a masajearle el músculo.

Feyn suspiró y cerró los ojos.

—A veces me pregunto, Nuala... nací cerca de la hora séptima del séptimo día en el mes séptimo, en todos los ciclos elegibles de nacimiento durante el reinado de mi padre. Por tanto, soy elegida. Sin embargo, si mis padres hubieran copulado un día después o un mes antes, ¿habría incluso existido yo? Seguramente no sería la próxima soberana.

—El Creador no comete equivocaciones.

Feyn abrió los ojos y bajó la mirada hacia el delineador negro sobre el tocador, el lápiz de labios y el talco, los cepillos y las peinetas, todos los instrumentos de trabajo de Nuala.

—Yo soy la artista y usted es mi barro perfecto —le gustaba decir a Nuala.

Barro. Eso era más verdadero de lo que la mujer sabía. *Todos estamos moldeados en algo. Tan solo me pregunto hasta qué punto el Creador tiene realmente una mano en algo de esto.* Ese era un pensamiento blasfemo, que nunca se atrevería a pronunciar. Pero el pensamiento la había despertado muchas noches, enviándola a observar las nubes de tormenta desde el balcón.

Pensar siquiera en tales cosas era tan impropio en una futura soberana que no podía confiar en nadie. Igual pasaba con la soledad, que se había vuelto muy familiar cuando a altas hora de la noche veía llover afuera.

Feyn debía aprender a hacer de lado esas reflexiones frívolas, al menos por ahora. No importaba que fuera elegida por voluntad del Creador o por error de la humanidad. Pronto sería la soberana, y ese sería su derrotero durante los próximos cuarenta años.

Dejó escapar una risita; sin alegría, vestigios de una vida inferior, una sutileza de conversación con sonido relajante.

—Tendré sesenta y cinco años para cuando nos volvamos a sentar así, ante este espejo, y hablemos de la vida fuera del cargo. ¿Comprendes eso, Nuala? Y para entonces habrá arrugas... aquí, debajo de mis ojos, y aquí —profetizó Feyn, tocándose la comisura de los labios.

—Usted será hermosa más allá de los cien años, señora. Y vivirá hasta los ciento treinta.

—Umm —masculló Feyn, volviéndose a sentar.

Si su padre servía de ejemplo, los soberanos envejecían más rápido que sus ciudadanos. Suspiró y se levantó.

Feyn usaba sus acostumbrados pantalones negros y una ajustada túnica de mangas largas. Se habría puesto un simple abrigo si no fuera un día público para ella... su último hasta la toma de posesión. Mañana saldría hacia Palatia, la patria chica de su familia, a fin de pasar los días señalados de soledad antes de su entrada inaugural en la ciudad. Esos serían sus últimos días privados en cuarenta años.

Cuando Nuala se dirigió al clóset adyacente a fin de elegir un vestido para su señora, Feyn entró al comedor frente a sus aposentos para recoger la bandeja del desayuno que estaba allí sobre una mesa. Los alimentos estaban fríos. Agarró algunas hojas verdes y dejó la mayor parte de la carne en el plato. Últimamente, en cocina habían comenzado a dejarla medio cruda.

Nuala entró al comedor portando un vestido plateado de cobalto. El azul era el color del cielo en un día brillante, había proclamado Nuala, el día que el sastre les mostrara por primera vez el rollo de tela.

—¿Mi señora?

Feyn deslizó los brazos por las mangas, encogiendo la pesada prenda a la altura de los hombros. Terminar de cerrar el vestido llevó algunos minutos, en que Nuala aseguró cada uno de los pequeños botones delanteros antes de dar la vuelta y pasar las manos por la parte baja de la espalda. Las mangas acampanadas dejaban ver las apretadas bocamangas de la túnica negra. Feyn no sentía inclinación a revelar la suave piel de sus antebrazos; la codiciada traslucidez de su piel ya era muy evidente en el cuello y el rostro.

Nuala olfateó en dirección a la mesa.

—A medio cocinar otra vez. Le diré algo al cocinero. Esta es obra de su hermano. Él ha decidido que apenas puede soportar la carne cocida. El otro día vi todo un conejo preparado para él y el animal sangraba tanto cuando lo cortó que me pregunté si el corazón le había dejado de palpitar por completo.

—A los miembros de la realeza suele gustarles la carne cruda —señaló Feyn.

—Oí que esta mañana habían sacado otra mujer muerta de la habitación de él.

La revelación le hizo bajar a Feyn una sensación de escozor por el cuello. No sabía qué hacer con estos rumores recientes.

—La muerte está en todas partes —dijo sin embargo—. Está con nosotros, y así es simplemente la realidad. Estoy segura que hay una explicación razonable.

Nuala entornó los ojos, pero contuvo la lengua. Feyn no podía culpar a la mujer. *En todas partes* o no, nadie quería ver el espectro de la muerte. Ni siquiera alguien tan ordenada y sabia como Nuala.

—¿Qué te importa lo que saquen de mis aposentos, criada? —preguntó una voz grave al otro lado del comedor.

Las mujeres se volvieron al unísono hacia el sonido. Saric estaba de pie al lado de la cortina de seda que detenía las corrientes de aire de la escalera trasera, vestido con un abrigo tan suntuoso que hacía quedar en ridículo a las cortinas.

—Hermano —expresó Feyn mientras Nuala retrocedía un paso.

Saric había estado detrás de la cortina en silencio durante varios minutos después de descender la escalera. En estos últimos días lo había hecho en varias ocasiones, pero esta fue la primera vez que dio a conocer su presencia.

Despidió a la siempre presente criada con una señal de la cabeza y la observó mientras se iba del lado de su señora. La perra sería ordinariamente demasiado común y poco interesante para el gusto de él, pero en los últimos días se había preguntado cómo sería poseer ese cuerpo tan redondeado.

Una vez salida la criada, Saric volvió la mirada hacia su hermana. ¿Se había fijado de verdad en la palidez de esos ojos en tiempos recientes? Podía oler el fuerte aroma del perfume femenino. Más que eso, podía *olerle* la piel del cuello y el rostro, y las azules venas por las que le corría la vida.

Aunque en esta última semana se había visto más guapo, más único en todo el mundo, se sentía hecho de barro al lado de Feyn.

Para él no representaría ninguna diferencia.

—Hola, Feyn —saludó Saric avanzando, con la mirada fija en ella.

—¿Le pasa algo a mi puerta?

—Soy tu hermano, no tu criado. ¿No puedo venir cuando desee? Nunca te importó cuando éramos más jóvenes.

—Mi medio hermano —corrigió ella—. Y eso era hace mucho tiempo.

Feyn caminó hasta el cofre en que guardaba sus joyas. Ya estaba harta, y más aun en los últimos días. Saric había visto a los cómplices entrando con más regalos, había oído cómo los sirvientes se escabullían alrededor de esos presentes, manejando con mucho temor el tributo de las naciones. Pero, sin mirar, él sabía que de entre ese considerable tesoro ella elegiría los mismos anillos que prefería para cada jornada: una piedra luna y una gran aguamarina que su padre le había regalado en el anuncio de la toma de posesión de ella nueve años atrás.

Saric caminó a grandes zancadas hacia la mesita y examinó los restos de comida, lo cual solamente le produjo asco.

—Perdóname —expresó él sirviéndose una copa de agua de la mesa, haciendo caso omiso de la carne, que olía a cadáver.

Empujó la bandeja hacia un lado; debajo de ella había una pila de gráficos.

—Muchas estrellas, muchas figuras. ¿Cómo guardas tanto en tu cabeza, hermana? Nunca entenderé a tus matemáticos.

—¿Qué es eso de una mujer muerta en tus habitaciones?

—Una mujer en quien hicieron algunos experimentos —contestó él devolviendo la copa a la mesa y derramando un poco de agua sobre el montón de gráficos—. ¿Qué puedo hacer si prácticamente estaba muerta cuando llegué hasta ella? Trato de liberarme de ellos, pero por la mañana me encuentro traumatizado.

Feyn titubeó como si pensara en volver a expresar su desaprobación por las actividades de él. Pero se contuvo.

—Por *ellos* supongo que te refieres a los alquimistas —declaró ella.

—Así es —respondió Saric exhalando firmemente y acercándose a su hermana.

—Hay concubinas adecuadas, Saric. Úsalas.

—Sí, hermana. Pero déjame ayudarte aquí y ahora. Debes usar las cortesías de tus ciudadanos —expuso él, abriendo las puertas del cofre joyero y extrayendo una de las gavetas.

El cajón estaba lleno de joyas de toda clase. Empujó la gaveta y abrió otra. Feyn se quedó mirándolo a él y no al joyero.

—Hablo en serio, Saric. No es apropiado.

—Bien —contestó él hurgando entre la variedad de adornos, cada uno de los cuales valía varios años de salario de cualquier ciudadano común y corriente.

—Una vez es bastante terrible, ¿pero dos veces en la misma semana? ¿De dónde vienen estas mujeres? ¿Están enfermas y moribundas? ¿Cómo puedes soportarlo... cómo lo aguanta Portia?

Saric podía oler el temor en su hermana. Era tan embriagador como el perfume que ella usaba.

—Sí. Están enfermas. Estos —dijo él, levantando un par de grandes aretes con diamante y zafiro y pasándoselos a Feyn.

—Son llamativos —replicó ella alejándose.

—Son las mejores piedras del lote, y aún no te hacen justicia.

Ella le lanzó una mirada. Sus ojos eran como sol y hielo a la vez. Saric sintió que se le cortaba la respiración.

—¿Qué te pasa, hermano? Te ves diferente. ¿Estás sudando? Pareces enfermo estos días.

—No estoy enfermo —expresó él mirándola a los labios—. Estoy muy bien. Es más, estoy más lleno de vida que nunca.

El hombre sintió deseos de tocarle la mejilla y se encantó con su propia moderación. En vez de eso le tomó la mano.

Esta era la mano que apenas ayer había agarrado la de Vorrin, que la había sujetado mientras ella le besaba las palmas. Saric le giró la mano, rastreó la palma con el dedo pulgar, y por un momento pensó también en besársela. Pero ella aún no era su soberana.

—Me alegra oírlo —declaró Feyn—. De todos modos, puede ser bueno para ti...

—¿Recuerdas cuando yo bajaba en medio de la noche? —inquirió él mirándola a los ojos.

—Por supuesto —contestó Feyn apartando la mirada.

—Solías dejar que me quedara recostado a tu lado y me decías que no existían cosas tales como los monstruos, que las sombras no se movían.

—Lo recuerdo. ¿Qué quieres, Saric?

No había ternura en esa voz. Ni siquiera lástima. Ella no era capaz de lo uno ni lo otro.

—Me protegiste de mil terrores cada una de esas noches —manifestó él—. Pero ahora quizás te pueda pagar. Ayudándote a dominar los tuyos antes de que te conviertas en soberana. O al menos dándote un regalo que te permita mitigar esos temores.

Feyn emitió una corta risa. Había dominado el sonido, aunque sin saber nada de la emoción que la causaba.

—Lo que estás diciendo no es posible.

—¿Qué tal que lo fuera? —preguntó él volviéndole otra vez la mano hacia arriba y acariciándole ligeramente con el dedo una línea de la palma—. Posible, quiero decir.

—Saric, nunca he sabido que te haya dado por soñar.

—Solo con monstruos y sombras —declaró él forzando una sonrisa, irritado por la reacción de ella; le soltó la mano, alargando la suya hacia los aretes en la gaveta abierta y sosteniéndolos en alto—. ¿Puedo?

Feyn se volvió de tal modo que Saric pudiera deslizarle el pequeño gancho a través del lóbulo de la oreja, satisfaciéndolo con la misma paciencia que ella concedía a Nuala. Tal vez con menos.

—Hermoso —señaló él—. ¿El otro?

Feyn dejó que le pusiera el segundo arete. La punta le pinchó el dedo a Saric.

—Veo grandes temores en el horizonte —expresó él.

—Entonces que tus temores huyan de ti otra vez, como cuando eras niño.

—¿Y me defenderías de nuevo, como lo hacías entonces?

—Para eso tienes a Portia.

—Sí, tengo a Portia —murmuró Saric, retrocediendo un paso y sobándose la gotita de sangre entre el índice y el pulgar—. No obstante, debes admitir que es una idea irresistible.

—Por favor, Saric. No soy una de tus concubinas para brindarte consuelo. Soy tu hermana.

—Medio hermana —corrigió él—. Como señalaste. Sabes tan bien como yo que legalmente podría casarme contigo.

—No seas ridículo. Los soberanos no se casan.

Saric se sorprendió por su repentina necesidad de golpearla como habría golpeado a Portia por hablar en esa clase de tono.

Suspiró.

—Lo serás. Soberana. En cuatro días todo el mundo se inclinará ante ti, igual que yo —expuso él, inclinando la cabeza.

—Sí, bueno, aún no soy soberana.

—No, pero ante mis ojos siempre lo has sido, Feyn. Ambos sabemos eso. Siempre he estado cerca de ti.

—Sí, es verdad —asintió ella después de titubear.

—Por eso me gustaría pedirte un pequeño favor —indicó él, e hizo una pausa.

—No estoy segura de estar en posición de conceder favores.

—Pero lo *estarás*. Y aún seré tu carne y tu sangre. Sin duda, no es mucho lo que puedes rechazar.

—No lo niego —replicó ella analizándolo.

—Entonces podrás concederme un favor cuando te conviertas en soberana. Una bagatela que me tendrá en deuda contigo para siempre más allá de mi lealtad, la cual ya sabes que tienes.

—¿Qué bagatela? —interrumpió ella.

Pues bien, aquí iba.

—Déjame servirte como tu líder del senado.

Por un instante, ella no se movió. Luego, sonrió. Y Saric creyó que pudo haberse ganado la confianza de su hermana al respecto.

—Espera —dijo él poniéndole un dedo en los cálidos labios —. Te daré algo a cambio.

Aún sonriendo, Feyn le retiró la mano y echó para atrás la suya.

—¿De veras? ¿Lo harás? ¿Y de qué se trata?

—Te mostraré que los monstruos son reales.

En Feyn desapareció la sonrisa, que no había sido muy cordial.

—Que la vida es más —siguió él hablando antes de que ella pudiera decir algo.

Mientras hablaba se le aceleraba el corazón; las solas palabras le enviaban adrenalina zumbándole por las venas.

—Saric...

—Te mostraré que se puede conseguir muchísimo más poder que el que ha tenido cualquier soberano.

—¿De qué estás hablando?

—Te puedo dar una vida rebosante de deseo, enriquecida con nueva sensibilidad, querida hermana.

—Acaba con eso —ordenó ella alejándose—. No sé qué te ha pasado o de qué estás hablando. Pero dejamos de jugar cuando nos convertimos en adultos.

Saric se puso rígido.

—Te puedo asegurar que no estoy jugando. Al contrario, he aprendido algo que debes saber. El asunto es si eres capaz de soportar la verdad.

Feyn lo miró, obviamente desconcertada y alterada por el miedo.

—¿Qué verdad?

—Que en nuestra supuesta evolución, la pérdida de los sentimientos más básicos de la humanidad no fue para nada un adelanto, sino la víctima de un virus llamado Legión. Los alquimistas lo liberaron en el mundo hace cuatrocientos ochenta años en el Año Nulo. La alquimia, no el Creador, ha definido nuestro destino, y lo volverá a hacer.

Saric hizo una pausa para que su hermana asimilara sus palabras.

—Te han enseñado que existimos en el único Orden —continuó girando hacia la izquierda, seguido por la mirada de Feyn—. Pero hay otro Orden. Un anti-Orden. Existen vestigios del Caos viviendo hoy día entre nosotros.

—¡Lo que estás diciendo es sacrilegio!

—Lo es. También es la verdad. En este mismo instante, los alquimistas tienen en su custodia al último miembro sobreviviente de la Orden de Custodios... un hombre, un historiador a quien llaman el Libro, quien lleva en su memoria todo hecho conocido de estos custodios. Su anti-Orden traerá de vuelta todos los vicios emocionales que llevaron al fanatismo que casi destruye a la humanidad.

—Los custodios —afirmó ella, pestañeando.

—Sí.

—¿Estás diciendo que ellos han vivido entre nosotros todo este tiempo?

—Así es. Y si este último logra lo que se propone, el mundo será lanzado otra vez a una segunda era de Caos.

—Tú dices que tu regalo es nueva sensibilidad. ¿Y hablas, sin embargo, contra el Orden y a favor del Caos?

—Hay mucho más que no conoces, hermana —indicó Saric acercándose—. Te puedo enseñar. Llévame al interior del senado para estar a tu lado. Seremos como Rowan y papá. Juntos. Nunca tendrás miedo de estar sola, porque me tendrás a mí. Confíame este deber. Por el bien de tu gobierno. Por el bien del pueblo.

Feyn escudriñó los ojos de su hermano durante un momento increíblemente largo. El corazón del hombre latía a un ritmo único y desconocido.

—No seas absurdo. Aunque todo esto fuera cierto, sabes que no es así como funciona. No puedo entregarte el senado así no más, no sin el total apoyo de ellos, de los demás.

—¿Eres tan ingenua? La ley te da el poder para nombrar a quien quieras. Para hacer lo que desees. El senado existe solo para el bienestar de la gente y la participación simbólica de las naciones continentales. Pero tú y yo sabemos la verdad. Firmas el decreto y se tiene que cumplir.

—Por ese motivo, por el bienestar del pueblo, las cosas se deben hacer siempre de manera correcta. Mantendré mi compromiso con el Orden. No obtendré nada de ninguna otra forma.

Las palabras de Feyn afectaban profundamente. A él lo sorprendió cuánto.

—En cuanto a este llamado custodio, puedes estar seguro de que lo investigaré. Por lo que estás diciendo, se podría suponer que tú mismo has practicado esa misteriosa alquimia. Debes dejarla inmediatamente. Si no renuncias y delatas a toda tu asociación con ella para cuando yo sea soberana, responderás por ello. Ante mí.

Saric se quedó como si lo hubieran golpeado. Y entonces se inundó de ira con tal fuerza que se preguntó si perdería toda moderación.

—¡Eres una necia! ¡Te he ofrecido todo! Te he ofrecido el mundo como nunca lo poseerás, ¡por un precio ínfimo!

¡Vaya! Temor. Le revoloteaba a ella en el rostro, como una sombra sobre esos brillantes ojos.

Pero la satisfacción de ver ese temor desapareció tan rápido como llegó. Ella estaba rechazándolo. El deseo que él había sentido al verla huyó, haciéndolo sentir patético solamente.

¿Qué estaba haciendo?

Lo supo. Se trataba de la emoción, que lo mantenía en esclavitud. Y por eso Feyn *lo* mantenía en esclavitud. Él no podía permitir eso. Nunca. Luchar contra Corban era una cosa. Pero dejarse llevar por el intenso deseo hacia Feyn era demasiado peligroso.

Saric había dicho demasiado. No se atrevía a dejar a su hermana albergando sospechas hacia él. La futura soberana debía creer que en verdad él tenía el mejor interés por ella.

—Perdóname, hermana —declaró Saric respirando hondo e inclinando la cabeza—. Mi temor ha podido más que yo.

Ella no respondió.

—Esto se parece a esos monstruos que una vez impediste que me hostigaran.

—Entonces sugiero que los expulses —aclaró Feyn.

—Perdóname, por favor —pidió él.

—Desde luego.

—Gracias. Reflexionaré en lo que has dicho. Mientras tanto, por favor, al menos investiga la verdad de estos asuntos.

—Ten por seguro que lo haré —contestó ella—. Tendré más preguntas para ti en los días venideros.

Saric sabía que así iba a ser, y aparentemente esas preguntas podrían ir contra los propósitos de él. Pero al menos tenía la confianza de su hermana, a pesar del hecho de que él mismo casi se había delatado.

Nunca más pasaría algo así. El momento en que ella husmeara la verdad y se volviera contra él, sería demasiado tarde para cualquiera de ellos, incluyendo a Feyn.

Capítulo trece

—HAY OTRA MANERA, ROM.

Avra estaba sentada frente a la mesa de la sala de Neah, donde había estudiado el pergamino durante la última hora. Junto a este se hallaba el periódico, por el que Rom se había aventurado a salir, dos horas antes. Su propio rostro dominaba la página principal con el subtítulo *FUGITIVO* en letras resaltadas debajo de la fotografía.

—¿Qué manera? —preguntó él.

—Aún podríamos huir de Bizancio.

Rom había estado andando de un lado al otro durante lo que parecían horas, incapaz de sentarse. Miró a Neah, quien estaba acurrucada en un rincón del sofá. Había salido de su desmayo atípicamente tranquila, excepto por sollozos periódicos reprimidos. La postración nerviosa de la mujer enervaba a Rom, especialmente a la luz de los extremos delirantes de Triphon. Todo el día habían estado haciendo lo posible por no tomar en cuenta los arrebatos del hombre.

Un golpe seco sonó en el cuarto trasero. Triphon gritó y empezó a reír, solo para pasar momentos después a formidables y crecientes sollozos. Había estado peleando allí con demonios durante horas.

—Ya hemos discutido eso —expresó Rom negando con la cabeza—. No. Tenemos que entrar a la Fortaleza. Debo hallar a este hombre llamado el Libro, el custodio ese.

—¿Y si también lo han matado?

El joven se pasó, reflexivo, los dedos por el cabello.

—Lo siento, Rom. Pero tenemos que considerarlo.

—No sé. No sé. Pero por ahora él es lo único que tenemos.

Él sabía lo que Avra estaba pensando. Habiéndose ido por las ramas durante todo el día, él imaginaba que escapaban a un lugar donde podrían estar seguros juntos. Un lugar donde la guardia de la Fortaleza no tuviera jurisdicción. Una parte de Rom anhelaba eso por encima de todo lo demás. Estar a solas con su amada, vivir simplemente y descubrir los lejanos alcances del amor.

Pero necesitaba respuestas. Ambos las requerían. Y él debía saber acerca de su padre; no eran solo ellos lo que aquí estaba en juego.

—Comprende que la Fortaleza es el lugar más peligroso al que podrías ir ahora —advirtió Avra.

—Es por la verdad.

—¿Cuánta verdad necesitamos?

—No es solo eso. ¿Qué hay de la responsabilidad que ahora tenemos? ¿Y del resto del mundo? ¿Nos guardamos esto para nosotros?

—¡No le debemos nada al mundo! —exclamó la muchacha apartando la mirada, y un momento después continuó—. Tienes razón. Lo sé. Solo me gustaría que hubiera otra manera. Debe haber otros que hayan experimentado esto o que al menos sepan algo al respecto. En alguna parte. Cualquier sitio que no sea la Fortaleza.

—Por eso es que debo preguntar al Libro.

Rom se sentó al lado de Avra. Neah estaba en estado casi catatónico; él no estaba seguro ni de que ella estuviera consciente. Aquí había otra razón por la que no podían simplemente huir: Recién ahora Triphon y Neah estaban emergiendo de las agonías de su transformación.

Levantó el periódico.

Rom Sebastián es peligroso y fugitivo. No lo oculten, no lo ayuden. Si lo ven, notifiquen de inmediato a la oficina local de obediencia. Obedezcan el código de honor.

El hecho de que no hubieran catalogado a Avra como extraviada ni de estar con él, había parecido al principio una buena señal. Ahora no estaba seguro. Sin duda, la guardia ya sabría que la joven se había ido, pero no hacían pública esa información. Y eso preocupaba a Rom.

Miró la fotografía: era su identificación de la oficina del censo. El retrato sonreía de modo leve y afable; sin embargo, ¿qué había sabido él acerca de sonreír? ¿Qué había entendido de la vida, de nada más que ir a la basílica a cantar cuando lo requerían, de volver a las comodidades del taller y a la casa de su madre? Las charlas filosóficas que él y su madre habían tenido alrededor del enorme farol sobre la mesa de la sala...

Solo había sido un caparazón.

Avra se le sumó a mirar la imagen del periódico.

—Incluso entonces tenías una manera propia de hacerme creer que todo podía tener sentido. Tenías razón.

—Mi madre lo llamaba ingenuidad —expresó él invadido de dolor.

—Piénsalo, Rom. Tu mamá murió sin remordimiento, sin tristeza, sin siquiera ira por sus atacantes. Y ahora disfruta la felicidad.

—Murió sin amor —objetó Rom después de un momento de silencio—. Igual que mi padre.

Peor aun, de algún modo su padre lo había sabido.

Precisamente por eso, Rom sentía una tristeza aplastante. Por eso se preguntaba si alguna vez podría perdonar a los asesinos de su padre. Solo por eso tenía que saber exactamente lo que había descubierto en ese frasco, y lo que eso significaba para esta vida, para este mundo.

Siempre estuvo muy dispuesto a aceptar el Orden. Lo había aceptado por completo debido a su valor aparente. Pero él no había sido ingenuo. Había sido un tonto.

El joven tiró a un lado el periódico.

Se oyó un golpe seco que venía de la habitación de Neah.

Triphon irrumpió en la sala, ejecutando una patada voladora de costado, y estrellándose contra la pared. Rom había tratado de tranquilizarlo antes, pero el hombre se había puesto a despotricar. Se había tomado más de una porción de la sangre y parecía estar sufriendo todos los efectos.

¿O es que Triphon solo se estaba encontrando totalmente consigo mismo?

Rom esperaba que finalmente la razón del sujeto le nivelara pronto las emociones, pues creía que ahora mismo la guardia estaba allí afuera del apartamento.

Neah rompió el silencio desde el sofá.

—Ustedes están destruyendo mi apartamento.

Tenía los ojos enrojecidos e hinchados, y empezó a sobarse un grupo de moretones en la parte superior del brazo.

—¿Qué pasará ahora que me han metido en este lío? —preguntó la mujer enfrentando a Rom—. No es que importe. Nos van a sacar a rastras. ¿Me oyes? ¡Vienen por nosotros!

Esto era más de lo que ella nunca había dicho seguido en horas.

—No —contestó Rom, poniéndose en pie—. Tenemos que entrar a la Fortaleza.

Entonces se volvió hacia Triphon, quien boxeaba con un adversario imaginario contra la pared.

—Triphon, ¿estás con nosotros?

—Esto es increíble —respondió el gigantón deteniéndose y mirándose las manos—. Pelearía a muerte por cualquiera de ustedes en este momento. ¿Lo saben?

—Lo que sientes es una droga —objetó bruscamente Neah.

—¿Estás oyendo? —exigió Rom—. ¡Debemos entrar en la Fortaleza!

—Estoy dispuesto —anunció Triphon con el puño levantado—. ¿Debemos entrar en la Fortaleza? *Yo los* llevaré a la Fortaleza.

—Qué idiota —comentó Neah.

—Dime que no te contenta sentir finalmente algo que no sea temor —reclamó Rom—. Dime que ni siquiera te alegra en lo más mínimo sentir cualquier cosa más que no sea aquello que te impulsa a crear tu mundo perfecto aquí, con tus cojines mullidos y tus colores suaves. Dime que eso no te alegra.

Esa mañana temprano, Triphon había golpeado un tazón de bolas de cristal en el vestíbulo. Neah había recogido las piezas más grandes y luego las dejó caer para levantar la más grande hacia la ventana. Al darle la luz en el rostro había movido el cristal con infinito asombro en los ojos. Ya antes de esto, Rom había pensado que la mujer era hermosa, pero en ese momento estaba radiante.

—Mi madre me los regaló —había dicho antes de contraer el rostro.

—¿O aún estás demasiado asustada? —le dijo él ahora.

—Rom —intervino Avra tocándole la mano.

Neah lo estaba mirando con la misma impetuosidad que siempre había tenido, pero entonces la expresión se le disipó como una máscara mal ajustada que no encajaba en el sitio. El joven tardó un instante en comprender que la había lastimado con sus palabras. ¿Tan fácilmente?

—Lo siento, Neah.

Ella desvió la mirada.

—Lo siento —volvió a decir él.

—Estaban hablando de la Fortaleza —intervino Triphon.

—Exacto. Tenemos que llevar el pergamino al custodio —explicó Rom—. Él podría ser el único que nos pueda decir lo que significa todo este escrito. Debemos saber más si esperamos sobrevivir. El mundo entero está contra nosotros en este momento.

—Por fin algo de verdad —opinó Neah—. El mundo está contra nosotros. ¿Y si entras en la Fortaleza, lo cual, a propósito, es casi imposible, y resulta que este custodio tuyo está muerto como advirtiera Avra? ¿Crees realmente que a ellos les importe un anciano? Simplemente te atraparán. ¿Sabes qué creo? ¡Que antes de mañana estarás muerto!

—¡Neah! —exclamó Avra.

—Está bien —terció Rom; probablemente se lo merecía.

—¡Piénsalo! Pero no, no puedes. Todos estos sentimientos interfieren. Apenas logro pensar... mientras... —titubeó Neah con la barbilla temblorosa.

—Ellos tienen que mantener vivo al custodio —opinó Avra—. Lo que él sabe es demasiado importante.

Triphon agarró el periódico del suelo y analizó la página frontal por un buen rato.

—Qué montón de porquería —comentó tranquilamente.

Todos quedaron en silencio; Triphon lo había expresado con suficiente elocuencia.

El hombre dejó caer el periódico en la mesa de centro. Afuera, las campanas habían comenzado a repicar para la reunión nocturna.

—Puedo conseguir que entremos a la Fortaleza —enunció Triphon—. Estoy en la guardia.

—Estás en *aprendizaje* —corrigió Neah.

—¿Hay *algo* suficientemente bueno para ti alguna vez? —objetó bruscamente Triphon.

Neah pestañeó.

—Maldición —exclamó Triphon respirando con dificultad; después de una pausa continuó—. Puedo entrar a los cuarteles. Y de allí solo necesito saber a dónde ir. ¿Neah?

Ella miraba hacia otro lado.

—No importa. Lo averiguaré. No hay muchos lugares en que puedan mantener a un tipo como ese.

—Está bien —terció Rom—. Triphon me llevará hasta...

—Solo hay un lugar en que lo retendrían —interrumpió Neah con tranquilidad.

Rom la miró.

—En los antiguos calabozos. Se decía que hay un laberinto de pasajes y aposentos debajo de la Fortaleza. Y de que mantienen prisioneros allí abajo.

Una vez desaparecida la severidad del rostro de Neah, la mujer parecía más joven. Entonces dirigió la mirada hacia Triphon, pero él se encontraba caminando otra vez de un lado a otro.

—¿Nadie lo sabe con seguridad? —inquirió Rom.

—No. Y nadie pregunta. Tenemos empleos que proteger. ¿Sabes cuán fácil es que alguien diga que te estás insubordinando, solo por miedo a que se tome a mal algo que hiciste?

—Así que el custodio tiene que estar en alguna parte en los calabozos —conjeturó Triphon.

—Si es una persona real y aún está viva... allí es donde debería estar.

Triphon se acercó a un tragaluz a lo largo de la pared de la sala y miró hacia afuera. Solamente Rom vio la manera en que la mirada de Neah lo seguía.

—Dicen que los calabozos están en control de Saric —informó ella.

—¿Saric? —preguntó Rom.

—El hermano de Feyn.

—Feyn, como... *¿Feyn?*

—La futura soberana —explicó Neah.

—Saric —musitó Triphon volviéndose de la ventana.

—¿Alguna idea de dónde están situados los calabozos? —inquirió Rom.

—¿Hablas realmente en serio? —cuestionó tranquilamente Neah.

—Si tienes razón, y voy a morir mañana, entonces quiero saber por qué.

La sala quedó en silencio.

—Quizás haya una manera en que yo pueda lograr que entremos —asintió finalmente ella—. Pero no será fácil.

—¿Cómo? —preguntó Rom con el pulso acelerándosele.

—Aún no lo sé. Pero toda la ciudad conoce ahora tu rostro. Es posible que no puedas ir.

—Yo iré —anunció Triphon—. Puedo llegar hasta el cuartel sin problemas.

—No, tengo que ser yo —rebatió Rom—. Fue a mí a quien el anciano dijo que encontrara al custodio.

No estaba dispuesto a confiar el pergamino a nadie. Además, debía averiguar acerca de su padre.

—¡No seas tonto! —exclamó Triphon—. Soy yo el luchador entrenado. Si surgen problemas seré el único que tenga alguna posibilidad.

—Por lo cual tienes que quedarte aquí y proteger a Avra. A esta hora ya deben saber que ella está conmigo. Además, tienes que hacer salir a Neah si algo me sucede.

Rom se volvió entonces hacia Neah.

—¿Cómo podrías hacerme entrar?

—Las otras tres personas de mi oficina son todas mujeres —explicó ella mordiéndose el labio—. Podrías ir disfrazado de mujer.

—Bueno, eso me descarta —comentó Triphon.

—Veamos lo que tengo —expresó Neah entrando al dormitorio a fin de encontrar algo que se pusiera Rom.

—No me gusta esto —susurró Avra, poniéndose al lado de su amado.

Él le acarició el cabello, que era suave y delicado, agitando los zarcillos color caoba entre los dedos.

—La situación no será segura, de ningún modo. En todo caso, ellos no esperan una jugada tan atrevida.

Neah apareció con dos vestidos en el brazo.

—Estos son los más espaciosos de hombros.

—¡De ninguna manera voy a pasar por una mujer vestido con eso! —exclamó Rom pasándose una mano por la cara; le dolía la cabeza.

—Espera. Yo podría tener algo más.

Neah tiró los vestidos sobre un sillón y volvió corriendo al clóset. Sacó varias túnicas largas en sus perchas.

—Algunos sacerdotes vienen a la Fortaleza a dirigir reuniones privadas. La Fortaleza guarda las túnicas. Las he lavado.

—Yo pensaba que se suponía que los miembros de la realeza asistían a la basílica con el público, que por eso no había basílica dentro de la Fortaleza misma...

—Uno de los nobles tiene miedo a los espacios públicos y se niega a atravesar las puertas de la Fortaleza. Otro tiene un temor casi paralizante de agarrar un virus común y terminar en el asilo. Llevan a los sacerdotes a la Fortaleza y hacen que se cambien allí de túnicas, de modo que nadie sabe que se está violando el Orden.

Rom agarró una de las túnicas de Neah, se la puso sobre los hombros y la ató al cuello y al pecho.

—¿Hay aquí alguna salida por detrás? —averiguó.

—La ventana de la alcoba. Hay una escalera de escape en ese lado del edificio.

Rom miró a Triphon.

—Si hay alguna señal de problema, tú y Avra deben irse. Al norte, fuera de la ciudad.

—Es más fácil decirlo que hacerlo. Es terreno escabroso.

—Eres un guardia entrenado, como te gusta resaltar. ¿No estás adiestrado para montar caballos?

—Para ceremonias, pero...

—Prométemelo.

—Si existe un modo, lo hallaré.

—Rom —dijo Avra mirándolo fijamente—. ¿Puedo hablarte un momento?

Ella lo llevó a la pequeña cocina, se puso frente a él, lívida.

—No me gusta esto —susurró profundamente.

—Triphon no dejará que te pase nada.

—No estoy preocupada por mí.

Rom le agarró ambas manos, las levantó y le besó los nudillos de una de ellas, luego los de la otra.

—Estaré bien —aseguró a través de los dedos de la joven; luego la acercó y le puso los brazos alrededor—. Te prometo que estaré seguro.

—No creo poder vivir sin ti. Se me destrozaría el corazón.

—Tu corazón es más fuerte de lo que crees —afirmó él con una suave sonrisa, deseoso de tranquilizarla.

—¿Rom?

—Sí.

—Dime que me amas. Con la nueva clase de amor.

—Te amo —expresó él con palabras que eran un suspiro y una oración, descabelladas y sagradas a la vez—. Con la nueva clase de amor. Más de lo que cualquiera de los dos podría saber.

Afuera las campanas anunciaban el final de la reunión nocturna y el cierre del resto del día. Avra enderezó el cuello de la túnica de su amado, luego le puso la capucha sobre la cabeza. Se puso de puntillas y le tocó los labios con los suyos.

—Vuelve.

—Lo haré.

Rom la soltó y luego siguió a Neah por fuera de la ventana del dormitorio, al interior de la noche.

Capítulo catorce

FEYN ENTRÓ EN LA Cámara del Senado. El salón estaba vacío, los mullidos asientos del auditorio y la elevada plataforma del director solamente la ocupaban fantasmas. No era ningún secreto que la entrada al costado de la plataforma daba a túneles bajo tierra que finalmente se extendían hacia las mazmorras cien metros al oeste. Pero el pasaje estaba cerrado con llave y lo usaban solo unos pocos alquimistas... Saric entre ellos.

Aparentemente ella había aceptado a Saric, pero la lógica que este defendía era extraña, llena de giros poco característicos en él. Además había algo no muy claro respecto de su hermano, y no menos importante fue su conversación acerca de un supuesto custodio en los calabozos.

Feyn había tomado la única otra llave de la que estaba enterada: la de su padre. Ninguna cerradura de la Fortaleza podía poner freno a un soberano.

O, en este caso, a una futura soberana.

Una solitaria tea ardía por encima del estrado del senado. Su llama la alimentaba constantemente un suministro de gas: la llama del Orden, que nunca se extinguía. Feyn llegó a la puerta y la cruzó.

Como a veinte pasos hacia el fondo llegó hasta un atrio en forma de campana. Siguió por la izquierda a lo largo de un pasaje que llevaba a una pequeña habitación hexagonal, que según los rumores fue el salón en que el mismo Sirin había sido martirizado. El interior estaba oscuro, los muros adornados con armas antiguas y tapices en ruinas. El calor era atroz en este salón, como si nunca se hubiera extinguido el fuego que casi lo destruyera, o como si quizás lo hubieran ocupado recientemente una cantidad de cuerpos, sudando como Saric lo había hecho en la habitación de Feyn.

No, se estaba imaginando cosas. Simplemente nunca había entendido la afinidad de Saric por estos niveles inferiores con su hedor a caos y a humo de antorcha. Eso era todo.

Feyn se acercó a una puerta pesada, introdujo la llave en la cerradura y abrió el pasadizo sellado, cerrándola otra vez después de entrar. El túnel que había al otro lado tenía la anchura justa para que pasara una sola persona. Cables eléctricos corrían a lo largo del muro, instalaciones fijas que alimentaban la iluminación del túnel en puntos de pálida luz. En algunos lugares, la parte superior del túnel era tan baja que Feyn debió agacharse para no rasparse la cabeza contra la piedra toscamente tallada en la roca hace miles de años.

Con razón no había descendido por aquí en mucho tiempo: temía estar tan debajo de la superficie, donde parecía que el peso de toda la tierra la aplastaría. Había sentido lo mismo de niña, pero lo había olvidado hasta este momento.

El recorrido parecía ser largo antes de que el túnel se ampliara dentro de un corredor más ancho y terminara abruptamente en una puerta de bronce enclavada profundamente en la roca. Una solitaria lámpara eléctrica se hallaba en un soporte a lo largo de una pared, irradiando sombras como espíritus malos arrastrándose sobre el techo toscamente tallado. Dos guardias estaban sentados a cada lado de la puerta en ociosa charla. Se pararon de repente al verla, y luego se irguieron más al reconocerle el rostro.

—Déjenme pasar.

—Lady —balbuceó uno de los guardias, haciendo una reverencia y moviéndose para abrirle la puerta.

El espacio adentro era sorprendentemente grande. Después de los claustrofóbicos pasillos, Feyn pudo *sentir* el tamaño. El salón, que prácticamente era una bodega, estaba iluminado a lo largo de los muros por luces eléctricas en enrejados metálicos.

Feyn pudo ver varias formas cuadradas como celdas gigantes, al menos diez de ellas a cada lado de un pasillo improvisado. Más allá, las extendidas fortificaciones de un laboratorio abierto parecían abandonadas en un día de descanso, sus superficies de acero y lámparas quirúrgicas en conflicto con los muros antiguos.

De pronto se oyó un gemido, como a siete metros adelante, sobresaltándola, no solo por su proximidad, sino por su tosco timbre.

—¿Qué es este lugar? —exigió saber Feyn, volviéndose hacia los guardias.

—Las mazmorras, mi señora.

Ella miró el equipo de laboratorio, frunciendo el ceño.

—¿Dónde en esta mazmorra se retiene a uno llamado el custodio?

—Al final —contestó un guardia—. Por un pasaje a la izquierda, en el antiguo calabozo propiamente dicho.

Feyn miró hacia adelante sin necesidad de luz. Sus ojos eran más que un producto de la obligación del mundo a la vanidad evolutiva. Tenía la habilidad de ver más allá y más agudamente que los demás, incluso en los días más oscuros.

Realmente producto de la alquimia, como hasta cierto punto eran todos.

Un gemido, un sonido claramente femenino, emitido desde algún lugar en la fila de jaulas. Una risa gutural, musical y sombría, terminó en un eco ahogado como un sollozo.

¿Qué estaban haciendo estas mujeres aquí? ¿Estaban enfermas?

Entonces Feyn recordó a las concubinas de Saric.

Se puso la capucha y pasó caminando rápidamente varias mesas metálicas de trabajo, una de ellas, cubierta con una sábana sucia, envolvía una forma delgada. Un cuerpo.

Ahora Feyn pudo ver que esta mazmorra también era en realidad un gran laboratorio.

Un laboratorio completo con seres humanos.

Pasó aprisa las jaulas hacia el pasaje al final. Dobló allí, ansiosa por dejar atrás el recinto con jaulas. Ante ella se abrió un túnel que, con una única lámpara, irradiaba luz al final sobre una antigua celda en que habían reinstalado modernas barras de acero.

Al aproximarse pudo distinguir adentro una forma encorvada, alguien sentado en un pequeño catre e inclinado hacia delante de modo que la barba parecía arrastrársele contra las rodillas. Sus sibilantes palabras flotaban suavemente en la oscuridad.

¿Estaba orando?

Feyn se acercó a los barrotes hasta quedar al alcance de un brazo, el suave cuero de sus zapatos silenciosamente contra las piedras. El hombre era viejo. Su cabello canoso y desgreñado formaba un halo rebelde alrededor de la cabeza. En realidad parecía estar orando, pero las palabras que susurraba no eran algo que ella reconociera.

—...los custodios para el Día del Renacimiento. Conservar a los custodios para el Día del Renacimiento. Traer la sangre y mantenerla a salvo...

—Discúlpeme —habló Feyn agarrando una de las barras del calabozo.

La cabeza del hombre se levantó bruscamente. Ella miró los ojos del anciano, redondos de temor. El sujeto se arrastró hasta la parte delantera de la celda. La visitante no retrocedió.

—¿Qué está usted haciendo fuera de su jaula? —preguntó el anciano con un susurro flemoso.

—No tengo jaula —respondió ella mientras posaba la mirada en las arrugas de ese rostro, los pliegues encima de las cejas, y los surcos como de garras alrededor de los ojos del hombre. ¿Cuán viejo podría ser?

—¿Está usted segura?

Ella asintió con la cabeza.

—¿Por qué no la había visto antes por aquí?

—No soy alquimista —confesó Feyn, sorprendiéndose de pronto al enunciar más verdad de la que planeaba decir.

—¿Qué es entonces?

—Soy Feyn.

—Ah —exclamó el anciano, declarando algo que ella no logró identificar; ¿estaba loco entonces el viejo?—. La matemática. La futura soberana. Nacida el veinticuatro de octubre, hace casi veinticinco años. Sin duda, no esa Feyn.

—Sí. Esa misma.

—¡Dios mío! ¿Me perdí el Día del Renacimiento?

Muy extraño, muy pero muy extraño.

—No. Será dentro de cuatro días.

—Ah, señora —contestó el hombre, alargando ambas manos hacia la de ella—. ¿Puedo?

—Si esto lo tranquiliza —expresó Feyn dejando que él le tomara la mano; extrañamente no sintió miedo del anciano.

—¡Me tranquiliza! Porque estoy muerto, ¿sabe?

—No me parece que esté muerto. Y si puedo ayudarlo, lo mantendré vivo. A menos, por supuesto, que usted merezca la muerte.

—¿No la merecemos todos?

—No —contestó ella.

—Usted se podría sorprender.

El anciano parecía bastante lúcido, pero hablaba de manera muy misteriosa.

—¿Es usted a quien llaman el Libro? ¿El custodio? —inquirió Feyn entonces sintiéndose joven, casi como una niña.

Desde luego, comparada con él, prácticamente era una niña.

—¿Puede un libro ser un hombre? —indagó el viejo.

—No sé. Dígamelo usted.

—Soy portador de la verdad... la cual está en mí. Y sí, me llaman el Libro.

—No comprendo —enunció Feyn, sintiendo que se le arrugaba la frente—. ¿Está usted un poco loco?

—El mundo entero está loco, señora. Dígame, ¿lo está usted?

—No. No lo creo.

—Ah, usted no lo *cree* —confirmó él tocándose la sien—. Sin embargo, ¿qué tal si lo que cree está equivocado? ¿Y si usted está enferma y no lo sabe? ¿O si es una necia y se cree sabia?

Feyn nunca antes había oído a alguien expresarse como este hombre. ¿Qué había en su entonación, y en su risa? Él había dominado su manera de ser, igual que lo había hecho ella, excepto que la coordinación del viejo era muy extraña y salpicada de exclamaciones incoherentes. El tipo en realidad parecía algo chiflado.

Pero no desagradable.

El anciano le soltó la mano y se inclinó hacia el frente, agarrándose de las barras de su celda para mirarla más de cerca.

—Dígame algo, Feyn, quien será soberana. Si usted estuviera a punto de conocer algo que fuera verdad, aunque eso se opusiera a todo lo que aprendió, ¿lo seguiría?

¿Todo lo que ella aprendió? Quizás había sido ingenua respecto a este lugar, pero no podía creer que todo lo que sabía se basara en mentira.

—Cre... creo que sí.

—Ah. Porque a ciencia cierta allí podría haber locura... saber que todo el mundo se ha extraviado, y peor, con la mayor intención y por el bien superior.

—Quizás —expresó ella—. Pero en todo caso esa es una inquietud ridícula.

Incomprensible.

—¿Lo es?

—Desde luego. Ahora es mi turno de hacerle una pregunta. ¿Quiénes son los custodios?

—Ah, señora, yo estaría rompiendo un juramento si le contesto eso. Sin embargo, usted parece llevar una luz en los ojos. Tiene un corazón leal. No obstante, ¿cómo puedo confiar en alguien que, aunque soberana, no debe ser soberana?

¿Qué estaba diciendo?

—Hable claro. Por favor.

—Soy el custodio. El último, me temo.

—¿Por qué diría usted que no debo ser soberana?

—¿Dije eso? De ser así, no debí haberlo dicho. Hice un juramento.

—Respóndame con más atención —pidió ella—. Mi hermano me habló de un anti-Orden. ¿Es eso lo que usted es?

—El único anti-Orden, señora, es el Orden mismo. En cuanto a mí, estoy orgulloso de estar fuera del Orden —confesó él, sonriendo.

Era evidente que el tipo estaba chiflado. Pero ella tenía que saber más.

—También me habló de vida. Extraña vida nueva. Producida por la alquimia.

—Esa alquimia solo produce muerte. Así y todo, la muerte descansa en paz. Y la paz reina en la tierra, ¿verdad, querida soberana por ser, o no ser? La vida, por otra parte, viene de la sangre y está llena de terrible peligro.

—¿Qué sangre?

—La sangre. ¿La tiene usted?

—No sé a qué se refiere.

—No, desde luego que no. Si lo supiera, sabría a qué sangre me refiero.

Era una tontería, una total tontería, tratar de hablar con locos. Nada de lo que él decía tenía sentido. Todo lo que decía era invertido. Verdad por mentira, mentira por verdad.

Pero ella había hallado al hombre, a este Libro del que hablara Saric. ¿Qué significaba eso, entonces?

—Usted podría liberarme, señora —expresó el individuo, inclinándose más hacia las barras, con los ojos bien abiertos y suplicando—. Usted tiene ese poder. Se lo ruego, tenga misericordia de un anciano.

—No me atrevo a liberarlo, y si tiene algo de juicio, no comente que me vio.

—Entonces, lo menos que puede hacer es ayudarnos a encontrar la sangre —añadió el viejo parpadeando, retrocediendo y apartándose.

—¿Es eso lo que mi hermano tomó, la razón de que tenga estos nuevos y extraños procederes?

—¿Su hermano?

—Saric.

—Los procederes de él son de muerte —expresó el hombre perfectamente tranquilo.

Se oyó un sonido cerca de la entrada, el rechinar del cerrojo. A Feyn le rebotó el corazón en el pecho.

—Aprisa —susurró el anciano, agarrando las barras e inclinándose en ellas—. Encuentre la sangre, encuentre al niño. Salve la una y al otro, ¡sálvenos a todos!

—¿Qué?

Feyn miró por sobre el hombro hacia el corredor y luego al anciano. Se oyeron unos tacones de botas resonando contra el suelo. En alguna parte entre las filas de celdas, los ocupantes habían comenzado ahora a gemir y a protestar con más fuerza; entonces, alguien prendió una luz en una de las áreas del laboratorio.

—¡Encuentre la sangre! ¡Salve a los muertos!

Unos sonidos del otro extremo del salón llegaron hasta Feyn: de algo pesado que depositaban sobre una mesa, y luego el porrazo de un martillo. No, de un martillo no... de un cuchillo de carnicero. Los sonidos de una carnicería. De la fila de jaulas salían unos alborotados ruidos.

¿Hora de comer?

Feyn tenía que salir ahora, antes de que se viera obligada a hablar con alguien. Debía pensar.

—A lo largo del muro posterior, allí... es por donde *él* viene —dijo el anciano, como si le leyera la mente.

Ella supuso que se refería a Saric, y asintió bruscamente.

—No dejaré que lo asesinen, custodio —informó, y se volvió apresuradamente.

—Es demasiado tarde para eso —objetó el anciano.

—Veremos.

Pero Feyn supo incluso entonces, mientras corría por los niveles subterráneos, que era muy probable que el hombre que se hacía llamar el Libro tuviera razón.

Capítulo quince

SARIC SE HALLABA SENTADO en su caballo y al pasar miró los matorrales retorcidos en el valle debajo de él. Los pinos desnudos se alzaban como garras nudosas de la tumba de Caos.

Más allá del valle, las antiguas colinas de Bizancio eran indistinguibles en medio de la oscuridad, sus chapiteles y torres fantasmas pertenecían a una forma de vida que ya no se aplicaba a este nuevo día.

A esta nueva noche.

El cielo era un mar agitado, efusivo, que reflejaba la pálida luz de las farolas en la calle, el resplandor de casas donde las familias se acurrucaban alrededor de velas y linternas.

Saric casi había olvidado cómo solía escapar de la Fortaleza para montar al aire libre en noches hermosas. De algún modo, la oscuridad le parecía menos temible que las sombras en su dormitorio. El viento, en noches más tranquilas, incluso lo serenaba algunas veces. Pero esta noche no encontraba la oscuridad tan tranquilizadora como embriagante, y el aire mismo estaba cargado con extraño y eléctrico potencial.

Cerró los ojos e inhaló profundamente.

El caballo semental se sacudió, pateando el suelo. Saric poseías varios corceles dentro de los establos de la Fortaleza, como se acostumbraba para los miembros de la familia real, pero prefería este en particular por su pelaje oscuro, su altura fuera de lo común, y su absoluto poder.

¿Era posible que incluso antes de su transformación hubiera valorado el poder?

El caballo, siempre un poco salvaje, estaba más nervioso que de costumbre cerca de Saric, una prueba de su equina inteligencia. Los corceles se compenetraban muy bien con los estados de ánimo de sus amos.

El único guardia que lo acompañaba se hallaba sobre un caballo a treinta pasos de distancia, debajo de un árbol. Minutos atrás habían llegado a la elevación en las afueras de la propiedad de Pravus tras una hora de cabalgata. Esta era la tercera vez que Saric venía aquí, pero la primera por insistencia personal.

Podía sentir el inminente cambio de poder como una tormenta marchando desde el desierto.

El ruido de un casco sobre una roca le llegó por encima del hombro derecho. Una figura encapuchada a horcajadas sobre un noble bruto llegó hasta detenerse a su lado.

Durante unos momentos, los dos miraron la ciudad en silencio. En lo alto, las nubes corrían hacia el noreste. Una tormenta se avecinaba en serio.

—Tu padre te rechazó.

La voz era profunda y rasposa, y no debió levantarla por sobre el caprichoso viento.

—Sí. Ya lo preveía.

No obstante, Saric no tenía idea cómo el maestro alquimista podía saberlo.

—Y Feyn también.

A Saric le irritó la insinuación contenida en esas simples palabras.

—Ella pronto se arrepentirá de su decisión.

—Ella está más allá de la seducción.

—*Yo* estoy más allá de la seducción.

El breve silencio que siguió fue inquietante. Saric se recordó que podía arrastrar del caballo al otro hombre y matarlo con sus solas manos. Era muchísimo más fuerte. Pero de la presencia a su lado emanaba una fortaleza latente que no provenía de ningún dominio físico, sino de un poder más allá de cualquier trono terrenal, mayor que cualquier corona de soberano.

Debajo de ellos, más de quinientas mil almas se apiñaban bajo su Creador, susurrando al cielo, sembrando las nubes con las oraciones dirigidas a él. Idiotas.

—Ella será la soberana dentro de cuatro días. Se nos acaba el tiempo —advirtió Pravus.

—Nuestro tiempo se está acabando desde el principio —corrigió Saric tensando la mandíbula—. Me animaste hace apenas ocho días y, sin embargo, esperas que de algún modo tome rápidamente el poder, y solo con mis manos.

—¿Estás insinuando que no puedes?

—Al contrario, soy la única persona que *puede*. Ambos sabemos que tú, que tomaste el suero hace mucho tiempo, no lo habrías hecho de otra manera. No. Soy la clave de tus planes. Y ahora tengo al custodio. Tu senda al poder pasa a través de mí.

Esas eran palabras atrevidas para pronunciarse ante alguien como Pravus. Peligrosas.

Cuando el alquimista hablaba, su voz era más suave, pero crepitaba con la absoluta seguridad de quien había olvidado lo que era el temor.

—Es una equivocación creerte único, mi amigo. El mundo será gobernado por un enorme ejército de otros exactamente iguales a ti.

El ejército. Pensar en ello incitó a Saric y le electrizó el corazón poniéndolo a palpitar con anticipación.

—Ese ejército no se levantará a menos que yo esté en el poder —advirtió Saric.

—Entonces sugiero que hagas lo que hemos discutido —opinó Pravus—. Como dije, el tiempo es corto.

Pravus aún no había mirado a Saric.

—Una cosa más —expresó.

—¿Qué es?

—Tu esposa.

A Saric se le erizó la piel.

—Darle el suero fue una equivocación.

Calor se le arrastró por el cuello a Saric. Provocar a Portia sensaciones sombrías había sido, de momento, una concesión a los nuevos apetitos de él. Una muestra del poder del hombre por el simple placer de eso. Pero ahora se sentía como un colegial ante la sorna en la voz ronca del alquimista. Aquietó la ira que le surgía.

—Portia es asunto mío —manifestó con energía.

—Al contrario. No te puedes permitir esta clase de equivocación.

—Trataré con ella.

—Ya lo hice.

—¿Hiciste qué?

—Me encargué de ella.

Saric se volvió para mirarlo directamente.

El rostro en el interior de la capucha estaba pálido, los ojos casi blancos. Pero fue la piel con granos en el rostro lo que más perturbó a Saric. Aquello siempre lo alteraba.

¿Llegaría él a verse así?

—Para mañana estará muerta.

Saric apretó los dedos en un puño. La idea de que Pravus tuviera a Portia, o incluso de que la matara, no lo perturbó. Ella en realidad podría convertirse en un estorbo antojadizo.

Lo que le molestó fue que Pravus hubiera visto la necesidad de interferir.

Sería más cuidadoso. No dejaría que estas decisiones recayeran en otras manos. No lo sorprenderían otra vez.

Ni siquiera Pravus.

Saric pasó la mirada por sobre la ciudad y hacia el negro horizonte en la lejanía.

—La próxima vez lo dejarás en mis manos.

—No habrá próxima vez —advirtió Pravus tirando de las riendas y haciendo girar la montura—. Tú sabes lo que debes hacer.

Entonces Pravus se fue, el sonido de su cabalgadura fue tragado por la oscuridad. Una vez solo, Saric esperó varios minutos para que los latidos del corazón se le amainaran. Sabía *exactamente* qué hacer.

Mañana, antes de que tañeran las campanas de la asamblea nocturna, todo el mundo cambiaría.

FEYN

Capítulo dieciséis

ROM MANTUVO LA CABEZA agachada camino al metro, el rostro oscurecido por la capucha de la capa sacerdotal. Neah había insistido en que retrasaran la entrada a la Fortaleza hasta después de medianoche, cuando habría considerablemente menos seguridad. Mostró la credencial de identificación en la puerta más pequeña y menos adornada usada por empleados y registró a Rom como Remko Isser, un sacerdote.

—Una solicitud de emergencia —le explicó al guardia.

—¿No son poco comunes estas solicitudes? —susurró Rom mientras se dirigían a un ritmo acelerado hacia el edificio administrativo.

—No —contestó Neah.

El joven echó una mirada a los jardines de piedra alineados en los pasillos de varias oficinas, un museo y un centro para visitantes. Los edificios eran grandes, pero todos parecían humillarse a los pies de la lujosa edificación iluminada a intervalos regulares por faroles. Aun desde esta distancia podía ver las formas de las estatuas que se levantaban a lo largo del perímetro superior como centinelas de otro mundo, con profundas y vacías cuencas de ojos.

—Deja de mirar como un bobo.

—Nunca antes había estado en la Fortaleza.

—Quizás tú no, pero el clérigo Remko sí. Deja de hacerlo.

Había dos guardias en un puesto a mitad de camino hacia el palacio. Rom mantuvo la mirada apartada, la cabeza inclinada debajo del capuchón, pero el corazón se le paralizó cuando se preguntó si esos guardias podrían ser los mismos que habían llegado a su casa y mataran a su madre. Esos rostros le merodearían para siempre en los sueños.

Se asombró del modo en que Neah pasó aprisa al lado de ellos sin mirarlos. La mujer entró por una puerta lateral, guio a Rom por un pasillo y entró a una pequeña oficina ocupada por cuatro escritorios. Aun aquí, el edificio parecía llevar los secretos de épocas anteriores al Año Nulo, el peso de siglos saturando las paredes.

—¿Es aquí donde trabajas?

Rom siempre había supuesto que Neah tenía un cargo elevado en la Fortaleza. Pero ahora veía que era una entre cuatro en un espacio del tamaño del antiguo dormitorio de él, poblado por sillas y escritorios rayados probablemente más viejos que él mismo.

—Ese es mi escritorio, el del rincón —declaró Neah, cerrando la puerta sin mirarlo.

—Se... se ve muy bonito.

—No, no es verdad —objetó ella, cruzando el salón hasta un pequeño ropero, abriendo la puerta y pidiéndole con un gesto de la cabeza que entrara.

—¿Qué?

—Tengo que averiguar dónde retienen a tu custodio, y a veces el equipo de limpieza viene tarde en la noche. No se molestan con los clósets, por lo que debes esperar aquí dentro. No podemos arriesgarnos a que te reconozcan.

Rom entró al interior, donde solo había suficiente espacio para él de pie entre varias cajas grandes.

—Apúrate.

—Lo haré —respondió ella, encerrándolo en la oscuridad.

Él oyó cerrarse la puerta exterior y el sonido de la llave en la cerradura.

¿Lo había Neah encerrado en la oficina? A Rom le brotó pánico en el pecho. Se dijo que él habría hecho lo mismo. Que estaba más seguro allí que afuera.

Los minutos, medidos solo por el sonido de la propia respiración, pasaban muy lentamente. ¿Cuándo había sido tan impaciente? ¿Cuándo las imágenes de todo desastre posible lo habían atormentado como hacían ahora? Finalmente, incapaz de esperar otro instante, abrió la puerta del clóset. Oscuridad.

Se abrió paso en dirección a la puerta de la oficina, golpeándose la rodilla en un escritorio y maldiciendo en susurros. Una llave sonó en la puerta. No tuvo tiempo de encontrar el ropero, así que se acurrucó detrás del escritorio.

La puerta se abrió y se encendió la luz. Una figura pasó hacia el clóset, pero se detuvo antes de abrir la puerta.

—¿Rom? —susurró.

Neah.

Él se puso de pie.

—¿Qué estás haciendo? —exigió saber ella.

—¿Qué te hizo tardar tanto?

—No te creas que las instrucciones para localizar al custodio estaban grabadas en la pared —contestó Neah bruscamente.

—¿Lo encontraste?

—No. Pero averigüé el camino hacia las mazmorras. Hasta conseguí una llave —comunicó ella, levantándola.

—¿Cómo la obtuviste? —inquirió él, inundado de alivio.

—Dije que debía llevar a un sacerdote al nivel inferior por un asunto del Orden. Vámonos.

Salieron del edificio a través de una puerta distinta, lejos del palacio. El camino estaba mucho menos iluminado, y los senderos eran más estrechos. Pasaron un jardín inferior y se acercaron a la entrada de una antigua gruta situada entre dos espacios ajardinados de árboles raquíticos y estatuas cubiertas de liquen, algunas tan destrozadas que no solo parecían bastante antiguas, sino mutiladas. Una antorcha brillaba en alguna parte más adentro, dando a toda la caverna la apariencia de fauces débilmente iluminadas.

Olía a lluvia y agua de alcantarilla. Aun en ausencia de brisa helada, la temperatura parecía haber bajado.

—¿Está muy lejos? —resonó la voz de Rom.

—Directo al frente por aquí... esta es la entrada principal.

—Si esta es la entrada principal, detestaría ver la posterior —musitó él.

Llegaron a la solitaria antorcha que chisporroteaba en su soporte metálico contra el muro. Más allá, Rom pudo distinguir las pesadas barras metálicas de un portón de doble hoja, con una enorme cerradura al frente que requería una llave mucho más grande que la que colgaba en la mano de Neah.

—El infierno —expresó Rom muy serio, pues el lugar parecía la entrada al mismísimo averno.

Neah fue hasta el borde exterior del portón, y entonces Rom vio una puerta más pequeña recortada en la piedra. La mujer movió la llave en la cerradura durante varios segundos antes de conseguir finalmente que el pestillo girara.

—Debí haber agarrado una de las antorchas —comentó ella.

—Hay otra más adelante. ¿Ves? Vámonos.

Ahora que estaban aquí, a la entrada de los más oscuros pasillos de la Fortaleza, a Rom se le estremeció el corazón; de temor, sí, pero también de expectación.

Bajaron corriendo una larga escalinata labrada en la piedra hacía tanto tiempo que los peldaños se habían desgastado con las pisadas de muchos pies. La escalera terminaba como a quince metros debajo del nivel del suelo en la boca de un amplio túnel.

A no ser por las antorchas, más o menos cada veinte metros, se podía creer fácilmente que nadie había estado aquí en un centenar de años.

—No me puedo imaginar a alguien viniendo por aquí.

—El guardia al que le pregunté dijo que esta es la entrada de suministros.

El corredor terminaba tras sesenta metros y otras dos escaleras en descenso más allá, en una pesada puerta metálica. Al acercarse, un guardia parado a un costado se colocó frente a esa puerta.

Rom agachó la cabeza de modo que el capuchón le oscureciera el rostro.

—Tengo aquí un sacerdote en una misión —informó Neah, moviendo la credencial delante del hombre.

—No recibí ninguna orden respecto de un sacerdote —contestó el guardia—. Vuelvan mañana con los documentos.

El pecho de Rom se inundó de pánico. Había muchísimas horas de aquí a mañana. Nunca llegarían tan cerca durante la luz del día, no con la foto de él impresa en todos los periódicos de Bizancio.

—Entonces usted podrá ser quien explique por qué el sacerdote no llegó aquí a tiempo —expresó Neah bruscamente—. A medianoche, dijeron ambos... ya llegamos tarde. Quizás demasiado tarde.

—¿Demasiado tarde para qué?

—No sé. Lo único que me consta es que lo mandaron a llamar. Algo respecto de un anciano.

—¿Anciano?

—¿No es aquí donde mantienen al viejo, al que llaman el custodio? Usted ni siquiera sabe de qué estoy hablando, ¿no es así? ¿Y me está discutiendo? Bien. Su trabajo es el que está en riesgo, no el mío.

—Yo haré los trámites. Adelante —declaró el guardia después de morderse el labio.

Entonces extrajo del cinturón el manojo de llaves y abrió la puerta, la cual se movió más suavemente de lo que Rom había supuesto al mirarla.

El momento en que atravesaron la puerta pudieron sentir una leve corriente de aire que no había estado presente en el túnel durante el descenso. El espacio frente a ellos no solo era cavernoso sino modernamente regulado. Delante de ellos, luces eléctricas bajas iluminaban filas de equipo de laboratorio de acero inoxidable y cristal. Todo el lugar era en parte laboratorio y en parte bodega, con dos filas de lo que parecían ser recipientes de almacenaje que formaban un oscuro pasillo en la mitad.

—¿Dónde está? —exigió saber Neah, pero su voz había perdido un poco de su tono amenazador.

—Al final del túnel —respondió el guardia cerrando la puerta y dejándolos solos en la tenue luz.

En alguna parte del salón principal cantaba una voz. Un poco de melodía, se interrumpía, después una vibrante carcajada.

Neah se agarró del brazo de Rom. Tenía helada la mano.

—Vamos —dijo él tomándole la mano y guiándola a lo largo del muro trasero del salón hacia el corredor indicado por el guardia. Los muros de roca estaban iluminados por una lámpara baja, cuyo brillo reflejaba las barras de acero de una celda.

—Esa debe ser —supuso Neah con el rostro pálido aun en la oscuridad.

—Debe ser —susurró el joven, latiéndole el corazón.

—Me quedaré aquí para vigilar. ¿Eh, Rom?

La atención de él estaba fija en la última celda.

—¿No?

—¡Date prisa!

Al acercarse, Rom oyó un silbido tenue salía del interior de la celda; siguió caminando hasta la puerta con barrotes. Estaba demasiado oscuro para ver adentro.

—¿Hola?

—No necesito un sacerdote —dijo una voz en tono áspero.

—No soy sacerdote —informó Rom echándose para atrás la capucha.

—¿Por qué entonces se viste como uno? ¿Intenta engañar a un anciano? ¿Me cree tonto?

—Estoy más interesado en engañar a los guardias.

Silencio.

—¿Es usted el custodio? —averiguó Rom.

—¿Lo soy?

—¿Es usted aquel a quien llaman el Libro? —volvió a preguntar pegándose más a los barrotes.

—¿Lo soy?

—¡Por favor! No vine aquí solo a pasar el rato. Si usted supiera lo que está en juego.

El sombrío rostro de un anciano se acercó a las barras. Luz de antorcha le oscurecía las arrugas de la cara. El cabello desordenado era de color gris opaco. Los ojos del hombre se abrieron de par en par, apoyándose contra los barrotes de la celda y mirando a Rom.

—¿Elías?

Rom se quedó afónico por un momento.

—¡Entonces es verdad! ¡Usted conoció a mi padre! Elías Sebastián era mi padre.

—¿El hijo de Elías? —preguntó el hombre.

—¡Sí!

—Él dijo que se podía confiar en ti.

—¿Quién?

—Tu padre.

El sonido de esas palabras abrumó por un momento a Rom, y los ojos se le inundaron de lágrimas. Lágrimas de dolor... todos esos años, y nunca había sabido la verdad. Lágrimas de alivio... de que ahora sí la conocía.

—¿Qué es lo que hay en tus ojos? ¿Qué has hecho? —inquirió el custodio, de pronto con la voz más apremiante que antes—. Muchacho, ¿qué has hecho?

—Bebí un poco de sangre —exclamó.

Aun con mugre encima y en medio de la oscuridad, la cara del hombre palideció. Abrió la boca para hablar, pero nada salió.

—Bebí la sangre y ahora siento el mundo en llamas, y estoy aquí en busca de respuestas.

—¡Creador! —graznó el viejo; luego repitió, en un susurro carrasposo—. Amado Creador.

—No sé si se trata del Creador. Solo sé que necesito ayuda.

—Entonces llegó el momento. Es hora. ¿Sabes lo que has hecho?

El anciano alargó una mano nudosa a través de las barras y le tocó la mejilla al joven.

—Carne y sangre —expresó el custodio—. Vida. Mortalidad. Por el Creador, es verdad.

Entonces el hombre retiró la mano.

—Dime qué sucedió. ¡Todo! Rápido.

El anciano pareció haberse despojado de su modo demente de ser, como si se hubiera quitado una capa.

—Un hombre viejo me localizó. Dijo que conoció a mi padre. Y ahora por la reacción de usted, sé que eso es verdad. Me entregó el frasco envuelto en pergamino y me pidió hallarlo a usted.

—¿Qué le sucedió a él? ¿Dónde está?

—Lo mataron —anunció Rom, estremeciéndose—. Vi cómo lo hicieron.

El preso bajó la mano, apartándose de la puerta y de la luz de la lámpara. Rom se aproximó aun más.

—Por favor, señor. ¡Necesito respuestas!

Del interior del espacio se podía oler el rancio hedor a comida vieja, y a orina del hombre mismo. Ahora, con los ojos acostumbrados a la oscuridad, Rom logró distinguirlo en el rincón y oír sus lastimeros gemidos. Pero luego el viejo regresó hasta el otro lado de la puerta con barrotes, como lanzándose contra ellos.

—Tu padre vino a vivir a la ciudad, como ninguno de nosotros ha hecho en mucho tiempo. Nos hemos mantenido ocultos por siglos. Él vino a vivir como informante porque sabíamos que se acercaba el momento. No te podía decir nada, ¿entiendes? Habría puesto tu vida en peligro. Y la de tu madre.

—Ellos también la mataron. Ayer.

—Lo siento mucho, muchacho —expresó el anciano titubeando—. Estas solo son las primeras de muchas muertes más.

—¿Qué quiere usted decir con *se acercaba el momento*?

—El tiempo. La hora, muchacho. ¡Aquello que hemos esperado! Y ahora yo soy el último. Pero estás tú. ¿Son cinco ustedes?

—¿Cinco?

—Había suficiente sangre para cinco.

—Sí. No. Solo hay cuatro. Y solo queda media porción.

—¿Solo cuatro? ¿Estás bien entrenado? ¿Informado? Eres el hijo de Elías. Debes estarlo.

—Yo... No necesariamente, no. Bueno, uno de nosotros es un luchador de primera clase. En entrenamiento con la guardia de la Fortaleza.

—Cuatrocientos ochenta años. Cuarenta generaciones, según los ciclos de doce años del Renacimiento. Ese es el tiempo que hemos esperado para este momento. ¿Sabes lo que esto significa?

—¡Por eso es que vine!

—¿Porque lo sabes?

—No, porque *no* lo sé. Porque el viejo insistió en que viniera. ¡Porque no sé qué hacer!

—Realmente no lo sabes, ¿verdad? Y sin embargo ahora sabes más que yo.

—¿Qué?

—¿Qué se siente?

—¿No saber?

—¡*Sentir*, muchacho! Ser el primer hombre en casi quinientos años en tener verdaderas emociones. Sentir más que el temor que hasta ahora recorre mis propias venas. ¿Qué se siente?

Rom abrió la boca; sin embargo, ¿cómo explicar el torrente de emociones que estaba experimentando? ¿La tristeza, el amor, la esperanza, el deseo?

—Terrible —dijo simplemente—. Y grandioso. Todo a la vez.

—Se trata del remanente. El vestigio de lo que hubo antes de toda esta locura del Orden. Hubo un día en que el hombre vivía de verdad. Y ahora el remanente vuelve a vivir. En ti. En estos otros tres. ¿Quiénes son? No importa —declaró el anciano, agitando una mano—. Muchas veces me pregunté si viviría para verlo... si alguien lo haría.

El viejo estiró los brazos a través de las barras, agarró la mano de Rom y la apretó con fuerza. Una lágrima le bajó por el rostro, dejándole una clara huella en la empolvada piel.

—Perdóname, Creador, por dudar —susurró suavemente el hombre—. No lo tengas en cuenta contra mí en ese día.

El hombre parecía haberse puesto a orar, olvidando a Rom a pesar del hecho de que le apretaba la mano.

—¿Pero cómo es esto? —exclamó Rom—. Usted está llorando. ¿Siente alguna cosa más que temor? ¿Ha bebido entonces usted la sangre? ¿La habría bebido su propio padre?

—No. No —contestó el viejo meneando la cabeza—. Los custodios no conocemos la sangre de primera mano. Sabíamos que no era para nosotros. Hemos guardado ese conocimiento y hemos recordado lo que hace la sangre. Además hemos hecho prácticas, hemos vivido y nos hemos comportado como si la tuviéramos, en una prefiguración de nuestra esperanza venidera. Esperanza. ¿Ves? Utilizo esa palabra aunque nunca he experimentado esperanza. Pero hemos hablado y vivido como si ese día hubiera llegado, en expectativa de ello. Y algún día... algún día...

—Pero usted debe sentir algo. Algo que no sea temor, quiero decir.

—No. No, no lo creo —negó el anciano pensando y meneando la cabeza—. Los custodios pasamos gran parte de nuestras vidas imaginando sensaciones más allá del temor, y solo como lo suponemos, aunque sea del modo en que alguien puede ver su propio reflejo en un espejo borroso.

Rom movió la cabeza de lado a lado. Era asombroso. Nunca había visto algo así. Como el sordo que imita palabras que no puede oír, con más precisión incluso que quienes las oyen. En todo caso, el custodio parecía demostrar emoción exagerada sin conocerla de primera mano.

—Lo ha llamado «remanente» —expresó Rom—. ¿Remanente de qué?

—De sangre pura —contestó el hombre levantando la cabeza.

—¿Qué sangre?

—La llaman la era del Caos, cuando todos los humanos eran realmente humanos. Mintieron, y ahora el mundo no conoce algo mejor. ¡Aquello es vida! La verdadera sangre producirá vida.

—¿Cómo?

El anciano soltó la mano de Rom y, con los nudillos blancos, agarró los barrotes.

—¿Cómo te llamas? Dime.

—Rom.

—Rom, hijo de Elías. Entonces debes saber, Rom, que hay un niño. Se te ha asignado una tarea. A ti y a estos otros.

—No comprendo. ¿Qué niño? ¿Asignado una tarea con qué?

Neah se acercó algunos pasos por el pasillo.

—¡Rom!

—Tienes que hallar al niño —expresó el anciano mientras la mirada iba hacia Neah y volvía hacia Rom—. Lo intentamos, pero fallamos. Nos han capturado a todos. Ninguno de los candidatos ha encajado, pero él está allá afuera, ¡tiene que estar!

—¡Apúrate! —exclamó Neah con voz áspera—. ¡Alguien viene!

Rom se volvió hacia el hombre y sacó el pergamino. Rápidamente lo desenvolvió.

—¿Qué hay con estos escritos, aquí en el pergamino...?

La mirada del anciano había ido al frasco, y Rom no estaba seguro si dejárselo agarrar o mantenerlo fuera del alcance del hombre.

—¿Sabe usted lo que dice?

—¿Tienes menos de una dosis completa?

—Eso... eso fue un accidente. ¿Qué hay con el código?

—Veintiuno —dijo el custodio—. Vertical.

—¿Qué?

—Recuerda eso. Está en latín.

—¿Latín? ¿En qué modo puede ayudar eso?

—Necesitas un matemático —indicó el anciano mirándolo, pestañeando.

—¿Qué?

—Hay una mujer llamada Feyn —explicó el custodio.

—¿Feyn? ¿Se refiere a... Feyn, la soberana?

—Ella te resolverá el pergamino.

—¿Qué? ¡Eso es imposible! ¿Por qué usted no puede hacerlo? Solo dígame...

—Ella está entrenada para ser leal a la verdad. Si logras ganarte su confianza, te ayudará.

—¿Qué quiere decir con *ganar su confianza*? ¡Usted está hablando de la próxima soberana! ¿Por qué me ayudaría ella? ¡Es la principal en el Orden! No, no, ¡usted tiene que decirnos qué hemos hecho, qué significa eso, y qué nos va a suceder!

—¿No entiendes? ¡No se trata de ti! Y sin embargo eres quien debe abrir el camino en el momento, o todo se habrá perdido. Todo por lo que he vivido, y cada custodio antes que yo. Todo por lo que tu padre vivió. Todo por lo que Alban murió. Ese era su nombre, el hombre que te dio eso. Debes abrir el camino, ¡o todos seguiremos experimentando esta muerte! —exclamó el custodio despidiendo saliva de la boca.

—¡Rom! —volvió a exclamar Neah.

—Rom, hijo de Elías, ¿sabes lo que has heredado?

—¡Ya vienen! —advirtió Neah, corriendo hacia Rom.

—Ya vienen —repitió el anciano, con los ojos revoloteando otra vez en dirección a la mujer.

—¡Pero necesito más respuestas!

—El pergamino. ¡Nada es más importante que esto! Darás vida, si triunfas. Ve, ¡hijo de Elías!

—¡Rom! —exclamó Neah agarrándole la mano y tirando de él—. ¡Apúrate!

Corrieron juntos, seguidos por las últimas palabras del custodio:

—Encuentra al niño, Rom, ¡hijo de Elías! ¡Encuéntralo!

Capítulo diecisiete

NEAH ARRASTRÓ A ROM al interior de un salón que parecía un laboratorio, pegados a la pared del fondo mientras dos guardias entraban corriendo al túnel del que Rom y ella acababan de salir. Una puerta en el lado opuesto se abrió y dos guardias más irrumpieron en el enorme salón.

—¡Por allí! —instó Rom tan pronto como los guardias hubieron pasado, virando hacia el rayo de luz de antorcha que brillaba a través de la puerta abierta. Neah no tenía idea a dónde podría llevar ese pasaje, pero seguramente sería una equivocación salir por donde entraron.

—¡Por allí! —chilló una voz femenina—. ¡Por allí!

Neah sintió un escalofrío ante el sonido de la voz, y de los gritos de desconcierto detrás de ellos. Otra voz repitió el grito, y otra, hasta que todas estuvieron chillando.

—¡Por allí!

De pronto irrumpieron en un corredor iluminado por una antorcha solitaria. Rom la agarró.

—¡Vamos!

Las lágrimas empañaron la visión de Neah, haciendo que la luz ardiente de la antorcha en la mano de Rom se fraccionara en trozos anaranjados. Su buena voluntad para ayudar a su amigo se había convertido en una pesadilla. Mientras esperaba que él hablara con el anciano, ella se había aventurado dentro del laboratorio y había visto de todo: mujeres, enjauladas como animales, dementes y desvariadas. Cadáveres, tendidos para experimentos...

Los muertos yacían horriblemente tajados y abiertos. Si los atrapaban, ¿iría ella a parar allí?

Llegaron a un gran aposento. Rom levantó la antorcha, iluminando montones de libros y miles de documentos amontonados en estantes empotrados en paredes de paneles móviles.

—El archivo —jadeó ella, queriendo llorar su alivio—. Estamos en el archivo. Debe haber una salida desde aquí.

Cerca de la pared encontraron la pequeña puerta sin cerradura, su manija metálica brillante y suave por el uso. Esta llevaba a un rellano al pie de una serie estrecha de escalones, los cuales subieron de dos en dos antes de dar contra otra puerta en lo alto. Rom quiso girar la manija.

—Cerrada —informó jadeando.

La mujer se apoyó contra la puerta, queriendo derribarla.

—La llave. ¡La llave, Neah!

Ahora ella recordó, la palpó en el bolsillo y la sacó, pero se le cayó.

—¡Rápido!

Se arrodilló y con manos temblorosas buscó a tientas la llave bajo la luz de la antorcha de Rom; la halló. Los sonidos de persecución se oían desde el aposento.

Neah se paró, empujó la llave en la cerradura, la retorció con fuerza, y presionó la ancha puerta. Luego pasó al interior. Rom agarró la llave y cerró de golpe la puerta detrás de ellos.

—¡Tráncala! —ordenó la chica, y lo hizo rápidamente—. ¡Puede que traigan su propia llave!

—No vamos a esperar para averiguarlo —comentó Rom.

Corrieron juntos a través de un gran pasillo lleno de sillones suntuosos de toda clase, incluyendo un trono que dominaba el redondo mosaico en el suelo en el centro de todo.

Neah levantó la mirada hacia el abovedado techo. Habían entrado al salón del senado.

—Sígueme —susurró, corriendo por delante de Rom.

Salieron aprisa por una pequeña entrada lateral, pasando un par de pesadas puertas que llevaban a una sala más pequeña donde los senadores se ponían sus túnicas para las sesiones.

Ella respiró aliviada, pues conocía los caminos posteriores a partir de aquí. Podrían salir de la Fortaleza en menos de un minuto.

—¡Vamos!

Rom la tomó del brazo y tiró un poco de ella.

—Neah...

—¡Tenemos que irnos!

—No.

—¿Qué significa *no*? —objetó ella retirándole la mano.

—Debemos encontrar a Feyn.

Neah lo miró fijamente. Tal vez no había oído bien.

—*¿Qué?* ¡No seas chiflado! ¡Tenemos que salir de aquí ahora! —gritó ella, deseando golpearlo, sacudirlo.

—El custodio me dijo que debo encontrarla.

—¿Ese tipo de allí abajo? ¡Estaba loco! —opinó Neah, mientras la imagen del cadáver sobre la mesa de trabajo le calcinaba la mente.

—No. No lo estaba —negó Rom meneando la cabeza—. Él conoció a mi padre. Todo es real. Y ya no se trata de nosotros.

—Tampoco se trata de Feyn. ¡Estaremos muertos si no salimos ahora!

—Ella es matemática.

—¿Y eso qué tiene que ver?

—El anciano...

—No me importa lo que te haya dicho el anciano. Si no sobrevivimos la noche, ¡nada de esto importará!

De pronto resonaron pasos a través del vacío salón del senado más allá de la puerta. Cuando los guardias pasaron rápidamente la antecámara, Rom llevó a Neah a las sombras. Luego juntos atravesaron la gran entrada del senado en forma de arco, saliendo por el porche principal.

—Vete tú —susurró él cuando hubieron pasado—. Dile a Avra lo que sucedió. Si no regreso para el amanecer, sal de la ciudad con los otros.

—¡Rom, por favor! —suplicó ella, incapaz de decirle que temía quedar sola, subirse a ese tren subterráneo y enfrentarse a un mundo en el que no estaba segura de que hubiera algún verdadero refugio; se sintió al borde del colapso—. Solo eres un artesano. ¡Nadie! ¿Qué puedes hacer? Hasta donde sé, Feyn ni siquiera está aquí. Todos los soberanos van a su tierra natal los días anteriores a la toma de posesión. Ella irá a Palatia.

—No oíste lo que el custodio tenía que decir. Neah, ellos han dado sus vidas por esto.

—¡Eso no es problema tuyo!

La mujer no podía creerlo; había convenido en ayudar a Rom a saber más para que pudiera sacarlos de esta difícil situación. ¡Eso era todo!

—*Es* mi problema. No oíste lo que el anciano me dijo, de lo contrario sí lo entenderías. Lo explicaré todo más tarde. Solo, por favor, dime dónde puedo encontrarla. Eso es todo lo que te estoy pidiendo.

Rom tenía realmente intención de quedarse. Por la mirada en los ojos de él, ella podía darse cuenta de que no había manera de hacerlo cambiar de opinión. Después de mirarlo con incredulidad por un momento, Neah se dirigió a una puerta y la abrió de un tirón. Esta era la única manera que se le ocurrió para ayudarlo, y aun así dudaba mucho que el hombre pudiera sobrevivir.

—Escóndete en este clóset de túnicas y espera hasta que todos se hayan ido. Atravesando el porche al final de pasillo hay un ascensor de servicio. Tómalo hasta lo alto. Algunos de los artistas de la Fortaleza tienen sus estudios allí, en el espacio del ático. Una vez que los pases estarás en el ático sobre las residencias. La de Feyn es la última.

—¿La última? ¿Pero voy a estar en el ático?

—Encima de la residencia de ella al final.

—¿Cómo la encuentro?

—Si aún está allí, supongo que estará durmiendo en su alcoba.

—¡Pero yo estaré en el ático!

—No podrás entrar ahora como si nada por su puerta, ¿verdad? Tendrás que resolver el asunto a partir de allí. Y para que conste, creo que te has vuelto loco.

Rom miró hacia la oscuridad.

—Si te atrapan, no hay nada que yo pueda hacer —advirtió ella.

—Dame tu capa.

—¿Para qué?

—Tú dámela. Por favor —pidió él alargando la mano.

—Está lloviendo...

—Voy a necesitarla más que tú.

Neah se quitó la capa y se la pasó a Rom, quien la tomó y la metió entre las túnicas.

—Dile a Avra que estaré de vuelta al amanecer.

Ella quiso abofetearlo, decirle que era un necio.

Decirle también que era valiente, más valiente de lo que ella podría ser alguna vez. Incluso quiso decirle que Avra podría ser afortunada.

Pero, principalmente, quiso decirle que era un imbécil.

—No tienes toda la noche —advirtió Neah volviéndose y saliendo del clóset—. En cinco horas, este lugar estará lleno de gente.

La mujer cerró la puerta antes de que su amigo pudiera decir algo, se alisó la chaqueta y atravesó las puertas de la antecámara de ingreso al salón del senado.

Ninguna señal de la guardia. Ella iba a lograrlo.

—¿Quién anda ahí?

Neah giró hacia la voz y vio que dos guardias habían entrado por las puertas principales.

—¿Quién anda ahí? —repitió uno de ellos.

—Yo —contestó ella bruscamente—. En misión real para Lucius. ¿Y qué están haciendo ustedes tan tarde en las cámaras del senado? ¡Está prohibido!

A ella nunca la habían cuestionado refiriéndose a su supervisor, pero ahora el corazón le latía tan frenéticamente que creyó que se desmayaría frente a ellos.

Los guardias siguieron adelante, revisando la cámara, sin que la reprimenda pareciera afectarlos.

—¿Ha visto dos personas corriendo por aquí? Dos, ambos con túnica.

—Solo he visto a dos guardias y ahora estoy pensando si no debería reportar sobre ustedes.

El primer guardia pasó junto a Neah y atravesó la puerta hacia la antecámara. El segundo agarró la puerta y siguió tras el primero.

Iban a encontrar a Rom. Por un momento ella pensó en hacer un intento de distraerlos más tiempo. Pero la idea le desapareció cuando oyó en el interior el débil chillido de la puerta del clóset.

El clóset donde Rom estaba escondido.

Sin pensarlo dos veces, Neah giró sobre sus talones y corrió. No había nada que pudiera hacer ahora. Si se quedaba, también la atraparían e iría a parar a las mazmorras, con todos los terrores que allí había.

Corrió todo el camino hasta la puerta lateral antes de bajar el ritmo lo suficiente para calmar la respiración.

Agitó la credencial en la puerta principal, tratando de medir hasta qué punto del trayecto tendría que llegar antes de volver a correr, antes de poder llegar a casa y advertir a los otros. Tenían a Rom. No importaba que él tuviera la sangre. Sin duda, lo torturarían hasta obligarlo a hablar. Lo extenderían en una de esas mesas metálicas y lo tajarían hasta que soltara a gritos todo lo que sabía.

Luego, la guardia de la Fortaleza iría por los demás.

Capítulo dieciocho

ROM DEJÓ LA VESTIDURA de sacerdote dentro del clóset y salió de la antecámara justo antes de que los guardias se acercaran desde el otro par de puertas. Sin la túnica que lo identificara como el intruso, corrió sin ser visto hasta el ascensor de servicio y subió hasta el ático como Neah le indicara.

Los estudios en el ático estaban divididos por una estructura de madera mal terminada en el nivel superior, y Rom pudo pasar fácilmente del uno al otro. Por todas partes había pinturas y esculturas en desorden, un verdadero tesoro del arte. Todo era refinado y eficiente hasta el punto de la perfección matemática, sin duda creado por los mejores artesanos que la Fortaleza podía pagar.

Las obras de arte del tercer estudio fueron las que hicieron que se le acelerara el corazón.

Estas no eran obras nuevas. Es más, parecían antiguas, en cuyo caso las debieron haber destruido en Año Nulo. Pero aquí permanecían, en varias etapas de reparación y restauración. Rom se cambió de mano la capa de Neah y tocó una de esas obras, maravillándose de la textura de la pintura, de los rostros retorcidos en tortura y en éxtasis mirando desde fuera del lienzo. Si estas eran obras de la era del Caos, estaban prohibidas. Y sin embargo se hallaban en la Fortaleza misma.

Tuvo que esforzarse para dejarlas, apurándose a atravesar el último estudio donde agarró un martillo y un cincel de escultor al lado de un antiguo busto.

Al final, había dicho Neah. El joven pasó el área de piso terminado hasta una antigua viga, recorriendo toda la longitud y entrando a las sombras más allá de las luces del último estudio. Todo el camino hasta el muro frontal en cincuenta pasos.

Si lo que Neah dijo era cierto, la residencia de Feyn estaba directamente debajo de él. Ahora la pregunta era solo por dónde lograr entrar. Y cómo.

El techo debajo de la estructura de madera era de yeso, así que abrir una brecha no sería problema. Pero hacerlo sin ser descubierto sería casi imposible. Quienquiera que durmiera directamente debajo sin duda despertaría al primer golpe de martillo. Para cuando finalmente lo rompiera habría una docena de guardias recibiéndolo.

La mente le volvió a saltar hacia Neah. Hacia Avra, que lo esperaba. Tal vez fue un necio al no haber escapado mientras podía hacerlo. De pie allí, en esa viga de madera, cavilando en sus opciones, Rom estaba seguro de ello.

No era muy tarde para unirse a Neah. Podía desandar sus pasos y tal vez huir de la Fortaleza sin que lo atraparan. Podía correr, como había hecho antes, sacar a Avra de Bizancio; llevarla fuera de la ciudad del modo en que ella quería que él hiciera desde el principio. Quizás todos podrían sobrevivir con la ayuda de Triphon.

El joven no se hacía falsas ilusiones acerca de sus posibilidades aquí. Era probable que lo atraparan, e incluso podría ir a parar a uno de los calabozos que acababa de dejar.

Si lo dejaban vivo.

La voz del custodio le resonó en la mente. *¡Encuentra al niño, Rom, hijo de Elías!*

Tardó diez minutos en decidir qué parte del techo era el tamaño adecuado y la ubicación de un clóset. Se encontró con un enmarcado ocho pasos a un lado, suficientemente grande como para ser la habitación de alguien, pero también pudo ver el espacio más pequeño sin tubos que salía de allí, el cual a su vez podría tratarse de un baño.

La ventilación era mala. El sudor le recorría el pecho al pararse en la esquina del espacio y orar porque resultara ser un clóset.

Equilibrándose en vigas adyacentes, levantó el martillo. La suerte estaba echada, entonces. Había huido del infierno estos dos últimos días; por tanto, era hora de lanzarse de cabeza al fuego.

Con una sola oscilación del martillo, el antiguo yeso se rajó, cayendo una sección de más de veinte centímetros. Rom contuvo el aliento, esperando que el material cayera abajo al piso, con el subsiguiente grito y la aparición de indignados rostros.

Tinieblas. Nada. Pero podrían estar viniendo. Tenía que bajar rápido y esconderse.

Puso el martillo a un lado, contento de tener el cincel en el bolsillo por ahora, colocando un pie en la viga adyacente. Luego impulsó el otro talón a través del yeso. Otro gran trozo se despegó.

Abajo todo estaba aún en silencio y tinieblas. De las tablas del suelo agarró la capa de Neah. Equilibrándose sobre la viga, se colgó a través del agujero en el techo y se dejó caer.

Fue a parar sobre una alfombra suave. Miró hacia arriba. El agujero por el que acababa de pasar estaba esbozado por la débil luz que había más allá.

Examinó el área y se encontró frente a una larga fila de prendas de seda y terciopelo. Había por todas partes un persistente aroma a sándalo y a alguna clase de perfume. Toda una pared estaba llena de estanterías con miles de botas de cuero y zapatillas de brocado.

Este podría ser solamente el clóset de una persona en la tierra.

Rom encontró la puerta, asomó la cabeza hacia un vestíbulo y salió, agradecido por la débil luz que emanaba de otro cuarto por el pasillo.

El apartamento más allá era enorme. Los tapices de las paredes se cernían como espectros mientras Rom pasaba un pequeño tocador y entraba en el amplio dormitorio.

Las cortinas estaban abiertas a un cielo gris, dejando pasar suficiente luz para que él viera la disposición de la alcoba. Una sala de estar cerca de la ventana. Una cama amplia. Una figura tendida allí, sola. Y dormida.

El joven se dirigió rápidamente hacia la cama, preguntándose qué era exactamente lo que se suponía que iba a decir.

Hola. Mi nombre es Rom.

Esta era una decisión que nunca debió haber tomado; el pie se le tropezó contra el borde de una alfombra, yéndose de bruces sobre el colchón.

—¿Qué es esto? —gritó la forma en la cama sobresaltándose.

—Lo siento...

¿Lo siento?

La dama, de quien solo podía suponerse que se tratara de la mismísima Feyn, chilló y se apartó de él.

Rom se abalanzó sobre ella, obligándola a caer de espaldas en las almohadas. Tapándole la boca con la mano, cortó el sonido del grito.

—¡Por favor! No grite. No la voy a lastimar, ¡se lo juro!

La mujer luchaba debajo de él, pateando y retorciéndose en un frenético intento por soltarse.

Entonces se le ocurrió que ella probablemente estaría entrenada por lo menos en el arte ceremonial de pelear y que tal vez lo tiraría de la cama si él no encontraba una manera de hacer que a Feyn se le pasara el temor.

—Shh, shh. Perdóneme, señora. Por favor. Necesito su ayuda. No la lastimaré. Solo necesito su ayuda.

Ella casi se suelta a no ser porque el camisón de dormir pareció quedarse atrapado bajo el peso de Rom, debajo de las pesadas cobijas.

—No estoy aquí para lastimarla. Por favor, usted tiene que creerme. Me dijeron que la buscase, me lo dijo un anciano en las mazmorras que hay aquí. ¡Por favor!

Eso la detuvo. Ella respiraba con dificultad por la nariz, con los ojos abiertos de par en par, tratando de ver el rostro del hombre en medio de la oscuridad.

—Él dijo que usted podría darme respuestas —continuó Rom entre fatigosas respiraciones—. He arriesgado todo al venir aquí. Ellos mataron a mi madre, a mi padre y a un anciano para ocultar lo que ahora sé. No grite, por favor... necesito su ayuda.

Rom comprendió que el custodio tenía razón. Lo *arriesgaría* todo. Su vida se había acabado. No podría dar marcha atrás. Pero esa vida había sido solo a medias. De alguna manera, siempre lo había sabido. Y ahora que entendía la diferencia, dedicaría el resto de su existencia a ver cumplida su misión... cualquiera que fuera este secreto de quinientos años. Haría lo que fuera necesario para averiguarlo.

Aunque tuviera que golpear a la futura soberana a fin de mantenerla tranquila.

Quizás ella sintió eso en él, porque se calmó.

—¿Me cree usted? —preguntó Rom; silencio—. Si no grita, la soltaré. No deseo lastimarla, pero lo haré si tengo que hacerlo.

Se quedó muy quieta.

—¿No va a gritar?

Ella sacudió levemente la cabeza.

Él retiró lentamente la mano. La mujer empezó a gritar.

—¡Usted dijo que no gritaría! —exclamó Rom sujetándole otra vez con fuerza la boca.

La mujer se sacudió, y él supo que tendría que recurrir al cincel de su bolsillo. Tardó un instante en agarrarlo.

—¡Tengo un cuchillo! —advirtió levantando el cincel empuñado—. No quiero cortarla, ¡pero usted me está obligando a hacerlo! ¡Por favor, quédese callada!

La respiración de ella, irregular y errática, llenó la habitación. Había una verdadera posibilidad de que él estuviera yendo al mismísimo infierno.

—Le voy a destapar la boca, pero tiene que mantener la calma. Ni una palabra. Solo quiero hacerle algunas preguntas. Eso es todo. Y solo porque el custodio me dijo que debía hallarla, ¿comprende?

Finalmente ella asintió con la cabeza.

—La voy soltar otra vez. Pero no crea que no la lastimaré si me obliga a hacerlo. Es muy importante lo que debo hablarle.

Ella asintió de nuevo.

Rom retiró la mano poco a poco, listo para taparle la boca a la primera señal de que ella lo hubiera engañado. La mirada de la futura soberana revoloteó hacia el cincel que él tenía en la mano, luego se posó otra vez en los ojos del joven. La calma pareció asentarse sobre ella.

—Esto es una locura —expresó—. Usted estará muerto en una hora. ¿No sabe quién soy?

La dama se veía joven, quizás de la misma edad de Rom. Eso lo sorprendió.

—¡Por eso estoy aquí! Y es necesario que usted sepa que estoy comprometido a llevar esto hasta las últimas consecuencias.

—Usted es el fugitivo que ha estado en los periódicos —anunció ella—. Si cree que esta manera de abordarme le facilitará alguna cooperación de mi parte, es un tonto.

A Rom se le cubrió de calor el rostro cuando comprendió la verdad de la declaración de ella. Los guardias aún estaban buscándolo. Tan pronto como Feyn se diera cuenta que él no era un luchador adiestrado y que ni siquiera tenía la intención de lastimarla, y seguramente no con un cincel, volvería a gritar.

Puso el cincel sobre la colcha y hurgó en el bolsillo hasta sacar el pergamino.

—¿Ve esto? —dijo él, tratando de abrirlo sacudiéndolo y sosteniéndolo frente a ella—. Debo saber qué significa. Por eso estoy aquí. El anciano dijo que usted podía leerlo. Es importante... no solo para mí, sino para el mundo entero. Ya lo verá. Dígame lo que significa y prometo que me iré.

Ella apenas miró el objeto.

—Ese anciano está loco. Y usted está tan loco como él si cree que voy a ayudarlo.

Rom comprendió que no podía arriesgarse a tratar de persuadirla aquí, donde la misión podría muy fácilmente llegar a un final abrupto.

Tenía que sacar a Feyn de la alcoba.

—Cuando me oiga se retractará de esas palabras —declaró él metiéndose el pergamino en el bolsillo y agarrando el cincel.

Cuando él se movió, la luz gris cayó de lleno sobre el rostro y los ojos de la mujer. Creador. Rom había supuesto que los afiches y las fotografías de ella eran imágenes manipuladas, basadas en una persona real, sí, pero símbolos en todo caso.

Sin embargo, ella era un símbolo hecho realidad. Hasta despeinada, Feyn parecía más que humana. Y, sin embargo, la había sentido totalmente humana en los brazos al aguantarla para taparle la boca.

Humana, y cálida. Eso también sorprendió a Rom, quien nunca antes había estado tan cerca de alguien de la nobleza. Se habría quedado mirándola fijamente, consciente también de su propia posición humilde, a no ser por las palabras que ella expresó.

—Mis guardias van a matarlo. De todos modos, ¿cómo entró aquí?

—¿Sus guardias? Están muertos. Los maté.

Feyn no necesitó decir nada para que él comprendiera que no le había creído.

Rom volvió a sujetarle con fuerza la boca, le pasó el otro brazo alrededor de la cintura y de un tirón la sacó de la cama.

—¡Basta! —gruñó él—. No quiero lastimarla. ¡No haga eso!

Ella no se detuvo, por eso Rom la llevó a rastras hasta el clóset, con gran esfuerzo; no tenía idea de lo alta que Feyn era.

—¿Dónde está la luz?

Ella no iba a decírselo, ¿verdad?

—Escuche —le advirtió él cerca del oído—. La golpearé si me obliga a hacerlo. Haré lo que sea necesario para conseguir su ayuda.

Los ojos de ella miraron la pared. Rom tanteó detrás de un montón de bufandas y descubrió el interruptor oculto detrás de estas. Encendió la luz, agarró una bufanda negra y le embutió gran parte en la boca.

Rom debía quitarse de la mente el hecho de que estaba secuestrando a la soberana. De que ella era hermosa, y de que la presencia de ella le provocaba una reacción inesperada.

¿Por qué debía sorprenderle esto? Aún estaba luchando con el recién despertado festín de emociones después de toda una vida de estar como muerto de hambre. Feyn podría haber sido cualquier mujer; Rom habría reaccionado como un hombre hambriento ante el banquete en una mesa. No era nada más que eso.

—Nos vamos a ir.

Los ojos de ella se abrieron de par en par.

—Y usted me ayudará, o la sacaré de aquí inconsciente —advirtió Rom, tanto por su propio bien como por el de ella—. ¡Lo digo en serio!

El hombre agarró rápidamente otra bufanda, usándola para atarle las muñecas a la espalda. Luego tomó un vestido blanco sencillo, el menos adornado que encontró, y se lo lanzó.

—Póngase esto.

El vestido cayó a los pies de ella, quien miró a Rom como si se tratara de un idiota, y por un momento él se dio cuenta de que así era; ella no se podía vestir con las manos amarradas.

—Si intenta huir, le juro que la heriré. Pregúntese qué clase de hombre recurriría a secuestrarla. Yo podría estar loco. A cuatro días, ahora tres, de la toma de posesión, sería una equivocación correr algún riesgo.

Le soltó las manos y se puso en pie cerca de la puerta para que ella no pudiera salir corriendo.

—Ahora vístase. Rápido.

Feyn lo miró con una expresión impenetrable, y él se dio media vuelta, solo el tiempo suficiente para permitirle que ella se quitara el camisón de dormir y se pusiera el vestido sencillo, pero no lo suficiente como para dejarla totalmente fuera de su visión periférica. Por mucho que pudiera merecerlo, no podía dejar que ella le asestara un rápido golpe en la cabeza.

Una vez vestida, le volvió a atar las manos con la bufanda.

Rom miró la inmensa estantería de botas a lo largo de la pared.

—Esos son muchos zapatos. ¿Dónde guarda su criada el betún?

Feyn miró hacia un estante inferior. Rom encontró un estuche de betún negro y varios trapos. Con una mano embadurnó a la soberana.

—Lo siento. No puedo dejarla con aspecto de miembro de la realeza.

Ella expresó algo ininteligible detrás de la bufanda comprimida en la boca. Él le hizo caso omiso y terminó de ensuciarle el vestido.

—Quizás no sea tan instruido como usted, pero no me tome por tonto. Al menos mi imaginación es mejor que la suya. Y usted va a descubrir que estoy llevando una vida con la que usted ni siquiera puede soñar, soberana o no. Póngase estos zapatos —ordenó él pasándole un par, los más sencillos que pudo encontrar.

Feyn no hizo ningún intento de seguir su orden.

—Conque no. ¿Y a mí por qué debería importarme que usted se corte los pies allá afuera?

Se puso los zapatos.

Rom le envolvió un chal blanco sucio alrededor de la cabeza, dejándole ver solamente los ojos. Pero eso no era bueno... los ojos de ella eran inconfundibles, así que le cubrió todo el rostro. En vez de objetar, ella permaneció tranquila y en silencio.

Feyn era una mujer valiente, él debía reconocerle eso.

Rom agarró el camisón y lo rompió en tiras para poder usarlas. ¿Estaba pasando algo por alto?

Nada más que su cordura.

Entonces puso la capa de Neah sobre los hombros de Feyn.

Hora de irse. Cuanto más rápido salieran de la Fortaleza, mayores las probabilidades de sobrevivir.

—Escúcheme —expresó él volviéndose a la dama—. Esto es muy sencillo. Usted es una criada enferma. Si ha estado abajo en las mazmorras de donde acabo de venir, sabe de qué estoy hablando. Y yo soy uno de los trabajadores, que la está sacando antes de que infecte a todo el mundo. Los guardias no la reconocerán, y cualquier intento de luchar solo confirmará su enfermedad.

Rom hizo una pausa, satisfecho solo moderadamente con su estrategia. Pero era la mejor que tenía.

—Ahora podemos volver a subir por el hueco en este clóset, lo cual podría ser horrible, o podemos salir de aquí por una puerta posterior, lo cual sería mucho más fácil. Voy a liberarle la boca por un momento. No se moleste en pensar que desde aquí le oirán un grito. Solo dígame si hay una salida por detrás.

Ella permaneció tranquila. Él le quitó la bufanda de la boca.

—¿Qué salida?

—Esto es...

—Esa no me parece una respuesta —manifestó Rom volviendo a ponerle la bufanda en la boca—. Intentemos una vez más.

Feyn se mantuvo en silencio por un instante pero luego accedió.

—Hay una escalera detrás de las cortinas de seda. ¿A dónde me está llevando?

—¿Cuál es el camino más rápido para salir de la Fortaleza?

—La entrada de servicio —contestó ella después de vacilar por un momento.

—Si nos topamos con guardias y usted grita, ellos simplemente la tomarán por trastornada y sabrán cuán enferma está.

El temor de los guardias por la enfermedad los mantendría lejos. Por primera vez desde su entrada en la Fortaleza, Rom sintió una creciente sensación de confianza.

El joven se envolvió una amplia tira del camisón alrededor el rostro, cubriéndose la boca en una máscara improvisada contra la «enfermedad» de ella.

—Vamos.

Manteniéndola fuertemente sujeta del codo, Rom sacó de la alcoba a la futura soberana, luego la llevó a lo largo de varios pasajes ocupados por guardias que solo estuvieron demasiado ansiosos por dejarlos pasar. Finalmente lograron salir por la puerta lateral.

Quienes viajaban en el metro a esta hora lanzaban nerviosas miradas en dirección a Feyn.

—Centro de bienestar —explicaba él—. Contagiosa.

Todos salieron del vagón en la siguiente parada.

Feyn solo había luchado una vez, en la puerta de la Fortaleza. Tal como Rom había previsto, la escena solamente les aceleró el escape.

Viajaron hacia el norte, hasta la estación más lejana fuera de la ciudad. Solo cuando estuvieron bien lejos de la estación, en la carretera desierta hacia los establos reales, el joven desenvolvió el chal del rostro de Feyn y le quitó el húmedo pañuelo de la boca.

—¿Está usted loco? ¿Me sacó de contrabando como a una ramera enferma?

—Yo no dije nada de ramera.

—¿Importa?

El aroma a heno y estiércol fresco flotaba en el aire. Se estaban acercando al complejo de establos reales, el cual era tan grande que la sola cantidad de empleados ameritaba su propia parada en el tren del norte.

—¿Y ahora qué... vamos a ensillar un caballo y dar un paseo antes del amanecer?

En realidad Rom no sabía cómo iría a funcionar todo esto, así que no dijo nada mientras la guiaba hacia un establo al lado de lo que parecía un ruedo interior.

Los establos estaban oscuros, excepto por una luz solitaria al final de cada uno. Manteniéndose cerca de la luz, pues debía ver lo que estaba haciendo, el muchacho se movió hacia el primer establo.

—Su amuleto es sumerio —expresó Feyn—. Dicen que usted es artesano.

—No veo ningún guardia. ¿Hay alguno apostado aquí?

—Los establos generalmente no los necesitan. La mayor parte de la gente tiene miedo a los caballos.

Ahora que ella lo dijo, él se preguntó si él tendría temor. Siempre había creído que sería tranquilizador montar a caballo. Pero ahora que se enfrentaba a la posibilidad, no estaba tan seguro.

—Usted se ha tomado esto en serio —expresó Feyn.

—Así es.

La dirigió hasta un establo. Un pura sangre blanco apareció ante ellos.

Rom abrió la puerta del compartimiento, pero hizo que Feyn pasara primero.

—¿Sabe usted siquiera cómo ensillar un caballo?

—No —contestó él levantando una silla que había en la caseta afuera, y volviendo al interior, frente a la arrogante soberana y a la enorme masa de corcel.

—Usted va a arruinar al caballo. Desáteme. Yo lo haré.

—Solo dígame cómo hacerlo.

—¿Cree que voy a montar estando atada?

—Usted podría golpearme y salir de aquí montando a pelo.

El pensamiento de ella montando a pelo sobre el animal era desenfrenadamente seductor.

—Baje esa silla y agarre la sudadera de la pared.

Él le dio una mirada y dejó la silla en el suelo para ir a buscar la sudadera y unas alforjas con un par de cantimploras atadas al costado.

Rom siguió las instrucciones de colocar primero sobre el caballo la sudadera y luego las alforjas.

—La cincha.

Ajustó la cincha, anudándola al extremo.

—Las riendas.

Todo este tiempo la había observado con cierto respeto y cautela. No había descartado que ella se le adelantara y huyera. Incluso mientras Feyn pasaba las riendas por sobre la cabeza del animal y ponía el freno en su lugar, todo con las muñecas atadas al frente, no descartaba que la mujer pudiera salir de aquí montando sin él en cualquier dirección. Por eso cuando llegó el momento fue él quien montó primero y luego alargó la mano hacia abajo y la levantó, sentándola al frente.

Solo entonces le desató las manos para que ella pudiera sentarse adecuadamente y guiar el animal.

El equino cambió de posición debajo de ellos, y Rom apretó fuertemente a Feyn. Si él caía, ella caería con él.

—Llévanos al norte —ordenó Rom—. Al interior del desierto.

Capítulo diecinueve

APESAR DEL CANSANCIO, AVRA no podía dormir. No con los fantasmas que le embestían la mente, burlándose de ella y desequilibrándola por mucho que intentaba calmarse.

Rom ya debería haber vuelto a esta hora, Avra. Él está muerto, Avra. Lo cortaron en dos y lo dejaron sangrando a un lado de la carretera, Avra.

Arrojó las cobijas y salió del dormitorio de Neah hacia la sala, donde Triphon estaba roncando, con la boca abierta sobre el sofá. El hombre había estado en la misma posición durante casi tres horas, y a Avra no le habría importado abofetearle la felicidad que tenía en el rostro, aunque solo fuera para tener algo de compañía en medio de su aflicción.

—Triphon —expresó la muchacha sentándose en el borde de la mesa de centro y sacudiéndole el hombro—. ¡Triphon!

—¿Viene alguien? —preguntó él sobresaltado.

—¿No crees que para esta hora ya debieron haber vuelto?

—No necesariamente —expresó él recostándose contra el brazo mullido del sofá, con una pierna colgándole por el borde de los cojines—. ¿Has estado alguna vez en la Fortaleza?

—No —contestó ella estremeciéndose.

—Es enorme. Dependiendo del lugar al que hayan ido y de cuánto les lleve encontrar lo que están buscando, podría ser un buen tiempo. Especialmente si tienen que permanecer fuera de la vista.

Triphon colocó ambos pies en el suelo. La vista de él siempre había sido alentadora y conocida para Avra... una mediocre manera de decir, antes de que ella supiera que existía el cariño, que sentía cariño por él.

Ahora también sabía que confiaba en él.

—¿Qué hora es, de todos modos? —quiso saber Triphon agitándose el cabello corto.

—Casi las tres de la mañana —respondió Avra alzándose y caminando de un lado al otro, con las manos en las caderas.

Triphon se levantó, dirigiéndose a la cocina para mirar el reloj de pared. Luego regresó.

—Las dos y cuarenta. Tienes razón. Ya deberían estar aquí.

—Quizás debamos ir a la estación del metro para ver si ya vienen —opinó Avra dejando de caminar.

—Eso no serviría de nada —objetó Triphon volviendo al sofá pero sin sentarse—. El último tren sale de la Fortaleza a las tres. Es casi una hora de viaje desde aquí hasta la estación. Así que si no los vemos en, ¿cuánto... hora y media?, es que no salieron a tiempo.

—¿Que no salieron? ¿Quieres decir que los atraparon?

—Se pudieron haber escondido por un buen rato. Neah sabría cómo salir de allí antes de que la gente empezara a llegar. Los trenes reinician operaciones a las cinco de la mañana.

—Estoy preocupada —confesó ella.

—Estarán bien.

—Aún tenemos tiempo para tomar el último tren si nos apuramos. Tú tienes paso libre... podríamos entrar e ir a buscarlos.

—¿Qué, ir a la Fortaleza?

—Tengo una horrible sensación. ¿Y si nos necesitan?

Triphon asintió con la cabeza.

—Yo lo haría, pero le dimos nuestra palabra a Rom...

—¡Eso fue antes de que desaparecieran!

—No sabemos si han desaparecido.

—No puedo perderlo, Triphon —declaró Avra sintiendo que una lágrima le bajaba por la mejilla derecha—. Sé que comprendes eso. No puedo perder a Rom.

—Lo sé —afirmó él suavemente, alejando la mirada—. Sé cómo es eso.

Entonces agarró la chaqueta.

—Está bien —concordó.

Una llave sonó en la puerta y ambos quedaron paralizados.

La puerta se abrió. Neah irrumpió en el apartamento. Estaba temblando. Pálida.

—¿Dónde está Rom? —preguntó Avra mirando la entrada vacía detrás de Neah.

—¿Qué sucedió? —exclamó Triphon, mirando por fuera de la puerta antes de cerrarla.

—Ellos lo tienen —informó Neah con el rostro demacrado.

—¿Quién lo tiene? —inquirió Avra después de titubear.

—¿Qué sucedió? —volvió a preguntar Triphon.

—¿Lo dejaste así no más?

—No, ¡no lo dejé así no más! —exclamó Neah apretándose la cabeza.

—¿Qué sucedió?

—Salimos de los calabozos, listos para venirnos, pero Rom dijo que debía quedarse.

—*¿Qué?*

—Él dijo que debía quedarse porque el custodio, ese viejo demente en la mazmorra, le dijo que debía localizar a Feyn.

—¿A Feyn? —titubeó Triphon—. ¿Es decir... a *Feyn*?

—¿Qué? *¿Por qué?*

—¡No lo sé! —gritó Neah meneando la cabeza—. Rom afirmó que no podía salir sin encontrarla. Pero los guardias se acercaban. Llegaron, él estaba escondido y lo encontraron.

Neah caminó más allá de donde estaban ellos y regresó, retorciéndose las manos.

—Probablemente ahora lo tengan en el calabozo. ¡Ese horrible lugar!

—Tenemos que ir —declaró Avra—. Ahora, antes de que el metro cierre durante la noche.

—No. ¡No puedes entrar sin más allí! Los guardias están alerta. Yo a duras penas logré salir. Me están buscando.

—Pero a mí no —objetó Triphon.

—De acuerdo —dijo Avra—. No están buscando a Triphon. Él y yo podemos ir.

—¿Qué conseguiríamos con eso? Aunque lograras entrar, no sabes dónde encontrarlo.

—Tú puedes decirnos —aseguró Avra.

—Neah tiene razón —añadió Triphon—. Si ellos están alerta no pasarías. Yo, por otra parte, sí podría hacerlo. Llegaré hasta él.

—No —volvió a decir Neah.

—¿Por qué no?

Neah lo miró a los ojos, aparentemente sin poder hablar.

Avra intentaba pensar, mordiéndose la uña del dedo pulgar que ya había desgastado por completo.

—Yo podría hacerme con un rehén —expuso Triphon.

—No, no —pidió Avra meneando la cabeza, mirando a Neah, quien se había quedado en silencio.

—Si Rom va a parar a los calabozos, ¿quién es el encargado de ellos?

—Saric —informó Neah débilmente.

Una idea, una idea descabellada, enraizó en la mente de Avra.

—Tengo un plan.

—¿Estás sorda? —rebatió Neah—. ¿No oíste lo que dije? ¡No voy a volver allá!

—No tendrás que hacerlo. Iremos Triphon y yo —anunció Avra volviéndose hacia el joven—. ¿Estás conmigo en esto?

—Hasta el final —asintió él sonriendo.

Capítulo veinte

SARIC HIZO UNA PAUSA ante el enorme espejo en su recámara. Este era nuevo, un reemplazo del que Portia destrozara.

Portia, quien ahora estaba... ausente.

Afuera de su dormitorio, la residencia zumbaba con actividad. Feyn misma, imaginó él, ya habría salido hacia la tierra natal, para no volver hasta su entrada inaugural a la ciudad... un viaje que comenzaría en la patria chica, cerca de los establos, y terminaría en las gradas de la Gran Basílica. Hasta entonces, ella pasaría los próximos tres días en soledad.

Tres días. Mucho cambiaría.

El hombre se alisó las mangas de la túnica. Inclinó la cabeza y se examinó la línea de la mandíbula, ahora perfectamente lisa, con un barniz traslúcido sobre las venas oscuras que se le extendían como ramas de un árbol dibujado con tinta. Este era el rostro al que pronto el mundo llegaría a temer.

Era hora.

Tardó menos de cinco minutos en llegar a los aposentos de su padre. Notó que esta vez la secretaria se levantó para encontrarlo.

—Mi señor.

—¿Están los arreglos como he solicitado?

—Sí, mi señor. El soberano lo está esperando —anunció ella haciendo un gesto hacia las enormes puertas de bronce.

—Solo.

—Solo, como usted pidió.

—Hay muy poca oportunidad de tener una comida privada con mi padre a solas, usted comprende.

—Sí, pero habrá muchas oportunidades con su hermana la soberana —contestó la secretaria con una sonrisa afable, aunque a Saric no le pareció atractiva la expresión de ella.

—Nunca será lo mismo que con papá, ¿correcto? —rebatió él devolviendo la sonrisa y empujando la enorme puerta de bronce.

Adentro, la cámara de recibo estaba llena con el olor a carne de venado y hierbas secas, todo colocado sobre una sencilla mesa determinada para esto.

Vorrin estaba detrás del gran escritorio cercano, escribiendo. Saric se inclinó sobre una rodilla.

—Saric. Buenos días —saludó Vorrin haciéndole ademán de que se levantara—. Dame un momento.

—Tómate tu tiempo, padre. Imagino que hay muchas cosas que demandan tu atención en estos últimos días —expresó Saric, indicándole al criado con la mano que pusiera boca arriba las doradas tazas de té que había en la mesa—. Usted se puede ir. Yo le serviré a mi padre esta mañana.

—Ya que se va, por favor llévele esto a Camille —pidió Vorrin levantándose y dándole los documentos al criado, quien salió cerrando detrás de él las pesadas puertas.

Una vez preparado el té, Saric fue a abrazar a su padre. Aceptó el beso del soberano, suprimiendo el impulso de retroceder ante la piel de las mejillas, como de papel crepé, y la delgada línea de los labios del hombre mayor.

Vorrin miró hacia la ventana.

—Creo que sería un final favorable ver el sol una vez antes de la conclusión de mi reinado.

Saric sirvió a su padre un poco de té, luego con el tenedor pinchó carne de venado y hierbas secas y las puso en el plato.

—¿Vamos a hablar del clima? —preguntó, rodeando la mesita y sentándose.

—Tienes razón. Después habrá tiempo suficiente para reflexionar en estas cosas —contestó Vorrin inclinando la cabeza mientras Saric hacía una pausa, con las manos en el regazo.

—El Creador nos guía en todo lo que hacemos. Somos bendecidos de tener Orden.

—Somos bendecidos —susurró Saric antes de alargar la mano para servirse en su propio plato.

Comieron en silencio durante un minuto antes de que Vorrin bajara el tenedor.

—Ahora que estoy llegando al final de mi mandato, confieso que me encuentro lleno de alguna extraña ansiedad. Pero me consuela el hecho de que Feyn tomará pronto mi lugar.

—¿Crees que al final de su reinado Megas miró hacia atrás a todo lo que había logrado y lo consideró bueno?

—Megas, más que cualquiera de nosotros, logró cosas extraordinarias.

—Y, sin embargo, algunos dicen que fue él quien mató a Sirin. ¿Has oído eso?

Vorrin removió su té.

—Sí —contestó al fin—. Se trata de un antiguo y blasfemo rumor. Uno de muchos. Cualquiera que sea la verdad, el Creador ha tenido a bien sacar orden de todo ello. Eso es lo que importa.

—¿Es así? —objetó Saric bajando el tenedor y mirando a través de la mesa al ente envejecido que una vez había sido su padre—. ¿Es eso lo único que importa, de veras? Tú dices eso, pero yo tengo que preguntar: ¿qué *tenía* tan malo el Caos?

—Por favor. Qué preguntas haces —expresó Vorrin bajando el tenedor—. Has vivido tanto tiempo bajo la prosperidad del Orden que no puedes conocer los horrores del Caos, y ninguno de nosotros puede conocerlos. La violencia de esa época. Los extremos sombríos del odio, los celos y la ambición.

—¿Es tan lúgubre todo eso?

—Sí —afirmó Vorrin, levantando la taza de té y sorbiendo un poco—. ¿O has olvidado los acontecimientos anteriores a Sirin... las detonaciones de las armas? Se perdieron millones de vidas. Se arruinaron tierras de cultivo. Mucha gente murió de hambre. Donde hay hambre y muerte existen terribles disturbios. Todo lo que nos hace humanos, todos nuestros logros más sublimes, se pierden ante las conductas más viles. Los hombres se vuelven como animales. Fue Sirin quien enseñó orden en la oscuridad. Pero fue Megas quien tuvo la visión de proporcionar vida universal a ese Orden de Sirin.

—Tú respetas a Megas, ¿verdad? —objetó Saric siguiendo con la vista el movimiento de la taza que su padre ponía en el platillo—. Aunque hubiera matado a Sirin.

—Hubo una época en que este rumor me causó grandes problemas. Pero a veces las herramientas imperfectas nos llevan a finales perfectos.

—Mira a tu alrededor, padre —sugirió Saric resistiendo la necesidad de sonreír—. ¿Ves realmente perfección?

Vorrin levantó la mirada, tenedor en mano. Lo bajó, se pasó la lengua por los labios y se succionó en un diente.

—Por supuesto que no todo es perfecto. Tú y yo lo sabemos. Pero la gente necesita una manera de atenuar su temor a la muerte. Necesitan sus íconos, sus barandas de apoyo a las cuales aferrarse para caminar firmemente por esta vida. Nosotros también las necesitamos. El Orden no es perfecto, pero sin duda es mayor de lo que somos nosotros.

—¿Lo es? ¿Con qué fin? —refutó Saric—. ¿Felicidad? ¿Qué sabes tú de la felicidad?

—Sé solamente lo que tú sabes: Que es la ausencia de temor. Y sé que las reglas del Orden marcan la senda que evita el temor. El Creador no necesita nuestras reglas; *nosotros necesitamos las reglas del Creador.* Nosotros somos los que las necesitamos, no él. Ese es el más grande secreto. Tú nunca has entendido esto del modo en que lo entiende Feyn. Pero con el tiempo lo harás. Esa es mi oración por ti.

El anciano tosió. Se secó los labios y miró la servilleta como si le sorprendiera la saliva allí.

—¿Sabes lo que creo, padre? —inquirió Saric echándose para atrás de la mesa y poniéndose de pie—. Que yo sí entiendo. Entiendo que todo esto es total *putrefacción.* Que te has entregado a la más grande ilusión de todas. No somos más *humanos* a causa del Orden. Somos menos. ¡El mismo Creador al que nos inclinamos nos ha despojado de pasión!

Un músculo debajo de la arrugada piel del ojo de su padre había comenzado a contraerse, como el primer hipo mecánico de una máquina que empieza a fallar.

—Megas fue grandioso debido a sus pasiones, viejo estúpido. Por su disposición para tomar un arma y convertir en realidad sus convicciones.

Pero al hacerlo nos despojó de lo mismo que lo hizo grande. ¿Y qué somos ahora? Somos ratas —declaró Saric, y entonces lanzó la servilleta sobre el plato—. Pero ya no por más tiempo, padre. No permaneceré más en esta ratonera.

—¿De qué... a qué te refieres? —preguntó Vorrin, terminando la última palabra con un silbido; intentó también echarse atrás de la mesa, pero las manos le temblaban; su fuerza lo había abandonado—. Oh, Creador...

Saric se le acercó, observando con indiferencia cómo se descomponía el cuerpo de su padre.

—Tú me negaste el senado, padre. Así que lo tomaré por mí mismo.

—¡No sabes lo que estás haciendo! —exclamó Vorrin levantándose el cuello de la túnica, sin resuello—. ¡Harás retroceder al mundo hacia el Caos!

Saric tiró bruscamente de la túnica de su padre, derribando al soberano al suelo.

—Más que eso, querido padre, gobernaré ese caos con un ejército que te hará gritar desde la tumba.

Vorrin se encogió y luego se arqueó contra el suelo, la boca abierta, la mandíbula activa, succionando aire. No muy distinto a un pez, pensó Saric.

—Tu corazón se está deteniendo —declaró, inclinando la cabeza para analizar a su padre; sucedía tal como Corban dijera—. Un pequeño regalo de la alquimia. Un poco de algo que no dejará rastro, me aseguraron.

—Te ruego... te ruego, hijo mío... —boqueó el soberano, sus delgados labios se le volvieron azules.

El insensible hijo se agachó a su lado, mirándole el rostro pálido.

—Es muy despreciable que supliques por tu vida.

Los labios del soberano se movieron, pero esta vez no emitió ningún sonido. En vez de eso, la respiración silbó entre ellos mientras la luz se le desvanecía lentamente de sus ancianos ojos grises.

El salón quedó en silencio.

Saric se puso de pie y asimiló el temor y la angustia que ahora le inundaron la mente. Se había preparado para este momento, pero no había esperado que sus emociones fueran tan naturales, tan viscerales.

Dejó escapar un grito y se tambaleó hacia la puerta. Se lanzó contra ella, abriéndola.

—¡Auxilio!

El grito salió como un rugido gutural, impeliendo a la secretaria a ponerse de pie.

—¡Traiga a la doctora! ¡El soberano ha dejado de respirar!

Ella se puso lívida.

—¡Ahora mismo! —gritó él.

Saric giró y volvió corriendo al lado de su padre. Solo tomaría un minuto; la doctora del soberano, aunque rara vez se la necesitaba, vivía en un apartamento adjunto, exactamente como el director del senado.

Cuando el hombre oyó el sonido de pasos, se arrodilló al lado del inerte gobernante.

—Ha sido por tu culpa —pronunció suavemente al oído del viejo sin vida—. Siempre fuiste un tonto.

Se enderezó y presionó el pecho de Vorrin.

—¡Respira, padre!

Un silbido se deslizó a través de los labios muertos del soberano. El hijo golpeó las costillas de su padre con el puño.

Rowan irrumpió en el salón.

—¡Ayúdeme! —gritó Saric.

En una agitación de túnicas, el dirigente del senado cayó de rodillas al otro lado del soberano. Inclinó la cabeza de Vorrin, trató de oírle la respiración, pero no había nada que oír.

Otras personas habían atravesado las pesadas puertas. Algunas de ellas se pusieron las manos en la boca, sofocando sus gritos; otras gemían temerosas oraciones.

Algunas más simplemente miraban el cuerpo que se sacudía sobre el piso mientras el líder del senado presionaba el pecho de Vorrin.

—La doctora está aquí... ¡despejen el camino!

Saric se volvió para mirar justo cuando la mujer que se había encargado de la salud de su padre durante la última década, una señora de mediana edad llamada Sarai, irrumpió a través del corrillo de curiosos. Se arrodilló y le palpó la garganta al soberano, poniéndole el oído cerca de la boca, las manos en el pecho y comenzando a hacer una serie de compresiones. El cuerpo del soberano se contraía como una marioneta ante el audible crujir de huesos.

Rowan volteó la cara como si fuera a vomitar.

Después de varios momentos, la doctora se detuvo. El sudor le bajaba por la sien y la nariz.

—¿Está muerto? —gritó alguien desde la puerta.

—¡Fuera! —rugió Rowan—. ¡Salgan!

—No puede ser —expresó Saric dejando que la angustia le inundara la garganta, echándose hacia atrás sobre los talones y mirando el cuerpo inerte—. ¿Está muerto mi padre?

Ese silencio fue suficiente respuesta. Quienes estaban en la puerta no salieron, sino que se quedaron paralizados por lo que veían.

El hijo del soberano dejó escapar un gemido. Se puso de pie, agarró su túnica con ambas manos y la rompió de par en par.

—¡Padre!

Rowan, temblando y pálido, se puso en pie a fin de seguir la antigua costumbre. Sus largos dedos buscaron el frente de su túnica negra. El pesado terciopelo se desgarró.

—Que el Creador tenga misericordia de nosotros.

Saric se volvió a poner de rodillas. Envolvió los brazos alrededor del cadáver del anciano, tan delgado debajo de las múltiples capas de su túnica bordada.

—Padre, padre...

¿Ves cuán bajo me encorvaré ahora, padre? ¿Para humillarme así en una forma tan patética? ¿Ves cómo arrullo tu cuerpo cuando otros retroceden ante él?

Sintió temblar su propio cuerpo, pero era por su propia ira y disgusto, no por temor a lo que otros pensaran ante lo que veían.

—Padre...

Intentaron levantar a Saric por los hombros.

—Mi señor...

Era Rowan. Tiraba de Saric con manos temblorosas.

El hijo del soberano hundió los dedos en las mustias extremidades de su padre, apretando con más fuerza.

—¡Mi señor! Está muerto. Usted debe dejarlo ir.

—¡Déjame! —exclamó él volviéndose hacia Rowan—. ¡Déjanos!

El dirigente del senado miró alrededor, obviamente desorientado por la naturaleza sin precedentes de este suceso. ¿Quién de ellos había presenciado alguna vez la muerte de un soberano? Hasta la doctora había retrocedido, pálida.

—Mi señor, usted debe saber —expresó Rowan con voz trémula que se oyó en todo el salón—. Cito el Orden: *Si un soberano muere antes del final de su período, su descendiente mayor gobernará en su lugar hasta la finalización de ese período.*

El líder del senado estaba temblando. Saric pudo ver ahora ese temblor a través de sus túnicas rotas que se abrían como heridas contra el pecho desnudo y liso.

—Mi señor...

—¡Déjame! —gritó Saric con la mano extendida.

—Pero usted debe...

—Mi soberano yace muerto, ¿y tú citas leyes arcaicas?

—El soberano vive —declaró Rowan.

El rostro del dirigente del senado era una máscara de terror; Saric lo vio claramente: la forma lenta de tragar del hombre, la manera en que se le movía la garganta, las cejas apretadas.

—Y es Saric, el hijo mayor de Vorrin —informó, agachando la cabeza.

—No digas eso —expresó Saric, esta vez con peligrosa calma.

Los ojos de Rowan iban y venían de Saric al bulto de Vorrin. Estaba temeroso, sí, pero resuelto a seguir el Orden. Tenazmente decidido. Como siempre.

Del modo en que Saric sabía que el hombre procedería.

—Mi señor, cito el Orden.

Saric se puso de pie.

—No. Convoca a mi hermana —pidió, y se volvió hacia la puerta—. ¡Llama a mi hermana, Feyn!

—¡Es la ley! —exclamó Rowan, inclinándose sobre una rodilla.

Detrás de él, la doctora titubeó, y luego siguió rápidamente el ejemplo. Uno a uno, quienes estaban en la puerta, los guardias de la Fortaleza en medio del salón, Camille la secretaria, todos se pusieron de rodillas.

—Levántense. Todos ustedes, ¡levántense! —ordenó bruscamente Saric—. No estoy en condiciones de *asesorar* a este hombre, mucho menos de sentarme en el trono.

Ninguno se levantó.

—Perdóneme —dijo Rowan—. Nunca comprendí hasta ahora la gran lealtad de usted hacia su padre.

Había algo nuevo en los ojos del senador, pensó Saric. Una deferencia recién descubierta que no había estado allí antes.

—Todos tememos y nos afligimos por esta pérdida. Pero ahora usted debe venir ante el senado. Por favor. No puede dejar al mundo sin soberano.

—¿Me tendrían como soberano durante tres días, cuando es Feyn quien se ha educado para esto, quien se ha preparado para ello por años, y quien está lista, incluso ahora, preparada para este mismo cargo? En este asunto el Creador ha sido misericordioso. Busca a mi hermana.

—Ella no puede asumir todavía el gobierno. El Orden lo prohíbe.

—Existe Orden, pero también hay pragmatismo y razón. Si no se van a apresurar a adelantar la toma de posesión de Feyn, entonces al menos escojan a alguien con experiencia. Miran, soberano antes de mi padre, está vivo y en plenas facultades. Déjenlo servir.

Rowan se puso de pie y cerró el espacio entre ellos.

—Señor, se lo ruego —dijo en voz baja, tocando la manga de Saric—. Todo el mundo tendrá ya suficiente temor por haber perdido a un soberano. No podemos cambiar el Orden. Especialmente en un momento tan difícil, usted debe seguir el protocolo.

—¡Fuera! —gritó bruscamente Saric retrocediendo y dirigiéndose a quienes estaban arrodillados cerca de la puerta—. Todos ustedes, fuera. ¿No tienen respeto por los muertos?

Todos salieron, dejando solamente a Saric y Rowan, y la doctora que se ocupaba del cadáver.

Cuando se hubieron ido, Rowan comenzó a hablar, pero Saric lo acalló con un gesto.

—No voy a servir a una ley que está en perjuicio de la humanidad —declaró—. Esta ley, aunque inspirada por el Orden, no está a favor del pueblo.

—Sin embargo, ¡es la ley!

Saric miró el cuerpo de su padre extendido en el suelo y alejó la mirada. Se cubrió el rostro con las manos y respiró profundamente.

—Entonces concédeme esto —dijo al fin, bajando las manos—. Ponme delante del senado. Permíteme llevar allí mi razonamiento, no aquí sobre el cuerpo aún caliente de mi padre.

—Como cabeza del senado, le puedo asegurar que...

—Insisto. Ante el senado o de ninguna manera.

—Como usted desee —aceptó Rowan haciendo una reverencia con la cabeza—. Reuniré el senado. Tardará pocas horas. Mientras tanto...

—Mientras tanto el mundo no tendrá soberano. Por tanto, sugiero que te apures.

Capítulo veintiuno

A DIEZ KILÓMETROS AL NORTE de Bizancio, Rom entró en una choza destartalada con el techo deteriorado. Las tablas de los tres costados aún en pie se hallaban desgastadas hasta aparecer de un color gris sepulcral, pero el suelo estaba cubierto por una alfombra de verde esmeralda y un mar de anémonas rojas. Él nunca había visto algo tan exuberante, tan verde o silvestre en su vida. Los parques en Bizancio eran artificiales y aproximaciones poco desarrolladas de la naturaleza. Nunca había visto el ingenio desplegado del Creador como lo veía ahora, recuperando aquí casi quinientos años de desierto en gloriosos parches como este.

Sin embargo, la belleza no le servía por el momento.

Había amarrado las manos de Feyn a un antiguo poste, y luego le ató los tobillos por si acaso. Ahora retiró la tira de muselina que la había mantenido callada toda la noche. No había disfrutado la idea de tenerla amordazada por tanto tiempo, pero no podía arriesgarse a que algún escolta extraviado oyera sus gritos.

Ella escupió algunas pelusas y lo miró. Ninguno de los dos habló durante medio minuto.

—¿Es realmente necesario esto? —preguntó Feyn señalando las ataduras con su barbilla.

—Sí.

—Estamos en medio de ninguna parte. ¿Cree usted que voy a huir?

—Si la suelto, ¿qué le impide golpearme con una roca y salir de aquí cabalgando?

Es probable que él no debiera haber ofrecido esa indicación.

Los ojos de ella brillaban como espejos glaciales en la luz matutina.

—Usted ha raptado a una futura soberana. Debe comprender las consecuencias.

Feyn apoyó la cabeza en el poste, mandíbula firme, mirada segura, cabello en una maraña oscura alrededor de ella. Este había azotado a Rom en el rostro como mil látigos diminutos en el trascurso de las últimas horas, y ahora él estaba contento de tenerlo fuera de sus ojos.

Creador, ¿qué estaba él haciendo?

Ella tenía razón. Él iba a morir. El infierno ya le había preparado su cámara especial de tormento.

Rom levantó la mirada hacia el sol que se filtraba a través de las antiguas tablas, el cielo abierto a lo largo del costado oriental de la vetusta choza como si se hallaran en un teatro. Habían cabalgado más allá de las grises formaciones de nubes que normalmente rodeaban la ciudad. Aunque el cielo parecía lleno de vestigios de plumas, la luz de la mañana se filtraba en cada rincón de la antigua estructura.

El muchacho inclinó el rostro en dirección al cielo e inhaló.

—¿Qué está haciendo?

—El sol. ¿Lo siente? ¿No es asombroso?

—Supongo que es tranquilizador —contestó ella levantando la mirada.

—¿No lo ve? —objetó él volviéndose hacia la joven—. ¿No lo siente?

—Sí, lo siento. Es cálido.

—No. No solo eso...

Experimentó una punzada de tristeza. Feyn era muy hermosa... ¿era posible para ella ser tan insensible? Sin embargo, él también lo habría sido dos días atrás.

Rom se volvió a sentar sobre los talones en la hierba al lado de ella. Le era muy fácil extasiarse en este entorno: luz pura alrededor, verdor de la grama, áreas de flores rojas. Si alguna vez él había idealizado la felicidad, era así.

Pero ni siquiera esto significaría nada si ella no lo ayudaba. El paso del tiempo no era su amigo.

—¿No puede usted ver cuán hermoso es esto para mí? ¿Cuán lleno de vida es? ¿Cuán lleno de vida estoy yo?

—Puedo ver lo demente que usted es —comentó ella categórica-
mente.

La piel de la mujer parecía más opaca en la sombra de Rom. Las
débiles líneas debajo de esa piel eran como las vetas del mármol.

—Por favor, escúcheme. Yo era como usted...

—Usted nunca fue como yo. Estoy muy segura.

—Yo *fui* como usted. Solo sentía y conocía el miedo. Y cuando el
custodio, aquel del que he estado intentando hablarle...

—El del calabozo.

—No, él no. Uno diferente. Uno que me dio el frasco hace dos días
—informó él sacando el pergamino del bolsillo, manteniendo el frasco firmemente oculto como había hecho en el dormitorio de Feyn—.
¿Ve usted este escrito? No puedo descifrarlo.

Rom lo desenvolvió y se lo mostró.

—Pero el anciano del calabozo afirmó que usted sí podría
hacerlo.

Ella miró el pergamino y luego volvió a mirar a Rom.

—El anciano del calabozo. Él es la razón de que estemos aquí. Es
quien dijo que yo no debería salir de la Fortaleza sin mostrarle esto.
Que usted podría entender esto.

—Y usted ha hecho todo esto porque un loco le dio algo para beber
y algo que no puede leer, y porque otro demente le dijo que acudiera a
mí para que se lo descifre.

—Sí —contestó él después de titubear.

—Entonces usted está tan loco como ellos.

¿Era posible hacerla comprender? El joven miró a su alrededor.

—Las flores, el sol. ¿No la conmueven? ¿No siente deseos de cantar? —inquirió él tarareando unas notas—. Soy cantante, ¿sabe? Pensar en ello ahora...

Tragó el nudo que se le hizo en la garganta.

Feyn observaba cómo el caballo mordía varias anémonas junto
con trozos de pasto.

—Usted va a ser soberana. ¿Cómo se siente al respecto?

Ella se negó a responder.

—Lo acepta, ¿verdad? Quizás se siente ansiosa. Un poco temerosa.
Pero lo hará porque eso es lo que se espera que haga.

—No voy a pensar que usted sea un místico por suponer eso —cuestionó Feyn mirándolo de frente—. Cualquiera en mi posición sentiría lo mismo.

—Sin embargo, ¿tiene esperanzas de que su reinado marque el inicio de grandes cosas? ¿Se siente obligada a ser mejor soberana que todos sus predecesores... mejor incluso que Megas o Vorrin?

—¿Por qué querría yo eso?

—¡Porque usted desea mejorar el mundo! Debido a su legado.

—El legado es ordenado por el Creador. La mejora es innecesaria. Solo hay lealtad a lo que es correcto, y el mundo ya es correcto.

Rom inclinó la cabeza y arrancó hierba, sin poder encontrar la manera de hacer entender a la mujer. Las de él eran meras palabras sin relevancia.

—Tengo sed —expresó Feyn.

—Igual que la sed —declaró el joven levantando la mirada—. Esperanza y ambición, deseo. Todos ellos son como la sed. Usted piensa en cuán bien sabrá el agua. La *desea*. Trabaja por ella, y esto se convierte en su objetivo motivador.

—Si uno está chiflado.

—No, no si se está chiflado, si se *siente* algo. ¡Cualquier cosa!

—¿Por qué va usted tras esta idiotez? Cuando mis hombres lo encuentren lo enviarán a la mazmorra. Usted sabe que *morirá* por esto.

—Mi señora —expuso él tiernamente—. Ya han muerto personas por esto. El anciano que me lo dio fue asesinado por los guardias de la Fortaleza de usted. Los mismos guardias mataron a mi madre. Ambos exactamente frente a mis ojos.

—Tonterías. La violencia es cosa del pasado.

—¿Doy la impresión de estar mintiendo? —inquirió él poniéndose de rodillas hasta quedar cerca del rostro de ella—. ¿Le parezco un demente cuando digo que vi cómo mamá se desangraba en el suelo que ella misma solía limpiar cada semana durante tanto tiempo como recuerdo?

—Pienso que usted podría creer eso —declaró ella—. Y concuerdo en que están sucediendo algunas cosas extrañas, las cuales planeo investigar. Pero también creo que usted está engañado.

Rom comprendió entonces que sería inútil tratar de convencerla de lo que él había visto. Feyn no podía, o simplemente no quería, creerle. Debía tomar un rumbo diferente.

—Lo que estoy tratando de hacer no es como resolver algún acertijo —insistió él dejándose caer sentado en el suelo y abrazándose torpemente las rodillas—. Ni siquiera se trata en definitiva de conseguir que usted me ayude. Se trata de... conocimiento. El resto del mundo merece saber. Se trata de sentir como usted nunca antes ha sentido. ¿Siente amor, mi señora? ¿Alguna vez lo ha sentido?

—Por supuesto —respondió Feyn.

Pero él sabía la respuesta. Ella no sentía amor. No podía sentirlo.

La mujer era hermosa en la manera en que el hielo es hermoso, igual que el mármol o la piedra.

—¿Por qué sigue usted tras esos vestigios del Caos? —cuestionó ella inclinando la cabeza—. Aunque todo lo que dice fuera cierto, ¿qué gana insistiendo en eso? Existe una razón para que estas cosas se hayan perdido. ¿No logra verla? Lo han engañado. Lo están llevando por el mal camino. Esa es la naturaleza del Caos... una enfermedad que encadenaba la mente. Era la insidiosa naturaleza de lo prohibido que hizo tan destructivo al Caos. Y por eso murieron millones de personas. Por favor, por su propio bien, renuncie a ello. Vuelva a la verdad. Se lo estoy diciendo... ordenando, como su futura soberana: Deje a un lado estas cosas.

Hubo una época en que Rom la habría escuchado. Incluso ahora, las palabras de ella espolearon algo de conflicto dentro de él. Se preguntó, aunque fuera por una fracción de segundo, si tal vez debería dar más crédito a lo que ella estaba diciendo. El dogmatismo de la mujer le era tan familiar como el de su propia casa, como el de la basílica, como el del Orden mismo.

Pero él sabía que eso era falso. Feyn era quien, junto con millones más, estaba siendo engañada.

—No puedo —susurró él.

Ella alejó la mirada.

—Usted no me ayudará, ¿verdad?

—Nada le puede ayudar si usted no deja estos caminos —decretó ella.

El custodio había dicho que se ganara la confianza de Feyn. ¿Pero cómo?

—Necesito... necesito pensar —titubeó él, levantándose.

Bajó la mirada hacia el pergamino sobre el césped frente a la mujer, pero luego pensó que era mejor no dejarlo con ella, así que lo volvió a meter en el bolsillo al lado del frasco.

—¿Adónde va? —quiso saber Feyn.

—Voy a ver si encuentro un poco de agua fresca —contestó él sacando la cantimplora de la alforja del caballo.

—No podemos beber el agua de aquí. Casi ni mi caballo puede beberla, y aun así, se podría enfermar durante una semana.

Pero una idea había arraigado en él.

—Volveré pronto.

Rom se fue a la parte trasera de la antigua estructura, mirando hacia atrás. Podía ver a la mujer a través de las rajaduras en las tablillas, estirándose para tratar de divisarlo.

Él siguió caminando hacia el bosquecillo de árboles bajos en el montículo y destapó la cantimplora. El agua no estaba fría, pero al menos era razonablemente fresca.

Esto debió haber sido obvio para Rom desde el principio. Solo había una manera de ayudar a alguien a ver realmente.

Miró por dentro de la estrecha boca de la cantimplora. Calculó la cantidad de agua que quedaba. Y luego extrajo el frasco de su bolsillo.

Para cuando Rom regresó a la choza, ella había cambiado su posición contra el poste, inclinada en este con los ojos cerrados. Le pareció que la piel de ella estaba enrojecida, un poco rosada. ¿La estaba quemando el sol?

Puso la cantimplora en el suelo y se acercó a Feyn mientras ella abría los ojos. Las venas azules de la piel femenina parecían más oscuras debajo de los ojos. Parecía cansada.

—¿Le gustaría que la quitara del sol?

Ella asintió con la cabeza.

Entonces la desató del poste y la llevó un poco más adentro, poniéndola en la sombra.

—No hallé ningún arroyo, pero encontré un pequeño charco. Está un poco rancia, pero yo no me he desplomado. Parece bastante segura.

—¿Es todo lo que tenemos?

—Mejor beber agua rancia que morir de sed —anunció él levantando la cantimplora, destapándola, y poniéndola entre las manos atadas de Feyn, para que ella pudiera servirse.

Al principio bebió solo un trago.

—¡Qué asco! —exclamó ella, pero se inclinó hacia atrás y volvió a beber.

—Yo ya tomé... el resto es suyo.

Feyn se detuvo, hizo una mueca, y entonces bebió toda el agua. Cuando devolvió la cantimplora tenía la boca roja.

Rom volvió a enroscar la tapa tranquilamente.

Esperó no más de diez segundos antes de que ella boqueara. Pronto la soberana del mundo estaba a punto de ver el mundo tal como era.

Capítulo veintidós

—VEN ACÁ, ROM, HIJO de Elías —pidió Feyn, tuteándolo y alargando la mano hacia el rostro de él—. Quiero mirar dentro de tus ojos.

En el lapso de una sola hora la realidad de ella se había redefinido en tal forma que aún le hacía dar vueltas a la cabeza del joven.

Rom se inclinó hacia Feyn sobre la cima cubierta de hierba mientras ella le ponía una mano en la mandíbula, y la otra en la mejilla.

—¿Qué estás buscando? —preguntó él, tuteándola también, debajo de la mirada de ella.

—Casi puedo ver lo que estás pensando. Oigo mis propios pensamientos como nunca antes lo había hecho. Hay algo en tus ojos que nunca he visto en los de nadie más. Anoche creía que era locura. Pero esto es demasiado hermoso —confesó Feyn mordiéndose el labio inferior. Un momento después, una lágrima le bajaba por la mejilla.

Rom no se atrevió a interrumpir la metamorfosis de la soberana... había demasiado en juego. Sin duda no le pediría que no llorara. Decirlo sería pedirle que no sintiera. Imposible.

Le había maravillado esta transformación en ella, que le hizo revivir momentos de su propia conversión en la basílica dos noches atrás. Había sido fascinante y humillante. Increíble y espeluznante. Espeluznante porque estaba observando el gran abismo del que ella había salido en tan poco tiempo: una distancia mucho mayor que en cualquiera de los demás.

El estoico mundo del Orden de Feyn se había destrozado.

Con razón el corazón de ella casi se le salía del pecho. No era de extrañar que hubiera tambaleado debajo del cielo, reído al sol, llorado ante el trino de las aves sobre el montículo.

Ya hacía mucho que ella se había despojado de la capa sin importarle el vestido sucio que usaba debajo, apartando de una patada los zapatos de cuero para sentir en los pies la caricia del césped color esmeralda.

Rom estaba fascinado por todo eso. Por ella.

—¿Qué ocurre, mi señora?

—Feyn —corrigió ella.

Él arqueó una ceja.

—No me vuelvas a llamar *señora*. Te lo prohíbo —declaró ella esbozando una sonrisa conmovedora—. Mi nombre es Feyn.

—Lo sé —contestó Rom sin poder evitar que se le dibujara una sonrisa en los labios.

Todo el mundo sabía el nombre de esta dama. Pero no la conocían y nunca habrían reconocido a la mujer que tenía delante. Ella había sido hermosa antes. Ahora era vibrante.

—Quiero oírte pronunciarlo.

—Feyn —concedió él.

Rom le había insistido menos desde que le diera lo último del frasco, porque la necesidad de respuestas la había reemplazado la fascinación por la manera en que la joven deseaba escudriñar todo a su alrededor. Las flores rojas. La asombrosa calidez de su caballo, por el que había llorado, colocando la cabeza contra la mejilla del animal.

Y del mismo Rom.

—Feyn —repitió él, tan cerca de ella que le podía ver la separación de sus iris, el anillo blanquecino que enrarecía ese glacial gris azulado.

El labio inferior de la joven, que aparecía tan delineado en todo estandarte callejero y en todo cartel de la toma de posesión, estaba tan afelpado que difícilmente reconocía en la mujer delante de él la boca de la soberana. A no ser por los ojos, casi no la reconocía.

—¿Qué estás buscando en mis ojos? —preguntó Feyn en voz baja—. Dime, ¿me ves realmente? ¿Ves detrás de esta mirada?

Rom miró dentro de ellos, viendo la acumulación de claridad y confusión a la vez.

—Te veo. La verdadera tú.

Feyn se secó las lágrimas de la mejilla con el dorso de la mano.

—¿Te das cuenta que eres la primera persona... en toda la vida? ¿La primera persona capaz de verme de veras?

La joven rio, se puso de pie y se alejó corriendo algunos pasos. Atrás quedó la soberana austera. Era imposible reconciliar la una con la otra.

—¡Rom! Vámonos.

—¿Adónde?

Ella volvió y se puso de rodillas, al lado de él. El cabello le caía en el rostro.

—Vamos. A mi hacienda. Podemos tomar todo lo que necesitemos. Caballos, comida. Evitaremos el tren y cabalgaremos al norte, a todas las antiguas ciudades. Entraremos en triunfo, en amor. Nos abrirán sus puertas, y caminaremos por las antiguas calles durante la noche. ¡No! Viajaremos en avión. Veremos todo el mundo. Quiero volver a verlo todo, a través de tus ojos. Te lo mostrare. Y resolveremos este enigma tuyo, es decir, este enigma nuestro. Pero, por ahora, vámonos. Quiero salir, esta noche. No quiero volver a poner un pie en Bizancio.

—¿Y tu toma de posesión? ¿El Orden? —comentó él tranquilamente, quitándole el cabello del rostro.

Rom no quería forzar el tema. Más que cualquier cosa, quería que ella experimentara este momento... este día. Pero no había tiempo.

Feyn titubeó.

—El Orden. Orden... no sé. ¿Cómo funciona todo esto? Lo descubriremos. Nos iremos lejos, y un día volveremos, habiéndolo resuelto. Tú y yo narraremos la historia, contaremos una nueva leyenda. Este será nuestro obsequio al mundo. Y lo haremos juntos. Todo el *mundo* verá como vemos nosotros.

Rom no dijo nada.

—Desde luego que eso es ridículo. Desde luego —susurró ella, incorporándose y alejándose.

Rom se puso de pie, fue tras ella y le levantó una mano.

—Entiendo. Así es.

Él lo entendía. Allí estaba lo agreste, y hubo algo en él que quiso decir sí, que debían irse y dejar atrás para siempre el mundo de asfalto del Orden.

Rom contaba con un pergamino sin sentido y con las crípticas palabras de un anciano como guía. Feyn no era la única que se tambaleaba en esta nueva vida.

Pero había algo más guiándolo. Les había dicho a los otros que salieran de la ciudad si él no regresaba para el amanecer. Ya estaba bien entrada la mañana. Sin duda, ellos se habían ido. Él debía regresar. Encontrarlos, encontrar a Avra.

Avra, a quien él siempre había adorado sin saberlo. Avra, a quien siempre amaría.

El tiempo se acaba.

Feyn volvió el rostro hacia el cielo, trenzando los dedos entre los de Rom.

—Pero piensa solamente en tal clase de vida. Piénsalo —manifestó ella, cerrando los ojos e inhalando—. Puedo oler las anémonas como nunca lo había hecho. Huelo el aire, la lluvia hacia el sur. Estoy consciente de todo.

La joven le soltó la mano, extendió los brazos y cayó hacia atrás. Rom se movió para agarrarla y ella rio.

A pesar del creciente sentido de urgencia, él también rio.

—¡Te pudiste haber lastimado!

—Estaba segura de que me agarrarías.

Rom la levantó y ella se irguió sin aliento, con el cabello extendido sobre los hombros. Se le separaron los labios y la mirada se le tensó al posarse en la boca de él.

—He estado protegida toda la vida. La existencia de un futuro soberano está tan resguardada del mundo que ni siquiera nos casamos. Eso nunca antes ha parecido una dificultad. Rom.

—Um...

—Nada hay que anhele más en este momento sino que me beses.

—¿Besarías a un humilde artista?

—Me encantaría —declaró ella envolviéndolo con los brazos, inclinando la cabeza y presionando los labios contra los de él.

Por un instante, Rom se cerró a toda pregunta sin responder, perdido en el calor de ese abrazo. Luego bajó la cabeza, dejando descansar la frente en la de ella.

—Feyn.

Él se irguió, viendo que ella aún estaba en el primer rubor de esta nueva vida. La razón era una presencia no deseada. Pero no tenían tiempo.

—Feyn, los otros de los que te hablé que han tomado esta misma sangre están esperando. Y es probable que haya pánico en todo el mundo por tu desaparición. Ayúdanos, por favor. No por mí. No lo hagas por mí. Ahora sabes cómo es esto... perdóname por favor por engañarte. Pero era la única manera que conocía...

—Te perdono. ¿Cómo puedo guardarte rencor? Te perdono —expresó ella y se contuvo—. No. No te perdono. ¡Debiste haberlo hecho antes! Si lo pienso demasiado, creo que voy a lamentar cada año, cada día y hora que he vivido hasta este momento. ¡Se han desperdiciado!

—Tomaré eso como un beneplácito —expresó él sonriendo.

—Tienes razón, y lo sabes —dijo ella mirando el cielo—. Nunca te habría ayudado. Te hubiera hecho cazar como a un rebelde. Te habría hecho arrojar al calabozo.

La mirada de ella se dirigió hacia un sitio cercano repleto de flores.

—Pero no quiero hablar de esto. Siempre he pensado en la humanidad. En el Orden. En todo menos en mí misma. Pero, justo ahora, no quiero pensar en otra vida distinta a esta.

—Nuestro tiempo se está acabando.

—Eres un poeta —declaró ella mirándole el amuleto y luego otra vez al rostro—. Componme un verso.

—¿Y mirarás entonces el pergamino? —expresó él inmediatamente.

—Si el verso me agrada —respondió ella encogiéndose de hombros.

Rom miró hacia el cielo como buscando inspiración.

> *Juntos en la noche raudos cabalgamos*
> *Tras el amor corriendo, y la luz buscando.*
> *Ahora para ti y para mí ya todo ha cambiado...*
> *Vivamos a plenitud, pues lo demás no es vida.*
> *Tú eres una reina, ¿y yo, quién soy?*
> *Vivamos a plenitud, pues lo demás no es vida.*

Rom no estaba seguro si ella sonreiría o lloraría.

—Es nuestra historia —anunció él.

De pronto, la soberana se volvió y empezó a bajar la colina.

—¿Feyn? —exclamó él corriendo tras ella—. ¿Qué pasa?

—Debemos regresar. Es lo último que deseo hacer, pero tienes razón, el mundo está en nuestras manos. El tuyo más que el mío, creo, por extraño que parezca. Debemos acudir a mi padre. El mundo va a cambiar. Lo presenciaré.

La joven se volvió y Rom le vio lágrimas frescas en el rostro.

A él se le encumbró el corazón hasta los cielos y se le destrozó al mismo tiempo. La envolvió entre los brazos y ella apoyó la mejilla contra el hombro masculino.

La abrazó durante todo un minuto en silencio, con la brisa rozándolos. En la distancia relinchó el caballo. Había lluvia en el horizonte, él podía olfatearla. Las nubes habían comenzado a agitarse.

—Muéstrame el pergamino —pidió Feyn.

El documento se hallaba sobre un trozo de tierra dura entre ellos, sostenido en las cuatro esquinas por piedras.

—Esta es la única parte que podemos leer —informó Rom señalando el verso en la parte superior; Feyn lo revisó en silencio.

—El poder para vivir —manifestó ella con asombro—. Ellos también tenían razón, ¿no es así? Oh, qué dicha. Tenían razón.

—Pero esta parte, todo esto... —balbuceó Rom gesticulando hacia los caracteres desvanecidos que cubrían el resto de la página, tan uniformemente espaciados como soldados en formación; ninguno de ellos formaba letras y ni siquiera estaban agrupados en palabras—. Nada de esto tiene sentido. Por esto es por lo que acudí al custodio en las mazmorras.

Rom miró a Feyn.

—¿Sabes de qué se trata?

—Un cifrado César —informó ella, sin levantar la mirada—. ¿Te dio el hombre una clave?

Rom no había oído hablar de tal cosa.

—Me dijo que recordara un número. Veintiuno. Vertical. ¿Ayuda eso?

La mirada de ella se movió rápidamente de un lado al otro. Las delgadas cejas se le fruncieron. La joven detuvo el dedo sobre las letras y luego lo recorrió hacia abajo.

—¿Estás seguro? ¿Es todo?

—Latín. Él dijo que era latín. Por favor dime que sabes latín.

—Por supuesto que sé latín. Es el lenguaje escrito de los alquimistas.

Por alguna razón, un escalofrío le subió a Rom por la columna vertebral. Feyn también titubeó como vapuleada por una idea.

—¿Qué es? —preguntó él.

—No estoy segura. Algo que mi hermano me dijo. No estoy pensando con claridad. Me nublan los sentidos, esos sentimientos, ¿verdad?

Igual que Neah se había quejado. Neah. Ahora mismo debía estar enferma de temor, creyendo que lo habían capturado.

—Necesito algo con que escribir —expuso Feyn—. Y algún soporte. Algo, papel, tela... lo que sea.

Rom hurgó en el bolsillo y sacó el frasco vacío y su bolígrafo. Feyn agarró el dobladillo de su vestido y lo desgarró a la altura de las rodillas.

—¿Qué estás haciendo?

La joven lo abrió hasta la costura trasera, arrancándolo.

—De todos modos no puedo cabalgar con esto —murmuró.

Feyn alisó la tela blanca sobre la tierra al lado del pergamino, tomó el bolígrafo de Rom, y comenzó a escribir, descifrando metódicamente cada símbolo de la tela. Obraba con rapidez, moviendo un dedo sobre el pergamino de signo en signo, manteniendo el respectivo espacio. Cuando tuvo cinco filas de letras hizo una pausa, frunciendo el ceño.

—¿Qué dice? —preguntó Rom con el corazón comenzando a acelerársele.

Feyn hizo correr el dedo a lo largo de la primera línea de caracteres.

—Creador... —susurró ella.

—¿Qué dice?

—Esto... esto es alguna clase de reporte —titubeó ella, que se inclinó para seguir su examen, respirando con incredulidad.

—¿Qué dice? ¡Por favor!

—Dice: *Primer año, tercero, segundo...* —informó ella retrocediendo otra vez hasta el principio—. Supongo que es una fecha.

—¿Qué significa?

—Escucha —pidió Feyn, traduciendo en voz alta:

Escribo esto ahora para que quien lea sepa lo que sucedió realmente. Sin duda los libros de historia lo dirán de otra manera, si es que incluyen algo de ello.

Feyn levantó la mirada hacia Rom.

—¿Se trata del diario de alguien? —inquirió él.

Ella siguió examinando, meneó la cabeza, luego retrocedió y tradujo:

Soy Talus Gurov. Mi nombre no significa nada para ustedes. Lo que deben saber es que serví a mi nación como científico en los años que llevaron a la Guerra Fanática, cuando los extremistas hicieron detonar sus armas en siete de las grandes capitales del mundo, eliminando de raíz los gobiernos de Asia e incapacitando partes de las Américas. El mundo estalló en una guerra global. Creí entonces que habíamos llegado al final de la civilización. Sirin ha expresado que esta fue la era del Caos y que su regalo al mundo era el nuevo Orden.

Pero les diré la verdad, que el Orden es el principio del Caos...

El corazón de Rom se paralizó. Luego siguió palpitando.

—¿Qué significa esto?

—No... no lo sé.

—Feyn.

Ella se inclinó sobre el pergamino, trabajando con creciente urgencia.

Capítulo veintitrés

L A GRAN ANTORCHA ARDÍA por encima del estrado del senado. Aunque irradiaba luz mucho más allá de las filas de asientos consagrados, y no despedía verdadero calor, esta llama la iluminaban muchas otras reunidas de todos los rincones del mundo.

Todos menos dos de los cien senadores se habían presentado a través del gran arco en la postrera hora, la última de tres, exactamente como Rowan prometiera.

Habían llegado llenos de inquieto decoro, tomando sus distinguidos asientos en el escalonado semicírculo del salón, el cual rodeaba un estrado que se proyectaba hacia el centro del recinto. Frente al estrado, un círculo menor en el piso demarcaba el lugar donde los senadores podían ponerse de pie para ser oídos.

La ansiedad había dado paso a la alarma ante la vista de los guardias, veinte tipos fornidos, que cerraron aprisa las puertas del lugar tan pronto como todos se sentaron. La postura del cuerpo legislativo cubierto de túnicas se había silenciado en un instante.

Cuando Rowan se puso de pie e hizo saber la terrible noticia, el salón se llenó con la algarabía del temor.

—Compañeros en este senado, temo informar que Vorrin Cerelia, el soberano de nuestro mundo, está muerto.

Fue en la espiral de este miedo, que se extendía como humo hasta el abovedado techo del salón, cuando Saric presentó su posterior argumento.

Pronunció su discurso desde el podio. Lo hizo con elocuencia y audacia ante miradas nerviosas de ojos blancos encendidos en alarma colectiva.

Ahora él los llevaba a su conclusión.

—Por tanto, es con gran respeto, inquebrantable devoción al Orden, y terror, no por mí mismo sino por el mundo, que les digo hoy que no me convertiré en figura decorativa de un sistema que no me eligió, ni asumiré un destino no señalado para mí por el Creador al momento de mi nacimiento. Hacerlo constituiría un sacrilegio. Después de todo, el Creador no comete equivocaciones. Estas razones me obligan a negarme. Les ruego que encuentren a alguien más que les sirva durante los próximos tres días.

Saric inclinó la cabeza y se retiró del podio.

La angustia llegó primeramente como un murmullo, como el movimiento de noventa y ocho cuerpos incómodos en sus asientos de terciopelo, y luego como un alboroto, compartido entre dos y después entre cincuenta, hasta que el cuchicheo se convirtió en protesta.

El martillo de Rowan sonó. Dos veces, tres, con fuerza sobre el estrado donde el líder del senado se había dirigido para estar de pie.

—¡Silencio! ¡Silencio!

Un hombre enjuto y canoso se levantó de su asiento en el suelo.

—El senador Dio de Europa pide hablar.

El hombre era uno de los personajes más titulares del senado. Como miembro de la vieja guardia pudo haber sido el brazo derecho del mismo Megas... y sin duda se veía bastante veterano como para ello. Había servido casi cincuenta años como prelado antes de su nombramiento para el senado, y no había ningún hombre aquí, incluido Rowan, que conociera el Libro de las Órdenes tan bien o que lo hubiera estudiado tan profundamente como él.

Rowan asintió y dio un paso atrás.

El senador se levantó y se acercó al redondel debajo del estrado. Se movió con agilidad sorprendente, dada su edad. Las mangas de su túnica revelaban gruesos antebrazos cubiertos por viscosas venas azules debajo de la piel pálida.

—Mi señor Saric —comenzó a decir; tenía la voz gruesa y ligeramente ronca, como si hablara desde lo profundo de la garganta—. Debería estar dirigiéndome a usted como *Señor*; pero, como usted manifiesta, el manto se debe asumir de buena gana y con propósito. Sin embargo, ¿ha olvidado usted que también se debe asumir con obediencia? Permítanos recordar el gran diseño del Orden, la infalibilidad de la ley. Usted expresa que existe un error en el sistema. Afirma que no es lógico, que el hijo mayor del soberano no debería sucederlo cuando otro soberano experimentado aún vive. O que su hermana, preparada para el cargo, debería sucederle a usted si el soberano Miran no puede o no quiere hacerlo.

»Pero usted debe recordar que cuatrocientos ochenta años de Orden argumentan a favor de sí mismos. El Creador formó el Orden y lo instituyó como algo infalible. Por esa razón sirve como base de la ley. ¿Cómo servimos mejor a la ley? Por medio de obediencia deliberada y decidida. Nuestros temores, nuestra experiencia y hasta nuestra lógica están sujetos a la obediencia. Y en base a esta premisa debo ser vocero del cuerpo al recomendarlo a usted sin titubeos para el cargo. Permita que el mundo tenga su soberano».

Se levantaron voces en la concurrencia en medio de aplausos aprobatorios. Saric miró a Rowan, quien le hizo un gesto de que volviera al estrado. El anciano senador permaneció en la tarima. Aunque Rowan mantenía el liderazgo del senado, este senador, Dio, no ostentaba menor cantidad de poder. Algo bueno a tener en mente.

Saric inclinó la cabeza y le estrechó la mano en respeto.

—Senador Dio. No puedo prevalecer contra su experiencia. Pero debo hacer una excepción con su lógica. Usted afirma que seguir el Orden es un acto de obediencia. Pero la obediencia no se lleva a cabo sin pensar. Ser alguien humano es pensar. Feyn, igual que mi padre antes que ella, se ha preparado durante años para este papel, desde el anuncio de su nombramiento. El mundo espera su toma de posesión con gran alivio. Ella es conocida para ellos. Su imagen aparece en cada esquina de las calles del mundo entero. El día de su toma de posesión será de celebración. Las familias irán a dormir en calma sabiendo que están en las manos de alguien conocido que se ha preparado la mejor parte de su vida para el cargo. ¿Estaría usted de acuerdo conmigo en eso?

—Sí —contestó el anciano haciendo una reverencia con la cabeza.

—Por otra parte... ¿qué sabe el mundo de mí? ¿Qué alivio hallará en mí o en la noticia de que Vorrin está muerto? Reinará el temor. Esa criatura se desatará en el mundo. Combatimos el miedo con lógica y

Orden. Mi ascensión al cargo podría llenar lo uno, pero no lo otro. Además, ¿dónde está la paz en eso? Hoy día la lógica debe prevalecer sobre el temor por el bien del Orden. La ley debe ser puesta a un lado.

Gritos desde el fondo del senado. Algunos senadores cubiertos con túnicas, uno de ellos un hombre joven y otro una mujer con cabello blanco, rápidamente se pusieron de pie. El senador Dio habló, con el dedo levantado al aire, pero su voz fue ahogada por los gritos de su alrededor. El martillo de Rowan golpeaba una y otra vez sobre el podio.

Saric levantó la mano pidiendo calma. El salón se silenció poco a poco.

—Senadores, sí, esto solo es por unos días. Ustedes tienen razón. Aunque el mundo esté invadido por el miedo durante pocos días, seguramente podrá someterse al derecho bajo el auspicio del gobierno de Feyn. Yo mismo tengo gran paz y fe en el próximo ejercicio de ella. Pero déjenme recordar que fue este cuerpo el que solo dos días atrás rechazó mi solicitud de servir como líder del senado.

Murmullos de los senadores.

—¿Cómo pueden ustedes rechazarme para este cargo inferior y sin embargo comisionarme el más alto? ¿Lo uno y lo otro en nombre del Orden? Sí, sí, comprendo, las leyes son claras. ¡No obstante, ¡la lógica es errónea!

Por un momento solo se escuchó el suave chisporroteo de la antorcha del senado.

Entonces empezaron otra vez las discusiones y Saric se retiró a su asiento en el estrado. Les dio tiempo, escuchando la algarabía, que realmente a sus oídos era melódica, con cadencia propia.

Por encima de ellos, Saric podía distinguir las pinturas sobre las bóvedas del techo, las cuales estaban casi ensombrecidas por el tiempo y el tenue humo de la llama eterna del senado. Alguien le había dicho una vez que esa pintura era una visión del Creador extendiéndose hacia el hombre. Una visión del Caos oscurecida por el humo del Orden. Al mirarla, Saric pensó que él apenas podía distinguir la línea de una mano. Pero ante sus ojos para nada era la mano del Creador, sino la de un hombre extendiéndose hacia los cielos.

—¡Orden! ¡Orden! —gritó Rowan golpeando el martillo hasta quebrarlo, para imponer el silencio en la sala.

—Mi señor, le suplico...

Saric detuvo a Rowan con una palma levantada. Se volvió a poner de pie y regresó al podio. Ya era palpable su poder.

—Veo que mi decisión ya ha lanzado gran temor sobre esta entidad —expresó después de respirar profundamente—. Y observando esto aquí, entre nosotros, estoy inquieto por el mundo.

El senado se inclinó hacia delante. Y Saric disfrutó el sabor del triunfo.

—Mi señor Saric, ¿qué propondría usted? —preguntó el senador Dio.

—Senador Dio, mi padre yace muerto. Usted tiene razón. Esta entidad necesita el consuelo de su soberano. Acordemos un compromiso.

Hizo una pausa. Prácticamente podía oír el movimiento automático de las miradas que se dirigían de él a Rowan y al senador Dio.

—Aceptaré servir como su soberano con una condición. La ley del Orden es dada por el Creador. Pero la ley no es el Creador; no es perfecta. Está en constante estado de mejora y perfeccionamiento. El papel de ustedes aquí es prueba de eso. Perfeccionen esta ley. Arreglen su defecto. Eviten que esta situación, sea que pase en años o siglos venideros, vuelva a conducir a este callejón sin salida. Brinden alivio a la gente y a quienes se enfrentan a servir en el cargo.

»Dejen que la ley sea cambiada. Hagan que esta diga ahora que si un soberano arraigado muere antes de que termine su período, entonces el antiguo soberano debe tomar posesión del cargo una vez más. Tengamos y demos al mundo la tranquilidad de la experiencia de ustedes».

Silencio.

—Si ustedes pueden ver cómo llegar a esto —anunció Saric—. Entonces haré lo que me piden con relación al asunto y asumiré el cargo. Les doy mi palabra.

Un forcejeo en una de las puertas los interrumpió. Un guardia allí estaba tratando de impedir la entrada a alguien a quien ahora Saric reconoció como Camille, la secretaria de su padre. Ella insistía, con la voz levantaba, aunque el guardia no la dejaba pasar.

La mujer se abrió paso y luego se detuvo en seco cuando los senadores en su totalidad se volvieron hacia ella.

Algo no iba bien. Ella no debía irrumpir de este modo. A menos...

—Mi señor, ¡Feyn ha sido raptada! —gritó Camille con voz aguda e inestable—. No se presentó en su hacienda. Han abierto una brecha a sus aposentos. Feyn ha desaparecido.

El caos estalló en el fondo, mientras a Saric se le helaba la sangre.

Capítulo veinticuatro

—LAS AMÉRICAS. ¿ES ESO Asiana? —preguntó Rom, caminando al lado de Feyn, quien, apoyada sobre los codos en la hierba, seguía descifrando el pergamino.

Él observaba a medida que un ejército de caracteres se alineaba debajo del bolígrafo en nítido rango e hilera, en orden correcto por primera vez en siglos.

—No, las Américas son Nova Albión —farfulló Feyn—. Una vez fueron dos continentes separados. Durante la Guerra Fanática fue destruida una ciudad importante en cada uno. En la reestructuración geográfica de Megas se combinaron los dos continentes en uno, junto con las áreas remotas hacia el norte. En cuanto a Asiana, a duras penas salió del Caos. Era un gran continente conocido como Asia y una vez albergó las ciudades más pobladas del mundo. Difícil de imaginar... ahora es una región sumamente dispersa.

Ella hizo una pausa y lo miró de soslayo. La frente se le alisó después de fruncir el ceño.

—¿Qué pasa?

—Tú, Rom. Para mí es muy extraño que ayer no te conociera en absoluto. Y hoy... —declaró ella sonriendo, y en ese instante parecía una niña.

La joven agachó la cabeza, con el dedo aún en el pergamino, el bolígrafo aún en la otra mano, emitiendo un sonido suave y maravilloso.

—Yo, que iba a ganar el mundo... lo perdería en un instante por tener esto. Todo de nuevo. Solo esto. Bueno... —titubeó, y la mirada gris pálida se dirigió hacia él, como diciendo: *Bueno, quizás para tener un poco más.*

—¿Insinúas que estás contenta de que te hubiera secuestrado?

—Sí. No. Estoy diciendo más. Que estoy agradecida al Creador por eso —contestó, y su mirada se dirigió a la boca de él—. Recuérdame decirte algo cuando hayamos concluido con esto.

—Lo haré —asintió él.

Ella también asintió levemente con la cabeza, como para sí misma, y se enfrascó otra vez en el pergamino.

Rom miró a lo lejos. En alguna parte más allá de ellos, un pájaro trinaba. Este momento era como un sueño. Había poco acerca de su propia vida que él reconociera incluso desde hace dos días. Su existencia había sido sencilla, previsible, de la basílica, su taller y su casa. Prácticamente cantaba para poder comer, y realizaba muy ocasionales trabajos de obrero cuando los encontraba.

Hoy se hallaba fuera de la ciudad por primera vez en su vida con la futura soberana, a quien había raptado después de enterarse de la existencia de una sangre secreta. Una sangre que le había estimulado sensaciones perdidas para el resto de la humanidad mucho tiempo atrás. Una sangre que le había dado a la futura soberana, una mujer que emanaba una atracción muy personal.

En el lapso de horas, el mundo se había vuelto más peligroso, más hermoso y más extenso de lo que él pudo haber soñado que fuera posible.

Concéntrate. Descifra el pergamino. Era lo único que importaba. Eso, y regresar. Se le hizo un nudo en el estómago y se volvió a preguntar a dónde habrían ido los otros.

Feyn se levantó, habiendo terminado de transcribir una gran sección sobre la tela.

—Rom, escucha —anunció, señalando el símbolo en que había quedado, deslizando el dedo hacia adelante sobre el tejido y comenzando otra vez a leer:

A raíz de esa guerra y sus terribles consecuencias, todo individuo cuestionaba su lugar en el mundo y el significado de su vida. El despotismo y la depravación alcanzaron niveles nuevos y más viles. La esperanza parecía una antigua reliquia. Le dimos la espalda a la religión y la culpamos de la guerra. Se extendió la anarquía.

Hasta que un día un filósofo europeo llamado Sirin comenzó a difundir su mensaje de Orden universal bajo el Creador. Enseñaba que la humanidad debía dominar la emoción o estar condenada a repetir sus fracasos. Por tanto, denigró la ambición, el odio y la codicia, y enseñó a otros a hacer lo mismo.

En cuestión de años, Sirin se convirtió en el personaje más poderoso de la tierra. Bajo su nuevo Orden, el mundo se desarmó. Se socializaron todas las necesidades humanas comunes: medicina, producción y distribución de alimentos, poder. La paz volvió al mundo. Pero me temo que gran parte de las enseñanzas de Sirin se perderán o se refundirán ahora, y su Orden se distorsionará en el gran mal que ha venido sobre nosotros.

Feyn dejó de leer.

—¿Gran mal? —preguntó Rom mirando a la joven, que tenía la mirada fija en el césped pero no parecía ver nada de la tierra ante ella.

—No creo que yo pudiera renunciar a estas sensaciones por nada en el mundo. No sabiendo lo que sé ahora —musitó Feyn.

—Lo sé —comentó él... fue lo único que atinó a decir.

Ella volvió a bajar la mirada hacia el escrito.

—Me resisto a seguir leyendo —susurró.

Sin embargo, un momento después lo hizo:

Las filosofías de Sirin comenzaron a perder su importancia en el lapso de una generación. Las luchas internas resurgieron. La humanidad estaba a punto de repetir su historia. Todos lo percibíamos.

La ciencia era muy apreciada. Y yo estaba entre los siete genetistas que supervisaban una misión secreta para desentrañar las raíces genéticas de la emoción. El proyecto fue enviado a un gran laboratorio de riesgo biológico que constaba de tres niveles en las deshabitadas tierras rusas. En particular, desarrollé modelos computarizados que nos permitían entender mejor nuestra investigación. Se invirtieron nuevos fondos en nuestros proyectos. Ninguno de nosotros sabía quiénes eran nuestros benefactores, solo que de repente nos podíamos dar el lujo de contratar científicos de tan alto calibre que pronto nos convertimos en un núcleo de élite de intelectuales. Nuestros logros fueron demasiado grandes para enumerarlos aquí, pero nos hallábamos tan lejos en la vanguardia de nuevos adelantos que con aire de suficiencia denominamos a nuestro círculo íntimo...

Feyn dejó de leer.

—¿Qué? —preguntó Rom—. ¿Qué dice?

Ella susurró la palabra:

Alquimistas.

Un escalofrío atravesó los brazos de Rom en medio del cálido día.

—¿Estás seguro de que esto no es una falsificación? —preguntó Feyn tocando el pergamino.

—Estoy seguro.

La joven comenzó a descifrar más.

Rom caminaba de un lado a otro, combatiendo la urgencia de mirar por encima de su hombro. Él ya había hecho eso una vez y ella lo había ahuyentado, prometiendo que no leería más hasta que las palabras estuvieran suficientemente traducidas, y que las leería en voz alta.

Finalmente, cuando Feyn ya había terminado una porción grande, él no se pudo contener por más tiempo.

—¿Qué dice?

—Ya casi termino.

Después de arriesgar tanto para saber lo que había en este antiguo pergamino, a Rom le costaba mucho ponerse simplemente a esperar. Así que fue a lo alto del montículo, observando las nubes amontonadas sobre la ciudad.

Sintió el frasco vacío en el bolsillo. Sin sangre, pues lo último se lo había dado a Feyn. La sangre estaba de alguna manera relacionada con un niño desconocido y sin nombre.

Y la clave hacia el niño seguramente estaba en el pergamino.

Feyn aún estaba de rodillas sobre el pergamino cuando Rom regresó.

—Eso es todo —dijo ella, meciéndose hacia atrás—. Está hecho.

Recorrió el dedo a lo largo de la línea, retomando el lugar donde había quedado.

Una vez que fue localizado con exactitud la parte del ADN responsable de controlar funciones específicas del sistema límbico, las emociones, descubrimos el primer medio viable para reprogramar ese ADN mediante un retrovirus.

Fui yo, Talus Gurov, quien identificó los componentes que nos hacen superiores a los animales, los que definen nuestra misma humanidad. Confieso la ironía de mi orgullo en el asunto. Yo anhelaba, igual que Higgs con su partícula de Dios, ser el único reconocido por señalar este material genético que nos hace realmente humanos.

Mientras escuchaba, soltó una lenta respiración. Feyn estaba mirando de nuevo, esta vez las líneas de caracteres.

—Esto... esto no puede ser real —titubeó, sacudiendo la cabeza—. ¿Cómo puede ser?

—Tenemos que saberlo —comentó él.

—Qué día tan extraño —expresó ella poniéndose de pie, con los ojos bien abiertos por el asombro—. Lo recordaré siempre.

Rom miraba la intensidad, la seriedad y la inocencia en los ojos de la mujer más poderosa de la tierra.

—Yo también.

—De no ser por la sangre, yo diría que estábamos locos. Con razón estos secretos fueron guardados ten celosamente. ¿Nos hemos vuelto locos?

—No lo creo. Por otra parte, solo un demente secuestraría a la soberana.

Ella rio, y el sonido fue como música de agua que corre sobre piedrecillas en un arroyo. Melodía propia.

—Locos o no, todo es diferente —comentó Rom.

¿Fue ayer cuando él y Avra salieron juntos de la basílica, huyendo por el metro debajo de uno de los estandartes con la imagen de esta misma mujer?

—Lee el resto —pidió él.

Feyn se sentó ante la tela, volvió a encontrar el lugar en que iba y leyó:

Compartí mis hallazgos. Luego reuní mi investigación, mis notas, mis muestras y se las entregué completas a mi supervisor, un hombre en quien confiaba. Su nombre era Megas.

—¡Megas! —exclamó Rom, exhalando.

—Espera. Escucha.

Un mes después, un mundo atónito se enteró de que Sirin, su héroe filósofo, había sido asesinado por fanáticos, enemigos de su mensaje de paz. La protesta pública y la renovada simpatía por sus estatutos fueron instantáneas y mundiales.

Fue entonces cuando me enteré de que habían utilizado mi investigación para crear un virus llamado Legión. Altamente contagioso, eliminaba toda emoción menos una: el temor. Poco antes de la muerte de Sirin, Megas propuso utilizar el virus como una manera de hacer permanente la ideología de Sirin; infectando secretamente al mundo podría suprimir la emoción y asegurar la paz. Solo perduraría el temor, como un medio para mantener la obediencia al Orden.

Pero Sirin se negó, por lo que fue asesinado. Permítanme decir aquí que él no fue asesinado por fanáticos religiosos, sino por Megas... un nombre que creo que el mundo conocerá pronto.

A partir de hoy se ha puesto en libertad a Legión y no hay manera de detenerlo. El curso de la historia humana se ha alterado para siempre. Lo que una vez fuera humano ya no lo será. Temo que, si me quedo, pronto me matarán o me infectaré.

Debo huir...

Rom se quedó mirando, primero al pergamino, luego a la traducción de Feyn y después a la misma soberana, quien meneaba ligeramente la cabeza.

—Esto no puede ser —comentó ella.

Pero un momento después continuó leyendo:

15 de marzo de 001:

Han pasado dos semanas desde mi última anotación. La situación es muchísimo peor de lo que pude haber imaginado. Legión es implacable.

Estoy en el desierto. Tengo cuatro cosas: un techo sobre la cabeza, un generador, un enlace a las computadoras que usaba en mi laboratorio, y mis muestras. Ustedes deben comprender que el mundo se está alimentando con una mentira sin siquiera saberlo. Legión infecta sin previo aviso, al primer contacto.

La humanidad está muriendo. La realidad es clara para mí: Aunque fluye sangre por sus venas, las personas infectadas por Legión ya no son humanas, sino una especie de muertos atiborrados de temor.

—¿Muertos? —exclamó Rom en medio del silencio que se produjo; no se podía mover—. ¿De verdad está diciendo que el mundo está muerto?

—No me siento muerta —objetó ella levantando la mirada.

¿Era posible? El joven se miró las manos. Sin embargo, eran las manos de los vivos, ¿o no?

—No te sientes muerta porque *sientes*. La sangre nos devolvió de los muertos —expresó Rom, asimilando la idea—. Eso es, ¿no lo ves? ¡Estábamos muertos y ahora esta sangre nos ha devuelto a la vida!

—Muertos... —balbuceó Feyn mientras el sudor le perlaba la frente—. ¿Muerto el mundo entero? Y ha sido así...

—Durante cuatrocientos ochenta años —terminó Rom la frase.

—Estás afirmando que solo hay cinco personas vivas en este planeta.

—No soy yo quien lo afirma... sino el pergamino.

—Y que yo sería... una soberana muerta... gobernando un Orden muerto.

Feyn volvió al relato descifrado.

¡Esta es mi obra! La carga que debo corregir si puedo. Trabajo sin cesar. Duermo y como solamente para ayudar a mi investigación. Quizás yo tenga los medios para hacer regresar el alma humana verdadera a unos pocos, pero solo a unos pocos, y solo por un tiempo. Tengo una muestra de la sangre más pura de origen desconocido marcada solamente «TH», la cual demostró ser resistente a la deformación. No puede curar el virus Legión... la humanidad vuelve a la muerte, lo cual se ha convertido en su estado natural. Pero a quienes la beban podría devolverles su humanidad completa, al menos por un tiempo limitado.

Rom parpadeó.

¿Solo por un tiempo?

—Continúa —pidió él, con menos firmeza.

Feyn siguió leyendo:

20 de abril de 002:

Ya ha pasado un año desde que se propagó Legión. Dentro de un año más habrá alcanzado cada rincón del globo terráqueo. En esta generación ya no habrá verdadera humanidad. Y aunque mi trabajo no está concluido, mi muerte es inevitable. Así que escribo esto para poder saber cuál es mi propósito, aunque ya no siento horror.

Megas se ha afirmado como el único líder del mundo y ha formalizado una versión del Orden que hasta Sirin relataría como blasfemia. No es nada menos que un dictador que gobierna una especie carente de la ambición necesaria para derrocarlo.

No veo esperanza, pero insisto en encontrar los medios para revertir los efectos de Legión en el género humano.

8 de agosto de 002:

Me he tenido que mudar un par de veces por temor a entrar en contacto con Legión. Ellos saben que alguien ha violado su software de bloqueo, y temo que mi acceso a sus computadoras se podría ver pronto comprometido o acabado. Pero finalmente he construido un modelo que ofrece lo que podría ser la única esperanza para la humanidad.

En algún momento en el año nuevo del 471 o cerca, el genoma humano volverá a su estado impoluto original en la misma línea sanguínea de la primera muestra usada para crear Legión.

La mía.

Las líneas de sangre deben converger para producir un niño, varón, probablemente en la región de África, llamada ahora Abisinia. Su sangre tendrá los medios para vencer a Legión en un nivel genético, suponiendo que él sobreviva a la guerra en el interior de su cuerpo, lo que podría incapacitarlo en su infancia.

En este niño está nuestra esperanza. Es él quien recordará su humanidad, quien tendrá en sí la capacidad para la compasión y el amor. Y es quien, por consiguiente, debe liberarnos del Orden, cuyas estructuras se levantan como una prisión alrededor del corazón humano. Este niño será la única esperanza de la humanidad.

—El niño —formuló Rom.

Feyn titubeó como si recordara algo, pero, antes de que él pudiera preguntar, ella continuó leyendo:

Ahora trabajo febrilmente por este niño y por la esperanza que conlleva. Cuando esté seguro de mis cálculos me desconectaré de las computadoras de mi laboratorio. Me las he arreglado hasta este momento para evitar que me capturen. Además, he encontrado a otros dos a quienes considero confiables. Estableceré una Orden de Custodios y juntos juraremos guardar esta sangre y mantener estos secretos para el día en que el niño venga. Les enseñaré a recordar cómo era conocer algo más que temor, así que nuestras mentes recordarán aun después de que nuestros cuerpos hayan olvidado.

Aunque seguramente moriremos bajo la maldición que es Legión. Esperamos confiados, habiendo abandonado el Orden en anticipación de ese día.

Hasta entonces he preservado suficiente sangre para que cinco vivan por un tiempo. Solo cinco. Y solo por pocos años. Dejen que la sangre avive a las cinco personas que deben hallar al niño y poner fin a esta muerte. Ustedes, quienes encuentren esto, quienes lo beban, son ese remanente. Beban y sepan que todo lo que he escrito es verídico.

Encuentren al niño. Llévenlo al poder para que el mundo se pueda salvar, se lo suplico.

—*Encuentren al niño* —repitió Feyn en voz baja, para sí misma—. El custodio dijo eso.

—¿Te lo dijo?

—Sí. Él estaba recitando el pergamino.

—¿Eso es todo? —averiguó Rom; el corazón le palpitaba como un garrote en el pecho—. ¿No hay más?

—Solo una línea, cuatro meses después —informó Feyn enfocándose otra vez en el pergamino.

—¿Qué? —exclamó él—. ¿Qué dice?

Ella se detuvo, visiblemente perpleja, y un momento después leyó:

Hace tres días yo, Talus Gurov, morí.

Capítulo veinticinco

EL CAOS SE APODERÓ del salón del senado, amenazando con lanzar una vez más el Orden al abismo.

Saric se puso de pie, tambaleante. Feyn había desaparecido. Ella, quien iba a ser el centro de todo.

Durante varios minutos, nadie pareció saber qué hacer. Incluso los guardias de servicio miraban alrededor esperando instrucciones.

El martillo de Rowan caía con estrépito, una y otra vez.

—¡Orden! ¡Tratemos de mantener el orden! Esta noticia no está confirmada. No he oído reportes de esto.

Pero eso cambió cuando el mismo capitán de la guardia de la Fortaleza irrumpió por una puerta lateral, hizo una señal a Rowan y le habló con urgencia al oído. El líder del senado lo interrogó y volvió a toda prisa al podio.

Esta vez volvió el orden sin necesidad de amonestarlos, como un solo hombre.

—Amigos míos, anoche mientras dormíamos un impostor entró a la Fortaleza y raptó a nuestra señora, Feyn Cerelia, de su habitación. Parece que estamos sin soberano, presente ni futuro.

No hubo protestas, ni más discusiones. Solo un silencio espantoso.

E indignación, al menos de parte de Saric.

—A la luz de esto —continuó Rowan—. Ahora debemos reconocer la sabiduría de la nueva ley propuesta por Saric. Debemos actuar ahora. El mundo no puede quedar sin un líder.

En el fondo, el senador Dio levantó la mano. Saric permanecía de pie al lado de Rowan, con la boca seca. Debía localizar a Corban.

—Este senador desea hablar.

—Hable, Senador Dio.

—Propongo que se modifique la ley como se ha propuesto.

Los murmullos surgían ahora por todo el salón, flotando hasta posarse en las elevadas bóvedas del techo.

Saric oyó la moción como a lo lejos.

El martillo.

—Y así dirá la ley —declaró Rowan con voz que resonó en el senado—. *En caso de que un soberano vigente muera antes de que termine su período, el antiguo soberano deberá tomar posesión del cargo una vez más. Esto se acuerda por este medio y se ratifica para ser convertido en ley por parte del nuevo soberano como primer acto de su gobierno.*

Entonces Rowan se dirigió a Saric, hablándole casi en el hombro y sorprendiéndolo.

—Mi señor. Su solicitud se ha cumplido. Venga por favor y póngase en pie al borde del estrado —ordenó el líder del senado, tomando en las manos un Libro de las Órdenes.

Saric se trasladó inexpresivamente hacia el borde del estrado, levantando la mano hacia el senado reunido. Era la posición de bendecir a las masas. La otra mano reposó en el libro que Rowan tenía en la mano.

—Yo, Saric, hijo de Vorrin —declaró Rowan.

Saric repetía las palabras, pero al mismo tiempo se sentía mal.

¿Y si ella estuviera muerta? ¿O si moría en los días venideros? Esto era obra de los custodios, actuando más allá de la tumba, usando como su instrumento a este tal Rom Sebastián.

—...cumpliré el cargo de soberano en la medida de mis capacidades, para mantener el Orden con mi vida...

—...para mantener el Orden con mi vida...

Este iba a ser el pináculo de su vida.

Pero en lo único que podía pensar era en Feyn.

—...bajo el Creador. Creador, ayúdame y bendíceme, y trae felicidad al mundo.

—...bajo el Creador. Creador, ayúdame y bendíceme...

—Y trae felicidad al mundo.

—Y trae felicidad al mundo.

Los senadores, todos ellos de pie para el juramento, comenzaron a arrodillarse. Al lado de Saric sobre el estrado, Rowan se colocó sobre una rodilla.

—Mi señor —declaró el líder cuando Saric lo miró—. Usted es ahora soberano del mundo.

En el interior del despacho de Vorrin... no, del despacho *de Saric*, ahora sin el cuerpo de Vorrin, el nuevo soberano se dirigió aprisa hacia las ventanas, mirando por fuera.

—Quiero estar solo.

—Mi señor —manifestó Rowan—. Si usted necesita...

—No necesito nada. Y si necesito algo, lo llamaré.

Se le vino la idea de que Rowan era ahora su líder del senado; Saric podría destituirlo con una palabra. Esta era una realidad que le hubiera gustado saborear. Pero ahora eso era desatinado.

Rowan se volvió hacia la puerta.

—Por favor, pida a Camille que envíe inmediatamente por Corban el alquimista —pidió Saric antes de que el líder del senado pudiera abrir la puerta.

Una vez ido el hombre más alto, Saric se quedó en los aposentos de su padre, mirando por fuera el laberinto de la Fortaleza con sus pasarelas y sus jardines de rocas, sus antiguos palacios y museos, y sus modernos edificios administrativos, tanto como había visto hacer a su padre en muchas ocasiones.

Una de las pesadas puertas de bronce se abrió detrás de Saric. Se volvió para ver a Corban entrando tranquilamente al despacho y, casi como una idea tardía, caer sobre una rodilla.

—Levántate. Feyn ha desaparecido.

—Lo he oído —dijo el alquimista, poniéndose de pie.

—¿Te das cuenta de lo que significa esto? —inquirió Saric bajando la barbilla y nivelando la mirada con el alquimista.

Corban nunca cambiaba. No envejecía. Aunque no tenía emoción, parecía tener otros dones misteriosos.

—¿Se aprobó la ley? —preguntó Corban.

—Desde luego que se aprobó. ¡Pero ahora es inútil!

—¿Cómo puede usted decir eso? —cuestionó el alquimista—. Feyn le sucederá en tres días, y cuando ella muera el cargo pasará al antiguo soberano, usted.

—¿Y si ella ya está muerta, ahora, antes de que se haya sentado?

—Entonces el gobierno pasará a siguiente candidato elegible en la toma de posesión. Y usted lo matará una vez que se haya sentado.

Cierto. Entonces de todos modos tendría su trono. Sin embargo, esto irritaba.

—El delincuente, ese artesano. Él fue quien se la llevó. Tiene que ser él.

—Rom Sebastián.

—Sí —asintió Saric con la mente nublada de ira—. Pero, ¿por qué? ¿Qué ganaría raptándola?

—Está claro que influencia. El sujeto podría haberse convertido en el hombre más poderoso del mundo. No es tan tonto.

—Los encontrarás, a él y a mi hermana. Me asegurarás que ella esté viva. Pero a él lo matarás, y esta vez no me falles. Quiero ver a salvo a mi *amada* hermana. Como su fiel hermano, quiero verla llegar al poder. Es mi deber. No seré desafiado. ¿Entiendes?

La puerta de bronce se abrió. Las cabezas de ambos hombres se volvieron.

—¿Nadie pide permiso para entrar? ¡No quiero aquí gente entrando y saliendo a voluntad!

—Perdóneme, mi señor —suplicó Camille pálida, sin haberse recuperado totalmente de lo ocurrido en la mañana—. Hay una mujer aquí que exige hablarle.

—Por supuesto —enunció él con sequedad—. Todo el mundo exigiría hablar con su soberano.

—Ella insiste en que usted me castigará si se entera de que se ha ido sin ser recibida.

—Échela.

—Ella dice que le diga a usted que le trae información acerca de los custodios.

Saric se silenció.

Interesante.

Corban, parado entre Saric y Camille, se tensó.

—¿Quién es? —preguntó.

—Vino con uno de los guardias aprendices. Afirma llamarse Avra.

Capítulo veintiséis

DURANTE CASI UNA HORA habían caminado por el montículo... Rom revolviéndose el cabello mientras especulaba cómo esta información podría cambiar el mundo, y Feyn alzando la franja de tela sobre la que había traducido el pergamino, examinándola una y otra vez.

—*El primer medio viable para reprogramar ese ADN mediante un retrovirus.* Él afirma que el sistema límbico es el centro de la humanidad, pero debe estar hablando de manera metafórica. Sin duda.

—Vuelve a leer esa parte acerca del virus —pidió Rom.

—*La humanidad se está muriendo. La realidad es clara para mí: Aunque fluye sangre por sus venas, las personas infectadas por Legión ya no son humanas, sino una especie de muertos llenos de temor* —dijo Feyn, entonces puso la traducción a un lado—. Aún no puedo asimilarlo por completo.

—Pero nosotros no estamos muertos —objetó Rom—. Tú y yo.

—Y cuando lo estábamos, ¿teníamos algún indicio de que así fuera?

—¿Puede un muerto saber que lo está? No lo creo —comentó él meneando la cabeza—. Pero una cosa sé: Todo lo que me han dicho hasta aquí acerca de la sangre ha resultado ser verdad.

Rom observó a Feyn mientras ella miraba al cielo, y luego cerró los ojos. Parada allí con su falda con el dobladillo hecho jirones, podría pasar por una campesina, una niñita nómada disfrutando del sol al aire del campo. La futura soberana inhaló profundamente. Las costillas se le expandieron contra el cuerpo del vestido como si metieran en los pulmones la mayor cantidad de vida posible.

La joven abrió los ojos y dirigió la mirada hacia Rom.

—Pero tú y yo estamos ahora vivos en sentidos en que el resto del mundo no lo está ——comentó Rom.

—Estoy muy agradecida —manifestó ella acercándose y tomándole las manos.

Feyn le estampó un beso en los nudillos. Él pensó que ella reiría, pero no lo hizo. La mujer ya estaba menos impulsiva que antes, quizás debido a la impactante importancia del relato del custodio. Una leve indicación del hielo metódico que había mantenido tan serios a esos ojos antes de que ella hubiera ingerido la sangre, pensó él. ¿O solo era su imaginación, temiendo la consecuencia de que ella no hubiera bebido una porción completa?

—Este pergamino... nunca puede caer en manos del público —opinó ella soltándole los dedos—. No todavía. No ahora. Tenemos que protegerlo y guardarlo.

La voz se le apagó, como interrumpida por otro pensamiento. Rom casi podía ver el juego de ideas que cruzaron ese rostro, el pensamiento atrapado en la mirada femenina. Algo había allí, inquietándola, incomodándola.

—Feyn...

—Hallaremos una manera de solucionar este enigma... todo —balbuceó ella, una vez más dejando ver ese aspecto de distracción, y luego pareció como si se sacudiera el pensamiento, como un simple acto de voluntad; entonces se le acercó y le rodeó el cuello con las manos—. ¿Recuerdas que dije que quería decirte algo?

—¿Sí?

—Ven conmigo a mi propiedad. Quédate conmigo hasta la toma de posesión. Descansaremos, hablaremos y comeremos. Quiero comer contigo —expresó ella, riendo—. Regresemos y enviaré por instrumentos. Puedes hacer tu música. Acostarte conmigo y levantarte conmigo, y cuando llegue el día de la toma de posesión, cabalgar conmigo al interior de la ciudad. Te quiero a mi lado. Los soberanos no se casan, pero puedo cambiar eso. Mi padre tiene siete concubinas que ha mantenido por treinta años. Muy bien pudo haberse casado. Yo seré la soberana del mundo y lo seremos el uno del otro.

Feyn inclinó la cabeza. El sol le daba en la cara y jugueteaba a través de los mechones casi azules de su cabello. Minúsculas arrugas recientes le marcaban los rabillos de los ojos, y Rom comprendió que hoy había sido la primera vez que habían conseguido verdadera expresión.

Abrió la boca para hablar, pero ella le puso el dedo en los labios.

—No lo digas. Tienes razón, debo regresar. Llevaremos a tus amigos a la Fortaleza. Liberaremos al anciano custodio. Pero más importante, Rom, estaremos juntos. Porque esto es lo que yo quería decirte. Te amo. *Siento* eso. En toda la gloria caótica de esto, en todo su escándalo, contra todo lo que alguna vez he defendido. Te amo.

Feyn le sostuvo la mirada, negándose a dejarlo escapar.

—¿Me oyes? Te amo, Rom Sebastián. Y sea lo que esto sea, este antiguo pergamino, este relato y conocimiento secreto, llegaremos al fondo de todo. Juntos. Y mi reino será un reino de amor. ¡Traeremos verdad, belleza y amor al mundo!

Las lágrimas brotaron en los ojos de Rom. No estaba seguro si las inducía el pensamiento de lastimar la alegría en la voz de Feyn, o la idea del reino de amor que podría venir de manos de esta mujer. El mundo la necesitaba. A ella. Y en ese sentido él también la necesitaba.

En un mundo sin Avra, subiría a Feyn sobre su caballo ahora mismo de modo que pudieran juntos comenzar ese mismo viaje. Pero ese no era este mundo.

—¿No estás enamorado? —preguntó Feyn sonriendo, aunque tenía los ojos llenos de confusión—. No me puedo imaginar la vida sin ti. No ahora. Nunca olvidaré este día. Nunca olvidaré despertar viéndote, la forma de tus ojos. Nunca había visto algo tan hermoso. ¡Nunca! Encontraremos, debemos hacerlo, una manera de aportar esto al mundo. ¿No lo ves? Esto es lo quiero que sienta toda mujer y todo hombre bajo mi gobierno.

—Sí, estoy enamorado —confesó el en voz baja, levantando la mirada.

La primera oleada de sonrisa en la joven se desvaneció.

—Entonces vamos. Rom, por favor. Te lo estoy pidiendo —expresó ella acercándose para besarlo. Sin embargo él le puso los dedos en la barbilla y la detuvo.

—Feyn, escúchame...

—¿Qué pasa?

—*Estoy* enamorado. Pero de otra persona.

La iluminación en los ojos de Feyn desapareció.

—¿Qué quieres decir? ¿De quién?

—Su nombre es Avra.

Incluso pronunciar el nombre de ella provocó calidez y preocupación en Rom.

—Se llama Avra y es tan desconocida en tu mundo como ayer lo era yo para ti. La he conocido toda mi vida, y creo que una parte de mí siempre estaba esperando amarla...

—¿Avra? —exclamó Feyn, apartándose de Rom y llevándose las manos a la cabeza—. ¿No queda nada, ningún amor por mí?

La muchacha se volvió de espaldas.

—¿Estaba contigo esta Avra cuando atravesaste el dolor y el malestar de tu cambio?

—Sí, pero...

—Entonces quizás solo es cuestión de quién esté presente cuando sucede. Tal vez... ¿quién puede decir que si yo hubiera estado contigo, no estarías declarándome tu amor ahora mismo? ¿Cómo sabes que no amas, o que no puedes amar, a las dos? Seguramente puedes amar a más de una persona.

—Yo... yo no sé... yo...

Diablos, ¿era posible eso?

—¿Qué es esto para nosotros? —inquirió Feyn agarrándole la mano y besándole otra vez los dedos—. La traerás. Y yo la querré. Esto no es obstáculo para los nobles. El asunto será perfectamente aceptable.

—Feyn. No sé si ella... —balbuceó él—. Avra no es noble. Ni yo.

—Eres un artesano. ¿No sabes qué significa tu nombre, Rom?

—No.

—Significa «alteza», y de todos modos, quizás no seas noble, pero yo sí. Seré soberana. Haré que suceda. Estaremos juntos.

Lo que Feyn acababa de mencionar le detonó otro pensamiento. El relato en el pergamino había dicho que el efecto de la sangre no era permanente, incluso en su porción completa. ¿Cuánto tiempo tendrían para conocer el significado del amor, y hasta para perseguir los alcances de ese amor? ¿Meses? ¿Días?

—Por lo que sabemos, nuestra capacidad de amar es fugaz —opinó él—. ¿Y si desaparece en una semana? ¿O en un mes? El pergamino dijo que sería temporal.

—Entonces... nos amaríamos por lealtad, por temor y deber, como lo hacemos ahora.

—Eso no es amor. Eso nunca fue amor. El amor requiere emoción, no simple deber ni un contrato practicado por gente muerta. Ahora lo sé. El amor es algo vivo. Apoyado por lealtad, ¡pero sin emoción es vacío! Es tan muerto como nosotros estábamos... y lo estaremos otra vez —explicó Rom, sintiendo que algo dentro de él se replegaba ante el pensamiento mismo.

—Te amo, Rom.

Aquello era una ofrenda. Un deseo. El clamor de un corazón oído por su propia alma.

—Y yo te amo, Feyn —anunció él besándole la pálida mejilla—. Pero también amo a Avra. No somos nobles. No es nuestra senda.

¿Qué podía decir él? Pensamientos en conflicto le daban vueltas en la cabeza.

Por unos momentos, ella le sostuvo la mirada. Luego le soltó la mano y se alejó.

—Si los sentimientos de amor se desvanecen, ¿también se desvanece el dolor que produce?

—¿Dolor? Cómo puedes decir eso... el amor es la vida misma.

—Entonces la vida debe de estar llena de dolor.

El propio corazón de Rom se sintió destrozado.

—¿Lo ves? —demandó ella—. Por esto lo llamaron Caos. Con la felicidad viene tal dolor. El sufrimiento de la pérdida, el deseo por lo que no se puede tener, la ambición de tener más... ¡todo eso repleto de mucho dolor!

—¡Pero también es vida! —exclamó Rom.

—De ser así, entonces puedo ver por qué algunos preferirían la muerte. Al menos en la muerte hay paz.

La osadía de ella lo sorprendió. No podía ser que la chica estuviera volviendo ya a la muerte. Un escalofrío le bajó a Rom por la espalda.

—Feyn, hay algo más. No tuve una porción completa de sangre para darte. Los efectos podrían ser más fugaces contigo que con los otros.

—Entonces es verdad. La humanidad vuelve a la muerte, la cual se ha convertido en su estado natural. Este cuento de hadas fue real por un día. Una hermosa mañana de intoxicación —declaró ella, mirándolo con una sonrisa triste—. Una parte de mí quisiera ahora nunca haberla experimentado.

—No es un cuento de hadas.

—Por supuesto que no lo es. Porque ¿qué tenemos? Una historia. Acerca de la vida. Acerca de la muerte. No tiene un final feliz.

—El niño, Feyn. Está el niño —recordó él—. Por eso estamos aquí.

—¿Cómo podría ser posible para algún niño asumir el poder? —objetó ella soltando una corta carcajada—. ¿Menos que un lisiado?

—¿Y si es de la realeza? ¿En línea de sucesión para el trono?

Rom bajó la mirada hacia el relato traducido en el suelo. Feyn había garabateado una nota al borde de la tela: *Niño. Sangre real. Nueve años de edad.*

—Sé de todo niño de la familia real que califica para la soberanía —objetó ella meneando la cabeza como si esto ya le hubiera pasado por la mente—. La lista es corta. Y además, los lisiados ya no existen. Los de la realeza nunca hubieran permitido vivir a esa clase de niño. Se supone que los nobles no nacen con defectos.

—¡Pero todo hasta aquí ha sido cierto! El relato de la sangre, el virus, la...

Rom se detuvo.

—¿Qué pasa? —preguntó Feyn.

Una imagen resplandeció en la memoria del joven, quien regresó rápidamente a donde estaba el pergamino original y lo agarró, quitando las piedras que lo mantenían alisado. Se habían ensimismado en el antiguo relato del primer custodio que se hallaba en el frente. Pero había más, ¿no es así? Unas pocas anotaciones escritas en la parte trasera.

—¿Rom? —indagó Feyn acercándose.

—¿Qué hay respecto a esto? —preguntó a su vez Rom dándole la vuelta al pergamino.

Las anotaciones en la esquina superior izquierda se habían desvanecido de tanto agarrarlo con la mano. Nombres. Fechas. Épocas. Trece en total.

Feyn le quitó el documento de las manos.

—¿Qué es?

—Anotaciones posteriores.

—¿Por qué no me hablaste antes de esto?

—Lo olvidé. Lo olvidé totalmente. Solo son fechas y nombres. Hasta donde sé, son de otros custodios o de fuentes confiables.

—Estos... —balbuceó ella revisando la lista—. Todos estos son séptimos, como yo. Conozco a todos estos. Mira, aquí está mi nombre: *F. Cerelia*.

—¿Séptimos?

—Los nobles nacidos más cerca a la fecha del ciclo de renacimiento: la hora séptima del día séptimo del mes séptimo cada doce años. El último ciclo elegible durante el reinado de Vorrin para escoger un soberano que lo sucediera comenzó hace nueve años. Mira, aquí está un séptimo de ese ciclo. Un candidato, básicamente, para mi cargo, excepto que nací más cerca de la marca en el ciclo anterior. Y como puedes ver, no hay un niño abisinio... —explicó ella y se detuvo, frunciendo el entrecejo.

—¿Qué pasa? —quiso saber Rom.

—Algo... Nuala, mi criada. Hace años me habló de un niño, un chiquillo de la familia real nacido con una pierna torcida, aunque yo lo descarté como un cuento de esposas temerosas —confesó Feyn meneando la cabeza—. En cualquier caso, lo mataron inmediatamente.

—¿Por qué ese niño no está en esta lista?

—Como dije, se supone que los nobles no nacen con defectos. Es una terrible vergüenza. Habrán quitado del registro principal de nacimiento el nombre del niño para que la noticia de su nacimiento se enterrara con el cadáver.

—Si viviera ahora, ¿qué edad tendría?

—Nueve —contestó Feyn después de titubear.

Se quedaron mirándose.

Un niño. De sangre real. De nueve años de edad.

—¿Y si no está muerto? —inquirió Rom mirándola.

Feyn permaneció en silencio.

Capítulo veintisiete

—AVRA, ¿VERDAD? —PREGUNTÓ SARIC bajando la mirada hacia la joven arrodillada.

—Mi señor.

Solo minutos antes le habían informado que debía arrodillarse, que ahora Saric era soberano en lugar de su padre. Y a pesar de que esto la había sobresaltado por completo, el temblor que ahora sentía en las manos no era de temor... al menos no por lo que podría sucederle.

Sino porque podría fallar en su misión.

Le habían negado la entrada a Triphon, pero ahora nada podía él hacer. Todo dependía de ella, y Rom era ahora lo único que importaba.

Había dos individuos en el aposento, uno de ellos vestido con más elegancia que el otro. Esta era la primera vez que Avra miraba directamente a los ojos a Saric, hijo de Vorrin. Moreno y hosco, el hombre que caminaba a su alrededor y que le había dicho que se pusiera de pie no se parecía en nada a su hermana.

Avra se había desabotonado el abrigo, el cual estaba abierto al frente, dejando ver uno de los más elegantes vestidos de Neah. Sin embargo, ella se sintió común y corriente en comparación con el siniestro esplendor de este lugar, del soberano mismo.

—Usted dice que viene con cierta clase de información —declaró Saric dejando la boca ligeramente abierta, pasándose la punta de la lengua contra los dientes mientras la miraba.

—Así es. Respecto a los custodios. Tengo sus secretos.

Saric lanzó una mirada al otro hombre, quien permanecía callado. Su mirada era penetrante.

—¿Y qué secretos son estos?

—No he venido a ofrecérselos de forma gratuita —advirtió ella.

—Ah, desde luego —concordó él, inclinando la cabeza—. ¿Y qué pago está buscando?

—Los compartiré a cambio de un hombre en poder de usted.

—¿Por qué cree que tengo a alguien en mi poder?

—Sé que así es.

—Entonces infórmeme, por favor: ¿qué hombre es este?

—Rom Sebastián. Fue capturado aquí anoche.

—Rom Sebastián —repitió Saric tocándose el labio inferior—. Él es... un artesano, creo.

El corazón de Avra había estado martillándole lentamente las costillas. Ahora sentía que el golpe era como el de un pico.

—Sí.

—Digamos que tengo a este hombre. ¿Qué es para usted? Obviamente se ha arriesgado mucho al venir aquí.

Las manos de Avra estaban heladas.

—¿Importa? La libertad de él es lo único que pido a cambio de información. Los custodios, creo, son un grupo de interés para usted.

—Y ahora tengo al último de ellos en mis calabozos. No estoy seguro de que en realidad usted me pueda ofrecer algo más. Siento que haya perdido su tiempo.

Avra debió esforzarse para respirar contra la faja invisible que le contraía los pulmones.

—El hombre que usted mató en el callejón —expresó ella rápidamente—. Puedo decirle qué contenía el paquete que él llevaba. Todo.

El soberano hizo una pausa.

—Yo ya sabía que él llevaba la sangre —informó el hombre, girando y examinando a Avra, fijando la mirada en el sencillo amuleto en la garganta de ella—. Este artesano, Rom. ¿Es su hermano?

—No.

—¿Su esposo?

—No —negó ella después de vacilar por un instante.

—¿Qué temor motiva entonces esta petición?

—Ningún temor.

—¿Qué entonces? —exigió saber Saric—. ¿Por qué me ofrecería usted estos grandes secretos... sean lo que sean? ¿Por qué?

—Por amor —susurró Avra.

Las pulsaciones de Saric aumentaron.

Amor. El misterio. La adrenalina le inundó las venas.

Era evidente que la mujer era común y corriente. Sus aretes de perlas eran quizás lo más valioso que poseía, si es que eran suyos. Tenía la piel demasiado opaca, pero aun así era atractiva. La nariz pequeña y los labios que formaban naturalmente un mohín tenían cierto atractivo. Era al menos tan hermosa como la mayoría de las concubinas que él había tenido.

Pero lo más intrigante de todo es que esta muchachita acababa de hablar de una emoción que no le correspondía sentir.

A menos que...

Saric miró a Corban, quien analizaba a la joven desde donde se hallaba.

—¿Qué opinas de esto? —inquirió él señalando con la cabeza en dirección a ella.

—Sabemos que el amor existía en el Caos —contestó el alquimista con un poco de escepticismo—. Una emoción fuerte que impulsaba a las personas a realizar acciones insensatas. En la era del Caos se consideraba la más elevada emoción, aunque era la menos estable.

—Continúa —pidió Saric al alquimista, pero mirando a la muchacha.

—Su efecto era un tema favorito para escritores y compositores de la era del Caos —siguió diciendo Corban—. Creemos que en realidad cambiaba la química cerebral de quienes la experimentaban.

Saric había cambiado su química con el fin de sentir. ¿Qué era esta sensación que cambiaba el cerebro? Podía oír la rápida respiración de la chica, podía olerle la piel... el sudor que producía. Él sintió que la presión sanguínea se le aceleraba. Había algo distinto respecto a esta joven; era muy pequeña para su gusto, y poseía solo una belleza sencilla, y sin embargo...

Ella amaba.

Esta mujer debió de haber bebido la sangre. Si los rumores eran ciertos, quería decir que esta criatura estaba más viva que cualquier mujer con quien él se había topado. Quizás aun más que el mismo Saric, dejándolo en comparación como un impostor.

—¿Por qué yo no he experimentado esto? —inquirió Saric.

—Como he explicado, el suero solo produce ciertas emociones —respondió Corban después de dudar.

—Llamas inestable al amor, pero a ella se la ve... —masculló Saric sin encontrar la palabra para describir a la joven—. Equilibrada.

Corban se quedó en silencio.

Traicionar la incertidumbre que remordía la mente de Saric sería un disparate. Un súbito y abrumador deseo de experimentar a esta chica le llenó las venas. Deseo de saborearla, de unirse con esta mujer que había tomado la sangre.

—Es evidente que usted está asustada. Y sin embargo, está aquí —expresó Saric, dejando de mirarla, extrañamente nervioso por la mirada fija de ella—. Estar dispuesta a hacer lo que sea por un hombre... no tiene sentido. A menos, desde luego...

Hizo una pausa para volver a mirar a la mujer.

—...que usted haya bebido la sangre del custodio.

La mirada de Avra fluctuó rápidamente entre Saric y Corban.

El soberano dejó que su vista reposara en las manos de ella. Uñas cortas y dedos sin adornos y delicados... cuán pequeños y delicados. Pero en este instante ella quizás era la chica más poderosa en el mundo de él. ¿Sería posible que esta muchachita supiera eso?

—Sí —contestó Avra con voz melodiosa, como si susurrara en las tinieblas—. La bebí. Tanto Rom como yo. La bebimos, y nos ha dado poder. Juntos hemos descubierto cosas que usted nunca verá o sentirá.

Saric observó el movimiento del abrigo de ella cayéndole sobre los hombros estrechos, y la manera como le oscilaba contra las caderas. La forma en que tenía el vestido atado al cuello, la caída de ese cabello oscuro. Totalmente hermosa y sin embargo común y corriente por entero. Pero le sería muy difícil encontrar a Feyn tan fascinante como esta chica en este momento.

Feyn.

A Saric le ofendió la ansiedad que le produjo el solo hecho de pensar en su hermana. Era algo muy cercano al temor que había conocido toda la vida. Seguramente, ese Rom de ella se había llevado a Feyn. Pero esta mujer que tenía delante arriesgaría su propia vida porque creía que Rom se hallaba en los calabozos.

¿Cómo sería tomar a esta mujer; alimentarse de su vida, abrumarla con la propia vida de él? Si a Saric le atraía tanto la sangre de la chiquilla, sin duda ella estaba igual de desesperada por él. El hombre había visto la mirada de deseo en los ojos de más mujeres que ningún otro varón en este planeta. ¿No tenía ella ahora esa misma mirada en los ojos? Al haber despertado recientemente, la joven no podía renunciar a su propia necesidad de ser deseada.

Le sostuvo la mirada. Incitándola.

—Rom recibió la sangre del anciano en el callejón —anunció él—. Me dijeron que había suficiente para cinco personas. Supongo que Neah también la tomó.

Un destello en los ojos de Avra.

—¿Cree usted que no sabíamos quién le permitió a su muchacho la entrada en la Fortaleza la noche en que desapareció mi hermana?

Ella no dijo nada.

—Y el cuarto... ¿este guardia con quien usted vino?

—Lo encontré fuera de la Fortaleza camino a sus clases, y lo convencí de que me escoltara hasta adentro —informó ella.

—Por tanto, quedan dos porciones —declaró Saric, y miró a Corban más allá de ella—. Dime, Corban, ¿por qué no podemos simplemente usar la sangre de esta mujer?

—Sería como tomar la sangre de alguien en medicación y esperar que esta sanara una enfermedad —contestó el hombre—. No sería suficiente. Usted necesitará la sangre original.

—¿Ve usted? —objetó Avra—. Yo tengo la sangre que usted está buscando. Deme a Rom y le daré lo que usted quiere.

—La sangre, sí, por supuesto. Su muchacho no la tenía consigo cuando lo agarramos —engañó Saric, preguntándose si la joven podía leerle las mentiras, siendo que ahora era una criatura tan parecida a él—. Pero es más que sangre lo que me interesa aquí.

Avra no pestañeó, no titubeó, no mostró ningún indicio de preocupación ante la obvia insinuación del gobernante. Por unos instantes, le devolvió la mirada del mismo modo, sea considerando la sugerencia u ocultando su propio afán por aceptarla.

La tensión entre ellos endureció las pulsaciones de Saric.

—Evidentemente —expuso ella—. Pero necesito a mi muchacho de vuelta.

Algo no estaba bien. Avra había venido aquí dispuesta a usar cualquier medio necesario para obtener la libertad de Rom. Desde el principio había sabido que sus decisiones estaban motivadas por las recién descubiertas emociones que le corrían por las venas. Estas, igual que una droga, la presionaban a comportarse sin lógica... o a no tener ninguna consideración por su seguridad personal.

Salvaría a Rom o moriría en el intento. Ella lo sabía.

Pero no había sabido cómo esa emoción influiría en ella al encontrarse en compañía de otro hombre capaz de desearla. En especial un hombre tan poderoso como Saric. Ella había contado con que él la enervara. Y así había sido. Se sentía atraída hacia él.

Avra detestaba la manera en que el hombre la miraba... la forma en que la recorría esa mirada... la sangre negra debajo de la piel delgada del sujeto, la suavidad de su cabello. Pero también encontraba todo eso poderosamente atractivo.

Ella, la muchachita que se había escondido del Orden durante tantos años, ahora estaba dominando a uno de los nobles más poderosos del mundo. Saric la deseaba, lo podía ver en esos ojos. Ella ni siquiera había levantado la mano y él no podía apartarle la mirada.

¿Qué se sentiría al tener los brazos de él alrededor? ¿Oírlo susurrarle su afecto?

En el momento en que el pensamiento le llegó, Avra lo desechó.

—Usted tendrá de vuelta a su muchacho —replicó Saric—. Tan pronto como yo tenga lo que deseo.

Entonces desvió la mirada hacia el cuerpo femenino.

—Pero primero dígame algo acerca de los custodios.

—Ya le dije...

—Me ha dicho que tiene los secretos de ellos. Y parece que ya ingirió uno. Pero necesito más.

—¿Más?

—Más —repitió él con una sonrisita de complicidad retorciéndole los labios.

—Le puedo contar acerca de los métodos que utilizan.

—Pero resulta que yo conozco los métodos de los custodios. Tal vez más que usted. Los hemos rastreado durante siglos, desde su formación. Matamos al último de ellos justo hace unos días, sin contar a este sujeto llamado Libro en mis mazmorras. Así que usted no me dirá más que eso.

Si Avra pensaba demasiado, el miedo la atraparía. No se podía dar ese lujo.

—La vida corre descontrolada por mis venas —advirtió, acercándose más, haciendo a un lado su terror—. Ahora mismo. Es vibrante. Bulle. Lo siento *todo*.

Saric no dijo nada. La joven creyó que se debía a que él había quedado atrapado bajo el hechizo de ella.

—¿Ha estado alguna vez con una mujer que ha consumido vida y amor?

—Dígame dónde encontrarlos —pidió él acortando la distancia que los separaba y acariciándole la mejilla con el pulgar.

Las palabras de él le resonaron en la mente como una campana. ¿Encontrar*los*? Él acababa de decir que había matado a todos los custodios.

—¿Encontrar a quiénes? —preguntó ella.

Los dedos del hombre jugaban con el lazo que ajustaba el vestido alrededor del cuello femenino. Lo soltó, y el borde del vestido se deslizó hacia un costado.

Avra no recordó sus quemaduras hasta que el sujeto le desnudó el hombro. La mirada de él centelleó, y luego se quedó petrificado por la cicatrizada piel.

Durante una insufrible inhalación, Saric quedó paralizado, levantando la mirada hasta los ojos de la joven. El rostro se le transformó en una máscara de ira. Levantó la mano sin previo aviso y la abofeteó con la palma abierta.

Avra se tambaleó, jadeando.

La habían engañado.

Saric no tenía a Rom, ¿verdad? Él estaba buscándo*los*, y uno de *ellos* era Rom.

—No tengo a su despreciable hombre —dijo bruscamente Saric—. Ese tipo raptó a mi hermana, la futura soberana.

—Me ha mentido —expresó ella jadeando.

Eso fue lo único que le vino a la mente desesperada. Se inundó de vergüenza, humeante y caliente.

—Usted es deforme —manifestó con brusquedad—. ¿Es así todo su cuerpo?

—No.

Saric la miró como tratando de decidir si su deseo por ella se había mitigado. Giró sobre sus talones y se alejó a grandes zancadas.

—Pasen la voz por cada radio, cada periódico, cada puesto de avanzada y cada ciudad en doscientos kilómetros a la redonda. Digan esto: *Rom. Devuelva en veinticuatro horas lo que se llevó o matamos a Avra.*

Corban asintió con la cabeza.

—¿Qué hay con respecto a la muchacha? —preguntó.

—Que la lleven a mi recámara privada.

Capítulo veintiocho

Y A NO TENÍAN AGUA ni alimentos. Pero cuando Feyn y Rom cabalgaban hacia el puesto de avanzada más cercano en medio de la oscuridad del lugar, la fatiga, la sed y el hambre eran las últimas cosas que la joven tenía en mente.

Rom estaba sentado detrás de ella, con los brazos a su alrededor. La mujer se inclinó otra vez contra el pecho de él y cerró los ojos. Casi podía imaginar que era otro día en otro mundo. Que este vestido roto era el único que poseía. Que no era la futura gobernante, sino la gitana más rica del mundo, con arbustos y anémonas como su alfombra, y estrellas como sus joyas nocturnas.

Casi.

Allí estaba Bizancio, esperándola. Una capital muerta para un mundo muerto. Feyn se estremeció. Los brazos de Rom se ciñeron alrededor de ella.

Y luego estaba la realidad de que los dos pensamientos juntos la debieron haber hecho llorar.

Pero no fue así.

Primero había sentido que sus emociones se comenzaban a desvanecer, tres horas antes, cuando ella y Rom decidieron que debían regresar y que Feyn no iría a su hacienda, sino que regresaría a la ciudad. La futura soberana se había preparado para liberar al custodio llamado el Libro y ayudar a ocultarlos a él y a los amigos de Rom en las afueras de la ciudad, donde estarían a salvo por el momento. A salvo, sí, pero lejos de ella. Los ojos de Rom mostraban gran esperanza cuando ella manifestó esto, y aunque Feyn había creído que se trataba de algo hermoso solo unas cuantas horas antes, ya no podía recrear ese sentimiento.

Algo cambiaba a toda prisa. ¿Estaba realmente dispuesta a arriesgar tanto por liberar al custodio y sacar a la luz a este niño, suponiendo incluso que existiera y que pudiera localizársele?

—¿Rom?

La mejilla de él rozaba la de ella mientras el caballo se movía debajo de ambos.

—Estoy perdiendo esto —anunció ella—. Me está abandonando.

Él no contestó nada. ¿Qué podría decir? Giró hacia arriba una de las manos que la abrazaban, contra la cual Feyn puso la suya, apretándola.

—¿Significa esto que estoy muriendo?

—Si lo que leímos es exacto, ambos estamos destinados a morir otra vez. Solo es cuestión de tiempo. La diferencia es que lo sabemos.

—Me pregunto qué pensaré acerca del amor, habiéndolo conocido —comentó Feyn volviendo el rostro todo lo que pudo, mientras Rom la oprimía contra él—. Prométeme que no dejarás que olvide cómo fue aquella sensación.

—¿Qué parte? —susurró él.

—Todo. Amor. Gozo. Esperanza. Tristeza. No dejes que olvide cómo fue estar viva, aunque solo fuera durante un día. Prométemelo.

El joven no respondió inmediatamente.

—¿Temes que llegues a olvidarlo?

Ella miró el horizonte. Atemorizada. Pronto eso iba a ser lo único que sentiría.

—Me está abandonando, pero no quiero que el recuerdo también me deje. No quiero olvidar. ¿Es demasiado pedir?

—Por supuesto que no. Lo prometo —afirmó él oprimiéndole la mano alrededor de la de ella.

Feyn supo que él lo dijo por hacerla sentir mejor. Pero cuanto más se desvanecía la tarde, menos necesitaba las certezas que él le ofrecía. La joven ya no estaba tan segura de por qué era importante recordar.

Lo cual solamente la angustiaba... si bien menos que antes.

Estoy muriendo.

Feyn cerró los ojos y pensó en la calidez de Rom detrás de ella. El sol en el rostro, ahora más débil, a través de las nubes. La piel sin duda estaba más enrojecida de lo que la había visto en años. Pensó en las anémonas como gotas de sangre sobre el montículo.

Sangre. Sangre. Mucho hablar de sangre.

Ahora sentía lejano todo eso. ¿Había realmente bailado con Rom entre el césped en medio del éxtasis de la jornada? ¿Le había besado los labios y se había sumido personalmente en la maravilla que experimentaron?

Cuando ella tenía diecisiete años, un alquimista le había curado un hueso roto después de haberse caído del caballo. Para ayudarla con el dolor le había dado medicina, la cual le produjo un entumecimiento en la cabeza que le quitó por completo ese sufrimiento.

Feyn sentía ahora la misma ambigüedad. Insensibilidad después de un sueño lejano.

El puesto de avanzada hacia el que estaban cabalgando apareció ante la vista, con luz de la lámpara brillando en su única ventana. Pronto Rom dejaría la ciudad, quizás para nunca regresar.

—Este niño —expresó Feyn—. ¿Qué pasaría si en realidad estuviera vivo?

—No lo sé. No sé lo que pasará entonces. El custodio dijo que lo encontrara...

Ella emitió una corta risa, sin alegría.

—¿Qué pasa? —inquirió él.

—El custodio habló de hallarlo, y el pergamino habla de que él debe llegar al poder. Te das cuenta de que eso es imposible, ¿verdad?

—¿Qué quieres decir?

—Nací a segundos de la hora séptima. Estadísticamente es casi imposible que, de haber existido, el niño naciera más cerca de la marca que yo. Si así fuera, él sería en el mejor de los casos el siguiente en la línea.

Rom inclinó la cabeza, pensando en esas palabras.

—*Si* realmente nació y *si* aún vive, y está suficientemente cerca de la marca para ser el siguiente en la línea sucesoria... sería imposible que llegara al poder.

—¿Por qué?

—Porque yo tendría que morir antes de mi próxima toma de posesión. Solo entonces el gobierno pasaría al siguiente en línea. Pero una vez que me convierta en soberana, se volverá a calcular la sucesión según los ciclos de renacimiento dentro de mi reinado. Y solo una nueva serie de candidatos será elegible para sucederme. Por ende, yo tendría que morir físicamente...

—No digas eso.

—Estoy diferenciando. Porque en cierto sentido ya estoy muriendo.

—No estás muriendo.

Pero lo estoy. Siento que la vida se me está escapando. Y además puedo sentirla un poco menos...

—Como soberana podrías cambiar la ley.

Pero ella sabía algo que Rom ignoraba: El senado nunca permitiría eso.

—Quizás —fue lo único que Feyn dijo, y después continuó—. Creo que ahora puedo comprender más que antes el atractivo del Orden de Sirin. Con la carga de la emoción, se resiente la lógica.

—Así dicen los muertos —comentó Rom.

—¿Te estás burlando ahora de mí?

—Desde luego que no. Tú has conocido la vida.

—Sin embargo, estoy muriendo, Rom. Tomé menos sangre que tú, y ya se me está acabando el efecto. Ya no siento la alegría ni la tristeza de esta mañana. Piensa en ello: todo un mundo de difuntos que no saben que están muertos. Perdidos al amor. Perdidos a la belleza. Como cadáveres andantes. Pero ahora esto apenas ni me parece triste.

Feyn se puso en la cabeza una de las harapientas bufandas mientras se acercaban al puesto de avanzada. El mundo no debía saber, no tenía que saber, que su futura soberana había desaparecido. Sin duda, su padre y su hermano habían hecho todo lo posible para proteger al mundo de la noticia de esta ausencia. No estaría bien tener a las masas en un estado resaltado de temor.

El puesto de avanzada era una construcción pequeña que solo ofrecía suministros sencillos: comestibles no perecederos, agua y algunas medicinas.

Feyn comprendió que no tenía medios para comprar algo como cualquier plebeyo.

—No tengo dinero —comentó; ese fue un pensamiento extrañamente encantador que la hizo sonreír, aunque no como lo hubiera hecho antes.

—Por suerte tengo un billete de banco —comunicó él sonriendo.

Frente al puesto de avanzada había un canal de bombeo con agua segura y tratada. El caballo bajó la cabeza y bebió con avidez.

—¿Puedo confiar en que no irás a ninguna parte? —inquirió Rom después de desmontar.

—Sí. Sí puedes.

Le tomó menos de cinco minutos hallar lo que necesitaba.

Feyn estaba mirando en dirección a las nubes de tormenta sobre la ciudad, siempre dando vueltas como gallinazos grises, cuando Rom regresó corriendo del puesto. Tenía el rostro pálido.

—¿Qué? ¿Qué pasa? —preguntó ella mientras las antiguas y conocidas garras del terror se le apoderaban de la mente... sintiéndolas casi bienvenidas.

Rom sostenía un papel en la mano. Era un aviso público, elaborado con el sello de la Fortaleza. Lo habían hecho llegar a toda oficina gubernamental, puesto de avanzada y estación de transporte de la región para su inmediata publicación.

La piel de Feyn se le erizó ante el mensaje:

Este aviso va dirigido a quien huyó de la guardia de la Fortaleza, el delincuente Rom Sebastián. Devuelva lo que se ha llevado en el transcurso de veinticuatro horas. La vida de Avra depende de ello.

Sin foto. Solo esas lúgubres palabras en la página.

—Saric —susurró ella.

—¿Tu hermano? ¿Tiene a Avra? ¡Tenemos que ir! —exclamó Rom alargando la mano hacia la silla.

—¿Ir y hacer qué?

El desesperado joven se tiraba del pelo, yendo y viniendo. En cierto modo, ella se compadeció de toda esa angustia, y de este extraño amor que había asolado las mentes de ambos en el campo.

El joven miró a Feyn con desesperación en los ojos

—No sé. Pero tengo que ir —contestó intentando volver a montar detrás de ella.

—No, Rom —rebatió ella, desmontando.

—¿Qué estás haciendo?

Sí, ¿qué estaba haciendo? Se estaba muriendo, ahora lo sabía, y en cierto extraño sentido lo menos que podía hacer era darle la bienvenida a esa muerte. A pesar de la negativa de Rom de hablar claramente sobre las implicaciones de las palabras del custodio, Feyn no podía ignorarlas. La única manera de que ese niño llegara al poder sería que ella muriera antes de convertirse en soberana.

En las agonías de la vida, Feyn habría saltado desde un precipicio por amor. Ahora sentía esa pasión como algo vago y lejano. Sin duda la supuesta existencia de un niño, por romántica que pareciera, también era una idea absurda.

Pero Feyn no deseaba ver que le ocurriera nada malo a Rom. Ninguno.

—Saric te matará. Tú me raptaste. Eso es traición. No puedes regresar.

—Feyn... —balbuceó Rom, mostrando la más pura angustia en su mirada.

Él la ama.

—Toma el caballo —decidió ella.

—¿Y tú...?

—Conozco a mi hermano. Aunque te quiere a ti, más desea que yo regrese sana y salva. Yo llegaré hasta Avra.

Los ojos de Rom estaban llenos de incertidumbre. Feyn comprendía. A principios del día, él no pudo haberle confiado su propia vida.

—¿Cómo lo sé? —preguntó él.

—¿Dudas ya de mí?

—Dime, por favor, que aún crees en todo —suplicó él.

—¿En todo qué?

—¿Ves? —objetó Rom señalándola con una mano acusadora—. ¡Lo estás perdiendo! No solo tus emociones, ¡sino la razón que las acompaña! No son solo emociones lo que está en juego. La emoción trae consigo una nueva manera de pensar. ¿Ya no crees en eso?

Algo acerca del temor de él sonó a verdad.

—¿En qué?

—¡En el niño!

—No sé. Podría existir. De ser así, tú podrías ser el único que lo encuentre.

—¡Quiero decir que él está destinado a ser soberano! —exclamó él.

—¿Basado en un antiguo pergamino? Esto desafía todo, Rom —rebatió Feyn, asombrada de su propia duda; replanteó inmediatamente para no alarmarlo—. No estoy diciendo que no crea que de alguna manera el virus haya alterado a la humanidad, Rom. Es evidente que algo cambió en mí cuando tomé la sangre. Pero no puedo decir que crea que vayas a encontrar a ese niño. O que yo esté destinada a morir para que él pueda tomar el lugar que le corresponde.

—Nadie ha dicho que mueras.

—¿Cómo si no sucedería él a mi padre?

Rom no contestó ante esto.

—No importa —expresó Feyn apartando la mirada—. Lo que sí importa es que tú y yo compartimos algo que nunca olvidaré. Por eso te ayudaré a ti y tus amigos. Salvaré a Avra por ti. Veré que el custodio esté seguro.

—¿Y si encuentro al niño?

—Entonces que el destino siga su curso —concluyó Feyn encogiéndose de hombros.

Él la miró con el ceño fruncido, dejando ver en el rostro algo más: una verdadera sublevación de emociones. Desesperación. Pánico. Frustración.

—¿Rom? Te lo prometo. Ayudaré a Avra.

—¿Y luego qué? ¿Qué se supone que debo hacer?

—Aléjate. Ellos te estarán buscando, y yo no podré impedirlo inmediatamente. Sal de la ciudad. Encuentra un lugar seguro.

—¡Se supone que debo localizar al niño! No puedo simplemente esconderme por miedo.

—¡Entonces localízalo! —exclamó ella—. Pero debes entender que mi hermano no olvidará fácilmente lo que has hecho. La ciudad será un lugar peligroso para ti.

—¿Localizarlo dónde? ¡Feyn! —objetó él abriendo completamente los brazos.

Ella había cavilado en el asunto del niño mientras cabalgaban, y con cada paso se le había solidificado la certeza de que ese niño no podía existir. En realidad, ¿qué era el pergamino sino leyenda y mito? ¿Buenos deseos... falsa esperanza? La sangre probablemente era más un estupefaciente que verdadera vida. La religión había estado llena de tales afirmaciones. Quizás eso era lo que su hermano se estaba inoculando bajo la piel.

Y, sin embargo, solo una hora antes ella misma se lo había medio creído todo.

—La familia que tuvo al deformado infante... —comentó ella haciendo una pausa—. Creo que podrías localizarla.

—¿Cómo? ¿Dónde?

—No al niño, desde luego. Pero te dirigiré a la familia de la que habló mi criada. Anda en su búsqueda. Solo mantente alejado de la ciudad.

—¿Y Avra? —indagó él andando de un lado al otro con una mano en el cabello.

—Le haré saber que estás vivo.

—Dile que me espere. Ella sabrá dónde.

—Por supuesto —aseguró Feyn, aunque él no parecía muy convencido—. No te traicionaré, Rom. Te debo mucho.

—¿Por qué? ¿Qué he hecho además de secuestrarte? Pronto olvidarás todo esto.

—Por mostrarme amor, aunque fugaz, por distante que pudiera parecer —explicó ella alargando una mano hacia el rostro de él y brindándole una suave sonrisa.

¿Por qué decir esto la llenaba de tal recelo?

—Entonces no lo olvides —pidió él tomándole la mano entre las suyas—. Por favor, te lo imploro. Lo que compartimos fue real.

—¿Cómo podría olvidarlo?

Pero ambos sabían cómo. Y por eso era ella quien pronunciaba ahora palabras de consuelo.

Para el momento en que Feyn lo hubo encaminado y le hubo dado un último beso al caballo en el cuello, solo quedaba temor en ella, posándosele como una nube gris.

Así que esto es morir.

Feyn aún podía sentir la tristeza en los ojos de Rom tan claramente como si él la hubiera expresado.

Un hermoso día. Un día para la otra vida.

—Gracias Rom, hijo de Elías. Pronto nos volveremos a ver.

—Recuerda decirle a Avra que estoy bien —declaró él volviéndose en la silla—. Dile que me espere.

—Lo haré. Vete ahora —ordenó ella dándole una palmada a los cuartos traseros del corcel.

Feyn lo observó galopar hacia el este, preguntándose si alguna vez volvería a verlo. Era asombrosa la rapidez con que sus pensamientos habían cambiado. Las verdes colinas con sus flores esplendorosas parecían muy distantes.

La joven volvió la mirada hacia Bizancio, donde el mundo esperaba a su soberana. Su nombre era Feyn y gobernaría como nadie lo había hecho, con sabiduría y amabilidad como mandaba el Orden.

¿Y si Rom encuentra a este niño, Feyn?

Un ligero escalofrío le bajó por la espalda. Pero Rom no lo hallaría, porque no había ni habría otro soberano.

Capítulo veintinueve

EL AMANECER TUVO LA audacia de no traer a su hermana o al intruso Rom Sebastián, sino luz débil e inútil.

A dos días de la toma de posesión.

Saric se paseó majestuosamente ante la gran ventana de la oficina del soberano, echándose hacia atrás el cabello suelto. Por orden suya, no se había hecho pública la noticia de la muerte de Vorrin. Pero por supuesto, Pravus sabía. De alguna manera siempre sabía. Y había visitado a Saric algunas oscuras horas antes.

La amenaza tácita de la llegada de este personaje a la Fortaleza había perturbado en gran manera a Saric. Pero no tanto como verlo aquí en persona.

—Me aseguraste una sucesión tranquila —había dicho el encapuchado alquimista; su silencio, más que su amenaza implícita, había producido malestar en el soberano.

—Y así será

—No lo será si primero tenemos que lidiar con la muerte de Feyn. Y tan rápidamente seguida de la de Vorrin. El senado tiene todo el derecho de exigir una investigación.

—¿He fallado ya para que vengas a reprenderme?

No había dormido ni se había bañado desde la visita de Pravus.

Ahora se quedó mirando la cara impasible de la capital, preguntándose si realmente podría ver desmoronarse su reinado como una mole de arena bajo una ola.

El mensaje había llegado, como sabía que iba a suceder: una nota urgente de Rom, el patético amante de la cicatrizada Avra.

Feyn por Avra. Libérela, y la soberana será suya.

Eso era todo.

¿Qué debía hacer, entregarla sin ninguna garantía de que acabaría recibiendo a Feyn? ¿Por quién lo había tomado?

Y sin embargo, ¿qué alternativa le quedaba?

Había expulsado al mensajero, se había enfurecido con toda la oficina, y había mandado a llamar a Corban, para luego hacerlo esperar afuera. La presencia del sujeto solo exacerbaba la propia frustración de Saric y la comprensión, más aguda que nunca, de que solamente él podía sentirse frustrado.

Pidió que le llevaran a la mujerzuela de Rom, pero una vez que la criada que la trajo los dejó solos, como le exigió, descubrió que casi no podía mirarla. La chica tenía el cabello desgreñado y ya no usaba abrigo. Los ojos estaban rojos e hinchados. Había marcas irritadas por arriba y por debajo de las ataduras que aún tenía en las muñecas. La habían atado a una de las patas de la cama, sin duda. Las infames cicatrices contra la clavícula eran visibles en la pálida luz que traspasaba la ventana, y peor aun, parecían danzar en la serpentina luz de los faroles en sus elevados soportes. ¿Qué estaba pensando él al haberla enviado a su recámara? Nunca hubiera podido desearla.

—Bien. Tu hombre luchó por ti —anunció él, tuteándola.

—Por supuesto que lo hizo —susurró ella.

Saric no pudo soportar la absoluta convicción en la voz de Avra. Se le acercó y la agarró del cabello.

—¿De veras? ¿Y también es amor que si no recibo a mi hermana, tu amado te habrá condenado a muerte? ¿Que morirás por su culpa?

Salpicó saliva en el rostro de Avra, pero ella tenía la mirada descaradamente fija en el hombre. El hecho de que no hubiera temor en esos ojos era el más grave insulto de todos.

Maldición, ella creía en este Rom. Lo defendería a costa de su propia vida.

Un solo manotazo dado con el dorso de la mano la envió volando por sobre el escritorio y la lanzó al suelo.

—¡Perra! ¿Es ese el gran secreto de los custodios, esta esclavitud a tu señor?

Saric se acercó al escritorio y agarró el cuchillo con que se abrían los sellos de cera en los documentos. Tomó a Avra por las muñecas, le cortó las ataduras y la dejó caer otra vez al suelo.

—Me repugnas. Pasaste la noche sola porque no me *atreví* a tomarte. Pero si no tengo de vuelta a mi hermana, la próxima vez te veré, y me complaceré contigo. Haré lo que se debió haber hecho el día que mereciste ese defecto. Cortaré esa piel retorcida y te aplastaré como a un insecto.

El furioso hombre llamó a gritos a los guardias. Estos llegaron y pusieron de pie a Avra, quien luchó para liberarse de los brazos que la asieron. La muchacha tenía el cabello alborotado y un irritado moretón ya le oscurecía la mejilla.

—Llévenla a la puerta. Libérenla. Váyanse, todos ustedes.

Cuando se hubieron ido, Saric aventó el cuchillo al rincón. Lo único que podía hacer era esperar. Por nada.

Feyn esperó encubierta, oculta en su vestido destrozado, hasta que vio que liberaban a una chica de pelo oscuro en la puerta. Esperó hasta que el mensajero que había enviado alcanzara a Avra y le entregara la nota con las palabras crípticas que decían simplemente: *Rom está bien. Espéralo.*

Avra era una muchacha hermosa, linda a su propia manera. Rom haría bien en conservarla.

Satisfecha, Feyn entró a la Fortaleza y se dirigió al palacio de gobierno. Empujó las enormes puertas de bronce, entrando a grandes pasos a las habitaciones de su padre.

Pero la figura que se volvió desde la ventana no era su padre, como ella esperaba, sino Saric. Y el hombre al lado del escritorio no era Rowan, sino el alquimista Corban.

—¡Hermana! —exclamó Saric, con los ojos abiertos de par en par.

Feyn pudo ver que él tenía el cabello desordenado, y oscuras sombras se le anidaban como moretones debajo de los ojos, incluso mientras estos examinaban el desaliñado estado de la futura soberana.

—¿Qué es esto? ¿Qué son estos harapos? ¿Te han maltratado?

—Estoy bien. Un disfraz para sacarme de contrabando de la Fortaleza.

—Gracias, Creador —clamó Saric acercándosele rápidamente—. Te aseguro que los guardias que estaban de servicio han sido sancionados y relevados de sus cargos. No tienes idea de la noche en vela que he tenido, ¡cómo temí por tu vida!

En realidad, Feyn nunca lo había visto en tal estado.

—Haz a un lado tu temor, hermano. Estoy bien.

—Cuando pienso en lo que esto nos pudo haber costado... —balbuceó él mientras le temblaban los dedos—. ¿Sabías que tuve aquí a una de las forajidas? La solté a cambio de ti. No tuve alternativa.

—Lo que importa es que estoy bien. Gracias.

—Ven. Debes dejarme que envíe por algo de comer. ¿Corban?

El alquimista abrió la puerta y llamó a un criado.

Feyn quería preguntar dónde estaba su padre... ahora más que nunca necesitaba su consejo. Pero Saric le tronchó los pensamientos.

—Tengo curiosidad por saber qué clase de demente, qué clase de lunático peligroso, captura a la futura soberana.

Feyn desvió la mirada.

Rom.

El nombre de él debió haberla hecho sonrojar. El recuerdo de besos, de todo eso hermoso más allá de la estructura de concreto de este mundo. Tristeza, al menos.

Ella no sintió nada más que un ligero pinchazo de temor por la seguridad de Rom. Pero ni siquiera dejaría traslucir esto.

—Como dices, hermano, se trata de un lunático, haciendo lo que le parecía correcto a su mente desquiciada. ¿Dónde está...?

—¿A dónde te llevó?

—Ha huido más allá de la ciudad —contestó ella dejándose caer en una silla que él le acercó, y solo entonces se dio cuenta lo cansada que estaba.

—¿Te habló de esta sangre que el tipo lleva de los custodios?

—¿Sangre? —inquirió mirándolo.

—La sangre que tomó de los custodios. ¿La viste?

—No sé de qué estás hablando —dijo ella.

—¿Viste algo como un documento? Algo muy antiguo. Podría no haber estado con la sangre.

El pergamino. ¿Cómo era posible que Saric supiera al respecto?

—Hermano, yo estaba temiendo por mi vida, raptada por un loco. Además, ¿crees de veras que él compartiría sus secretos conmigo?

—Por supuesto. Tienes razón —concordó él, mirándola por un instante más, y luego dirigiéndose al escritorio de su padre—. Voy a perseguirlos y matarlos. Esa se convertirá en mi única preocupación en estos pocos días que me quedan como soberano, aunque eso signifique que me abstenga de dormir, como lo hice anoche.

—¿Soberano? ¿De qué estás hablando?

Saric no respondió. Ni siquiera se volvió.

—¿Dónde está papá? —preguntó Feyn levantándose de la silla.

—Papá está muerto —contestó él firmemente.

—¿Qué? —exclamó la joven llenándose de temor como agua entrando a un aljibe después de una tormenta.

Saric se volvió lentamente hasta quedar frente a ella.

—Murió ayer, muy repentinamente. Fue una horrible impresión. Ni te puedes imaginar. Allí estaba yo, comiendo con él y...

El hombre apartó la mirada, como si su atención hubiera vuelto a vagar dentro de sus propios pensamientos.

—¿Padre está muerto? ¿Y *tú* eres soberano?

—Como lo requiere la ley. Solo hasta que tú puedas tomar el trono, naturalmente.

—¡No tienes ningún entrenamiento! ¡No estás cualificado! Una persona no puede convertirse en soberana sin años de preparación. ¡Esto es una insensatez!

—Sí, bueno, eso es lo que yo les dije... —explicó él, hizo una pausa, y continuó—. ¿Es así como piensas de mí? ¿Solo como un hermanito incompetente?

—¡No seas ridículo! ¿Qué has hecho que no sea regodearte en ti mismo? ¿En qué estaba pensando el senado?

—Ellos estaban pensando en ceñirse a la ley, al Orden al que tú misma juraste defender —expresó Saric mientras un escalofrío le helaba la voz.

Había algo con relación a los ojos de su hermano... destellaban.

Estaba furioso.

Enojo. Ira. Un día antes ella no lo habría reconocido. ¿Cómo podía él sentir estos celos y esta ira? ¿Sería posible que él también hubiera bebido la sangre?

—Dadas las circunstancias, debieron haber modificado la ley para permitir que alguien con experiencia, como Miran, tomara cartas en el asunto.

—Confía en mí, lo intenté —reveló él, mordiéndose la lengua—. Pero en el senado harán lo que mejor les parezca. Quizás si papá me hubiera nombrado director del senado no estaríamos en esta confusión. No somos más que figuras decorativas para cumplir sus órdenes. Tú también.

Por el rabillo del ojo, Feyn veía la mirada nerviosa del alquimista Corban. La manera en que estaba allí de pie, observando, sin decir nada. ¿No le parecía inoportuno eso al individuo? ¿Y dónde estaba Rowan?

—No busques a Rowan. Él fue el primero en dirigirme a la silla de soberano.

—La ley está hecha para apoyar el Orden, Saric, no la ambición de poder del ser humano.

—¿Ambición? ¿Y qué sabrías tú de ambición, hermana?

—Que está prohibida. Y sin embargo, vive de algún modo en tus ojos.

—Hay algo diferente en ti —exteriorizó él mirándola de un modo extraño.

—¡Acabo de saber la noticia de la muerte de mi padre! —exclamó Feyn caminando hasta el centro del salón, y volviéndose hacia el alquimista—. Además, ¿quién es este, tu líder del senado ahora? Tú. ¿No tienes nada que decirle, Corban?

Una pavorosa zozobra se apoderó de ella, un creciente tormento en el estómago.

—Es la ley, señora.

—La ley no lo es todo. El senado se ha vuelto miope. Más que nadie. Rom tenía razón, ¡hasta su niño sería mejor para reemplazarme que cualquiera de ustedes! ¡El destino no es algo con lo cual jugar!

—¿Niño? —preguntó Saric, que se había puesto rígido—. ¿Qué niño?

Feyn había hablado demasiado. Cualesquiera que fueran sus temores, no quería que su hermano, ahora soberano con muchísimo poder, ampliara su cacería por Rom.

—Nada más que un rumor —explicó ella rechazando la idea con un movimiento de la muñeca y alejándose—. Yo solo estaba haciendo una observación.

—¿Qué rumor? —presionó Saric caminando hacia su hermana—. El siguiente séptimo es una chica de tu misma edad.

Ella lo miró. La curiosidad de él en el asunto era sorprendente. Desconcertante. Dos pensamientos se le enfrentaron en la mente. El primero era que ella tenía razón. Él estaba lleno de ambición. Es más, su hermano había estado tratando de echar mano a este poder durante días, semanas... tal vez más tiempo.

El segundo pensamiento fue que tal ambición solo podía venir con el mismo veneno que la había hecho levantarse.

—Como tu soberano, te *ordeno* que me hables de ese niño —decretó Saric con el rostro ensombrecido.

—¡No *hay* ningún niño!

—¡Dímelo! —le gritó él.

—Has tomado la sangre, ¿verdad? —objetó ella, mirándolo de frente.

—¿Sangre, hermana? —preguntó Saric parpadeando después de un repentino silencio.

—La sangre de la que me hablaste solo días atrás en mi recámara. ¿Pero cómo?

—¿Sabes lo que pienso? —exclamó él con expresión enérgica—. Creo que me estás mintiendo. Creo que te fuiste voluntariamente con ese artesano y que ahora conspiras para deshacer lo que ha sido hecho por ley.

Entonces él se le acercó más.

—Mi propia *hermana*, quien será mi sucesora en el trono, ¿me está *desafiando*?

Saric mostraba una tenebrosidad en los ojos que ella nunca antes le había visto.

—Solo estoy preocupada por ti —declaró ella dando un rápido paso atrás.

—Me lo vas a contar todo —gruñó Saric—. ¡Todo o juro que te lo arrancaré!

Otro paso atrás, motivado por el temor de que él no se quedara solo en palabras.

—Saric, por favor. ¿Qué ha pasado...?

La mano del hermano centelleó y la golpeó en la cara. Feyn tropezó con el escritorio de la secretaria. El bolsillo se le atascó en la esquina y se desgarró. La joven perdió el equilibrio y cayó al suelo.

No habría más fingimiento. No más complacencia. Saric ya había apagado el fuego que una vez Feyn encendiera en él, quien había sido un colegial que la miraba como lo hacía el resto del mundo.

Ahora Saric sabía más.

—¿Cómo te *atreves* a golpearme? —desafió ella con los ojos abiertos de par en par, llevándose una mano a la mejilla.

—¿Cómo te atreves a burlarte de tu soberano?

—¡Soy tu hermana!

Feyn se puso de pie pasándose la mano por la cara. Un pedazo de tela rota cayó de su bolsillo desgarrado y se posó suavemente en el piso. Estaba cubierto de tinta.

Los ojos de la mujer se dirigieron hacia abajo y, por esa simple mirada de terror, Saric supo que ella no había previsto que él viera esa tela.

Ella levantó la mirada hasta toparse con la de él, y lentamente bajó la mano.

—Me estás ocultando algo, hermana.

—Y tú estás actuando como un niño, hermano.

La voz de Feyn volvía a ser fuerte. *Aquí* estaba la mujer que tan fácilmente hacía acelerar el pulso de Saric. Era una lástima que debiera morir. Ella habría sido una compañía perfecta.

Saric avanzó y levantó el trapo con sus líneas escritas por puño y letra de Feyn.

—Solo es la leyenda de esos custodios —anunció ella—. Sus fantasías de derrocar el Orden en oposición a mí.

¡El pergamino! Esto tenía que ser del pergamino mismo. Y ella había negado la existencia del tal documento.

—No quiero molestarte con objeciones sobre mi derecho al poder, pero ahora tú lo tienes —expresó ella—. ¿Ves qué tonto eres? ¡Me golpeas tirándome al suelo cuando deberías estar pasándome la autoridad!

Saric apenas la oyó. Tenía la mirada puesta en el escrito en su mano.

En algún momento en el año nuevo del año 471... Las líneas de sangre deben converger para producir un niño, varón...

En este niño está nuestra esperanza. Es él quien recordará su humanidad, quien tendrá en sí la capacidad para la compasión y el amor. Y es quien debe abolir el Orden, las mismas estructuras que se levantan como una prisión alrededor del corazón humano. Es él quien debe ser llevado al poder para salvar al mundo.

Saric examinó rápidamente la traducción. En la esquina inferior habían hecho una anotación.

Niño. Sangre real. Nueve años de edad.

El pulso se le aceleró. Otra línea, al final del relato.

Encuentren al niño. Llévenlo al poder.

Un timbre le resonó en el cráneo. Así que había un niño. Levantó la mirada. Vio que Feyn lo estaba mirando con desaprobación. Pero entonces ella tendría... él acababa de perder el control de sí mismo. Y justo cuando era crucial que Feyn no lo viera como una amenaza para el poder de ella.

—¿No ves desafío para tu cargo en esto? —exigió saber Saric.

—Si así fuera, te lo habría mostrado inmediatamente. Pero me hallaba con ese desquiciado artesano. Si él hubiera pretendido algún mal para mí, ¿estaría aquí en pie y viva? Él deliraba con esta leyenda imposible, pero cuando se le hizo claro que yo no tenía nada que ofrecer me soltó y huyó, probablemente hacia los nómadas.

—Así que no ves base para la existencia de este niño, aunque esta anotación —alegó Saric, señalando las palabras en la parte de abajo— es de tu propia mano.

—Por favor. Él me obligó a transcribir las palabras de otro documento. Hice lo necesario para aplacarlo. Pero ahora tu comportamiento me tiene temiendo por mi vida. ¡En mi propia oficina!

Saric soltó una tranquilizadora respiración, ordenando sus pensamientos. Debía recuperar el terreno que había perdido ante su hermana.

—Perdóname. No puedes imaginarte cómo han sido las cosas desde tu secuestro. Por favor... perdí el control. Desde luego que eres la legítima soberana. Nunca sugeriría otra cosa. Pero papá rechazó mi solicitud de dirigir el senado, y ahora tú me tratas como un niño. No puedo soportar la idea de tu rechazo.

—Me sorprendes, hermano —manifestó Feyn observándolo por unos minutos, y brindándole luego una débil sonrisa de consolación—. Sinceramente, no creía que tuvieras agallas para el liderazgo. Quizás te he subestimado.

Las palabras de ella le sonaron a Saric como un tierno abrazo. Fue lo más hermoso que alguna vez le había dicho, aunque no estaba seguro de que su hermana misma entendiera del todo esas palabras. ¡Qué no daría él por gobernar con Feyn! Y por su afecto, podría renunciar a cualquier esperanza de poder.

Pero eso era imposible. Sin el suero, Feyn no era capaz de tal ambición, por atractiva que fuera la fantasía.

Por otra parte, el relato que ella había escrito no era una fantasía. Sin el beneficio de la sangre, quizás Feyn no podría entender la amenaza representada por la traducción del pergamino, pero él no tenía duda de que el secreto del custodio podría destruirlos a todos ellos.

—Tal vez nos hemos subestimado mutuamente —expresó Saric después de aclarar la garganta—. Para ser claros, ¿no ves ninguna amenaza de parte de este artesano o de lo que signifique la leyenda del custodio?

—No. Como dije, el hombre había perdido la cabeza. Lo motivaban el temor y sentimientos prohibidos. El veneno que toman los enloquece. La misma sangre que yo creí que estabas tomando, hermano.

Así era. Negarlo solo erosionaría la confianza de ella en él.

—Sí. Eres demasiado astuta. La tomé como una manera de entender la amenaza que ellos representan para el Orden.

—¿Y tu conclusión?

—Como dices, veneno —contestó él, frunciendo el ceño—. Aún persiste en mi mente. Pero tú has visto eso.

—Sí.

Un súbito pensamiento dio vueltas en la mente de Saric: *Y también te lo daría. Te mataré después de que subas al trono, pero no antes de que tu sangre arda con la misma pasión que la mía.*

Si él no podía tener el amor de Feyn, al menos tendría el deseo y hasta la ira de ella.

—Quizás tengas razón acerca de estos custodios, pero no podemos permitir que pase desapercibido ni siquiera el más mínimo peligro —opinó Saric dejando con mano inestable la tela sobre el escritorio.

—Estoy segura que tienes razón. Debí habértelo mostrado, perdóname.

—Estamos a días de la toma de posesión —expresó él—. No podemos arriesgarnos a ningún otro atentado a tu vida. Debes permanecer en tus aposentos bajo vigilancia completa hasta que te saquemos para que el mundo salude a su nueva soberana.

—¿Me estás poniendo bajo arresto domiciliario?

—No. Me estoy asegurando de tu seguridad. Es mi deber como soberano interino. Es habitual que al gobernador entrante se le aísle antes de la ceremonia. ¿Qué es una propiedad en el campo comparada con el palacio de la Fortaleza? Cualquier otra cosa estaría por debajo de ti.

Feyn se acercó a su hermano, ahora totalmente recuperada, la mirada firme en los ojos de él antes de bajarla hasta el pecho. La joven extendió una mano y le apartó un poco de pelusa del hombro.

—Lo hice, ¿no es así? —afirmó ella.

—¿Qué hiciste?

—Te subestimé.

Saric sintió ruborizarse. Disfrutaba tanto como despreciaba ese poder que su hermana tenía sobre el corazón de él.

—Tal vez papá también se equivocó —continuó ella—. El senado podría funcionar bien con un liderazgo nuevo. Este será mi primer decreto, hermano. Asumirás la dirección del senado el primer día de mi mandato.

Saric no estaba seguro de qué hacer con el ofrecimiento. Por una parte ese era un asunto en tela de juicio. Irónico al menos. Por otra, le daría más tiempo para facilitar su propio deseo. En cualquier caso, el hecho de que Feyn se le acercara lo inundó de una satisfacción sorprendente.

—Yo... no sé qué decir.

—Ni digas nada —dijo ella levantando la mano en dirección a él.

Saric le tomó la mano tiernamente entre la de él, inclinó la cabeza, y le tocó los nudillos con los labios. Y luego por capricho le giró la mano y le estampó un beso en la palma.

—Es honor mío servirte, mi hermana... mi soberana.

—Que así sea —expresó ella sonriendo con helada cortesía—. Pero si me vuelves a golpear haré que te ejecuten.

—Sí —asintió Saric devolviéndole la sonrisa; en ese momento supo que en realidad retrasaría la muerte de ella el tiempo suficiente para satisfacer los propios deseos que sentía por Feyn—. Por supuesto. Perdóname. En mi vida, nunca más.

Ella dio media vuelta y se dirigió aprisa hacia la puerta. ¿Había habido alguna vez una criatura más real?

—Ah, Saric... —balbuceó Feyn, volviéndose—. Haz que envíen al anciano custodio a mis aposentos. Me gustaría tener una conversación con él.

¿El custodio?

—No tengas miedo —siguió diciendo ella—. No dejaré que me taje la garganta. Pero quiero conocer por mí misma a este enemigo que representa tal amenaza para nuestro Orden.

Saric pensó que eso no causaría ningún daño. Feyn se había expuesto al pergamino y había salido bastante bien librada. De perdurar alguna amenaza a la supremacía de él, vendría de parte de la sangre en posesión de Rom. O de este niño del que hablaba el pergamino. El niño de la sangre alterada.

—Desde luego —aseveró él.

Feyn asintió con la cabeza una vez más y salió.

El silencio persistió en el ambiente como un perfume extraño y empalagoso.

—Corban.

—Señor.

Saric agarró la tela del escritorio, se la pasó al alquimista, caminando de un lado al otro mientras este la leía.

Cuando finalmente la mirada del alquimista se levantó, Saric le arrebató la tela.

—Dijeron que la séptima siguiente era una mujer del mismo ciclo de nacimiento que Feyn. Veintiún años de edad. Y que tras ella había un hombre de poco más de treinta años. Pero nada acerca de un niño. Dime que esto es una locura.

—No sé nada respecto de un niño.

—¿Y si lo hubiera? ¿Si el siguiente séptimo en línea sucesoria es un niñito?

—Podría ser investido a la edad de nueve años, pero debe señalar un regente que gobierne en su nombre hasta que cumpla... dieciocho —explicó Corban con los brazos cruzados—. Si muere antes de ser investido a los dieciocho años, su regente lo sucederá hasta que el siguiente séptimo se vuelva elegible. Si el niño no está investido, no se aplicaría la ley de transmisión de poder al soberano anterior, según la nueva ley suya.

—Y yo no me convertiría en soberano.

—Eso es correcto.

—¿Y si tanto el niño *como* el regente murieran?

—El gobierno pasaría al siguiente candidato elegible.

—Entonces, si este niño existiera de algún modo y se convirtiera en soberano en lugar de Feyn, estoy perdido.

—Suponiendo que...

—¡Sí, suponiendo!

—Pero seguramente el niño no existe. Y si así fuera, Feyn se interpone en su camino.

Así eran las cosas. La nueva ley solo se aplicaba a soberanos investidos por edad. Nadie había previsto la presencia, si es que existía, de un soberano que no hubiera llegado a la mayoría de edad. La nueva ley de Saric no se aplicaría.

El hombre levantó el puño y lo cerró como una jaula alrededor de la tela.

—¿Y qué hay con esta tontería de que el poder de la sangre se desvanece después de unos cuantos años? ¿Está eso de acuerdo con tus modelos? *¡No he oído nada al respecto!*

—Sí estaría de acuerdo con uno de nuestros modelos —respondió Corban respirando profundamente—. Pero no hay registros de...

—¿Por qué no me lo dijeron? —interrumpió Saric furioso.

—No lo creímos pertinente. Como dije, tal niño no existe.

El gobernante estaba temblando, descubriendo así que no podía controlar los espasmos de ira en los brazos ni el temor de que pudiera haber aunque fuera un susurro de verdad en las antiguas líneas del pergamino.

—Emitirás este decreto, por orden del soberano. Todos los niños de nueve años con sangre real deben ser eliminados inmediatamente.

—Señor... —objetó el alquimista.

—¡Todos!

—Me encargaré de eso —pronunció Corban más pálido que un momento antes, inclinando la cabeza.

—En cuanto a mi hermana... —dispuso Saric, mirando hacia las puertas cerradas—. Pon cuatro guardias a su puerta. Ella no deberá poner un pie afuera sin mi permiso expreso.

JONATHAN

Capítulo treinta

EL CABALLO DE ROM había dejado atrás todo menos los límites de la tormenta que soplaba al norte de la ciudad. Tanto Rom como el gran corcel pasaron la mayor parte de la noche en un cobertizo abandonado a varios kilómetros al este, mientras la lluvia golpeaba con fuerza sobre el techo y los rayos resquebrajaban el cielo. Allí obtuvieron una precaria paz. El animal comía pasto al borde del delgado techo del refugio; Rom mordisqueaba un pedazo de carne seca que había adquirido en otro puesto de avanzada. El joven había llenado la cantimplora y bebido con avidez, reseco y agotado después de dos días con poca agua y aun menos horas de sueño.

Feyn le había asegurado que liberaría a Avra, y él le creyó, pero su preocupación se negaba a calmarse. Tenía poca alternativa más que confiar en ella a pesar de la convicción debilitada que mostró. Con o sin sangre en las venas que le guiaran sus pasiones, la dama era noble hasta los tuétanos y seguramente no vería ningún valor en perjudicar a Avra.

Se dijo que si Feyn tenía un enemigo, era su propio hermano, Saric, o incluso el niño mismo. No Avra.

Unas cuantas horas antes del amanecer, Rom se quedó dormido. Lo despertó el relincho del caballo; al levantar la cabeza descubrió que había dejado de llover. Una débil luz iluminaba el cielo oriental cuando montó de nuevo y se puso en camino.

Fue hacia el noroeste de Bizancio, siguiendo una antigua carretera y girando por las colinas orientales. Le sorprendió la exuberancia que el terreno le ganaba al antiguo desierto. Por un momento hasta siguió una línea de árboles nuevos cerca de un sinuoso arroyo.

Una hora después encontró el antiguo camino que Feyn le había dicho que buscara más allá de las ruinas de un pequeño poblado. Los matorrales se habían apoderado tanto del destrozado sendero que a primera vista nadie habría notado aquella aldea. El camino debería dirigirlo a una parcela perteneciente a un miembro lejano de la realeza. Lila, le había dicho ella, si recordaba correctamente el nombre.

Ahora, con el sol de media mañana a sus espaldas, miraba fijamente la famosa finca. Se trataba de una pequeña casa de campo construida de piedras que parecían como si las hubieran traído del pueblo en ruinas. La rodeaban bastantes árboles, incluyendo algunos cipreses de color verde brillante, de modo que para cualquier persona de pie en el camino podía pasar totalmente desapercibida.

El joven condujo el caballo colina abajo y lo ató a un árbol cerca de la puerta frontal de la finca. Pero cuando la atravesó y tocó a la erosionada puerta de la casa se dio cuenta que no tenía idea de lo que debía decir.

La muchacha que abrió la puerta vestía con sencillez.

—¿Se le ofrece algo, señor? —preguntó ella como sobresaltada al verlo, posando la mirada más allá del semental.

—Vine aquí solo —informó Rom—. Estoy buscando a una señora con el nombre de Lila. ¿Se encuentra aquí?

La mirada de la criada era recelosa. Era una chica rubia y bonita, en el sentido en que el campo también lo era, tal vez de no más de diecinueve o veinte años.

—¿Y quién es usted? —averiguó ella.

—Vengo de la Fortaleza, por asuntos importantes. Dígale eso a la señora.

La chica volvió a mirar en dirección al caballo, y luego desapareció en el interior de la casa.

Un momento después volvió y lo hizo entrar.

—Por favor, señor, sígame.

Lo condujo por un pasillo con piso de madera hacia el patio cuadrado en el centro de la casa.

—Gracias, señorita...

—Bianca —contestó la muchacha, desapareciendo luego por una puerta lateral.

El diseñador del patio había tomado lo mejor de la región: flores, arbustos y un solitario y raquítico árbol de hoja perenne, disponiéndolo todo en ingenioso desorden a ambos lados de la senda que atravesaba por el centro. El jardín era pequeño, pero su apariencia natural, aun bajo el cielo nublado, ponía en vergüenza a la austera piedra de la Fortaleza.

Una mujer de más de treinta años entró al patio, con el largo cabello recogido en una burda trenza. Su vestido era tan parecido al de la criada que Rom creyó que podría tratarse de otra sirvienta, pero luego observó la trasparencia de la piel.

Nobleza. Familia real.

Aun así, era tan parecida a Feyn como un gorrión a un ave rapaz.

—Mi chica dice que usted ha venido de la Fortaleza. Soy Lila. ¿En qué le puedo ayudar, señor...?

—Elías —contestó él sin atreverse a usar su verdadero nombre, no después de que este había aparecido en los periódicos.

Aparentemente la mujer no lo reconoció. Quizás la gente del campo vivía fuera del alcance de la ciudad por buenos motivos.

—Sr. Elías. ¿Cuál es este asunto que lo trae por acá?

—He venido por solicitud de Feyn Cerelia.

La mujer se puso un poco rígida, pero a Rom no le pasó desapercibida aquella reveladora muestra de preocupación.

—¿Qué querría con nosotros la futura soberana?

—Me envió para encontrar a un niño. Un niño real.

Lila pestañeó, y luego meneó la cabeza.

—¿Niño? ¿Qué niño?

—No sé qué niño. Solo que...

—No hay ningún niño aquí, Sr. Elías. Siento mucho que haya tenido que venir tan lejos.

—Por favor —expresó él, sin poder ocultar el matiz de desesperación en la voz—. Usted no tiene idea de lo importante que él es. Si ha ocultado noticias de su muerte...

—No hay ningún niño, lo siento. Ahora, si usted...

—Mi señora. Yo sé. Sé que había un niño. Y debo saber si aún está vivo.

—Por favor, señor, ¡usted me ha dado un susto tremendo! No veo cómo decírselo de manera más clara. No hay ningún niño... no por muchos años ya. El niño que vivía aquí fue llevado a un centro de bienestar. ¡Por favor! ¡No es correcto hablar de ello!

—¿Hace cuántos años?

—Nueve —contestó ella después de vacilar—. Hace nueve años.

—¿Un centro de bienestar? —expresó él descorazonado—. ¿Cuál?

—¿Pretende usted hacerme hablar al respecto? —titubeó ella con ojos suplicantes—. Perdí también a mi esposo ese mismo año. Por favor. Dígale a la señora que no sé qué quiere con nosotros. Somos los más humildes de los miembros de la realeza, y leales al Orden.

—Lo siento muchísimo. ¡Pero debo saberlo!

—Somos muy sencillos, como usted puede ver por nuestros medios modestos. ¡Dígale por favor a su señora que somos súbditos leales! Que imploramos al Creador por ella. Pero por favor, déjenos ahora antes de que arroje más temor sobre mi pequeña casa. ¡Por favor!

Rom miró por sobre el hombro de la mujer a través de la entrada arqueada por la que ella había venido. La idea de dar media vuelta y salir de aquí sin una idea del paradero del niño era más de lo que estaba dispuesto a considerar.

—A Feyn no le gustará mi regreso sin el mensaje. Me envió aquí porque cree que el niño vive en secreto. Pero más que eso, ella cree que existe una amenaza para la vida de este niño, y que se le debe proteger a cualquier precio.

La mujer retrocedió un paso, ahora totalmente aterrada. Rom lanzó su última advertencia.

—Si regreso ahora y le digo a la soberana que el niño no existe, la vida de usted será investigada y examinada a fondo. Su casa será desmantelada. Cada detalle de su vida será explorado y escudriñado. Se abrirán los registros.

Lila lo miró fijamente.

—Feyn está tan empeñada en este niño que ha jurado encontrarlo, y es mejor que usted ruegue porque lo encuentre, puesto que como le digo, ella no es la única que lo está buscando.

—Ya le dije, señor, no existe ningún niño —susurró Lila.

—Ya lo veo. Entonces tendré que reportar que no lo he hallado —advirtió él dando media vuelta—. Usted puede esperar en las próximas horas otra visita de todo un contingente de guardias de la Fortaleza.

Rom pudo sentir la mirada en la espalda mientras caminaba hacia la puerta, aunque no tenía intención de irse sin saber la verdad. Puso la mano en la manija de la puerta, a punto de hacerla girar. Obligaría a la mujer si era necesario. Ya había secuestrado a la soberana... ¿qué era esto en comparación? De pronto ella gritó.

—¡Espere! —exclamó con voz entrecortada—. Oh, Creador, ayúdame... ¡Espere!

—¿Sí? —dijo él volviéndose.

Lila estaba temblando; los ojos le brillaban a la luz de la media mañana. El corazón de Rom se le desgarró por ella, una madre insoportablemente atrapada, no por amor, sino por temor. Una madre tan muerta como el resto del mundo.

—Por favor, prométame que lo que dice es verdad —pidió ella con el rostro contraído.

El joven juntó las manos como si estuviera orando.

—Si usted cree en el Creador, si cree que Feyn es compasiva, entonces créame cuando le digo que no he venido a lastimar al niño. Al contrario, creo que él podría ser el chico más valioso de todo el mundo. Por favor. Protegerlo es mi único propósito.

—¿El más valioso? ¿Qué quiere decir?

¿Lo sabía ella? ¿Podría saberlo?

—Usted debe dejarme verlo.

Ella vaciló.

—Sé que él está aquí ahora. Usted me ha dicho todo menos eso. Yo podría ser la única esperanza que usted tiene de salvar a su niño. Por favor, debo verlo.

Ese fue uno de los momentos más interminables en la vida de Rom, mientras la mirada de ella se posaba en el amuleto, luego en las manos, en los ojos, y después repetía el ciclo.

—Sígame —dijo finalmente.

Entraron a la casa, salieron por la puerta trasera, bajaron por un sendero hacia un gran patio alineado con cipreses. A estos los habían plantado y cultivado con tanto cuidado que, aunque deformes algunos de ellos, conformaban una barrera natural, una clase de jardín adjunto. Al final del camino, en una zona protegida por las ramas bajas de un árbol nudoso, había un banco, el cual Rom habría sido incapaz de ver desde la posición cercana a la casa en que había estado. Pero ahora divisó a una mujer sentada en un extremo, con la cabeza inclinada, observando... no a Rom ni a Lila, sino a un niño sentado con las piernas cruzadas bajo la sombra del árbol, de espaldas a ellos.

Rom se detuvo. Por un momento apenas pudo respirar. El niño era pequeño para su edad, ahora podía ver incluso eso. La atención del chico estaba fija en algo que tenía en las manos. El cabello era oscuro y sin nada especial. La piel...

El corazón de Rom le flaqueó. La piel del niño era oscura. Tono oliva. No la piel pálida de los nobles. ¿No era entonces miembro de la realeza?

Estaba vestido con una sencilla túnica y pantalones largos hechos de la misma tela de color claro. Tenía los pies descalzos.

—Ha estado enfermo desde que nació —expresó Lila al lado de Rom—. Alguna extraña clase de enfermedad congénita. Resultó ligeramente deforme.

—¿Tiene nueve años?

—Sí. Su nombre es Jonathan.

Así que él estaba lisiado. Esa parte era cierta en la predicción de Talus. Sin embargo, ¿dónde estaba la piel clara de los miembros de la familia real?

—Quizás no debí traerlo a usted aquí —declaró la mujer mirándolo, escudriñándole temerosamente la expresión—. Tal vez esto fue un error.

—No. Por favor —suplicó Rom pestañeando—. Solo me estaba preguntando... ¿Cómo lo mantuvo usted lejos del centro de bienestar?

—A su padre y a mí no nos gusta la ciudad. Las constantes tormentas me provocaban ataques de ansiedad. Así que decidimos venir a vivir aquí al interior. Pero entonces Talus cayó montando su caballo...

Rom se sobresaltó.

—Lo siento —manifestó, mirándola—. ¿Talus?

—El nombre de su padre era Talus. Es un antiguo nombre de su linaje.

—He oído hablar de ello —afirmó Rom con la mente confundida—. Usted dijo que él se cayó mientras montaba a caballo.

—Sí, fue poco después de que yo quedara embarazada, y como su brazo no sanó adecuadamente lo llevamos al centro de bienestar. Nunca regresó.

Era una historia similar a la de muchas personas.

A la de su propio padre.

—Me fue insoportable tener que volver. Cuando Jonathan nació vi que había algo malo y... ¿tiene hijos usted?

—No —contestó Rom meneando la cabeza.

—Entonces no puede saber el terror, el miedo *horrible*. Nos habrían culpado por traerlo a este mundo. Ya le he hablado de Jonathan, se lo he mostrado. He arriesgado todo. ¡Usted muy bien podría delatarme bajo los auspicios del código de honor!

Rom le tomó las manos.

—No tengo hijos, pero usted tendrá que confiar en que entiendo su temor —dijo él, y pensó en Avra, temblando la noche en que le pusieron vendas sobre el hombro—. El niño... ¿no hay registro de su nacimiento?

—Había, pero indicaba que el niño fue desechado. Reportamos su muerte y luego les dimos el frágil cuerpo de un niño común y corriente recién enterrado en un pueblo cercano. Apenas miraron el cadáver... solamente lo apartaron. Fue horrible. Y ahora vivimos en constante temor.

Feyn había insistido en que habrían cambiado el registro principal de nacimiento de cualquier lisiado, pero el hecho de que especificara «principal» debería significar que había otro documento. Si podían probar que el niño aún estaba vivo, y lograban mantenerlo lejos del centro de bienestar, el registro sería válido.

—¿Y la enfermera?

—Juré guardar el secreto, temiendo durante años que ella pudiera reportarlo. Creo que lo habría hecho de no ser por el tierno respeto que Jonathan le ha tenido.

Rom asintió con la cabeza, sin poder alejar la mirada del niño.

—Usted dijo que él nació hace nueve años.

—Sí.

—¿Cuándo exactamente?

—En el año 471. El mes séptimo... el séptimo día.

—¿A qué hora? —averiguó el mirándola.

—A minutos de la hora séptima —susurró ella con voz temblorosa.

El corazón de Rom se apaciguó. Todo era cierto. Todo era auténtico.

—Este niño es miembro de la realeza por descendencia, segundo en línea solo ante la misma Feyn —declaró Lila—. A no ser por su deformidad, por supuesto. El hecho de que naciera como un séptimo lisiado es una gran ofensa para el Orden. Cuando usted dijo que venía de parte de Feyn, temí lo peor.

Justo en ese instante, el niño giró la cabeza y los miró. Sus ojos no eran los típicos grises de los nobles, sino de un color café común y corriente. A su alrededor había tal serenidad y dulzura, que Rom vio desafiadas sus ideas acerca de la realeza y de quienes nacen lisiados. Algo sencillo y hermoso.

—¿Ríe su niño? —preguntó Rom en un impulso.

—A menudo —respondió Lila mirándolo con ojos bien abiertos—. No lo entiendo. Él es un niño peculiar, dado a tener menos miedo. Nunca he sabido qué lo aflige.

—¿Puedo hablar con él?

La mujer titubeó.

—Se lo prometo delante del Creador —expuso Rom, tranquilizándola—. He venido para protegerlo.

—Ya le he dicho todo —contestó ella—. ¿Qué alternativa tengo sino confiar en usted? Nuestras vidas están en sus manos.

Rom fue hasta el banco. La enfermera levantó la mirada hacia Lila, quien le señaló con la cabeza que se retirara del lado del niño.

El joven se sentó lentamente en el borde del banco frente a Jonathan. Este niño especial, que estaba aún sentado con las piernas cruzadas, lo estudió con igual interés.

—Mi nombre es Rom.

—Hola, Rom —saludó el muchachito como si fueran amigos.

Entonces Jonathan bajó la mirada hacia su regazo. Estaba sosteniendo algo en las manos.

Un pájaro. Vivo y perfectamente en paz.

Rom nunca antes había visto un pájaro tan cerca, mucho menos había acariciado uno. Pero la criatura parecía a gusto en las manitas del niño.

—¿Quieres tocarlo? —preguntó Jonathan.

—Claro —respondió Rom aclarando la garganta.

Se colocó sobre una rodilla y, con gran asombro, acarició con el dedo la emplumada cabeza del ave. Levantó la mirada hacia la madre y la enfermera, y al no ver objeción de ninguna de ellas se acomodó en el suelo con las piernas cruzadas, frente al niño, quien aceptó su compañía sin ningún indicio de molestia.

Rom levantó una hoja caída, amarilla pero aún no quebradiza, y comenzó a doblarla.

—La única ave que alguna vez he sostenido en las manos es una que suelo hacer —reveló—. A menudo las hago, como esta.

Rom tenía menos puesta la atención en sus propios dedos que en el niño, quien observaba cómo la hoja se doblaba tomando forma de cometa, y luego cómo los bordes echados hacia atrás conformaban alas. El largo extremo formó un cuello estrecho. Luego apareció la cabeza de una grulla.

—¿Ves? —exclamó, levantando al aire el ave hecho de hoja y luego depositándolo entre Jonathan y él.

—Umm —musitó el niño con voz tan frágil que parecía que el mismo viento podría romperla—. Ese es un lindo pájaro.

El chico se puso de pie, cojeó hacia uno de los arbustos y puso su propio pájaro sobre una rama. Era lisiado de veras, pero la cojera no parecía molestarle. Luego regresó, se volvió a sentar y levantó la pequeña creación de Rom.

—¿Me lo prestas?

—Lo hice para ti —dijo Rom.

—Gracias —contestó el niño con un brillo de alegría en los ojos.

El corazón de Rom casi se le parte al ver la sonrisa del chiquillo. Había en este niño algo mágico que nunca antes había visto o sentido en ninguna otra persona.

¿O simple e injustamente estaba volcando en este niño la esperanza de Talus Gurov debido al puro milagro de su existencia?

—Hay algo más —expresó Rom, metiendo la mano en el bolsillo, sacando el pergamino y desdoblándolo—. Hallé esto hace un par de días. Es muy antiguo.

Entonces se volvió a poner en una rodilla.

—Así es como te encontré.

Jonathan miró el pergamino por unos momentos, luego levantó la mirada.

—¿Me estabas buscando?

—Sí.

—¿Por qué?

—Bueno...

¿Qué podría decirle? Aunque los custodios tuvieran razón y Jonathan *fuera* el niño esperado por tanto tiempo, cuya sangre contenía la única esperanza para la humanidad, era posible que el muchacho no lo supiera, ¿verdad? De todos modos, se trataba del único niño de nueve años que se llevaba bien con los pájaros y que estaba lleno de vida sin saberlo.

—Porque creo que podrías ser un niño muy especial —indicó Rom.

—Es agradable oírte decir eso —reveló Jonathan sonriendo.

¿O el niño sabía más de lo que demostraba?

—Jonathan, ¿sientes a veces cosas que los demás no sienten? ¿Cosas como... no sé... significan tristeza o alegría algo para ti?

Algo como sorpresa iluminó los ojos del niño.

¿Sorpresa? No miedo.

—¿Conoces esas sensaciones?

¡Él lo sabía! ¡Sin duda porque él mismo había sentido todo eso!

—Sí. Bebí una sangre antigua y me cambió. Si tengo razón... si el pergamino es correcto, el mundo está muerto. ¡Todos! Pero por medio de la sangre se me devolvió la vida —confesó Rom con prisa, desesperado por revelar todo; demasiado rápido, pensó; pero ahora estaba totalmente comprometido—. Los custodios afirman que la sangre de un niño de nueve años devolverá la vida al mundo. Y Jonathan, creo que tú podrías ser ese niño.

Entonces esperó una reacción. Un asentimiento de cabeza. Una mirada que diera a entender que Jonathan ya sabía esto. El niño solamente lo miró como si esperara que Rom le dijera más.

El joven se dijo que debía recordar que Jonathan solo era un niño. Y sin embargo este no estaba reaccionando con tanta sorpresa como pudo haber supuesto; es más, ni con tanta confusión.

—¿Sabes algo al respecto? —presionó Rom—. ¿Acerca de la tristeza?

—¿Así que crees que es verdad? —preguntó el niño tuteándolo también.

—¡La he sentido! —exclamó Rom agarrándose el brazo—. Está aquí, en mi sangre. *Sé* que es real.

—Me refiero a lo de un niño. ¿Crees que el mundo está muerto y que un chiquillo puede devolverle la vida?

—Debe ser. Dímelo tú, ¿es así?

Jonathan miró por sobre los arbustos donde había soltado al pájaro. Un ligero temblor le agitó los frágiles dedos.

—Tengo sueños —reveló.

—¿Sueños?

—¿Estás diciendo que son ciertos? —inquirió el niño, volviendo a mirar al joven.

—¿Qué sueños? —preguntó a su vez Rom casi sin poder contener la emoción.

—Sueño todas las noches. Que este mundo está muerto y que yo soy el único vivo. Sueño con individuos llamados custodios que me protegen. Con una guerra.

—¿Una guerra?

El pergamino afirmaba que era necesario llevar al poder al niño, pero no hablaba nada de guerras.

—En que mueren personas —expresó Jonathan.

El niño parpadeó y volvió a apartar la mirada, pero Rom no pudo dejar de notarle en el rostro las sutiles líneas de temor. Las lágrimas le humedecieron los ojos.

Rom puso la mano en el brazo de Jonathan. Cuando habló, su voz era apenas más fuerte que un susurro.

—Tú eres el niño, Jonathan.

El ave en el arbusto se alejó aleteando. Rom no supo que más decir. Apenas lograba pensar, mucho menos hablar.

—Yo no debería hablar de esto —confesó el muchacho—. Los sueños me hacen llorar.

—Pero, ¿y si estuvieras vivo, como yo... quizás *más* que yo? ¿Y si fueras muy especial... o incluso el legítimo soberano?

Los ojos de Jonathan miraron por sobre su hombro hacia donde su madre se ponía de pie.

—Son solo sueños. Soy un lisiado. Ni siquiera tendría que estar vivo. Feyn será la soberana.

¿Sabía él algo de Feyn? Por supuesto, todo el mundo sabía acerca de ella.

—Sí, Feyn es la legítima soberana —concordó Rom—. Pero tú eres más que solo un lisiado. ¡El pergamino *predijo* que serías lisiado! Que debes serlo. ¿Lo ves entonces? *Debe* ser cierto. ¡Todo!

¿A quién estaba tratando de convencer? ¿Al niño o a sí mismo? Porque en ese momento Jonathan no parecía para nada alguien de quien se esperara que fuera un futuro soberano.

Sin embargo, él estaba aquí. Con vida. Todo lo que el custodio había dicho, todo lo que el pergamino revelaba, era exacto.

—¿Qué estás sintiendo? —preguntó Rom—. Sientes cosas que tu madre no puede sentir, ¿verdad? Se debe a que tú estás vivo aunque no hayas tomado la misma sangre que yo tomé, lo cual solo puede significar que tu sangre está viva y que tus sueños son verdaderos. Significa que tu mente es de algún modo distinta de las nuestras, y que puedes ver cosas que nadie más puede ver. Es verdad, Jonathan. Todo es cierto. Estoy aquí para decirte eso y... para protegerte.

Rom no había sabido esa última parte con certeza hasta que la pronunció. Pero ahora sabía sin ninguna sombra de duda que también era cierta.

Cualquier otro niño de nueve años que oyera estas cosas increíbles podría creer que todo sería un juego. Pero respecto a Jonathan había un fervor que lo delataba.

El chico sabía. Sin duda llegó a sospechar que todo lo de sus sueños era real. Quizás aun él mismo se había estado preparando para este momento sin siquiera saberlo.

—Tienes que creerme, Jonathan. Eres muy, pero muy importante para el mundo.

El niño miró al suelo. ¿Qué pensamientos moraban detrás de esos ojos marrones? ¿Cómo sería ser tan extraño y solitario? ¿Saber que el mundo no te había aceptado... que nunca te aceptaría? ¿Que iría al extremo de liquidarte si llegara a conocer el secreto de tu existencia?

¿Cómo sería ser un niño sin una madre que pudiera devolverte el amor, llorar o reír? ¿O que esa madre reaccionara con algo distinto al temor cada vez que sintieras miedo?

Rom se encontró luchando por no llorar. ¿Cómo había sido la existencia de este niño de nueve años de edad?

—¿Quieres contarme más acerca de los sueños?

—Si tienes razón, quizás yo no debería decir nada más acerca de mis sueños —contestó el niño después de respirar profundo, tragar saliva y calmarse.

—¿Por qué no?

—Porque no los entiendo.

—Tal vez yo pueda ayudarte a entenderlos.

—No creo que puedas.

—Está bien —concordó Rom, y después de un momento continuó—. ¿Puedes al menos decirme qué se supone que yo debo hacer?

—No lo sé. Pero creo que lo sabrás. Quizás deberías escuchar tus sueños.

—No tengo esa clase de sueños.

—¿Cómo podría yo ser soberano? —preguntó Jonathan levantando la mirada hacia Rom, claramente atribulado—. Feyn va a ser la soberana.

—Sí, eso es verdad. A menos...

No quería decir lo obvio. El pensamiento de la muerte de Feyn lo golpeó como una terrible ofensa. Sugerirlo a un niño de nueve años parecía algo indebido. Pero si la esperanza de vida de este mundo reposaba sobre los hombros de Jonathan y solamente Feyn se interponía en su camino, quizás él no era quien debía morir. Tal vez ella lo era.

No, eso seguramente no podría ser.

—Según creo, se supone que has de decirme lo que debo hacer —manifestó Rom, poniéndose de pie, caminando frente al niño y pasándose los dedos por el cabello—. Tuve la suerte de encontrarte, y ahora que lo hice no sé qué hacer. Pero no tengo mucho tiempo.

—Solo soy un niño —susurró.

—Lo sé.

Rom suspiró, miró alrededor e intentó decidir qué hacer. Pero las palabras siguientes de Jonathan contestaron bruscamente sus pensamientos.

—En mi sueño hay otros cuatro.

—¿Qué? —exclamó Rom con un vuelco en el corazón.

—Ellos bebieron la sangre.

—¿Sabes respecto a los otros?

—Soñé con ellos. ¿Son reales?

—¡Sí!

—Me hallaste.

—Sí.

—Yo vi todo eso.

—¿En tus sueños?

—Sí.

—¿*Me* viste? ¿Quién era yo?

—A ti no, solo a un hombre. Pero ahora sé que se trataba de ti. Y por eso sé que sabrás qué hacer cuando llegue el momento. Si los sueños son verídicos, y si yo debo hacer lo que tenga que hacer, entonces tú debes hacer lo que tengas que hacer.

En la mente de Rom ahora no quedaba ninguna duda de que estaba mirando a un niño que contra toda lógica un día gobernaría este mundo.

El niño se convertiría en la única esperanza de la humanidad, y su vida se le había confiado a Rom.

De pronto, el peso de los tres últimos días le cayó encima. Supo que era cierto lo que le había dicho a la madre del niño: Lo protegería, incluso a costo de su propia vida.

—Pero deberías saber que algunos mueren —dijo con voz suave el niño.

—El mundo ya está muerto, Jonathan.

—Algunas veces, la muerte es la única forma —afirmó el niño, cuyos ojos eran ahora pozos idénticos de tristeza.

—¿Me crees, entonces? —inquirió Rom echándose para atrás, con las piernas cruzadas frente al niño.

—Tú me encontraste —contestó Jonathan acariciando la cabeza del pájaro hecho con la hoja.

—Te encontré.

—¿Te quedarás conmigo un rato? —indagó el niño—. ¿Me mostrarás cómo hacer un pájaro de una hoja?

En ese momento Jonathan volvió a parecer solo un niño.

—Pasaría el resto de mi vida mostrándote cómo hacer pájaros si eso es lo que quieres —contestó Rom

Capítulo treinta y uno

—¿**P**OR QUÉ LO LLAMAN el Libro?

La pregunta de Feyn quedó flotando en el aire. El hombre que miraba por la alta ventana de la sala de recibo de la dama permaneció tan callado como lo había estado desde que los guardias lo hicieran entrar.

El apartamento de Feyn era la quintaesencia del Orden. La cama estaba tendida y se había reparado el hueco en el clóset. El olor a pintura fresca aún perduraba en el aire. En el vestíbulo, un ramo de raras y costosas flores silvestres obligadas a desarrollarse y, despojadas de las espinas, sobresalían de un raro jarrón de cristal. La tarjeta debajo de ellas solo decía: *Tu servidor: Saric.*

Feyn había enviado fuera a Nuala asegurándole que estaba bien, que necesitaba tiempo para trabajar, descansar y meditar, todo en nombre de calmar su ansiedad por la venidera toma de posesión. Esto era parcialmente cierto.

Pero el resto de verdad era que necesitaba tiempo para pensar, y para saber más de este custodio.

Desde que volviera a la seguridad de su dormitorio había repasado cien veces en la mente su reunión con Saric. Inmediatamente había hecho llamar a Rowan, presidente del senado, y se había enterado de todos los detalles de la muerte de su padre y la posterior ascensión de su hermano al poder. El alivio de Rowan al verla fuera de peligro había alimentado la detallada explicación de los acontecimientos, a través de lo cual Feyn finalmente había llegado a entender la lógica política que había detrás del ascenso temporal de Saric al cargo de soberano.

Y luego estaba la conclusión relacionada pero alejada a la que llegó en el momento en que su hermano la había abofeteado.

Saric pretendía matarla.

Feyn supo por boca de Rowan que Saric había ordenado la inmediata ejecución de todos los niños varones de nueve años de edad, miembros de la familia real, orden que el mismo Rowan había suspendido a gran riesgo personal.

—Saric tiene la idea de que hay una amenaza a la soberanía de usted —le había dicho el hombre.

—¿Ves por qué el senado actuó insensatamente al ponerlo en el poder?

—Quizás, ¿pero qué podíamos hacer? Su secuestro provocó pánico en el senado, y por tanto cumplimos con la letra de la ley.

Feyn había calmado los temores de Rowan y le aseguró que hizo bien en dilatar la orden de Saric. Ella no le dijo que su hermano estaba motivado por algo más que temor, y se refirió a la orden como un acto de «inexperiencia e insensatez».

A pesar de todo, ahora estaba segura: A Saric lo motivaban lúgubres pasiones. No descansaría hasta haberle arrebatado a ella la soberanía... de forma permanente. Con la aprobación de la nueva ley, su hermano sería el siguiente sucesor para el cargo en el momento en que ella muriera después de asumir el gobierno. En realidad no estaba delirando con el hecho de que iría a morir a manos de Saric, si no el día de la toma de posesión, entonces el siguiente, o el posterior a este. En cierto momento, Feyn perdería la vida, como un recipiente roto por el cual se derramaría el poder que Saric ambicionaba para sí mismo.

Y por eso ella había jugado con esos torcidos afectos que le ofrecía su hermano, brindándole esperanza donde no la había, yendo tan lejos como para decirle que lo iba a nombrar presidente del senado una vez que estuviera al mando.

Pero eso nunca sería así.

Saric nunca iba a gobernar, porque moriría antes que ella. Como mínimo iría a parar a sus propios calabozos por traición. Ese sería su primer acto oficial como soberana, antes de que el hombre tuviera tiempo para destruirla. Solamente el hecho de que fuera el actual soberano impedía que Feyn hiciera alguna jugada ahora mismo. Feyn no tenía poder oficial sobre él o sobre el senado. Por otra parte, Saric sí lo tenía.

Por tanto, ella debía ser inteligente.

No había dicho nada de esto a Rowan. Pero se lo haría saber muy pronto. La joven se encargaría de esto.

Mientras tanto, el custodio con quien solo unos días atrás había hablado de secretos permanecía ahora callado como una columna.

—¿Por qué no me habla? He leído el pergamino y conozco la historia de usted. ¿No me oyó? El hombre que envió a buscarme me encontró.

Feyn se había grabado en la memoria las palabras de ese pergamino. Eran poco más que las extrañas creencias de una antigua secta que buscaba esperanza donde no la podía haber. Talus Gurov, igual que su propio hermano, iba tras los estupefacientes prohibidos del Caos. Como soberana, su deber sería erradicar para bien todo rastro de esa época antigua.

Esto es lo que su mente le decía.

Sin embargo, en su recuerdo permanecía la imagen de Rom, tratando de evocar la manera en que la había afectado. Intentando tocarle otra vez el corazón.

Pero si esto existía dentro de Feyn, ella no podía localizarlo ni sentirlo. Allí había solo miedo... miedo a las peligrosas consecuencias de la sangre y a cómo esta podría afectar a sus súbditos, al futuro de ellos y de ella misma.

Seguía pendiente el asunto de Rom, un inocente atrapado por opiniones herejes, pero que no merecía nada más fuerte que una suave corrección. Este era el verdadero objetivo y la belleza del Orden. Como soberana, estaba decidida a no destruir a quienes habían cometido un error, sino a corregirlos. El Orden tenía su propia limitación, pues no era natural ni cómodo para alguien que deseara estar fuera de él.

¿Y si hay verdad en el pergamino, Feyn?

Pero no podía haberla. La sola idea era ridícula. ¿Estaban muertos todos? Absurdo.

¿Y si existiera un niño?

Un pozo de incertidumbre se le abrió en la mente.

—Rom fue a buscar al niño —informó Feyn—. Pero este no existe, ¿verdad? No, pero usted no sabría eso. Su mente está atrapada por esta fantasía.

El custodio volvió lentamente la cara hacia ella, mirándola como si fuera él quien gobernara este mundo. Había estado redundando en perturbados desvaríos sobre niños, sangre y secretos, pero ahora era como cualquier persona. Distante, como si ella no fuera la misma mujer que anteriormente bajó a las mazmorras en su busca. Aun así, el hombre no decía nada.

—Aunque un lisiado sobreviviera de algún modo, el mundo nunca lo aceptaría —resaltó Feyn—. Estamos solo a días del Renacimiento.

—El Día del Renacimiento —resaltó el anciano, hablando por fin.

—Ah, así que habla —expresó la futura soberana—. Me había comenzado a preguntar si usted era el mismo maniático que conocí en el calabozo.

—¿Se da cuenta de que aún no ha habido un verdadero Renacimiento?

—Así dicen los herejes insurgentes.

—Que todos estamos muertos —continuó el hombre—. Que en este mismo instante usted y yo parados aquí no somos más que cadáveres respirando.

Lo que el pergamino había dicho.

—Y yo aquí preocupada porque usted había enloquecido —manifestó Feyn mientras descruzaba los brazos y se dirigía a una pequeña mesa sobre la que descansaba una tetera de plata con té caliente.

—Oh, estoy bastante loco, se lo aseguro. Lo he estado por mucho tiempo. Intentando llevar durante casi un siglo la verdad de que todo el mundo, junto con usted, está muerto. Siendo uno de los últimos de su especie. Con demasiado que decir, con mucho de que hablar. Pero conversando solo conmigo mismo. Eso enloquece a cualquiera.

Feyn vertió el humeante líquido en una taza de porcelana. Otra igual se hallaba sobre una mesita cerca del custodio, ya tibia y sin haber sido tocada.

—Y sin embargo cree que soy yo quien está loca. Que en realidad usted está entre los pocos cuerdos que aún viven.

—No, no están vivos.

Feyn tomó un sorbo sin saborearlo y luego, abruptamente, bajó la taza.

—Ha reinado la paz por cie itos de años. La era del Caos estuvo repleta de excesivas guerras y sufrimientos. ¿Por qué soñar siquiera con volver a tal estado?

—Solamente los cadáveres descansan en paz.

—¡Entonces déjenos muerto! Deje que los vivos ansíen lo que ya tengo. ¡El mundo está en paz!

—Un cadáver puede descansar en paz, pero no se equivoque, no tiene vida. No disfruta de verdadera humanidad. No posee verdadero amor o gozo, ni siquiera paz efectiva, no más paz de la que tiene una piedra.

—Y tampoco nada de angustia, ambición, codicia o todo el sufrimiento que viene con esa clase de amor.

—La señora habla de lo prohibido con mucha elocuencia —comentó el anciano con las cejas arqueadas—. Usted me sorprende.

Porque he saboreado la clase de amor que usted pregona, anciano, y he sentido el sufrimiento que ocasiona.

—Prohibido, sí —objetó ella—. Pero con una historia que no lo revela tan elocuente.

El custodio la miró por un momento.

—Usted me preguntó por qué me llaman el Libro —expuso él alejándose lentamente de la ventana, peinándose la barba con sus dedos nudosos—. Las preguntas se le deslizan lentamente por el cerebro como roedores. ¿Quién es el niño? ¿Quién es este hombre? ¿Dónde está el Creador? Y la más grandiosa de todas: ¿Quién está realmente loco... y quién está muerto?

—Hábleme de los custodios —pidió ella cruzando los brazos—. Acerca de Talus, el primer custodio. ¿Cómo el orden que usted representa ha mantenido estos secretos por tanto tiempo? El niño, si es que existe... ¿qué se supone que debe hacer? El pergamino decía que debía llegar al poder. ¿Qué poder? ¿Como soberano?

—Lo que está preguntando en realidad es qué va a pasar con usted.

—Sé qué va a ser de mí. Quiero saber qué cree *usted* que va a ser de mí.

—Lo siento, no se lo puedo decir.

—¿Por qué? —averiguó ella soltando una risita aguda.

—He hecho un voto de silencio.

—Entonces no tiene de qué preocuparse, ¿verdad? Si estoy muerta, estaré tan callada como la tumba.

—Aquí estamos dos cadáveres hablando. ¿De qué sirve eso?

—¿No afirma usted tener esta supuesta vida?

—Aún no —contestó él después de hacer una pausa—. Pronto.

Feyn analizó al anciano. A pesar de sus enigmas, el individuo tenía una extraña manera de calmarle los temores. Hablaba de muerte, pero sus ojos brillaban con conocimiento de algo totalmente *distinto*.

—Veo el brillo en sus ojos, y no es por la luz. Usted no es idiota y sin embargo habla con enigmas. Parece un alquimista.

—Tal vez porque lo soy —expresó él volviéndose otra vez hacia la ventana.

—¿Un alquimista?

—Soy un custodio —resaltó el anciano cruzando las manos detrás de él—. Un protector y guerrero de la verdad. Pero los custodios fueron primeramente alquimistas. Lo que sé de alquimia confundiría a los mejores colegas de su hermano. Dicho esto, no se equivoque: Puedo blandir una espada con los mejores. Ahora que Alban, el custodio que su hermano mató hace pocos días, está muerto, admitiré que era mejor luchador que yo. Bueno, a veces.

—Alquimista o no, usted es un retroceso a la era del Caos. ¡Todo lo que se levanta contra el Orden!

—¡Así es! —tronó él, girando de nuevo con el puño cerrado—. ¡En mi época pude haber quitado de en medio a diez de esos guardias en el frente! Entienda bien esto: ¡El Caos *es* vida! ¡Tanto como el Orden es muerte!

—¡Blasfemia!

—¡Verdad!

—Créame, si hubiera verdad en eso, yo sería la primera en adoptarla. Pero no la hay.

El custodio la miró. Una ligera sonrisa le jugueteó en la comisura de los labios.

—Por eso la elegí, querida Feyn, soberana futura o no. Por eso le dije a Rom que *la* buscara. Usted tiene el carácter firme e impecable de una verdadera soberana. Usted no conoce más que lealtad y fidelidad a lo que cree que es la verdad. Usted es una *esclava* de ella. Toda su vida la han entrenado para inclinarse solamente ante la verdad.

—Ante el Orden.

—Sí, a su Orden. Sin embargo, ¿y si yo tuviera razón?

—Nunca podría demostrarlo.

—¿Y si el niño existe?

—Incluso si así fuera, ¿cómo podrían ustedes traerlo al poder? ¿Qué se proponen hacerme, matarme?

—Como dije, he hecho un juramento de silencio.

—¡Entonces *rompa* su juramento!

—Para mí solo hay una manera de que yo pueda inspirarle confianza —declaró él yendo hacia adelante, con brillo en los ojos.

—¿Qué manera?

El custodio se detuvo frente a ella, buscando la mirada de la dama con la suya. Ahora Feyn pudo ver claramente: Los ojos de él no eran los de un lunático.

—Olvide todo lo que sabe ——manifestó el viejo con aliento rancio—. Renuncie a su derecho a todo lo que considera sagrado. Al Orden. A todo lo que le han enseñado a temer.

—Eso es herejía.

—¿Herejía? —remedó él—. ¿Porque hacerlo es ganar el mismísimo infierno?

—Sí.

—Allí está hablando su temor. ¡Lo que usted no sabe es que ya está en ese infierno!

Las palabras del hombre parecieron hundírsele a Feyn en el fondo del estómago. ¿Había arriesgado su eternidad al beber la sangre, al conocer su agonía salvaje?

—Quizás la sangre nos lleva al infierno —declaró ella tranquilamente—. Tal vez arruina el alma.

—¿Arruina el alma? —preguntó él soltando una risa áspera y amarga; había sometido la mímica tan bien como ella—. Si usted la bebiera, lo sabría mejor.

—La bebí, ¡y no es así!

—¿La... la probó usted? —titubeó él, parpadeando.

—Bebí el veneno, si es eso a lo que se refiere.

—¿Cómo puede ser eso? ¡Hay demasiado temor en usted!

—Parece que bebí menos de la porción asignada. Los efectos se disiparon.

—¿Tomó usted la última porción? —inquirió él en tono áspero, con el rostro pálido—. ¿Cómo es? ¿Saboreó vida? ¿Esperanza? ¿Amor? ¡Sin duda experimentó esas cosas!

—¿Amor? —objetó ella débilmente.

Si Feyn lo intentaba, podía recordar la manera en que había puesto las manos alrededor del rostro de Rom, el modo en que subió corriendo el montículo... en la misma forma que recordaba lo que comió en el desayuno. Pero esto ya no le agitaba el corazón.

—¡Amor, mujer! —exclamó el custodio agarrándola por los hombros y sacudiéndola—. ¿Lo sintió?

—¡Quíteme las manos de encima!

—Perdóneme, pero debe decírmelo —suplicó el anciano soltándola y retrocediendo—. He esperado toda mi vida para sentir lo que usted ha sentido.

—No puedo —contestó ella, alejándose de él.

—He protegido la verdad toda mi existencia; he apostado mi vida a aquello que usted recibió a tan bajo precio... ¿y *me* impone condiciones a *mí*?

Feyn se volvió otra vez.

—Le diré todo lo que me sucedió, pero solo a cambio de esa patraña sobre cómo planean llevar al poder al niño —manifestó ella, y luego añadió—. En caso de que tal niño siquiera exista.

Eso tranquilizó al anciano.

—¿Fue la sangre lo que la hizo tan astuta, o ya lo era antes? —indagó.

—Voy a ser soberana —respondió ella encogiendo los hombros.

—Entonces dígame esto: En ese momento en que estuvo viva, ¿comprendió que había estado muerta toda la vida?

—¡Estuve envenenada! Esto rompió mi sentido del Orden.

—¡Porque su Orden *no* es vida!

—Eso es lo que usted ha dicho. El pergamino afirma que el niño debe destruir el Orden...

—No, Talus profetizó que el niño nos *liberaría* del Orden —la interrumpió el custodio, agarrándose la barba; luego hizo un gesto de menosprecio con un giro de la mano—. ¿Pero por qué le estoy diciendo esto? No puedo.

—Y sin embargo debe hacerlo.

—¿Para que usted pueda matar al niño?

—¿Qué? Por supuesto que no. Asesinar es contra el Orden. Por eso le doy mi juramento como soberana. ¿Pero qué es esto? Muy bien podríamos estar hablando de una criatura mítica.

El anciano le escudriñó el rostro.

—Usted ha probado la verdadera existencia. Debió haberle quedado una chispa de vida en el interior; no pudo haberse desvanecido por completo. Y, por tanto, una parte de usted conoce. *Sabe* por qué hemos llegado a tales extremos. Usted lo niega porque es obediente, porque será la soberana, porque teme por su eternidad, y por otras mil razones, pero en algún lugar dentro de usted, lo sabe. Qué no daría yo por una onza de esa sangre —afirmó el Libro murmurando ahora, aparentemente para sí mismo.

Una parte de Feyn deseó que el hombre tuviera razón. Pero estaba equivocado. Ella no sabía nada.

—Usted ve a un anciano que ha enloquecido, hediendo en sus propios harapos —continuó el hombre—. Pero yo tomaría una espada y pelearía hasta mi último aliento, derramaría cada gota de mi despreciable sangre por defender la verdad. Y así debería hacerlo usted, querida Feyn. Porque cuando se sabe lo que nosotros sabemos, lo que yo conozco incluso en mi propio estado muerto, no hay marcha atrás. No hay nada más. Cueste lo que cueste, vivimos por esta verdad, por esta esperanza... aunque no podamos sentirla.

—Está usted divagando, anciano.

—Usted lo sabe, muchacha. Sé que así es —advirtió él, sacudiendo la cabeza.

—Ya se lo he dicho, no lo sé.

—Ella lo sabe —comentó él volviendo a murmurar—. Si yo puedo ser un custodio, entonces, por el Creador, ella también puede.

Entonces el viejo levantó la mirada.

—Y así usted tendrá su trato.

—¿Mi trato?

—Sí. Le diré más de lo que alguna vez le haya dicho a una sola alma, viva o muerta, porque al haber bebido la sangre usted seguramente se convierte en una de nosotros aunque no lo sepa.

—¿Decirme qué?

Los ojos de él taladraron los de ella.

—Dígame cómo fue beber la sangre. Entonces le diré exactamente cómo el niño llegará al poder.

Capítulo treinta y dos

LA PUERTA DEL APARTAMENTO de Neah estaba abierta. Oscilaba sobre goznes con el viento como movida por una membrana invisible.

Rom se quedó clavado en el suelo, musitando una oración. El crepúsculo había hecho surgir un coro de grillos, pero ningún otro sonido venía del interior de la vivienda.

Había pasado más de una hora con el niño, allá en el campo, deleitándose en el misterio, creyendo que Avra estaba segura. Pero ahora, al entrar a la sala, se le paralizó el corazón.

El apartamento había sido registrado. Los jarrones de cristal se hallaban rotos en el suelo. Las sillas estaban desacomodadas. Los cojines desgarrados. Había relleno por todas partes. Demasiado desorden para la ecuanimidad y el mundo impasible de Neah.

—¿Avra?

Nada.

Entró a la cocina, triturando con los pies fragmentos de porcelana. Paquetes abiertos de carne y verduras marchitas cubrían el piso.

Pánico.

—¡Avra!

Cada habitación revelaba la misma historia: la búsqueda de algo.

La sangre.

¿Dónde estaban Triphon y Neah? ¿Y qué pasaba con Avra? Rom no podía estar seguro de que Feyn hubiera podido liberarla. Hasta donde sabía, todos se hallaban cautivos.

—¡Avra!

Entonces lo vio. Allí, raspado en la superficie del mostrador, donde había besado por última vez a su amada:

R—
> *El lugar donde te escondías.*
—A

Dejó escapar una exhalación. *Ella se había ido. Debieron de haber salido todos.*

Agarró un cuchillo de la cocina y se lo puso en la pretina del pantalón.

El clóset del cuarto trasero estaba abierto en igual desorden: abrigos y rebozos tirados por el suelo. Otra túnica de sacerdote colgaba entre varias prendas de vestir de Neah. La agarró, la enrolló, se la puso debajo del brazo, y luego salió, bajando corriendo las escaleras hacia el exterior. En el fondo, una vecina que abría su puerta principal se volvió para mirarlo mientras Rom pasaba a toda prisa.

Se preguntó cuántos otros que lo vieron a través de sus ventanas estarían incluso ahora corriendo a delatarlo.

Se fue a toda prisa.

Rom desplegó la túnica mientras descendía al interior de la estación del metro y se colocaba la capucha sobre la cabeza. El tráfico del mediodía era más denso de lo común a solo dos días de la toma de posesión, pero nadie puso atención al sacerdote que compró el pasaje sencillo y que abordó con a cabeza inclinada en piadosa oración.

Durante todo el trayecto hasta salir por el extremo sur de la ciudad pensó en Avra, en Feyn.

En el niño.

Sabía sin ninguna duda que daría su vida por Jonathan si fuera necesario. Muchos custodios ya lo habían hecho. Por primera vez pudo pensar en la muerte de su madre con cierto consuelo, sabiendo que ella había muerto por algo. Por todo, en realidad.

¿Y ahora? Avra lo esperaba, y Feyn se hallaba en alguna parte de la Fortaleza.

Afuera en la calle lo único que podía hacer era caminar pausadamente. Pero tan pronto como giró en la antigua calle empedrada aceleró el paso y echó a correr a toda prisa. Hasta el final de la vía, hacia la antigua imprenta con las ventanas cubiertas de tablones.

Ya no estaba el listón astillado que le había desgarrado la chaqueta; lo habían arrancado manos más fuertes. En su lugar se abría un gran orificio. Rom miró alrededor y, al no ver a nadie, se metió por la abertura en la oscuridad.

—¿Avra?

Unas gotas de agua resonaban de una tubería con fugas imperceptibles.

—¿Triphon?

Por la periferia de su visión, Rom vio la pequeña forma corriendo hacia él desde el costado antes de que la pudiera oír. Avra voló a sus brazos con un sollozo. Un cálido alivio como la misma alma lo inundó. Solo entonces se dio cuenta de que él estaba temblando.

Hundió el rostro en el cabello de Avra. Respiró profundamente. *Gracias. Gracias.* Solo estaba vagamente consciente de que Triphon se hallaba cerca, con Neah a su lado. Nunca en toda su vida había sentido tanta gratitud. Entonces alejó a Avra para mirarla y el corazón se le estremeció. La muchacha tenía el rostro marcado por un oscuro e inflamado moretón.

—¿Qué pasó?

—No me sueltes —pidió ella volviendo a presionarse contra él.

—¿Quién hizo esto? —preguntó Rom envolviendo con los brazos la grácil estructura—. ¿Lo hizo Saric? ¡Triphon! ¡Te pedí que la protegieras!

—Fue idea mía —comentó Avra—. Yo quise ir.

—Lo mataré.

—¡No es nada! —exclamó la chica—. Tú estás a salvo. Yo estoy viva.

Ella tenía razón. Pero eso sirvió de poco para calmarle la ira.

—Dime que esto es lo único que te hizo.

—Así es —contestó ella—. Lo hizo sabiendo que tenía que dejarme ir. Feyn se intercambió por mí.

Así que había funcionado. Feyn había regresado.

Y Rom había localizado al niño.

—Nunca más —declaró Rom soltando una respiración irregular—. ¡No puedes volver a hacer algo tan estúpido!

—Ella te salvó, amigo —terció Triphon—. ¡Arriesgó su cuello por ti!

—Y tú, Triphon. Juro que si alguna vez dejas que un pelo de ella sufra daño...

—¿Qué harás? ¿Golpearme? ¿Con qué... con tu bolígrafo?

—Ponme a prueba.

—¡Basta! —gritó Avra—. ¿Qué es esto, Rom? ¿Ni siquiera un beso para mí?

La besó, intensamente, ansiando el calor, el sabor, la sensación de los labios de su amada contra los suyos.

—Te amo —le susurró dentro del cabello—. Te amo. ¿Me oyes? Te amaré siempre.

Avra envolvió los brazos alrededor de él, hundiendo la cara en el pecho masculino.

—Creí que te habían atrapado —comentó Neah, yendo hacia ellos, rodeándose con sus propios brazos; los ojos parecían demasiado grandes en su cabeza—. Creí que te habían descubierto.

—No fue así. Fui por Feyn. Pero no te pude avisar a tiempo. Debí sacarla de la Fortaleza.

—¿Tú... llegaste hasta donde ella? —preguntó débilmente—. ¿Qué sucedió?

Rom les contó todo. La entrada en la alcoba de Feyn, el escape de la Fortaleza, la cabalgata en la noche. La sangre que le había dado a la soberana. La decodificación que ella hiciera al pergamino y el relato de Talus... de que el mundo estaba muerto.

—¿Muerto? —exclamó Triphon pestañeando—. ¿En qué sentido?

—En el sentido de que no hay capacidad de sentir y amar, que al alma de la humanidad misma la han despojado del código genético, no hay vida —explicó Rom.

—Qué asquerosidad —expresó Triphon recostándose contra la pared—. ¿Todo el mundo? ¿Un mundo de... cadáveres ambulantes?

—Más o menos.

—¿Y nosotros? —preguntó Neah.

—La sangre nos revivió. Por ahora. No es permanente.

—¿Qué has dicho? ¿No lo es? —cuestionó Neah mirando a Triphon y luego a Rom, como si exactamente ahora lo entendiera—. ¿Cuánto tiempo tenemos?

—No lo sé. ¿Un año? ¿Diez? ¿Meses?

—¿Tanto tiempo?

—¿Qué quieres decir con *tanto tiempo*? ¡Se trata de vida!

—¿Cómo puede ser vida si se esfuma? —exigió saber ella—. Al parecer lo que hemos sentido solo es el principio de ello. Que sepamos, ¡podríamos convertirnos en monstruos en una semana! ¿No sientes el sufrimiento?

Rom no había considerado la posibilidad. Pero sin duda el pergamino lo habría señalado. O el custodio.

Por otra parte, los sueños del niño lo preocupaban. ¿Y si hubiera visto un futuro distinto del profetizado en el pergamino? Guerras, había dicho. El chico había soñado con guerra. Talus era un alquimista, no un profeta. Sus predicciones habían venido de cálculos científicos y matemáticos avanzados en una época en que las máquinas podían modelar más de lo que la mente podía lograr.

Así que el futuro seguía siendo incierto.

—Tenemos que armonizar con lo que sabemos. Y lo que sabemos ahora es que estamos vivos —opinó Rom.

—¿Y Feyn? —inquirió Avra a media voz—. Ella no tomó una porción completa.

—Feyn ya ha regresado a su condición anterior. Pero ahora tenemos una aliada.

—Esa es una aliada muy poderosa —añadió Triphon.

—¿Y el niño? —averiguó Avra.

—Lo encontré. Hacia el este, en una finca más allá de la aldea de Susin. Hay un camino que lleva a una casa pequeña. Él está allí con su enfermera y Lila, su madre.

—¿Estás seguro que es él?

—Es él.

—¿Cómo lo sabes? —preguntó Triphon.

—Si lo conocieras... sabrías que es él.

—¿Sabía acerca del pergamino?

Rom le hizo un gesto brusco.

—Pero él también sabe más que eso. Por sus sueños. Sabe acerca de nosotros.

—¿Sus sueños? ¿Cómo es eso? —indagó Triphon.

—No sé, pero hasta que le mostré el pergamino él creía que sus sueños solo eran sueños. Pero creo que de alguna manera el chico sabía. ¡Creador, él solo tiene nueve años! No me puedo imaginar cómo es eso.

—¿Y qué es lo que sabe de sus sueños?

—Solamente lo que les he contado. El niño no dijo más. Pero es lisiado, exactamente como lo predijo el pergamino.

—No lo entiendo —objetó Triphon—. ¿Cómo se supone que un lisiado haga... todo lo que se supone que debe hacer?

—De algún modo. No lo sé.

En todo caso, ¿cómo lo haría quien fuera?

—Quizás sea un error.

—No lo es. Porque él también está vivo.

—¿Como nosotros? ¿Cómo puede ser? —indagó Avra.

—Nació con la sangre.

Avra estaba temblando. Apartó la mirada cuando Rom la miró.

—¿Qué pasa?

—Hay algo en él que no está bien.

—Él es el elegido, ¡te lo estoy diciendo! Estuve allí.

—No hablo del niño —informó ella.

—¿De quién entonces? —preguntó Rom; pero ya sabía la respuesta.

—Saric —respondió Avra volviendo la sombría mirada hacia él—. El niño no es el único vivo con alguna otra sangre.

—¿Está vivo él?

—No como nosotros. No como parece estar el niño. Es más como un monstruo —advirtió ella, sin decir más.

¿Saric lleno de emoción?

La idea envió un escalofrío a través de Rom, y por primera vez se preguntó si Feyn estaba en peligro. Seguramente Saric tenía planes personales.

—Deberíamos ir y hacer las paces con él antes de que nos mate a todos —opinó Neah bajando los brazos y con los ojos fijos en la oscurecida ventana.

—¡No seas maniática! —exclamó Rom—. Se supone que hemos de llevar al niño al poder, no hacer las paces con su enemigo.

—¿Cómo puede un niño lisiado ser una respuesta para alguna cosa? —exigió saber ella.

—¿No estás escuchando? —respondió Rom sin estar seguro de haber oído bien—. Este niño tiene el poder de corregir todo lo que está mal.

—Debemos detener a Saric —opinó Triphon—. Tenemos que matarlo.

—No. Feyn tiene que ser la que disponga esto. Ella debe saber que encontré al niño.

—¿Cómo sabes que puedes confiar en ella? —objetó Triphon—. Nos consta que le ha contado todo a Saric.

Era verdad, Saric podría obligar a Feyn a hablar, sin duda. Y ella conocía la identidad del niño.

Además, Feyn ya no había sido la misma persona cuando se despidieron. Pero había cumplido su palabra con relación a Avra.

A veces la muerte es el único camino. Las palabras del niño habían asediado a Rom durante horas mientras regresaba.

—Los dos no pueden ser soberanos —comentó Triphon.

Por ahí iba el asunto.

—¿No es verdad? —azuzó Triphon, entrecerrando los ojos.

—Jonathan es el siguiente en la línea —explicó Rom meneando la cabeza—. Feyn tendría que llevarlo al poder después de convertirse en soberana, pero no sé cómo. Ella tendría que creer realmente que él debería ser soberano primero. A menos que...

—¿A menos que qué?

Rom vaciló por un segundo.

—Según la ley, si Feyn muriera antes de asumir el cargo, el siguiente en la línea sucesoria tomaría el poder. Ese sería Jonathan.

—Desde luego, no estarás sugiriendo...

—Lo único que estoy diciendo es que si Feyn muriera antes de su toma de posesión, el niño sería el legítimo gobernante. Ella misma había llegado a esa conclusión.

Que el niño pudiera realmente llegar al poder a su edad sería otro asunto.

—Diantres, amigo, ¡escucha lo que estás diciendo! —exclamó Triphon.

—Ella nos salvó —objetó Avra.

Neah permanecía en silencio.

—Todo lo que estoy diciendo es que Feyn debe saber acerca del niño —explicó Rom, mirando a Triphon—. Y por eso es que debes llegar al niño y protegerlo a cualquier precio. Lleva a Avra y a Neah.

—Considéralo hecho —reaccionó Triphon luego de vacilar por un instante.

—¿Y qué harás tú? —quiso saber Avra.

—No tengo que decirte que todo se habrá perdido si el niño muere —resaltó Rom con la mirada aún fija en Triphon.

—Juro por mi vida que no perderá un solo cabello de la cabeza.

Rom se volvió hacia Avra.

—Voy a volver a la Fortaleza...

—¿Qué? ¡No señor! ¡Todo el mundo te está buscando! Envía a Triphon.

—Puedo entrar —expresó Rom meneando la cabeza—. Y Feyn me verá. Debo hablarle respecto al niño.

Pero había otra razón de por qué debía ir, ¿no es cierto? Que el Creador lo perdonara hasta por pensarlo.

—Entonces iré contigo... —comenzó a decir Avra acercándosele más.

—No. Saric es demasiado peligroso. No te dejaré en ningún lugar cerca de él.

—¿Y qué pasa contigo? Cuando creí que Saric te tenía... ¿tienes idea de lo que eso significó para mí?

A Rom se le hizo un nudo en la garganta. Tomó la mano de la joven y se la llevó a los labios.

—No puedo vivir sin ti, Avra. Pero este pergamino me encontró, no lo elegí yo. No, sé que debo ir.

No le dijo a ella el resto de lo que había en su mente. No podía hacerlo.

La expresión de la muchacha se contrajo.

—Escúchame, Avra. ¡Te amo! Juro que siempre te amaré. Ve donde el niño. Compruébalo por ti misma. Mantenlo a salvo. Estaré exactamente detrás de ti.

La joven apartó la mirada.

—Prométeme una cosa —declaró, volviéndolo a mirar; Rom apenas podía soportar el peso de esa mirada—. Prométeme...

—Lo prometo.

—Pero ni siquiera sabes lo que voy a pedir.

—No importa. Lo prometo.

—Prométeme que mañana a esta hora estarás en mis brazos.

—Prometido.

Pero ambos sabían que las promesas eran cosas de la fantasía. Esto fue todo lo que Rom pudo hacer para evitar que se extendiera la repentina tristeza que surgía dentro de él.

Capítulo treinta y tres

POR ANSIOSOS QUE LOS otros estuvieran de seguir adelante, no sería nada bueno que Rom llegara a la Fortaleza antes del amanecer. Por eso Avra lo convenció de que se quedara y durmiera unas pocas horas. Nada podría haberle venido mejor a Neah.

Las nubes se abrieron esa noche. La luz de la luna se filtraba por las ventanas tapiadas, extendiéndose por el sucio piso y tornándolo hermoso. Pero la luz se evaporó como un sueño.

Neah lloraba. En silencio y sola.

Tardó media hora en calmarse. Allí yacía Triphon, cuyos ronquidos la habían ayudado a no quedarse dormida. Avra estaba acurrucada en los brazos de Rom dentro de la capa de la joven.

Neah levantó la mochila, se deslizó por la ventana y salió caminando lentamente. El aire de la noche era frío. Nubes en lo alto. No más luz de luna.

Toda la noche habían hablado del niño, del pergamino, de vida, de la belleza de la emoción, y Neah los había dejado.

Pero mientras tanto ella quería gritar. ¿Cómo podía ser confiable la emoción cuando producía consecuencias tan trascendentales en el alma? ¿En asuntos de eternidad, del Creador?

No podía.

Los nacidos una vez a la vida hemos sido bendecidos.

Ella nunca había deseado esta peligrosa existencia fuera de la ley, fuera del Orden. Había cosas de este mundo que se podían apreciar y respetar sin amor.

¿A dónde llevaba finalmente el amor sino al temor? Temor a perder. A morir. A sufrir.

Agrademos al Creador por medio de una vida de Orden diligente.

Había un consuelo en su antigua vida, aunque según Rom eso había sido muerte, que no existía en esta nueva vida. El miedo era un aliado conocido. Por este miedo es que ella había cumplido con las restricciones del Orden. Por eso se le había prometido felicidad.

Había una razón de que la aureola de Sirin llevara marcas de medidas: para que cada hombre pudiera ser juzgado por sus obras. Había un motivo de que su halo pareciera una brújula: para que cada hombre pudiera conocer el camino. Eso era Orden. No sentimientos confusos que arrastraban el corazón, que empañaban los límites de la simplicidad o la moral.

Y no había sufrimiento. No como este.

Y si agradamos, naceremos en el más allá...

Solo en el Orden había una promesa de algo más excelso. Algo demasiado grande para que se conociera aquí y ahora. Pero algo por lo cual vivir y sacrificarse. Algo que ganar a través de la obediencia.

...dentro de la felicidad eterna.

Lo que Neah debía hacer ahora lo haría por todos ellos, para que ninguno muriera, lo cual era el curso en el que Rom los había puesto. La reunión de él con este niño, Jonathan, le había quitado el sentido común. Nada detendría a su amigo.

Ahora la situación dependía de ella, por el bien de ellos y también por el suyo propio.

Tardó dos horas en llegar a la Fortaleza. Casi treinta minutos más en lograr que la dejaran entrar. Y ahora que se arrodillaba delante de él no veía a la bestia que había tratado brutalmente a Avra. Para nada.

Aquí se hallaba la puerta de entrada, la promesa, el sombrío mensajero del Orden.

Arrodillada sobre la alfombra de la antecámara de Saric, Neah sintió que pudo haberlo besado. Se habría postrado de poder hacerlo. Le habían puesto esposas, pero no importaba. Esta era la primera paz que había conocido en días.

—Levántese.

No importaba que tuviera sucios los pantalones, que el cabello estuviera desgreñado.

Neah se puso de pie.

—Hable.

La piel de él era tan traslúcida que la chica podía verle las venas extendiéndose como una garra, subiéndole por el cuello y atravesándole la mejilla. Era drástico el cambio en el hombre desde que ella lo pasara en un encuentro casual al ir por un corredor solo una semana antes.

—Desvíe la mirada.

—Señor... mi nombre es Neah —balbuceó ella mirando al suelo.

—Sé quién es. ¿Qué quiere?

La mujer se inundó de emoción, a la cual maldijo en silencio. Solo podía presentarse allí ante Saric, consciente de su propio temblor lastimoso.

Sé fuerte, Neah. Por el bien de todos nosotros.

—Llévesela.

—¡Por favor! Sé dónde están —chilló—. Todos ellos. Incluyendo el niño.

La recámara quedó en silencio.

—Déjenos solos —ordenó Saric al guardia, esta vez el tono era diferente.

La puerta se cerró de golpe y ellos se quedaron solos.

—¿Qué estaba usted diciendo?

—Lo sé todo —contestó ella, pero sin ofrecer nada más.

—¿Y a cambio?

—Quiero mi antigua vida. Y perdón.

—¿La muerte?

Neah pensó en eso.

—Si lo que tengo es vida, entonces gustosamente la pierdo.

—Pero usted bebió la sangre —objetó él—. Puede sentir.

—Siento dolor. Anhelo. Sufrimiento. Conozco el temor. Lo he conocido demasiado y lo he experimentado antes. Permítame tenerlo sin este otro tormento.

—Dígame dónde está el niño y haré que mi alquimista la haga volver a esta supuesta muerte.

—Ne... necesito garantías de que no lastimará a mis amigos.

—Necesitaré garantías de que su información es verídica. Si no los encuentro, le quitaré mucho más que su emoción.

Neah era incapaz de detener el temblor de sus manos.

Capítulo treinta y cuatro

—NUALA ENVIÓ POR MÍ —informó Rom por debajo de la capucha de religioso—. Es urgente.

—¿Lo conozco a usted? —inquirió el sacerdote.

—No. Pero Feyn sí.

—*Nuestra señora* está aislada —informó el hombre, corrigiendo el uso familiar que el joven le daba a ese nombre.

—Estoy preguntando por Nuala. ¿Está usted sordo? Envíe a la criada a la sala de recepción para que se reúna conmigo o usted mismo responderá ante la señora Feyn.

El sacerdote titubeó.

—¿Cree usted realmente que represento un peligro para una sirvienta?

El individuo asintió con la cabeza y salió.

Ya no le asombró la estructura del palacio. Los jardines de piedra que una vez lo maravillaran no le parecieron ahora más que monumentos a la vida que ya no llenaba esos lechos de flores. La Fortaleza solo era para él el más elaborado de los ataúdes.

Al despertar descubrieron que Neah se había ido. Triphon estaba indignado. Avra se echó la culpa. Pero Rom solo podía pensar en el niño, quien era lo único que importaba ahora. El niño, y llegar hasta donde Feyn. No se le ocurrió mejor manera que a través de la criada que Feyn había mencionado. Nuala.

La mujer llegó a la sala de recepción, acercándose nerviosamente.

—¿No lo conozco, verdad? —dijo cuando él se le colocó a un lado; el rostro de ella estaba lleno de preocupación.

—No. Pero usted sabe de mí —contestó el joven en tono severo, pensando en los periódicos—. Tengo un mensaje urgente para su señora. Si a usted le importa la vida de ella, tengo que verla.

Nuala se quedó paralizada.

—Por ella supe el nombre de usted —informó en voz baja—. Usted debe saber que de ninguna otra manera me arriesgaría a venir aquí. Por favor.

—Aquí no —susurró ella, diciendo a continuación un poco más fuerte—. Venga, padre.

La mujer lo guio por el pasillo y le hizo subir un pequeño tramo de escaleras. La alcoba a la que lo llevó no era la de Feyn, sino una suite pequeña y elegante. Quizás la de ella misma.

Nuala cerró la puerta y se volvió hacia el joven.

—¿Quién es usted? —preguntó con el rostro hecho una máscara de ansiedad, sin poder dejar de retorcerse las manos.

—Soy Rom Sebastián...

La mujer lanzó un corto alarido, pero él siguió hablando.

—Aunque me llamen delincuente, le juro que soy amigo de su señora. Debo verla de inmediato.

—Me lo imaginé. Oh, Bendito, me lo imaginé —objetó ella, andando ahora de un lado al otro.

La criada usaba los colores oscuros de la corte: una sencilla túnica negra sobre la falda larga que solamente le dejaba ver los tobillos cuando caminaba.

—Yo lo llevaría ante ella, pero le estoy diciendo la verdad cuando afirmo que no me han permitido verla durante dos días —declaró ella deteniéndose y soltándose las manos—. Saric tiene otra criada atendiéndola.

—¿Qué?

—No creo que él confíe en mí, no desde que mi señora desapareció. Estaré atendiéndola para la ceremonia, pero hasta entonces...

—¡Eso es demasiado tarde!

—¿Demasiado tarde para qué?

Rom no sabía cuánto podía confiar en la sirvienta, pero Feyn tenía mucha fe en ella. Y él no estaba en posición de conseguir y elegir la cómplice perfecta.

—Escúcheme —pidió, mirando la puerta cerrada—. Usted me debe creer cuando digo que Saric planea algo nada bueno. Si usted no puede llevarme ante Feyn, entonces debo hablar con alguien más en el poder, alguien más allá de Saric.

—Nunca he confiado en Saric —confesó la mujer—. Me produce miedo. No es el mismo en estas últimas semanas.

Porque está irritado con la sangre, pensó Rom.

—¿En quién puedo confiar aquí? ¡Por favor!

—No se me ocurre... —balbuceó ella meneando la cabeza mientras sus ojos examinaban de un lado al otro.

—¡Tiene que hacerlo! Saric no puede haber pervertido a todo el gobierno. Debe haber alguien a quien usted se pueda acercar.

—Rowan —informó ella, fijando la mirada en Rom.

—¿Quién es Rowan?

—El presidente del senado.

El anciano estadista tenía la reputación de ser justo.

—Lléveme ante él.

—No estoy segura...

—No tenemos alternativa. Si usted aprecia la vida de su señora debe hacer esto.

Ella anduvo de un lado al otro, juzgándolo con ojos entrecerrados.

—Espere aquí.

—Aprisa. Por favor.

Una vez que la sirvienta hubo salido, Rom se dirigió a la ventana, echándose para atrás la capucha de la túnica. Feyn lo había amado. Y él también la había amado. No del mismo modo que a Avra, pero aquello fue amor, más allá de la lealtad que el cargo de ella exigía de él, más allá del respeto que la pura inteligencia de la dama exigía de él. Había amado a la mujer en el montículo. La misma mujer ahora perdida, devorada una vez más por la muerte y las maquinaciones de su Orden.

La puerta se abrió diez minutos después. Nuala apareció en el estrecho marco.

—Por aquí.

—¿Por dónde? —preguntó él poniéndose la capucha.

—Sígame. ¡Aprisa!

Así lo hizo, por un largo pasillo, con la cabeza agachada, observando cómo la túnica de ella le rozaba los talones. Atravesaron una puerta adornada para ingresar a una oficina inesperadamente sencilla.

A pesar de lo temprano de la tarde, la oscuridad se extendía a lo largo de las paredes de yeso y los pisos de baldosa. En el centro se hallaba un individuo señorial, quien Rom supuso que se trataba de Rowan, viéndolos entrar. Con una última mirada, Nuala salió, dejándolos solos.

—No sé de qué trata esto, excepto que Nuala me lo suplicó en nombre de nuestra señora. Sea lo que sea, estoy ocupado. Por favor, dese prisa.

Rom se echó hacia atrás la capucha y vio cómo la expresión de Rowan cambiaba.

—¿Usted? —exclamó el líder del senado frunciendo el ceño.

—A quien declararon fuera de la ley, Rom Sebastián, sí. También soy la última persona que vio viva a Feyn antes de que regresara.

—¿Se está entregando usted?

—No. Estoy aquí para salvar a la futura soberana.

—No sea absurdo. Ella no necesita que la salven.

—¿Está usted seguro? Yo podría ser el único defensor que Feyn tiene ahora mismo.

—¡Usted está fuera del Orden!

—¡Y yo le estoy diciendo que quizás sea el único que pueda salvar a la soberana de ese Orden! —contestó bruscamente Rom.

La barbilla de Rowan se levantó un tanto.

—La señora está retirada hasta el día de su toma de posesión. Saric responde por su seguridad.

Saric.

—¿La ha visto usted personalmente?

—Sí.

—¿Y no le dio indicios de que Saric pudiera representar una amenaza para ella?

—¡No! Él se puso fuera de sí, lleno de temor cuando Feyn se perdió. Si él dice que ella está a salvo...

—¿No ve usted que Saric ambiciona el cargo de Feyn? —gritó Rom.

—Imposible. La señora se convertirá mañana en soberana según las leyes de sucesión.

—¿Y esas leyes de sucesión no proveen manera de que Saric tome el poder?

—No, no antes de que ella se convierta en soberana. Las leyes han sido cambiadas.

—¿Qué quiere usted decir con cambiadas? —preguntó el joven después de una larga pausa en que se quedó pensativo.

—El soberano las cambió.

—¿Cambió Vorrin la ley?

El presidente del senado hizo una pausa, como decidiendo cuánto decir.

—Vorrin está muerto. Saric es soberano hasta que Feyn tome posesión.

¿Saric? ¿*Soberano*? ¡Era imposible!

—¿Cómo?

—Bajo la antigua ley, el cargo pasaba al hijo mayor. Saric objetó, pero el senado insistió. Él aceptó servir como soberano con la condición de que la ley cambiara. La nueva ley dice que si el soberano en el cargo muere, el poder se revierte al anterior... soberano —informó Rowan, y mientras lo hacía se le transformaba el rostro.

—Por tanto, si Feyn llega al cargo y muere, su sucesor...

—Sería... Saric —balbuceó el presidente del senado, de pronto con el rostro descompuesto.

—¡Ustedes son una manada de tontos! —gritó Rom.

—No. Eso no puede ser —susurró Rowan—. Es una ofensa demasiado grande. El asesinato va contra el Orden.

—Entonces ustedes no conocen a Saric tan bien como creen —objetó Rom.

—Él quería mi posición —confesó Rowan con el rostro entenebrecido por el temor a medida que comprendía las implicaciones—. Cuando eso no funcionó... Tenemos que detener esto.

—Hay un niño —reveló Rom concluyendo que el presidente del senado era confiable—. Se trata de un séptimo que debe llegar al poder. El asunto es demasiado largo de explicar, pero Feyn lo conoce. Lo que no sabe es que encontré al niño. Él existe. Está vivo. Ella debe saberlo.

—¿Qué niño? —inquirió Rowan llevándose una mano a la frente.

—El siguiente séptimo en línea. Usted tiene acceso al archivo. Revise el registro real de nacimientos y vea si no hay un niño que cumpla exactamente la descripción. Un lisiado, nacido en el último ciclo elegible.

—Feyn dijo algo... —balbuceó Rowan poniéndose rígido—. El último ciclo... Eso lo convertiría en...

El hombre se alejó, agarrándose del borde de su escritorio.

—Sirin, guíame. Creador, ayúdanos...

—¿Qué pasa?

—Saric expidió la orden de matar a los niños de nueve años de la familia real. A todos. Para proteger su propio dominio.

Rom sentía que el calor se le iba del rostro. Durante un buen rato se quedaron mirando fijamente. ¿Había jugado Saric mejor que todos ellos?

—¿Está vigente esta orden?

—No. La obstaculicé.

—Gracias al Creador.

—Pero sin duda nada de esto llegará a suceder —expresó Rowan—. Feyn está viva. Ella sucederá a Saric.

—Si lo hace, no vivirá mucho tiempo, pero por causa de ningún niño. Saric se asegurará. Está poseído por una pasión prohibida. Pero necesita que Feyn llegue al poder, o de lo contrario él lo pierde ante un niño... o ante cualquiera de los otros séptimos de la línea sucesoria. ¿No entiende usted?

Rom vaciló. Saric necesitaba a Feyn en el poder, aunque solo fuera por poco tiempo. Pero en cuanto al niño... Saric debía saber acerca del pergamino. Rom no podía explicar a Rowan la importancia del niño, la importancia de la sangre de ese niño. Aún no. Si, como afirmaba el pergamino, el niño debía llegar al poder, entonces no sería Saric, sino Feyn, quien se interponía en el camino.

Feyn.

Las palabras del custodio le susurraron en la cabeza: *Todo lo que crees. Todo lo que amas. Se te exigirá todo.*

—Hay un hombre en el calabozo llamado el Libro —reveló Rom—. Lléveme a él. Mientras tanto, cuéntele todo a Feyn. Ella está segura hasta convertirse en soberana, Saric se encargará de eso. Pero ahora debo ver al prisionero llamado el Libro. Él debe saber acerca del niño. ¡Tengo que verlo ahora!

El hombre inclinó la cabeza.

—Lo escoltaré inmediatamente.

Rom casi ni se dio cuenta de los rápidos pasos que daban hacia la gruta, ni de las palabras de Rowan al guardia. Luego se vio corriendo por el corredor.

Hacia las mazmorras de Saric.

Capítulo treinta y cinco

EL GUARDIA ESCOLTÓ A Rom hasta la entrada de la enorme cámara iluminada por antorchas. Titubeó con un visible estremecimiento cuando entraron.

—Conozco el camino desde aquí —informó Rom con la capucha de sacerdote puesta sobre la cabeza.

—No se pierda, padre —asintió el hombre, visiblemente aliviado.

La mente de Rom estaba ahora solo en el custodio. Debía oír aquello que no deseaba saber, y oírlo del mismo custodio.

Solo ese hombre podría decirle a Rom hasta dónde debía ir a fin de ver al niño en el poder... y si Feyn tendría realmente que morir.

¿Y si a él le correspondiera matarla?

El sudor le bajó por el cuello.

Los sonidos y olores del calabozo le atacaron los sentidos: zumbido de aire reciclado, eco de lamentos, extraña combinación de esterilidad de laboratorio y piedra húmeda. Alquimia y muerte.

Unos rayos de luz eléctrica intermitente rebotaban en mostradores de acero inoxidable, en quemadores y variedad de cristalería, en las puertas de cámaras acondicionadas que parecían hornos adosados a la pared.

Rom se mantuvo en la sombras, lo cual significaba pasar muy cerca de las jaulas a lo largo del centro. El olor a carne humana desatendida lo alteró. Lo asqueó.

Se abrió paso hasta el muro del fondo y luego giró hacia el primer túnel al que llegó. Rowan le había advertido muy claro: «Sea rápido, la noticia se extiende a gran velocidad en ese mundo subterráneo».

Echó a correr. Pero este túnel no llevaba a la celda del custodio, sino que terminaba en una puerta de acero que no había visto la última vez. Mentalmente desanduvo sus pasos. Al dar una mirada atrás hacia la cámara mayor se preguntó si había ido demasiado lejos. ¿No era este un pasaje aislado? El que alojaba al custodio debía estar atrás a través del laboratorio y más hacia el fondo. ¿O era a través de esta puerta?

Desatrancó la puerta y la empujó; esta se abrió en silencio sobre goznes pesados. La antecámara allí adentro era poco más que un rellano que descendía en una amplia escalera hacia otro salón. Débiles candeleros eléctricos estaban adheridos al muro.

Se echó hacia atrás la capucha, de pronto sin poder respirar hondo. Cerró los ojos y evocó la imagen de un niño: cabeza con cabello oscuro, manitas entrelazadas alrededor de un gorrión, mirada insondable.

La respiración se le niveló. El mango del cuchillo que había puesto en la pretina se le clavó en el costado. Se separó del muro y descendió los escalones, llegando a una puerta en el fondo. Hizo girar la manija y empujó.

La puerta se abrió al interior de un amplio salón de quizás veinte pasos de largo, lleno de tablas, unidades de refrigeración y computadoras zumbando. Al final del salón había cinco altos tanques de agua, cada uno de ellos ocupado por un hombre de aproximadamente su misma edad, flotando en el fluido.

Se hallaban completamente desnudos. Unos tubos delgados les salían por las narices, las venas y los demás orificios, conectándolos a una serie de máquinas. Ahora Rom podía oír los débiles zumbidos de esas máquinas, parecidos a los recicladores de aire afuera de la cámara más grande, y mientras observaba incluso pudo ver el pulso de fluidos a través de ellos.

Rom entró, extrañamente atraído por lo que veía. El sonido de las máquinas era una respiración antinatural, el lento golpeteo de un corazón en reposo.

Los ojos de los hombres estaban cerrados. Rom se acercó a uno de los tanques. Alargó la mano y tocó el cristal. Era tibio. Grueso. Golpeó una vez el vidrio, ligeramente.

Los ojos del hombre en el interior se abrieron de golpe.

El joven retrocedió, con el pulso acelerado en los oídos. No había ninguna otra señal de vida, ningún movimiento en el pecho o las fosas nasales del hombre... solamente esos ojos abiertos mirando más allá de Rom. Ojos grises vidriosos, carentes de vida. Este no era un hombre, sino una criatura infernal.

—Asombroso, ¿verdad?

Giró hacia la voz suave y baja. Un hombre alto, pálido y refinadamente vestido, estaba mirándolo. Tenía el cabello atado en la nuca. En esta luz, la piel le parecía tan delicada como la de una cebolla. Rom imaginó que debajo del laberinto de venas negras podía ver la esquelética mandíbula y las cuencas vacías de los ojos.

—Así que eres el mismo —comentó el hombre tuteándolo, con la mirada puesta en él.

—¿El mismo?

—El artesano. Rom, ¿no es así?

Sintió el mango del cuchillo presionándole las costillas.

—Sinceramente, no veo el atractivo —opinó el hombre mientras un pesado anillo le brillaba en el dedo índice de la mano izquierda; el anillo de un soberano.

—Saric —expresó Rom, de pie y como clavado al suelo de cemento.

Este tipo golpeó a Avra.

—Se dice *señor*: Pero estamos más allá de eso, creo —corrigió Saric, y luego levantó la mirada—. ¿Te gustan mis guerreros?

El joven no dejaba de mirar al soberano.

—Están en éxtasis, un estado del que a menudo se habla y se escribe, pero que solo hace poco tiempo perfeccionaron los alquimistas —reveló Saric yendo hacia uno de los tanques, golpeando el frente de vidrio con uno de sus escuálidos dedos—. Son como tú y yo, en cierto modo. Pero a la vez distintos. Una nueva raza, por así decirlo, basada en genes superiores. Fuertes. Vivos. Sensibles.

Saric suspiró.

—Verdaderos monstruos.

—¿Monstruos?

—No hay nada que un hombre no haga cuando se desata su ambición —declaró el soberano volviéndose—. Cuando la lujuria se levanta. Cuando se está furioso. Denme diez hombres con emoción, y gobernaré un mundo de muertos. Denme cien... y los aplastaré como a un montón de cucarachas.

—La ironía es que usted dice esto siendo un hombre muerto —objetó Rom.

—¿Pretendes matarme? —cuestionó Saric con un ligero tic en los labios.

—¿Cómo puedo matar lo que ya está muerto?

—Bebiste la sangre y por eso te crees vivo, ¿no es así? Pero tu sangre ha demostrado ser inferior.

—¿Inferior?

—En la sangre de los custodios abundan las debilidades... entre ellas, amor. Las únicas emociones permitidas para progresar en mi nueva era son aquellas que pondrán al mundo bajo mi dominio.

¿Era posible que Feyn pudiera estar siquiera relacionada con este hombre? La Guerra de los Fanáticos durante el Caos había sido emprendida por individuos como este. Quizás Megas tuvo razón todo el tiempo. Frente a un sujeto como este, Legión parecía un regalo caído del cielo.

De ser así, la vida verdadera podría ser la peor maldición posible. ¿Y si Rom lo hubiera echado todo para atrás? ¿Y si los custodios no fueran más que una secta para marcar el nuevo comienzo del Caos?

—Fuimos víctimas de un engaño, tú y yo —expuso Saric.

—¿Fuimos?

—Nos enseñaron que el Caos era malo; cuando desde el principio, quienes realmente ostentaban el poder: Sirin, Megas, aquellos que gobernaron por verdadero temor, lo han utilizado para controlarnos. No hemos evolucionado —explicó, mirando al hombre en el tanque frente a él—. Nos hemos vuelto más autómatas que ellos.

—Me cuesta aceptar que crear monstruos fuera lo que Sirin tuviera en mente —objetó Rom.

—Tal vez. Pero seguramente no querría que el mundo fuera gobernado por un niño.

—¿Niño? —exclamó Rom intentando mantener calmada la voz.

—Por favor. Hemos llegado demasiado lejos para fingir. Los dos sabemos que la única manera de que un niño llegue al poder es que

Feyn muera antes de la toma de posesión. Ambos sabemos también que yo no permitiría eso.

—No sé qué quiere decir usted.

—Ella dijo que eras inteligente —cuestionó Saric con una sonrisa en la boca.

—Pero no tanto como ella —objetó Rom—. A Feyn no se le engañará tan fácilmente.

—¿Feyn? Ah, estoy de acuerdo. Pero yo estaba hablando de alguien más.

La mirada de Rom se levantó por encima del hombro de Saric cuando una mujer emergía en la entrada. Al principio apenas la reconoció, pues tenía el rostro muy hinchado, aparentemente por llorar.

—¿Neah?

Saric levantó la mano y señaló hacia la chica, quien se acercó empujada por el guardia que la había conducido, intentando luego alcanzar la mano del soberano.

Saric le besó los lomos de los dedos.

—Como ves, tengo un orden propio. El niño morirá. Tu mujerzuela, Avra, también morirá. Igual que tu amigo Triphon —anunció, con ojos pálidos que se posaron en Rom—. Si es que no están muertos ya.

El joven salió corriendo hacia la puerta, con la mente perdida en las palabras de Saric, indiferente a lo que le pudiera ocurrir ahora. Un solo pensamiento le poseía la mente.

Avra.

Subió los escalones de dos en dos. Atravesó la puerta y pasó por la fila de jaulas, perseguido por gemidos y gritos.

Las lágrimas le nublaban la visión. Un simple sollozo cortó los gritos y lamentos. El suyo. El pergamino, la sangre, el niño... ¿qué importaba todo comparado con ella? ¿Qué era la vida si Avra no estaba allí?

Saric lo observó irse con una silenciosa aprobación.

—Déjenlo ir. Ya no representa una amenaza para nosotros —ordenó, volviéndose hacia el capitán que le había llevado a Neah—. ¿Se fueron los guerreros?

—Hace una hora.

—Envía otro jinete para que siga a Rom. Él irá tras ellos. Lo quiero también.

—¿Vivo o muerto?

—Muerto. Como los demás.

Capítulo treinta y seis

—EL ORDEN SE OLVIDÓ de nosotros. Pero ese tiempo se acabó, ¿no es así? —expresó la madre del niño.

Avra y Triphon habían hallado la finca y al niño, como Rom dijo que sucedería. La última hora había estado atareada, un ajetreo por empacar alforjas y preparar los caballos. Con Triphon y Jonathan en el establo, todo parecía en calma en la casa.

—Debemos suponer que ellos saben quién es él, y que saben que está aquí —comentó Avra—. No disponemos de mucho tiempo más. Lo siento muchísimo. ¿Quiere un momento a solas en la casa?

—No —contestó Lila calmadamente, mirando alrededor—. Solo que es extraño imaginarla sin él.

—Todo un Orden de Custodios ha vivido y luchado por el bien de su hijo —dijo Avra tomando las manos de la mujer entre las suyas.

—Puedo ver que ustedes son como él en cierto modo —indicó Lila asintiendo con la cabeza—. Que de alguna manera ustedes sienten más que yo, según dicen. Igual que Rom... por eso supe que debía dejarlo ver a Jonathan. Pero esto me aterra.

La cabalgata hasta la finca había sido en silencio. Triphon había estado atípicamente taciturno. La desaparición de Neah los atribuló a todos, pero Avra sabía que eso había lastimado a Triphon de manera más profunda.

Avra se guardó esto para sí, incapaz de mitigar el nudo que tenía en el estómago desde que dejara a Rom. Lo había besado y lo había visto salir apuradamente por el carril de adoquines. La breve visión de él yéndose había tocado una dolorosa fibra dentro de ella.

Rom le había dicho que nunca la volvería a dejar y, sin embargo, ahí estaba él, corriendo hacia la Fortaleza. Desde luego que debía ir. Feyn debía saber que Rom había hallado al niño. Y así Avra lo había visto irse.

Obligó a sus pensamientos a volver a enfocarse en Jonathan. Nunca olvidaría las primeras palabras del niño: «Hola, Avra. ¿Dónde está Rom?». Lo había preguntado como si Rom y él fueran viejos amigos. Pensar que en el cuerpo de este chiquillo se hallaba la sangre más pura del planeta, ¡un remanente vivo de la era del Caos! Pero fue la formalidad y la dulzura del niño lo que la había conmovido. Ahora ella entendía por qué Rom estaba dispuesto a hacer lo que estuviera a su alcance para salvar a este pequeño.

—De alguna forma, yo estaba consciente de que este día iba a llegar —estaba explicando la madre del niño—. He estado recogiendo las cosas de Jonathan desde que Rom se fue.

—Lo siento mucho.

Eso era lo único que Avra podía decir.

—Los desfiladeros al norte y al oriente de aquí son traicioneros. Llévenlo a las ruinas de la parte norte. Son desconocidas para el Orden. Los nómadas las consideran sagradas.

—¿Los nómadas? ¿Los que rechazan el Orden? —inquirió Avra sin poder impedir que el corazón se le acelerara—. ¿Existen de veras?

—Sí. Al contrario de lo que se cuenta, son buenas personas. Llevaron a Jonathan a vivir con ellos durante varios meses después de que reportaran su muerte. Yo no sabía si lo volvería a ver alguna vez, pero volvieron con él como prometieron. Le han dedicado toda la vida, y están listos a ocultarlo si alguna vez fuera necesario —reveló Lila, bajando la mirada hacia sus manos—. Supongo que ha llegado ese día.

¡Así que los nómadas no solamente eran reales, sino que Jonathan había vivido con ellos!

—Es necesario encontrar las ruinas —estaba diciendo Lila—. Pero hay que observar con mucho cuidado para no pasar de largo. Desde el lado de la meseta es imposible verlas. Debido a eso prácticamente son desconocidas excepto para los mismos nómadas.

—No las perderemos con usted como guía.

—Yo no iré.

—¿Qué? ¡Usted debe ir!

—Si los guardias vienen a buscarlo y descubren que no estoy, sabrán que hemos huido y que estamos ocultando algo —objetó al instante la madre del niño—. Si me quedo, simplemente niego tener niño alguno.

—Pero de algún modo sabrán que Jonathan vivía aquí —protestó Avra.

—Comenzamos a destruir todo indicio de él en el momento en que Rom nos dejó. Me uniré a ustedes cuando sea seguro. Pero, por ahora, esta es mi senda. Y la de él está con ustedes.

La idea de que Lila se quedaba llenó a Avra de recelo. Pero ella tenía razón. Su huida solo confirmaría la existencia de Jonathan.

—Cuidaré de él como si fuera mío —comentó Avra.

Se le partía el alma por esta madre que no podía sentir verdadero amor por su hijo. Y se le destrozaba el corazón por Jonathan, quien había dado amor sin recibirlo a cambio.

—Gracias —respondió Lila.

Avra le levantó la mano, le besó los nudillos y salió corriendo de la habitación.

Se detuvo en el umbral del establo. Adentro, Triphon apuntaba con una espada a un enemigo imaginario mientras el niño observaba desde su posición en lo alto de un fardo de heno, oscilando las piernas. Antes, cuando Lila destapara el alijo de armas, Triphon había agarrado rápidamente una espada y se puso a sajar el aire. Fue la primera señal que Avra había visto en todo el día de que él seguía siendo el mismo.

—Regalos de los nómadas —había anunciado Lila, sorprendiendo a Avra; estos obsequios estaban prohibidos para ciudadanos comunes y corrientes—. Las descubrí entre las cosas de mi esposo después de su muerte. No sabía qué más hacer con las espadas, así que las escondí en el cobertizo.

Triphon volvió a hacer gestos hacia el niño. Sobre una rodilla, le mostró cómo agarrar la empuñadura del arma, la cual no era tan larga y recta como las que Avra había visto, sino ligeramente curva.

—¿Ves esto? Si la sostienes así puedes tajar en ambos sentidos con un giro de las muñecas —enseñó Triphon haciendo descender los brazos de ambos en un movimiento cortante. Y debido a que es curva puedes hacerlo a caballo, y la espada no se atasca en... ah, en alguien cuando haces contacto. ¿Entendido?

El niño asintió con la cabeza.

—Ahora hazla oscilar —gritó Triphon—. ¡De este modo! ¡Ajá!

—¡Ajá! —gritó el niño blandiéndola.

—¡Así se hace! —exclamó alegremente Triphon.

Luego agarró otra espada y exhibió varios movimientos impresionantes. Avra nunca había visto a Triphon con un arma de verdad, pero el optimista individuo se veía prácticamente agraciado con el arma, como si esta le añadiera un contrapeso perdido al volumen del hombre.

—Inténtalo —pidió, pasándole la segunda espada al niño.

Jonathan era pequeño, y su pierna no le permitía moverse tan ágilmente como Triphon, pero con sorprendente facilidad efectuó los movimientos que se le habían mostrado.

—¡Muy natural! —exclamó Triphon.

El niño rio y volvió a blandir, con más entusiasmo.

—¡Así se hace! Cuando crezcas no hay duda de que serás un guerrero como yo.

—Y tú estarás conmigo —afirmó el niño.

—¿Verdad?

—Lo vi en mis sueños —contestó, asintiendo con la cabeza.

—¿De veras? ¿Ves el futuro en tus sueños?

—Solo algunas cosas.

—¿Qué más has visto?

De repente, Jonathan advirtió a Avra de pie en la entrada. Después de sostenerle la mirada por un momento demasiado silencioso, se inclinó hacia adelante para susurrar algo con voz demasiado baja como para que ella pudiera oír.

Triphon giró y la miró. La sonrisa de él había desaparecido.

¿Por qué esa expresión produjo escalofríos en la joven?

Avra se separó de la puerta y se dirigió hacia ellos, preguntándose qué había dicho el niño.

—Detesto interrumpir tan importante lección. Me cuesta imaginar qué me he perdido.

Ambos la observaron atravesar el establo.

—¿Qué pasa?

—Ya empacamos —asintió Triphon, la extraña mirada aún en los ojos—. Cobijas, ropa, comida para varios días, todo sobre los caballos.

—¿Y esas? —preguntó Avra haciendo un gesto hacia las armas.

—Las llaman espadas.

—Lo sé. No significa que me tengan que gustar —objetó ella; en realidad, a primera vista, el alijo la había hecho estremecer.

—Revisaré las monturas —anunció Triphon pasándole la espada a Jonathan y dejándolos solos.

Las espadas que colgaban de las manos del niño eran obviamente demasiado grandes para él. Sin apartar la mirada de Avra, el chico las dejó caer sobre una paca de heno.

—¿No te molesta la pierna?

—A veces. Se fatiga.

—Pero eres un muchacho muy fuerte para tener solo nueve años. Te vi blandiendo la espada.

—Triphon es un gran guerrero —expresó él sonriendo y con las mejillas sonrojadas.

—Sí. Sí, lo es, ¿verdad que sí? —dijo ella, sentándose al lado del niño.

Los ojos de él se dirigieron al hombro de Avra, donde el peso de la capa había hecho a un lado el escote de la túnica, que se hallaba torcido. En los últimos días se había preocupado menos de mantener la marca tan diligentemente cubierta, yendo incluso tan lejos como contar a Triphon y Neah la historia de la noche en que Rom y su padre la habían salvado.

—Somos iguales, ¿verdad? —comentó el niño—. Ellos dicen que no estamos bien.

Avra miró a lo lejos, ahogando una repentina ráfaga de emoción, más por el bien del niño que de ella. Él era muy joven, demasiado como para conocer el temor que Avra había vivido durante todos estos años.

Creador, protégelo, pensó ella.

—Solo porque no saben que tenemos corazones buenos —opinó él, bajando luego la mirada hacia sus pies, demasiado cortos para alcanzar el suelo—. Le dije a Triphon que tienes un corazón bondadoso. Todo el mundo verá eso.

Ella supo entonces que haría cualquier cosa por esta criatura. Una lágrima se le deslizó por la mejilla. Tiernamente puso la mano sobre la pierna lisiada del niño.

—Eso es muy amable de tu parte, Jonathan. Creo que es lo más agradable que alguien me ha dicho alguna vez. Gracias.

Él la miró, y Avra se dio cuenta que el chico tenía los ojos llenos de emoción.

—Estoy asustado.

—Oh, ¡tranquilo! —exclamó ella poniéndole rápidamente el brazo alrededor y atrayéndolo hacia sí—. Eres un niño muy especial y por eso vinimos a protegerte. ¡Viste lo fuerte que es Triphon! Y Rom...

Rom. La esencia de ella.

—Pero por supuesto, ya conoces a Rom.

—Él es mi amigo.

—Estará aquí pronto. Sé que todo esto debe ser aterrador para ti, pero verás que todo saldrá bien. ¿De acuerdo?

—Sí —contestó él con voz tierna, agregando luego—. ¿Avra?

—¿Sí, Jonathan?

—Mis sueños me asustan.

Ella no se podía imaginar el peso que soportaban esos delicados hombros. Los custodios habían protegido su posición acerca de la sangre de Jonathan, pero ¿y su corazón? ¡Él solo era un niño!

—Entonces te **sostendré** siempre que **tengas** pesadillas, Jonathan. Lo prometo. Seremos como dos...

Un grito que venía de afuera la interrumpió. Triphon giró en la puerta.

—¡Están aquí! Aprisa, ¡ya están aquí! Suban a los caballos.

—¿Qué está pasando?

Pero ella ya lo sabía.

Triphon levantó en vilo al niño y sus dos espadas, y salió corriendo hacia la puerta lateral. Los caballos esperaban, tres. Lila corría hacia ellos desde el costado de la casa.

—¡De prisa! —exclamó, tomando a Jonathan de manos de Triphon y poniéndose sobre una rodilla, de modo que quedó cara a cara con su hijo—. Me reuniré pronto contigo. ¡Recuérdame, Jonathan! Recuerda a tu madre.

Lo besó, las manos le temblaban tanto que apenas lograba sostenerle la cara entre ellas.

—Te amo, madre —expresó Jonathan apretándosele al cuello, mientras las lágrimas le bajaban por el rostro.

—No llores. No temas... estoy exactamente detrás de ti.

Ella lo alzó, poniéndolo sobre uno de los caballos y, levantándose la falda, corrió hacia la casa.

Triphon montó y asió la rienda del caballo de Jonathan mientras Avra se encaramaba a su montura detrás de ellos, auxiliada por adrenalina. A los pocos pasos se hizo evidente que el niño era experto en montar a caballo.

Subieron a galope la colina detrás de la línea de cipreses, donde se detuvieron y miraron hacia atrás. La finca se veía en paz mientras un pequeño grupo de guardias a caballo desmontaba en la puerta. Un ave trinaba. El viento susurraba entre los árboles. *Paz*, parecía murmurar el mundo.

Pero el mundo estaba lleno de engaño.

—Deberíamos dejar una espada para Rom —opinó Jonathan.

Avra giró al oír pronunciar el nombre de su amado. El niño parecía aterrado, pero había un grado de certeza en sus ojos.

—¿Rom? ¿Por qué?

—Creo que podría necesitarla.

Triphon se inclinó y lanzó a tierra una espada, clavándola hasta la mitad. Esta se meció, con la empuñadura hacia arriba.

—¡Vamos!

Hicieron girar las cabalgaduras y se dirigieron al norte a todo galope. Hacia los cañones. Hacia las ruinas.

Capítulo treinta y siete

E L NOMBRE DE ELLA resonaba en la mente de Rom mientras fustigaba los cuartos traseros de su caballo con la palma abierta, exigiendo velocidad.

Avra, Avra.

Ayer había dejado al borde de la ciudad al corcel, el cual se las había arreglado para ir a los establos de la Fortaleza. Lo reconoció inmediatamente después de haber huido de los calabozos. Le pareció un regalo favorable de parte del Creador.

El noble bruto aflojó varias veces el paso hasta andar sin prisa, y Rom le permitió trotar a ritmo lento hasta que ya no pudo soportar más. Entonces había gritado y estimulado a la bestia para que corriera. No podía permitir que el pobre animal descansara; tenía por delante el rostro de Avra todo el tiempo.

El sol estaba casi en su cenit cuando el jinete llegó a la última cúspide desde donde se veía la finca abajo en el valle. Silencio. Ni un solo caballo en la entrada frontal. ¿Había llegado aquí antes que los guardias de Saric?

Se precipitó colina abajo hacia la entrada. Bajó de la silla antes de que el animal se detuviera por completo, casi tropezando con sus propios pies.

—¡Avra!

Ni un solo sonido. La puerta principal se hallaba entreabierta. La abrió de par en par.

—¡Avra!

Había una silla derribada en la mesa de enfrente y un jarrón de flores frescas estrellado contra el piso.

Avanzó tambaleándose, atravesó el pasillo lateral, pasó la cocina, ahora gritando.

—¡Avra!

Entró al patio. Entonces vio el cuerpo. Una mujer yacía arqueada, boca abajo, tendida sobre los bloques del piso debajo de una nube de moscas zumbando.

Lila. La madre de Jonathan.

Durante un momento, lo único que pudo hacer fue luchar con la visión de su propia madre tendida sobre un charco de sangre en la cocina de la casa. Sin embargo, a Lila no la degollaron, sino que la asesinaron salvajemente.

Levantó la mirada e inspeccionó el patio, sacando el cuchillo que tenía en la cintura. Ninguna señal de los asesinos.

Corrió al lado de Lila, se posó en una rodilla y le dio la vuelta. Aún tenía los ojos abiertos. Le habían tajado el estómago y las entrañas se le derramaban por el vestido desgarrado. Le habían cortado las manos.

En otras circunstancias, Rom podría haber vomitado. Pero su mente estaba en Avra, solo en ella.

Puso una mano sobre el brazo de Lila. Aún caliente. No podía haber muerto hacía mucho tiempo. No más de una hora.

La idea lo impulsó a correr. Esta vez rápida y silenciosamente sobre las puntas de los pies. En la puerta trasera encontró a la enfermera tendida en el suelo. También masacrada.

Cantos de aves interrumpían la quietud de la finca, algo profano en el aire metálico. No había indicio de los otros.

Atravesó el patio en una docena de largas zancadas y giró hacia el establo. Vacío. Ningún guardia ni señales de Avra, Triphon o el niño a quien habían sido enviados a salvar.

Tampoco se veían caballos. Ayer había habido un corcel. Con los dos que Avra y Triphon habían llevado, allí debería haber tres al menos. El joven se permitió un destello de esperanza.

Rápidamente recuperó su caballo, y en la parte posterior encontró huellas en la arena. Parecían ser más de las que habrían hecho esas pocas bestias. Prácticamente, este era un camino bastante hollado.

Rumbo norte, al interior del desierto.

El joven espoleó el caballo para hacerlo correr. A lo largo de la planicie y arriba hacia el norte.

Allí vio la espada, clavada en el suelo. Dejada por Triphon, ¿creyendo que Rom podría necesitarla? Seguramente no para los guardias. De haberla visto la habrían dejado, pues sin duda tendrían suficientes armas.

Si hubiera sido un jinete experimentado la habría agarrado a todo galope. Pero no era un guerrero. Solo era Rom, el amor de Avra.

Se apeó y agarró el arma, enviando una desesperada súplica a los cielos cuando volvió a montar. No podía ser demasiado tarde.

Avra se arrodilló detrás de una gran roca a la entrada de una cueva, con una espada en la arena a su lado. Jonathan se acurrucó detrás de ella en la sombra, con temor en los ojos. El débil repique de los arreos salía desde la oscura campana de la cueva cuando los caballos se movían. Triphon estaba fuera de la vista más abajo, donde el pasaje se angostaba a lo largo del suelo del desfiladero.

La imagen de la espada ensangrentada en las manos de Triphon llenó la mente de Avra.

Los perseguían cinco guardias... de élite, por las rayas en las bandas de los brazos, había dicho Triphon. El plan que él tenía era tan sencillo que ella había creído que fracasaría.

Con caballos más fuertes criados para trabajo pesado, los guardias ganaban terreno. El trío no podía dejarlos atrás, y Triphon no estaba reacio a enfrentarlos. Parecía disfrutar el desafío. Afirmaba que si podía reducir la cantidad a tres guardias tendrían una posibilidad. Aunque Avra no sabía cómo.

Triphon había escogido una sección del cañón con un paso estrecho que solo dejaba pasar un caballo a la vez. Mientras ella y Jonathan se ocultaban, Triphon los había rodeado, agarrando al último de los cinco por detrás y acuchillándole la garganta.

Ahora los guardias eran cuatro.

Avra había señalado lo evidente: ¿No se darían cuenta ellos que habían perdido a uno? ¿No volverían para recuperarlo?

—No los de la élite —había dicho él—. Lo único que sienten es temor por sus propias vidas si le fallan a Saric. Detenerse solo aumentaría las posibilidades de fracasar.

Había tenido razón.

Ahora los tres se hallaban otra vez en espera. Avra había llevado al niño y a los animales a la seguridad de la cueva mientras Triphon desaparecía de la vista.

La muchacha agarró la espada, sabiendo que si era necesario la blandiría contra quien tratara de hacer daño al niño. ¡Pensar que ella había desaprobado el arma solo unas horas antes!

Un ruido en el sendero. Avra se giró a mirar al niño, quien la miraba con ojos bien abiertos.

Ella debió controlarse para respirar lentamente cuando el primero de los guardias pasó debajo de ellos, su cabalgadura en una silueta oscura contra el cielo gris.

Una gota de sudor le bajaba a la joven por el cuello.

El segundo guardia llegó y pasó. ¡Estaban demasiado juntos como para emboscarlos con facilidad! Triphon tendría que esperar otra oportunidad.

Los caballos caminaban con lentitud enervante. Las espadas de los guardias estaban desenvainadas, brillando a la luz del sol más allá de la cueva.

Treinta segundos más y pasarían los cuatro.

Veinte.

El tercer hombre pasó más allá del punto de vista. Ahora se podía ver al cuarto.

Diez.

Detrás de la muchacha resopló uno de sus propios caballos. Sintió que se le drenaba el calor en pies y manos. La cuarta figura se detuvo afuera en la amplia zona de arena antes de la estrechez del desfiladero.

Sigue, deseó ella. *No has oído nada. ¡Adelante!*

El cuarto guardia siguió adelante. Se despejó el borde de la cueva. Avra se atrevió a exhalar cuando el sonido de los pasos desapareció.

El caballo volvió a resoplar. Se oyó una llamada desde el cañón y la joven supo que los habían descubierto.

Sucedió tan rápidamente que apenas tuvo tiempo para pensar, menos aun para reaccionar. El último guardia había lanzado una advertencia, y ahora Triphon estaría comprometido. Igual que ella.

Avra oyó pasos apurados y piedras desprendiéndose desde donde se hallaba Triphon. Choque de aceros.

La muchacha se asomó al frente, miró abajo hacia el desfiladero. Entonces, de un solo vistazo, intuyó la situación, conteniendo la respiración. Tres de los cuatro guardias se hallaban en círculo alrededor de Triphon.

¿Dónde estaba el cuarto?

La hoja de Triphon conectó con el guerrero a su izquierda, tajándolo en la sección media.

Pero había dos más acercándosele. Y un tercero en alguna parte fuera de la vista. ¡Demasiados!

Rom los oyó antes de poderlos ver: estruendo de espadas, eco metálico de golpes sobre rocas, gritos de alarma que se alzaban.

Llevó el caballo alrededor de la última curva a todo galope, cincuenta metros detrás de la inconfundible figura de Triphon. El hombre peleaba con dos guardias, las espadas se alzaban en pleno combate. Un tercer guardia yacía inmóvil sobre el suelo del cañón.

No había señal de Avra o del niño.

Hizo girar el caballo a través del lecho seco, directo hacia Triphon, quien ahora peleaba con la espalda contra un muro.

El joven se deslizó de la silla, espada en mano, rodando por el suelo y acercándose a la carrera, todavía a diez pasos de la confrontación.

Triphon resbaló, y el más espigado de los guardias se le fue encima. Triphon logró apartarse en el momento en que la espada del individuo chocaba contra la roca, lanzando chispas al aire.

Rom vio el resto suceder en secuencia, cada instante como en una película: la pérdida momentánea de equilibrio del guardia, la torsión de Triphon hacia arriba para cortar el cuello expuesto del guardia, la cabeza de este volando por el aire, con el rostro mirando hacia el cielo.

Triphon terminó en posición elevada, quedándole todo el torso expuesto al segundo guardia. Rom gritó, con la espada echada torpemente hacia atrás, intentando desesperadamente cerrar la brecha. El arma del segundo soldado ya estaba en formación de arco desde el costado, con toda la fuerza, asida con ambas manos.

Rom se abalanzó y blandió a ciegas, lanzando todo su peso hacia el brazo del guardia y no a la cabeza o al cuerpo. Al brazo que sostenía la hoja que blandía exactamente hacia el estómago de Triphon.

Más que verlo, sintió y oyó el impacto de la hoja contra el hueso. Un crujido y luego un sonido de metal contra la roca cuando la espada se le soltaba de las manos dando vueltas y caía a tierra. Las dos manos del guardia, aún con la espada agarrada, volaron sobre la cabeza de Rom, dejando que sus muñones ensangrentados concluyeran solos el corte.

Rom se movió torpemente hacia delante mientras Triphon bajaba su propia espada para atravesar la cabeza del hombre, partiéndola como dos mitades de una fruta infernal.

Rom se tambaleó, aturdido ante la vista de tanta sangre y de miembros y cuerpos separados. Triphon lo miraba en medio del repentino silencio, la balbuceante boca abierta y llena de sangre en una mueca macabra.

Los dos estaban de pie. Vivos.

Por detrás de él... un desgarrador gemido rompió el silencio en un solitario alarido de pánico.

Avra. Pronunciando su nombre.

—¡*Rom!*

Avra lo vio todo desde la entrada de la cueva: la manera atronadora en que Rom entró para salvar la vida de Triphon. El modo en que había acometido, sin pensar en su propia seguridad, a fin de salvarlos.

Él cumplió su promesa.

Ese era el hombre con quien ella iba a casarse. El mundo podría ver a un simple artesano, más un hombre de casa con su bolígrafo que un guerrero con espada, pero Avra veía a su héroe.

Entonces la muchacha vio al cuarto guerrero, observando con incredulidad como este arremetía desde donde había estado agazapado detrás de una roca.

La espada de Rom yacía en tierra. El pánico golpeó a Avra como un trueno, zarandeándole los nervios con un nuevo terror.

Rom iba a morir.

Avra saltó de la cueva y gritó su advertencia, dejando al niño atrás en las sombras.

—¡Rom!

Los ojos de Triphon se desorbitaron, fijos en algo por encima el hombro de su amigo.

Rom reviviría los siguientes instantes mil veces en los días venideros.

Giró ante el sonido de esa voz conocida. La de Avra, quien corría hacia él desde la izquierda, el cabello oscuro flotándole por detrás, con el nombre de él aún en los labios.

Avra estaba viva y en segundos la tendría en sus brazos.

En ese instante, Rom lo vio todo... la manera en que la abrazaría. La sostendría. La besaría.

Entonces vio al cuarto guerrero.

El motivo del grito de Avra. Un guardia, igual que los otros, arremetiendo contra él con la espada en alto.

Su propia espada estaba en la arena a su derecha. No había tiempo.

La idea le llegó claramente, como pronunciada en perfecta calma y deliberación, surrealista en ese instante antes de la muerte: Era hombre muerto.

Pero, ante el grito de Avra, el guardia movió bruscamente la cabeza en dirección a ella. El individuo se volvió para proteger su costado de la nueva amenaza, apuntando la espada contra la figura que se acercaba corriendo.

¡Detente, Avra!, gritaba mentalmente Rom, pero ella iba a toda velocidad hacia él, imparable.

La espada del soldado se topó con la muchacha en plena zancada, rebanándole desde el pecho hacia el cuello, cortando carne y hueso en un escalofriante tajo.

Avra supo que iba a morir antes de sentir el ardor del metal. Lo supo incluso cuando corría hacia Rom. No podía retroceder a tiempo. No había escapatoria.

Dos pensamientos le llegaron a la mente junto con la espada. El primero fue que dolía, metal helado como fuego, punzante mientras cortaba.

El segundo pensamiento fue para Rom, quien estaba preparado para agarrarla, con los ojos abiertos. *Nunca volveré a dormir abrazada de él*, pensó la joven.

La hoja le topó la columna vertebral y el mundo se le oscureció.

Avra cayó a tierra, con la mirada fija en Rom.

El cuarto guardia continuó un brusco giro, su hoja dirigida ahora hacia la sección media de Rom, que parecía no poder moverse para defenderse. Tenía la mirada puesta en Avra, que estaba cayendo al suelo, acuchillada y sangrando.

Triphon, que ya había pasado a Rom, clavó su espada en el cuello del hombre. El soldado gruñó una sola vez y cayó a tierra.

Pero Rom apenas se percató de ello. Avra estaba tendida de espaldas sobre la arena. Tenía la caja torácica tajada, expuesta de tal modo que él veía el corazón que ya no palpitaba.

Se le contuvo la respiración. El mundo se le venía abajo. Por un larguísimo momento allí solamente hubo silencio mientras él confiaba en que Avra se levantara del suelo.

Pero ella no se movió.

Una mosca zumbó en la oreja izquierda de Rom. Triphon se quedó inmóvil, a horcajadas sobre el cuerpo del cuarto soldado, respirando con dificultad.

Y Avra...

Avra yacía en tierra.

—¿Avra? —exclamó Rom dando un paso y deteniéndose.

El nombre de su amada surgió con voz ronca.

El abatido joven no podía respirar. Le comenzaron a temblar piernas y brazos. Algo erróneo debía de haber en la imagen que tenía delante. Avra no podía estar muerta. En cualquier momento giraría la cabeza y lo miraría a los ojos. Saltaría, correría hacia él y le lanzaría los brazos alrededor, liberándolo de esta visión de horror.

Avra siguió inmóvil, sus ojos abiertos mirando al cielo mientras el suelo se oscurecía con la sangre que manaba de ella.

Capítulo treinta y ocho

ROM CAYÓ SOBRE UNA rodilla, retorcido hacia un costado, y vomitó. Sus náuseas resonaron por el cañón, pero parecían lejanas, una risita misteriosa desde el pozo más tenebroso en el infierno, burlándose del patético amor de Rom por la mujer que había hallado vida debido a él.

Se arqueó y se lanzó hacia adelante, gateando sobre las rodillas, llegando hasta el cuerpo de Avra con manos ensangrentadas y temblorosas.

—¡Avra!

Su grito ya no era más que un terrible gemido que se elevó y se convirtió en un sollozo. Los ojos femeninos no se movían. El pecho no se levantaba. Una mosca se asentó en la comisura de esos labios.

—Avra...

La espada le había partido el esternón, dejándole los pulmones expuestos al sol. Rom ya sabía que ella estaba muerta, pero su mente no podía captar el carácter definitivo de esa muerte.

—Está muerta —declaró Triphon cayendo de rodillas en la arena al lado de Avra.

¡Ella no puede estar muerta! Cualquiera podía morir. Cualquiera, pero no Avra. Él podía morir. Triphon podía morir. Feyn, incluso el niño, pero no Avra.

¡Pero no Avra!

—La han matado —comentó Triphon.

—¡No! —exclamó Rom sintiendo que el mundo le daba vueltas, dejando tan solo sombras y la fetidez de la muerte donde había habido sol y vida; agarró a Avra por la blusa y la zarandeó con ambas manos—. ¡Despierta!

—Rom...

—¡Despierta! —gritó él ahora, como si con la voz pudiera resucitarla de entre los muertos, abofeteándole luego el rostro—. ¡Despierta, despierta, despierta!

Avra solo miraba ahora un lugar diferente en el cielo.

—Rom, por favor...

—¡No! —volvió a gritar, sintiendo que del estómago le emergía ira, como un mar de negro alquitrán en ebullición, y que él era impotente para detenerla.

—Esto será... —balbuceó Triphon extendiéndose hacia Rom.

—¡La han matado! —gritó Rom, volviéndose ahora hacia Triphon, como si él hubiera sido quien blandiera la espada.

Rom sollozó una vez, un gruñido medio sarcástico de protesta. Un pensamiento le llenaba ahora la mente. Y antes de que pudiera aplicar alguna razón a ello, se puso de pie, caminó tambaleándose hacia delante y agarró la empuñadura de su espada caída.

Se alejó del muro de roca y corrió hacia el guerrero caído que había acabado con la vida de Avra. Gritando a todo pulmón, echó la espada hacia atrás, aún a tres pasos del inerte cadáver, y, acercándose, la descargó con temblorosa furia.

La hoja se estrelló contra la espalda del guardia, haciéndole un profundo corte en la columna.

Entonces se puso a blandir la espada como un bate de béisbol, haciendo trizas el cuerpo muerto. Realmente no era consciente de la carne destrozada a sus pies; su reacción solamente era el singular y cruel intento de vengar la muerte de Avra.

Todo el tiempo gruñendo y rugiendo a través de incontrolados sollozos.

—¡Rom! —exclamó la voz de Triphon tratando de detener esta carnicería, y con una mano le agarró el hombro—. Rom...

Sin pensar, el atribulado joven osciló la espada para rechazar la objeción. La hoja zumbó en el aire, y Triphon escapó solo por un par de centímetros saltando hacia atrás.

—¿Qué estás haciendo? —preguntó su amigo, asombrado.

—¿Por qué la dejaste morir? —gritó Rom, quien apenas podía escucharse—. ¡Juraste que la mantendrías a salvo!

—No sabes lo que estás diciendo, Rom. Por favor...

—¡Ella está muerta! —chilló Rom, que en el arrebato salpicaba saliva y mocos por los aires—. ¡Está muerta!

Triphon tenía el rostro rígido y enrojecido. Se acercó, agarrando la espada de la mano de Rom, y clavándola en el destrozado cuerpo.

—*Él* es tu enemigo, Rom. ¡Saric fue quien mató a Avra!

Pero a Rom ya no le importaba quién la hubiera matado. Solo que estaba muerta, y muerta bajo la protección de Triphon.

Con ira, se lanzó contra su amigo, quien saltó fuera del camino. Instintivamente, Rom giró hacia atrás, ofuscado. Pero antes de que pudiera volver a correr, Triphon saltó hacia delante, blandiendo la espada contra el ensangrentado cadáver del soldado, separándole la cabeza del cuerpo en una certera cuchillada.

—¡*Él* es tu enemigo! —gritó Triphon, volviendo a descargar la hoja, esta vez cercenando el brazo derecho de los despojos.

Sin hacer un momento de pausa, el grandulón saltó sobre uno de los otros cadáveres caídos y enterró la espada en el cuerpo tendido, gritando.

Rom retrocedió, jadeando. Un suave sollozo entró en su pesado mundo. Pero su mirada se había vuelto a posar en el cuerpo de Avra. Ya había sentido una vez la terrible maldición de la muerte, cuando había llorado sobre el cadáver de su madre solo horas después de ser despertado por la sangre.

Titubeó, sintiendo ahora el mismo martillazo aplastándole los nervios con una brutalidad aun mayor que antes. Este era el gran terror erradicado por el Orden. Nada podía compararse a esta burla del amor. Si había alguna paz en la muerte, esta solo dejaba atrás horripilante dolor.

—¡Jonathan! —susurró Triphon.

Rom se acercó al cadáver de Avra, sollozando, solo vagamente consciente de que Triphon estaba corriendo hacia una roca. Allí estaba el niño, acurrucado como un ovillo, llorando.

Pero Jonathan estaba vivo. Avra yacía muerta a los pies de Rom, que se dejó caer de rodillas al lado del cuerpo de ella, poniéndole una mano en la pierna.

¡Querida Avra! Oh, Creador, Avra, lo siento.

Triphon se había colocado sobre una rodilla al lado del niño, quien seguía llorando.

—No sé qué hacer —manifestó Jonathan.

Pero eso apenas importaba ahora. Avra estaba muerta.

—Todo es culpa mía —estaba diciendo el niño, cuando un ave graznó en lo alto—. Ellos mataron a mi madre, ¿verdad? Todo es culpa mía.

—Eso no lo sabemos.

—Pero Rom lo sabe.

Una punzada de tristeza por el niño se unió a la de Rom, pero luego se disipó. No podía pensar con claridad, mucho menos sentir correctamente. Su mente se estaba cerrando por esta tristeza despiadada. No podía ser verdad.

—¿Rom?

Triphon lo estaba llamando, queriendo saber si conocía el destino de la madre del niño.

—Está muerta —confesó Rom.

El niño vaciló por un instante, luego se levantó, volviéndose de espaldas y alejándose cojeando. Sus suaves sollozos flotaron por encima del desfiladero.

Todo es un horrible, un espantoso error, logró pensar Rom.

Entonces se desplomó de costado al lado de Avra, llorando en la arena y perdiéndose ante el dolor.

—La enterraremos aquí —decidió Rom, deteniendo su caballo en lo alto de la colina.

El sol ya había pasado su cenit, pero en la mente de Rom había dejado de existir el tiempo. Había llorado sobre el cadáver de ella, la había abrazado, había apoyado la cabeza en el vientre de Avra.

En cierto momento se había levantado, con las piernas rígidas e insensibles, había colocado el cadáver sobre el caballo de ella, y sin pronunciar palabra había guiado a Triphon y al niño afuera del cañón.

No la enterraría en esa grieta de muerte. No entre esos cadáveres ensangrentados en la arena.

Desmontó. Triphon se detuvo detrás de él. Jonathan se hallaba sentado en su propio corcel a un lado del camino, en la subida siguiente. El niño se culpaba, y en ciertos sentidos también lo hacía Rom. Avra se había entregado tanto por el niño como por él mismo.

Tardaron veinte minutos en cavar una tumba poco profunda usando las espadas, Rom lloraba todo el tiempo. Estaban en el Hades.

Pusieron el cuerpo de Avra al lado de la tumba y Rom se postró de rodillas.

—Se lo debemos quitar —informó Triphon, alargándole un cuchillo.

—¿Qué es esto?

—El niño me dijo en el establo algo que no entendí entonces, pero ahora sí. Me indicó que pensaba que deberíamos conservar el corazón de Avra.

—¿Conservarle el corazón? —gritó Rom—. ¿Conservarle el corazón? ¡Ella está muerta!

—Ella es la primera en morir de los vivos —comentó Triphon asintiendo y tragando saliva—. Conserva el corazón.

—Tú... ¿esperas que yo *le saque el corazón*? —balbuceó Rom, mirándolo a través de un prisma de lágrimas—. ¿Te has vuelto loco?

—Tómalo, Rom —expresó Triphon girando el cuchillo y pasándoselo por la empuñadura—. No dejes atrás el corazón.

El cuchillo era tan largo como su antebrazo. Recto, sencillo.

—¿Sencillamente s...? —balbuceó Rom, sin poderlo decir.

—Sacarlo.

Miró el pecho de Avra, horrorizado. ¿Cómo podía tan inocente niño hacer una sugerencia tan grotesca? Pero no... él solo había dicho que lo guardara. Fue Triphon quien quería sacarle el corazón.

Las manos le temblaban.

Y sin embargo... había una lógica demencial en ello. Por perturbador que fuera, ¿no honraría siempre a Avra quitarle el corazón y atesorarlo?

Rom gritó, hundió la hoja en la herida abierta, liberó el órgano y lo sacó del cuerpo. Estaba frío; sangre espesándose le corrió por los dedos.

Envolvió el corazón en una tela blanca y lo puso en un frasco de vidrio para alimentos que la madre del niño había empacado en una de las alforjas.

—El corazón de Avra —comentó Triphon en voz baja—. Siempre la recordaremos.

Pero la declaración le pareció profana a Rom. Ella era recuerdo para él, no para ellos.

Una vez cubierto el cuerpo de Avra con tierra, Rom agarró una gran piedra y la hizo rodar hasta la parte superior de la tumba. Luego grabó con su cuchillo en la roca:

La vida ha sido tragada por la muerte
Mi corazón se ha ido
Tierna Avra

Eso fue lo único que acertó a decir.

Triphon los llevó al norte hacia las ruinas. El niño cabalgaba detrás y a la izquierda, desplomado en la silla, callado. Aplastado.

Rom los seguía, llevando el corazón de Avra en la alforja. Su propio corazón estaba desfalleciendo.

Quizás ya estaba muerto.

Triphon cabalgaba en silencio, con la mente ida ante el giro de acontecimientos que habían reestructurado drásticamente las reglas del juego.

Avra... muerta.

Rom... casi muerto, cabalgando como un fantasma cincuenta pasos detrás de ellos. Un abatimiento había absorbido a su amigo... no solo tristeza, sino verdadera rabia que amenazaba con exponerlo al peligro.

Casi podía entender la tristeza; el hecho de que Neah los hubiera abandonado en la noche aún lo seguía como una nube negra. Pero si ellos tenían un líder, ese era Rom. Él fue quien los guio en cada ocasión hasta este momento. Y con Avra desaparecida, dejándolo solo como una balanza en medio de este tremendo lío, ellos no tenían rumbo.

¿Haría esto que *él* se hiciera cargo?

¿Cargo de qué? De salvar al niño, sí, pero Rom había estado convencido de que debían llevar al poder al niño. ¿Cómo iban a lograr ahora tan irrealizable tarea? Aparte de eso... ¿cómo habían esperado llevarlo *alguna vez* al poder?

Una cosa era segura ahora, aunque Rom estuviera perdido para ellos: Jonathan no era un niño común y corriente. Supo de antemano que Avra iba a morir, ¿verdad? Quizás no cómo o cuándo, pero Triphon estaba seguro de que el niño lo había sabido de modo intuitivo, tal vez por esos sueños que tenía. El chico había hablado de todo eso en el establo de su madre.

—Un día todo el mundo la recordará —había susurrado Jonathan.

Triphon regresó a ver y se dio cuenta de que Jonathan lo estaba mirando como tratando de decidir si se podía confiar en él. El Creador sabía que Rom se había desentendido del niño a raíz de la muerte de Avra, no que Triphon lo culpara. Neah había maldecido el dolor que les había traído la sangre. Quizás ella tenía razón en algo. Las emociones del Caos habían sido prohibidas por un buen motivo.

El niño espoleó su caballo y lentamente se puso a la par. Parecía muy frágil sobre la enorme bestia. Era extraño pensar que este sencillo niño llevara alguna esperanza en él, un vehículo para la sangre que podría despertar a un mundo muerto. Las lágrimas se le habían secado en el empolvado rostro, dejándole pequeñas huellas que le bajaban por las mejillas. Tenía los ojos bien abiertos... el pobre niño estaba asustado. Y con razón.

—Lo siento —expresó en voz baja Triphon—. Ningún niño tendría que pasar por esto.

Unas nuevas lágrimas aparecieron en los ojos del chiquillo.

—No te preocupes por Rom, Jonathan. Él amaba a Avra. Ya volverá en sí.

—Necesitamos un custodio —consideró Jonathan.

—¿Un custodio? —preguntó Triphon parpadeando—. Tu madre dijo que halláramos a los nómadas, ¿no es así?

—Pero necesitamos un custodio —repitió el niño, mirando a Triphon—. ¿Sabes dónde están los custodios?

—Hasta donde sé, solamente queda uno vivo —contestó él rascándose la nuca—. Está en los calabozos de la Fortaleza.

—Entonces creo que debes ir por él.

—¿Ir por él? He dicho que estaba en la Fortaleza.

—Un custodio sabrá qué hacer.

La situación parecía ser así con el niño: Él sabía algunas cosas, pero no más. Al menos parecía estar consciente de lo que no sabía. Por eso, si afirmaba que debían hallar un custodio, quizás tenía razón.

Triphon miró al frente al sinuoso desfiladero. *Escúchenme, estoy sometiéndome a un niño de nueve años.*

—Está bien —asintió—. Sin embargo, ¿cómo se supone que lleguemos hasta donde el custodio?

—Pregúntale a Rom. Él sabrá cómo, ¿o no?

Triphon se giró para mirar a su amigo, desmoronado en la silla. Ellos no habían hablado de lo que sucediera en la Fortaleza, pero Rom ya se había escabullido hacia allá dos veces hasta ahora.

Triphon podría hacerlos entrar muy fácilmente. Estaba seguro de que entre ellos dos podrían hallar una manera de entrar en los calabozos. Pero sacar al custodio sería un asunto distinto. Necesitarían ayuda interior.

—Se nos está acabando el tiempo, y el camino de regreso es largo.

Una vez más sorprendió a Triphon que este niño estuviera poniendo en ellos su confianza total. Si el pergamino estaba en lo cierto y Jonathan era el niño que se esperaba, él y Rom eran ahora la única esperanza del chico.

A menos que pudieran conseguir al custodio.

—Juré protegerte, Jonathan. Le prometí a Rom que no te abandonaría. ¿Estás seguro de que necesitamos un custodio?

—Él sabrá qué hacer —asintió el niño, fijo en esta única tarea.

Capítulo treinta y nueve

—ASÍ QUE TODO ESTÁ como debería ser —comentó Pravus de pie en lo alto de la torre de la Fortaleza que dominaba Bizancio, a medianoche.

Una extraña luna brillaba en lo alto. Saric se preguntó si debía matarlo entonces. Tarde o temprano el hombre que lo había llevado al poder debía morir.

Pero Pravus no era un tonto al que se mata fácilmente. Incluso ahora era probable que tuviera un asesino ubicado para derribar a Saric ante cualquier señal de traición.

—Mis hombres fracasaron en capturar al niño o sus protectores —explicó Saric.

—¿Crees que no lo sé? —inquirió el maestro alquimista mirando afuera hacia la tranquila noche—. No necesito recordarte que tu propia vida pende de un hilo.

—Me lo has clarificado muy bien.

—Ellos vendrán mañana. Debes estar listo para encontrarlos.

—Déjalos que vengan —objetó Saric tranquilamente—. Estaremos listos, y Feyn será coronada soberana.

—No podemos correr ningún riesgo. Controla tus ansias salvajes de carne.

¿Sabría el sujeto acerca de Feyn? No, esos pensamientos eran solo suyos.

—Me subestimas, anciano.

—¿Cómo puedo subestimar a un individuo que no ha podido acabar con la vida de un niño?

—Pronto el mundo tendrá su verdadero soberano, y comenzará una nueva era de Caos —informó Saric, mirando directamente al maestro alquimista—. Y tú aprenderás a no volver a cuestionarme.

El corazón de Triphon le martillaba con fuerza. Regresar a la Fortaleza y hallar a Rowan, siguiendo el más bien indiferente recuento de Rom acerca de sus propios métodos, había sido una tarea relativamente fácil. Pero no había sido fácil convencer al presidente del senado de que lo escuchara. El hombre había estado caminando y retorciéndose las manos durante media hora.

Rowan se la pasó diciendo que Saric le había prohibido tener cualquier conversación con Feyn. Este asunto al que Rom le había abierto los ojos lo había angustiado con pesadillas.

Si Saric era la amenaza, entonces seguramente el custodio, el más grande enemigo de Saric, estaría con Feyn, no contra ella. Es más, el custodio podría ser la *única* esperanza de Feyn de sobrevivir a cualquier conspiración que su hermano hubiera tramado. Si la evidencia que Rom y ahora Triphon habían desplegado ante Rowan resultaba ser cierta, y Saric pretendía suceder a Feyn en el trono como lo requería la nueva ley, la vida de Feyn estaba realmente en terrible peligro.

Triphon creía que él había hecho un buen trabajo al respecto.

Por el mismo Rowan se enteró de los esfuerzos que este había hecho por presentar una moción ante el senado para derrocar a un soberano en el cargo. Pero no había funcionado. Ya había sido bastante difícil postergar la orden del soberano actual de matar a todos los niños de nueve años. Saric se había enfurecido cuando se enteró de las acciones de Rowan, y amenazó con ejecutarlo por traición. Pero apenas había tiempo para esa orden antes de la toma de posesión. Así que había acusado a Rowan de poner la vida de Feyn en grave peligro, para luego salir a toda prisa de su despacho.

—Él no sabe que estoy al tanto de todo lo que está haciendo —comunicó Rowan—. Pero ahora yo vivo bajo una sentencia de muerte.

—Entonces ayúdeme a sacar al custodio —había dicho Triphon—. Él no representa ninguna amenaza para usted o Feyn, solo para Saric. Usted podría estar salvando su propia vida, amigo. ¡Ayúdeme!

Por fin Rowan le había dado lo que necesitaba, aunque solo por miedo al Orden y, en última instancia, por miedo a perder su propia vida. Esta era la peor parte de la muerte, y la más egoísta, pensó Triphon.

Rowan no lo ayudaría, ni se atrevería a hacerlo directamente. Por suerte, cinco siglos sin amenazas ni incidentes permitieron a Triphon abrirse paso dentro de la mazmorra, usando solo una simple túnica de sacerdote como disfraz, sin levantar ninguna alarma.

Siguiendo las instrucciones de Rowan, había pasado por la entrada trasera, la cual él conocía muy bien, y luego había bajado a los calabozos. Tardó solo unos minutos en localizar la cueva en que tenían al custodio.

Una antorcha solitaria iluminaba la celda con barrotes. Se oían ronquidos en el interior.

—¿Hola?

El anciano roncó una vez más mientras dormía, luego se volvió a sus sueños, ajeno a lo que pasaba a su alrededor.

—Despierte, anciano.

—¿Eh? —exclamó, levantando sobresaltado la cabeza, y Triphon pensó que el hombre más parecía un roedor gigante sorprendido comiendo migas de pan en el oscuro rincón.

¿Era este el custodio? Primero un niño frágil y lisiado para salvar al mundo, ¿y ahora esta antigua momia para guiarlos? Con Rom perdido en su propia angustia y Triphon mismo como el único con aparente agudeza... se hallaban en una misión de tontos.

—¿Es usted aquel a quien llaman el custodio?

—¿Quién lo dice? —preguntó el hombre con voz áspera después de aclararse una molestia en la garganta.

—Lo digo yo. Triphon, amigo de Rom Sebastián y del niño con quien él cabalga.

Triphon pudo ver qué clase de reacción había provocado eso.

—¿El niño?

—Sí, el niño.

—¿Qué niño? —averiguó el anciano enderezándose, de pronto totalmente despierto e involucrado.

—Dígame usted.

—Qué... ¿lo encontraron?

—No sé, ¿lo hicimos?

El viejo se agarró de la tosca pared y se puso de pie. Dio un paso adelante e hizo un débil intento de limpiarse la baba de la boca barbada con el dorso de la manga.

—¿Halló Rom al niño prometido?

—Si por *niño prometido* usted se refiere a Jonathan, un inválido que tiene sueños y...

—¡Lo sabía! —interrumpió el custodio corriendo hacia los barrotes y agarrándose de ellos con nudillos blancos como un poseído—. ¿Está vivo?

¿Vivo?

—Por supuesto. ¿Cree usted que desenterramos un cadáver?

—¡Quiero decir vivo! ¡*Vivo*, amigo! ¿Está *vivo*?

No había duda de que este debía ser el custodio.

—Estaba llorando cuando lo dejé.

El anciano contuvo el aliento.

—Su madre está muerta. Igual Avra, asesinadas por los soldados de Saric. Rom está derrotado y con el corazón destrozado. El niño me dijo que necesitamos un custodio.

—¿Dijo eso? —exclamó el viejo parpadeando, los ojos bien abiertos por el asombro—. ¿Dijo mi nombre?

—No. ¿Hay otros custodios que yo debería buscar en este lugar?

El hombre sacudió los barrotes, corrió hacia la cerradura y volvió a sacudir la celda.

—¡Sáqueme de aquí, amigo! Sáqueme de la maldita prisión. Tengo que ir ante mi maestro.

Triphon metió la mano en el bolsillo, agarró la gran llave que Rowan le había dado, y se acercó a la cerradura.

—Él no es lo que usted podría imaginar. Seguramente ningún maestro que...

—¡Apúrese, amigo!

—¡Baja la voz!

—¿Sabe usted lo que esto significa? —inquirió el custodio extendiendo las manos a través de los barrotes y agarrando a Triphon por el cuello—. ¿Tiene usted la más leve idea de cómo la historia ha conspirado para volvernos a traer a este momento exclusivo de esperanza?

—Si no me suelta para que pueda moverme, usted saldrá de aquí inconsciente.

La mirada frenética del hombre buscó la de Triphon, entonces le soltó el abrigo.

—¿Es usted uno de los cinco? ¿Vivo?

Oírlo de esa manera llenó a Triphon con una renovada sensación de propósito.

—Lo soy.

—¿Y cómo se llama?

—Triphon.

—Entonces yo soy su mejor amigo, Triphon. Ahora sáqueme de aquí y lléveme ante el niño.

Capítulo cuarenta

EL AMANECER SE EXTENDIÓ como una herida a lo largo del horizonte, filtrando luz carmesí en el cielo oriental.

Habían fracasado. Avra estaba muerta, enterrada en una tumba en la cima de una colina.

Rom pasó las horas nocturnas en lo alto de los riscos, agradecido por la oscuridad y el zumbido del viento, que se le enlazaban como una mortaja sobre la mente.

Pero el viento había disminuido con la oscuridad y el dolor se había intensificado con la luz. El joven estaba agotado, pero el sueño se negaba a brindarle algo de paz.

Desde su posición panorámica podía ver las lengüetas de fuego por debajo del desfiladero. A poca distancia del campamento, la laguna poco profunda que les había proporcionado agua reflejaba el color rojizo del sol naciente.

El niño le había dicho a Triphon que necesitaban un custodio. Era obvio que Rom ya no estaba calificado para guiarlos. No que él no estuviera de acuerdo. Se lo había tragado el despecho. Todo el asunto de conducir al niño al poder a fin de traer vida a las masas se le asentaba como un trago amargo en la garganta. ¿Cuán buena era la vida si producía tan terrible sufrimiento? Los pensamientos de Rom eran injustos, muy cierto, pero no los podía rechazar.

Había cumplido su papel de encontrar al niño, y le había dicho a Triphon cómo hallar al custodio, pero no lograba ver más allá de este día hacia la esperanza que el niño pudiera traer.

Para su sorpresa, Triphon había regresado con el custodio en medio de la noche.

Cuando llegaron, el custodio había corrido hacia el niño y había caído de rodillas, para luego levantar las manos al cielo y expresar a gritos su dicha.

—Mis ojos han visto la esperanza ante la cual he jurado lealtad. Hoy día todos los que por generaciones han guardado este conocimiento secreto encuentran cumplimiento en este linaje del primer custodio, como estaba profetizado —había dicho el hombre, y después había besado los pies del niño, levantando la mirada hacia Rom—. Y ahora, cuando Feyn nos vea en la toma de posesión, todo se habrá ganado.

Cualquiera que fuera el significado de eso, Rom lo ignoraba.

Jonathan había permanecido allí, conmovido por la grandiosidad del custodio, quien luego lo había tomado de la mano para llevarlo al cañón, donde pasaron solos dos horas. Cuando volvieron, las lágrimas del niño habían desaparecido. En sus ojos había admiración.

Rom se había alejado del fuego, yéndose a la oscuridad.

—Dejen que se vaya —declaró el custodio.

Había escuchado al anciano y a Triphon hasta altas horas, hablando acerca de los nómadas.

—Los conocíamos desde los primeros días —explicó el custodio, rodeando la hoguera—. Fueron los custodios quienes confirmaron que los nómadas sospechaban del engaño del Orden, y quienes les enseñaron a sobrevivir. Pueden pasar días sin agua y subsistir en el terreno más árido. Además, sus caballos están criados para ser tan resistentes como ellos. Vienen y van como fantasmas, y mudan campamentos enteros en solo una hora.

—¿Qué pasa si nos encuentran aquí? —averiguó Triphon.

—Ellos ya saben que estamos aquí, muchacho. Es probable que ahora mismo nos estén observando, especialmente aquí, cerca de las ruinas, las cuales consideran sagradas. Cada vez que he puesto un pie en estas tierras, uno de ellos se ha topado conmigo el primer día de mi llegada.

—Así que usted ha estado antes aquí.

—Desde luego. Y ahora me entero de que el niño también vivió entre ellos un tiempo. ¡Nunca lo supe!

Mientras Triphon ponía atención a las palabras del custodio, Rom se angustiaba a muerte en medio de su miseria. Nada de esto importaba. Ya no. Muy pronto, el custodio sería prácticamente una reliquia con la sabiduría que protegiera todos estos años, y el niño sería solo otro huérfano más.

Los había dejado en la hoguera y había venido aquí a enfrentar solo la salida del sol. El custodio caminaba y hablaba otra vez, Triphon estaba a sus pies haciéndole preguntas. El niño no estaba a la vista. Luego el anciano agarró una espada de la mochila de Triphon, poniéndose a esgrimirla con sorprendente destreza. Triphon se puso rápidamente de pie con una segunda arma, tratando de seguirle los movimientos.

Como si algo de esto importara.

El cielo en el oeste tenía aún el color azul oscuro de la noche que se replegaba. Pero no tenía nubes. El Día del Renacimiento amanecería brillante y claro en Bizancio. Los habitantes de la ciudad tomarían el radiante cielo como augurio de algo por suceder, inconscientes de que el Renacimiento solo era una ilusión. Los sacerdotes orarían y creerían que el Creador los habría bendecido incluso mientras Feyn se convertía en soberana ante la punta de la espada de Saric.

Más allá del desfiladero estaban las ruinas antiguas, perfectamente camufladas por el terreno, perdidas entre los farallones a menos que uno se acercara hasta la estrecha hondonada o mirara directamente hacia abajo. Se rumoraba que había sido una iglesia esculpida directamente en el interior de la roca por monjes al final de la era del Caos, y se creía que había sido destruida hacía más de cuatrocientos años. Desconocidas para el Orden, los custodios y los nómadas tenían este lugar como su refugio.

Rom se puso en pie en el saliente, rechazando una idea pasajera de lanzarse por el borde hacia las rocas abajo. Examinó el cañón.

Solo entonces notó a Jonathan sentado en lo alto de un borde rocoso, mirándolo. Había creído en ese niño; sin embargo, ¿qué le trajo eso? Nada más que el ensangrentado corazón de la mujer que amaba, encerrado en un frasco casero.

Cambió la mirada y la enfocó en el horizonte. El primer borde del sol estaba extendiendo su nociva luz en el cielo. A kilómetros de distancia en Bizancio pronto estarían tañendo las campanas.

Rom volvió a mirar por el cañón. El niño se había ido.

El viento se levantó, dando una nota hueca a través del abismo. Era el sonido que acompañaría a la tumba de Avra durante las edades. Ella no estaría allí para oírlo. Avra, quien temía congregarse, quien temía la muerte más que a nada, se había topado ahora con ella.

El dolor en la garganta de Rom era tan terrible que no podía tragar.

La misión del custodio de proteger vida; el pergamino que prometía la llegada de esa vida; el niño que traería aquella vida... El destino de Avra se alzaba en son de burla ante todo eso.

—No —gruñó Rom a través de la mandíbula apretada, enfrentando al viento, ahora con los puños cerrados—. No.

Más fuerte la segunda vez.

No obstante, ¿qué diferencia haría toda su negación? ¿Qué atención daría la muerte a su conmovedora voz? Estaba imposibilitado sin Avra.

Los hombros le comenzaron a temblar con imparables sollozos. Las lágrimas le pusieron borroso el cielo. Dejó caer la cabeza y lloró, deseando que esa muerte lo tragara también. Por primera vez desde la muerte de Avra, Rom permitía que le brotaran lágrimas. Alzó la barbilla al viento, extendió los brazos, abrió la boca al cielo y sollozó. El sollozo se convirtió en lamento, horrible y fuerte, alimentado por su propio odio a la muerte, con la respectiva burla a la vida.

Por esto había perdido a todos: su padre, su madre. Pero al menos ellos nunca habían saboreado la verdadera esperanza de vida. Avra sí.

¿Había ella recibido vida para esto? ¿Y él? ¿Había despertado su corazón al amor, al gozo y al éxtasis solo para ser truncado por la muerte? Había sido un tonto al abrazar la vida. ¡Un necio!

Se volvió y se dirigió hacia su corcel, abriendo bruscamente la alforja y extrayendo el frasco que contenía el corazón de Avra. Lo abrió, apenas capaz de mirar. Lo desenvolvió del trapo ensangrentado.

Agarró el corazón en el puño, frío y sangrante, y corrió hacia el borde del precipicio con la mandíbula firme. Entonces alzó el puño al cielo y gritó. La sangre fluyó del corazón y le recorrió los antebrazos. Lo apretó con más fuerza, temblando de ira.

Te maldigo.

Maldigo el día en que encontré vida.

El joven se estremeció.

Si esto es el dolor que viene con la vida, maldigo esa vida. ¡Déjame unirme a ella!

—¿Cómo te atreves a darme vida solo para quitármela —susurró después de una prolongada respiración—. Hazme morir. ¡Hazme morir una vez más!

Solo hubo silencio por respuesta.

Fue hasta el caballo, sacó el pergamino del custodio y envolvió el corazón de Avra en el texto que había prometido vida otra vez.

Tardó quince minutos en llegar al fondo del cañón. Pero pudo haber tardado una hora. Ya no le importaba.

Cabalgó hasta el campamento donde el custodio y Triphon participaban en alguna clase de debate. El niño estaba sentado sobre una saliente cincuenta pasos más cerca de las ruinas. El custodio retaba a Triphon para que fuera hacia él. Ambos tenían espadas. El hombre más alto se abalanzó y Rom miró, seguro por un instante de que estaba a punto de partir al anciano en dos. Pero el delgado custodio se apartó de un salto. Solo el breve silbido del acero delató la esquivada que lo había salvado.

—¡Rom! —exclamó Triphon, enderezándose al verlo.

Los dos bajaron sus armas mientras el joven se acercaba.

Rom desmontó. Sacó el pergamino doblado alrededor del corazón inerte de Avra, y caminó hasta el custodio, lanzándole el corazón al viejo.

—Si esto es lo que trae su promesa, no quiero nada de ella.

—Vamos muchacho, no sabes lo que estás diciendo —objetó el hombre tuteándolo y agarrando el paquete.

—¿Muchacho? Mi madre me llamaba así. Mi padre lo hizo una vez. Ambos están muertos. Lo único que su promesa de vida ha traído es *muerte* —dijo él escupiendo al suelo a los pies del hombre.

El custodio le devolvió la mirada.

—¿Llama vida a esto? —gritó Rom—. ¡Deseo morir!

Entonces abrió completamente los brazos.

—¡Máteme!

—No quieres decir eso.

Rom no había terminado.

—Usted se ha engañado al creer que las antiguas palabras importan, pero la verdad es que esa es una promesa de muerte. Mejor dejar a todos muertos que darles vida para luego quitársela.

—Llegará el día, Rom, en que verás todo esto de modo distinto —explicó el anciano, pasándole el atado a Triphon—. Cuando el niño regrese como un guerrero vestido con una túnica de color rojo. Blanca, sumergida en sangre. La suya propia. Te lo prometo.

Aquello no tenía sentido. El niño no era guerrero... nunca lo sería. La única sensación que Rom conocía era dolor.

—Deja que el corazón de ella sea una señal de esa promesa —continuó el custodio, pinchando el pergamino con el dedo—. Verás que tienes vida y que no la agradeces; tú que hablas a un anciano que daría su cabeza por ver un solo día de la vida que ahora posees.

—Guarde sus palabras. Este sufrimiento no es vida.

—¡La única razón de que sientas dolor es porque estás vivo, muchacho! —cuestionó el viejo—. Este es el misterio del asunto. La vida se vive en el borde irregular del filo de ese abismo. Si caes, podrías morir, ¡pero si huyes de ese precipicio, ya estás muerto!

—¡Entonces preferiría estar muerto!

—Y la muerte de Avra habría sido en vano. El mundo huyó una vez del abismo de la vida. Nos despojó a todos de humanidad y estableció su Orden de muerte. Ahora hablas como aquellos que conspiraron para matar a toda alma viviente.

—¿Qué sabe usted? ¿Ha sentido este dolor?

—No —contestó secamente el custodio.

Rom pasó junto a ellos y se dirigió al farallón de rocas que ocultaba la laguna en el costado lejano.

—Te necesitamos, Rom —comentó el custodio detrás de él—. Nuestra misión es un fracaso a menos que vayamos a la toma de posesión y Feyn te mire a los ojos.

—No *hay* misión —rebatió Rom, dando media vuelta.

—Se lo prometí a ella. Es inútil sin ti. ¡Tú mismo hiciste una promesa! ¡Debes aprender a controlar esas emociones, muchacho!

—¡No pedí estas emociones! —exclamó Rom escupiendo en el suelo y mirando sobre el hombro—. He cumplido mi promesa. Usted tiene su precioso pergamino. El niño está vivo.

Se volvió y se alejó a toda prisa.

—Y Avra está muerta.

Capítulo cuarenta y uno

E N EL MUNDO HABÍA siete continentes principales. Y siete parlamentos que los regían. Siete, por el Creador; siete, el número de la perfección.

Bizancio los gobernaba a todos.

Ahora su población de quinientos mil había aumentado a casi un millón. Entre ellos, senadores, prelados, cada uno de los gobernadores continentales, y casi todos los veinticinco mil de la familia real del mundo.

Feyn había sido elegida de entre muchos candidatos no por título ni por mérito, sino por la mano del Creador mismo, según los ciclos de doce años del Renacimiento, los cuales se habían completado tres veces en el reinado de cuarenta años de Vorrin. Se habían registrado los nacimientos de los miembros de la realeza más cercanos a la séptima hora del séptimo día del séptimo mes de cada nuevo ciclo. Y el nacimiento de ella, entre los demás, había sido el más cercano de todos.

Según el Orden, un soberano debía tener al menos nueve años para tomar posesión, y dieciocho para gobernar. La elección de Feyn había sido anunciada nueve años antes, al final del último ciclo, y durante estos nueve años se había estado preparando para gobernar, dedicándose a todos los asuntos del Orden y a la lealtad a la verdad.

Durante nueve años, el mundo había esperado este día.

Este era el camino del Orden, y el Orden traía paz al mundo. El gobierno de Feyn iba a comenzar una nueva era de Orden, la primera vez que un soberano sería reemplazado por su propia hija.

El mundo estaba preparado. A través del globo, la luz azul de las pantallas de televisión iluminaba las ciudades principales de cada continente, transmitiendo imágenes de la toma de posesión en Bizancio.

La observancia del Renacimiento exigía ser presenciado por todos, hombres, mujeres y niños. La transmisión de autoridad de un soberano a otro estaba entre los sucesos más sagrados. Cada ciudad en todo el mundo congregaba a cientos de miles para observar y jurar en voz alta su lealtad mientras Feyn Cerelia tomaba el poder sobre los continentes de Asiana y Europa Mayor, de Nova Albión y Abisinia, Sumeria, Russe y Qin.

La mayoría de observadores había acampado durante días por la Vía de los Desfiles. Los kioscos estaban llenos de espectadores que tenían los mejores asientos, y llevaban dos días abiertos. Tiendas, baños portátiles y vendedores habían atascado las calles laterales de Bizancio por un radio de más de un kilómetro desde ayer, por lo que los autos negros de miembros de la realeza y de los presidentes de los continentes que llegaban debían ser conducidos muy lentamente.

El sol brillaba en lo alto sobre la ciudad, aparentemente en todo el mundo.

La nueva era estaba a punto de comenzar.

Capítulo cuarenta y dos

ROM YACÍA BOCA ABAJO sobre la arena al lado de la laguna. Pasó una hora en silencio, tan vacío de todo lo que no fuera dolor que se preguntó si después de todo el Creador había contestado su oración de hacerlo morir otra vez. Lentamente, su vacío lo tragaba y lo atraía hacia el siguiente mejor lugar de este lado de la tumba.

Soñar.

Soñó, una tenebrosa pesadilla relacionada con el rostro de Avra cuando la espada le abría el pecho, dejándole al descubierto el corazón. Pero como pasa en los sueños, la escena lo dejaba y era reemplazada por otra llena con la imagen de un niño que se hallaba de pie en la arena, con los brazos colgando a los costados y el rostro manchado con lágrimas.

Este era el niño cuya vida había demandado la muerte de Avra.

Rom permaneció quieto, mirándolo con cautela, inseguro de qué deseaba el chico o de qué podría decir después de todo lo que había ocurrido. El desfiladero estaba en silencio, excepto por el sonido de la propia respiración de Rom y el muy débil ruido de murmullos: el custodio inventando historias para un público ávido.

—Si yo pudiera hacerla volver, lo haría —manifestó él—. Pero mi sangre no está lista. Y aunque lo estuviera, no estoy seguro de que funcionara.

Este era el eco de algo que había oído decir al custodio alrededor de la hoguera.

—Solo soy un niño, Rom. Y necesito que me protejas.

Le había hecho una promesa a un anciano en un callejón con relación a un frasco desconocido para él. Ese había sido un Rom diferente. Uno muerto.

—¿Me ayudarás si comparto contigo mi sueño? —preguntó el niño.

La culpa se asentó sobre Rom con la tierna voz del niño. Jonathan también había sentido el dolor de la muerte. Había perdido a su madre y había llorado. Era un inválido, una amenaza para todo lo que el Orden defendía, un niñito indefenso perdido en un mundo que lo desechaba. El mundo lo cazaría para matarlo.

Y aquí Rom dormía, ahogado en autocompasión.

—Siento mucho lo de tu madre —le dijo—. Pero no sé si te puedo ayudar. Mi corazón está destrozado.

—Entonces tal vez nos podamos ayudar mutuamente, porque el mío también lo está.

Por un momento, el sueño se desvaneció, luego volvió a comenzar como a veces pasa con los sueños. Esta vez cambió su respuesta cuando el niño mencionó compartir el sueño.

—¿Qué sueño? —inquirió.

—El sueño que estoy teniendo con Avra —contestó el niño.

—¿Estás soñando con Avra? ¿Qué significa eso? ¿Cómo funcionan tus sueños?

—Simplemente sueño. Pero creo que son reales, por lo que tal vez tú también puedas verlos.

—Déjame ver a Avra —pidió él después de titubear un instante—. Por favor. Muéstrame tu sueño.

El niño se adelantó y de repente Rom se vio durmiendo de espaldas allí en la arena de la laguna. El niño se acomodó y le apoyó la cabeza en el vientre como si fuera una almohada. Se acurrucó, puso una mano en el pecho de Rom y cerró los ojos.

Qué extraño, pensó Rom. *El niño que un día gobernará al mundo está durmiendo sobre mí.*

Pero entonces el sueño volvió a cambiar. Estaba otra vez en el desfiladero, totalmente despierto, aunque algo en su interior le aseguraba que se hallaba dormido.

—¿Rom?

Una voz susurró a través del cañón, dulce y fuerte. Una voz que nunca olvidaría. El pulso se le aceleró, y se volvió lentamente.

Reconoció a Avra al instante a pesar de que sus ojos, una vez de color café oscuro, ahora eran tan pálidos como el oro.

Ella estaba a diez pasos de distancia, vestida de blanco. Su piel parecía a la vez tanto refractar como invitar al sol. Rom se quedó sin aliento. Apenas ayer la habían enterrado y sin embargo allí estaba... viva.

—¿Avra?

Ella lo miró, y parecía tan sorprendida de estar aquí como él de verla. Avra avanzó un inseguro paso. Luego otro, y otro mientras se cerraba el espacio entre ellos.

La joven se lanzó en brazos de él, y estuvo a punto de golpearle los pies. Rom la alzó y hundió el rostro en el cuello femenino, inhalándole el aroma como si fuera el único aire que podía darle vida.

—Avra... —balbució, intentando decir más, pero solamente le salió un sollozo.

—Rom —declaró ella, llorando, casi sin poder pronunciar ese nombre—. ¿Eres tú de veras?

Las lágrimas bajaban por las mejillas de Avra.

—¿Parezco un fantasma? —inquirió Rom retrocediendo para que ella pudiera verlo.

—No —respondió ella.

Avra parecía tan hermosa, tan perfecta. Él le besó los ojos, el cabello. Le acarició el rostro con manos temblorosas, siguiéndole el rastro de la línea del cuello, la amplia curva de su cicatriz. Besó la suave piel, dejándole lágrimas en la estela de sus labios. Pero seguramente...

Perfiló el cuello hacia abajo en el centro, hacia el esternón, donde la espada había cortado. La piel allí era suave, sin marcas.

—Te extrañé, Rom.

Él recorrió los labios por la mano y los dedos de ella, luego la tomó en sus brazos.

—Y yo te extrañé. Te extrañé muchísimo —admitió el joven.

Avra era carne cálida en brazos de Rom, y el corazón le palpitaba otra vez en el pecho.

—¿Hizo esto el niño? —preguntó él.

—No sé, pero estoy viva. Quizás no en la carne, pero estoy viva.

¿Qué estaba diciendo ella? Rom buscó al niño con la mirada, pero se había ido. ¿Estaba soñando? Debía de estarlo, y sin embargo...

—No puedo estar contigo, Rom.

—¡Entonces iré a ti!

—Shh, shh —pidió ella poniéndole un delicado dedo en la boca—. El mundo te necesita. El niño te necesita. Pregunta al custodio, él sabrá qué hacer a continuación. Guíalos, Rom. Recuerda mi corazón y guíalos. No dejes que tu abatimiento se interponga más en el camino.

Avra parecía ahora diferente, más sabia, de más edad, como si en su muerte hubiera vivido otro lapso de vida. Él se aferró a ella, de pronto temeroso de que su amada pudiera desvanecerse.

—El corazón humano es algo delicado —comentó ella retrocediendo y poniéndole la mano en el pecho—. Ahora lo sé. Es la tristeza que sientes lo que te permite ansiar el amor. Sin ese sufrimiento no habría verdadero placer. Sin lágrimas no habría gozo. Sin ausencia, no habría anhelo. Este es el secreto del corazón humano, Rom. Sientes mucho dolor, lo puedo ver en tus ojos, pero también hay amor. Al final lo único por lo que vale la pena vivir es para amar. Lleva ese amor a la humanidad.

—Lo haré, Avra —prometió él cubriéndole la mano con las suyas.

—Libra una guerra a muerte. Vive para amar.

Rom sintió que el corazón le iba a estallar al oír esas palabras de ella.

—Lo haré. Mientras viva pelearé por amor.

—Tendrás que aprender a dominar tus emociones. Son nuevas, como las de un niño ahora, llenas de pasión. Nunca permitas que se marchiten, o parte de ti morirá. Pero también te pueden destruir. Valóralas mucho, pero no permitas que te dominen.

—Nunca.

No estaba seguro de lo que ella quería decir, pero lo decía con tal ternura y autoridad que no se atrevió a cuestionarla. Esta era Avra, adorable y frágil, temerosa Avra.

Ahora ella era su reina.

Avra sonrió y lo miró profundo a los ojos.

—Te amo, Rom —afirmó, y lo besó tiernamente en los labios—. Te amo con todo mi corazón. No dejes que mi amor por ti se desperdicie.

—¡No lo haré! Lo juro, no lo haré.

Un instante Avra estuvo en manos de Rom, y luego ya no estaba. Por un largo momento, el mundo alrededor de él giró, vacío pero aún lleno de ella. De Avra.

Los ojos del joven se abrieron de par en par, mirando el cielo azul con el corazón saliéndosele del pecho. Un sueño. ¡Solo un sueño! La sangre se le drenó del rostro mientras la pesadez de su pérdida se asentaba sobre él. Ella había estado allí, en sus brazos, y ahora se había vuelto a ir.

Se dio cuenta de un peso que tenía en el estómago, y se irguió un poco para ver sobre su vientre la cabeza del dormido Jonathan. El chico tenía el brazo izquierdo, delgado y frágil, enganchado sobre el pecho de Rom.

El mundo aún daba vueltas alrededor de Rom, dejando solo esta acostada forma del tierno niño, cuyo pecho se expandía y contraía lentamente a medida que respiraba por la nariz, las pestañas difuminándosele sobre las mejillas.

Rom supo entonces que había hecho algo más que simplemente soñar. Había compartido los sueños *del niño*... los cuales no eran simples sueños, sino una especie de reflejo de la realidad.

En cierto modo que Rom aún no podía comenzar a entender, Avra todavía estaba con él, rogándole que salvara a este mismo niño.

Los ojos de Jonathan se abrieron parpadeando.

Se miraron uno al otro, paralizados en el momento.

—Estás aquí —expresó Rom.

—¿Soñaste? —preguntó el niño irguiéndose sobre un codo.

—¿Cómo... cómo haces eso?

—No estoy seguro.

—Vi a Avra —comunicó el joven poniéndose de pie, chocando con Jonathan en medio de su prisa.

El niño se colocó la pierna buena debajo del cuerpo y se apoyó para levantarse.

—Yo también —dijo con inseguridad, mirando hacia arriba a Rom.

—¿Fue real?

—Tuvo que serlo.

—¿Puedes volver a compartir tus sueños?

—No... no lo sé.

Qué niño hermoso. Qué hermosa alma.

Verdad. Amor. Belleza, había dicho Feyn. Verdad, Rom la había hallado. Amor, también lo había encontrado. Belleza, permanecía ante él.

¿Qué había pasado con él, que había tirado tan fácilmente su lealtad? Entonces cayó sobre una rodilla y agarró al niño por los hombros, hablando por encima de la viscosidad que se le formaba en la garganta.

—Lo siento mucho. Perdóname.

—Te perdono —contestó sencillamente el niño.

—Me pediste que te protegiera. Jonathan, te prometo que mientras viva estaré a tu lado —le prometió, y se le quebró la voz; creyó que debía decir más, pero solo pudo añadir—. Te lo prometo.

—Gracias, Rom.

De pronto en la mente de él floreció la misión que tenían. Se puso de pie, agarró la mano del niño, y lo dirigió hacia el campamento.

—Vamos.

Triphon y el custodio aún estaban ante el fuego cuando Rom llegó al despeñadero. Ambos se giraron al unísono. Por un instante ninguno de ellos dijo nada.

—¿Dónde está el corazón? —averiguó soltando la mano de Jonathan mientras corría hacia ellos.

—¿El corazón?

—El corazón de Avra. ¿Dónde está?

Triphon sacó el atado de su mochila y se lo pasó. Rom agarró el pergamino, desenvolvió el paquete y levantó en alto el corazón anidado en el suave cuero.

—Este será nuestro grito de batalla. No dejaremos que la muerte de Avra se desperdicie. Por el corazón de Avra.

—¡Por el corazón de Avra! —exclamó Triphon mirando al custodio y golpeándose el pecho con la palma abierta.

—Siempre, siempre por el corazón de Avra —comentó Rom; entonces se volvió hacia el anciano—. ¿Cuánto tiempo tenemos?

—Cinco horas —respondió el custodio arqueando una sonrisa y volviéndose hacia su caballo—. El tiempo es corto.

—¿A dónde vamos? —preguntó Triphon.

—Llevaremos a Jonathan a la toma de posesión —anunció Rom.

—Nunca lo conseguiremos.

—Entonces mejor es que cabalguemos aprisa.

Capítulo cuarenta y tres

EL MUNDO SE HABÍA vuelto un hervidero al otro lado de la ventana de Feyn, llegando el sonido hasta aquí, al interior de su cerrada y vigilada recámara. Dentro de su apartamento, las mesas y los rincones del cuarto principal estaban abarrotados con frescos adornos florales de toda clase traídos por los sirvientes: regalos que portaban los nombres de las miles de familias reales que las habían enviado.

Feyn se había dedicado a prepararse, seleccionando su propia vestimenta para la ocasión, haciendo pausas para leer las tarjetas en las flores, oyendo los gritos de las multitudes afuera.

Cualquier cosa con tal de ahogar las inquietantes palabras del custodio.

Nuala la había embellecido obedientemente, acicalándole el cabello, aplicándole el delineador de ojos y poniéndole colorete en los labios. Pero la criada no podía ocultar el temor en la mirada.

Entonces ella también lo supo: La muerte esperaba más allá de ese podio. Saric no la dejaría vivir mucho tiempo.

Feyn miró la imagen frente a ella en el espejo: el ícono mundial, vestida de un tierno blanco. Pero su mente estaba lejos del Renacimiento.

—El mundo la espera, mi señora —dijo Nuala mientras le alisaba las mangas una vez más.

Feyn la despidió con un gesto.

Lo que el custodio sugirió era imposible. Iba en contra del mismo Orden que ella estaba destinada a defender. La verdad. ¿Pero lo era o no?

¿Qué era la verdad? Ella, la esclava de la verdad, de pronto ya no estaba segura de su creencia.

Si lo que el custodio dijo era cierto... querido Creador, ella comenzó a rogar porque no lo fuera.

Pero si lo era, solo ella podría salvaguardar esa verdad.

Se miró al espejo. El rostro que había conocido como de la futura soberana le devolvía esa mirada fija. ¿Sería posible que el método del custodio fuera el único?

Se dirigió a la ventana. Los corceles grises, engalanados con guirnaldas de flores, estaban listos cerca del portón. Las puertas también estaban adornadas con hermosas hojas. Más allá de ellas, la ciudad bullía como una gran entidad viva, una multitud de personas acicaladas de verdor, agitando ramas con hojas y flores que habían comprado a vendedores en la calle.

Si se apoyaba contra la ventana, Feyn podía ver a los miembros reunidos de la realeza, miles de ellos agrupados a la entrada hacia la gran basílica más allá de la puerta de la Fortaleza. A ellos pertenecían los asientos al final de la Vía de los Desfiles, más cerca de la plataforma levantada sobre los peldaños de la basílica donde se llevaría a cabo la ceremonia.

Cientos de miles de almas, todas venían a observar el Renacimiento.

De pronto se oyeron golpes en la puerta, la cual se abrió bruscamente para dejar ver a un guardia de espaldas anchas.

En ese instante, Feyn ya había resuelto el asunto en su mente: Pondría a Saric en custodia una hora después de la toma de posesión y haría lo que fuera necesario para proteger el Orden. Si Saric pretendía matarla, pagaría por este horrible crimen con su propia vida.

Por otra parte, si lo que el custodio había dicho era verdad, Saric sería el menor de los problemas que ella enfrentaba.

—Mi señora, es la hora.

—¿Cuánto tiempo? —gritó Rom por encima de su hombro; el sol estaba casi directamente en lo alto.

—Menos de una hora —reveló Triphon—. ¡No lo lograremos!

Habían llegado al borde de la colina de Bizancio y solo encontraron calles vacías. Todo el mundo había ido a colocarse por el recorrido procesional o a ver las ceremonias en áreas con televisores. Todo espectador podía contar con la puntualidad del Orden. La nueva soberana sería recibida puntualmente a mediodía.

—¡Cabalguen! —gritó Rom atravesando la colina—. ¡Cabalguen!

Él cabalgaba con el niño sobre el esforzado caballo. El custodio iba detrás, con su túnica hecha jirones ondeando al viento. Rom espoleaba a su caballo para que corriera más rápido. El anciano mantenía el paso. Este hombre, cuya especie había vivido para este día, no estaba dispuesto a dejar que treinta minutos lo separaran de su destino.

El niño había permanecido en silencio. Cabalgando frente a Rom, y agarrado de la crin del corcel, se veía como cualquier niño de nueve años atrapado por una poderosa incertidumbre, asustado pero confiado a la vez.

Estimulado por el custodio, Triphon había hecho con mirada ardiente su juramento al nuevo Orden de Custodios. Seguía siendo tan exuberante y torpe como un toro joven, pero su nuevo mentor había prometido enseñarle los mejores trucos para convertirse en guerrero. Triphon se había aferrado a esa promesa, habiéndosela recordado al anciano ya tres veces.

Y el custodio... Rom juraba que el hombre parecía treinta años más joven. El sol parecía suavizarle cada línea y arruga del rostro. Había propósito en sus ojos, y aunque sabía que él mismo estaba muerto, a veces se le torcía la comisura de los labios, atrayendo vida hacia sí mismo.

Si el custodio tenía un plan, no quería entrar en detalles, diciéndoles solamente que todos estaban ahora a merced de la verdad.

—¡Confía en mí, Rom! —exclamó, con ojos enardecidos de destino—. Confía en mí, ¡la verdad encontrará su camino! ¡Jonathan vive!

Si, en realidad era así, el chico que rebotaba en el corcel frente a Rom estaba vivo, y sin duda no era un niño común y corriente, pero eso no significaba que el custodio no estuviera loco.

Que todos ellos no estuvieran locos.

Rom nunca había pensado que cabalgar hacia la propia muerte podría producir una sonrisa en el rostro de alguien, pero había pocas dudas en su mente de que eso era exactamente lo que estaban haciendo.

—¡Cabalguen! —rugió sobre su propio hombro.

El mundo era de Saric. Delante de él, los líderes de gobierno de los siete continentes se hallaban a cada lado de las gradas de la basílica. Debajo de ellos, la guardia de élite de Saric se extendía como una barrera humana: doce fuertes a cada lado. Doscientos mil espectadores llenaban la Vía de los Desfiles más allá, aún de pie en reverencia, con los ojos fijos en su soberana.

Sostenían ramas de hojas verdes en alto y susurraban el nombre de Feyn en asombro a medida que ella desmontaba. El murmullo que se producía era desconcertante y maravilloso a la vez.

El caballo de Feyn era negro, para diferenciarse de los grises de los demás nobles, un regalo del mismo Saric. Se habían oído trompetas, y en algún lugar en el atrio de la abierta basílica había cantado un coro cuando Saric y Feyn ascendían juntos los peldaños hacia la plataforma, con el cálido cetro ceremonial en manos de él.

Rowan estaba de pie esperando, tensas las líneas demacradas de su rostro mientras con un gesto les señalaba sus lugares en la plataforma.

—¿Mi señora? —dijo.

Saric vio que el hombre notó la postura rígida de Feyn. Ella había actuado sorprendentemente bien, incluso con el conocimiento de que moriría pronto. Sin duda, al menos lo sospechaba ahora.

La mirada de Feyn se volvió hacia el tazón de oro que contendría la sangre del toro expiatorio. Hizo una pausa, hasta que Rowan la tomó gentilmente del brazo y la condujo a su lugar. Saric se colocó al lado de ella justo cuando un gran toro brahmán era llevado a la base de las gradas de la basílica amarrado con una cuerda dorada. Un animal blanco tensado con músculos de líneas puras. Era magnífico.

Saric había oído de personas que sufrían temor a la vista del toro sangrando durante la toma de posesión de su padre. A menudo se había preguntado si él tendría aquí esa misma reacción visceral en su toma de posesión.

Después de todo, esta era tanto *su* toma de posesión como la de Feyn.

Por eso debía ser perfecta, pero también por eso él estaba lleno de extraña gratitud hacia su hermana. Sin ella habría sido imposible su ascenso al poder, por no mencionar que habría sido mucho menos placentera.

El gran tazón fue sacado de su pedestal y llevado hacia abajo por las escalinatas entre los siete prelados del mundo. Saric se maravilló ante las manos de los sacerdotes puestas sobre las amplias paletillas y la cabeza del animal, mientras el prelado de Europa Mayor levantaba la ancha espada.

Sintió la mirada de Feyn puesta en él, fría y seria a la vez.

Había algo inquietante en ella.

La hoja cortó la carne a través del cuello del toro. El sacerdote agarró en el tazón dorado la primera salpicadura roja, y luego lo reemplazó con otro tazón más grande cuando el recipiente ceremonial estuvo bastante lleno. El animal se hundió sobre las patas delanteras, y después cayó por completo en la plataforma. Los espectadores viraron las cabezas para no ver.

El sacerdote con el tazón subió a la plataforma y se colocó detrás de Feyn. Rowan levantó con cuidado la manga izquierda de ella; Saric le agarró la derecha.

Pero Feyn parecía no darse cuenta, pues tenía la mirada fija en el toro muerto.

—El tazón, mi señora —dijo Rowan.

Como Feyn no se movía, Saric agarró el tazón y se lo puso en las manos. Ella bajó la mirada. La sangre se derramó por los bordes del tazón de oro. Le temblaban los brazos y las manos.

Rowan esperó. El mundo esperó. Pero Feyn miraba hacia abajo al tazón, sin decir nada.

—Las palabras, mi señora —susurró Rowan.

Ella simplemente levantó la cabeza, observando la multitud.

Rowan miraba entre ellos. Varios prelados se volvieron a ver con miradas inquietas.

—La sangre de la vida. ¡Dada por el Creador! —gritó Saric para que todos oyeran.

Eran las palabras que se esperaba que un soberano hablara toda su vida. Saric las sintió como una descarga eléctrica a lo largo de sus brazos, todo el trayecto hacia los hombros.

—Nacidos una vez a la vida, estamos agradecidos —recitaron los sacerdotes en respuesta.

—Estamos agradecidos —repitieron las voces de más de mil millones en toda la tierra.

En cuestión de minutos, los dirigentes del mundo vendrían delante de Feyn para remojar los dedos en el tazón y hacer su juramento de sangre en muestra de lealtad. Le darían a ella el cetro confiado ahora a Rowan.

Prometerían su lealtad imperecedera. Y Saric se la exigiría más tarde.

Pero por el momento él podía estar preparado y pendiente de ella. Puesto que aun en temor y fuera de sí, ella era la criatura más hermosa en el mundo, igual que el toro brahmán, tan elegante y singular antes de morir.

Verdad, Feyn moriría pronto. Pero hasta entonces, qué espectáculo, ¡qué momento! Su hermana, hasta atada por el temor, era más que majestuosa. Encarnaba algo más grandioso para el pueblo que lo que todos podrían conjurar dentro de sí mismos. Orden. La mano del Creador sobre la tierra.

Él mismo casi podía creérselo. Por un instante casi deseó que fuera así. Miró por encima de la plataforma hacia la multitud.

Un movimiento por la Vía de los Desfiles le llamó la atención. Jinetes, tres en fila. Uno de ellos era un niño.

Saric se quedó mirando, sin estar seguro de estar viendo con claridad. ¿Habían venido de veras? La descarada estupidez de estos tontos pueblerinos no tenía límites.

Pero llegaban demasiado tarde.

Miró el reloj y decidió entonces el asunto. En cuestión de siete minutos Feyn sería soberana. Y en diez, él le quitaría el cargo.

Capítulo cuarenta y cuatro

LA MUCHEDUMBRE DE CUERPOS a ambos lados quedó inmóvil mientras Rom enfilaba su corcel hacia el centro de la Vía de los Desfiles que llevaba a la plataforma, a poco más de medio kilómetro de distancia. Se detuvo, desmontó y, girándose a mirar a Triphon y al custodio, condujo a pie su caballo con el niño encaramado en lo alto.

Se levantaron susurros en el aire solo para volver a acallarse. Hasta el viento se había aquietado. Alrededor de ellos, el mundo pareció detenerse.

Por un niño.

Jonathan cabalgaba en silencio, los ojos bien abiertos, teniendo a uno y otro lado a Triphon y al custodio, cuyo plan aún inquietaba a Rom hasta los tuétanos.

—¿Está usted seguro respecto a esto? —preguntó Rom mirando al custodio.

—¿Respecto a qué, hijo de Elías?

—Respecto a Feyn.

—Todos estamos de acuerdo.

Rom fijó la mirada en la plataforma inaugural con sus estandartes tan altos como las grandes columnas de la basílica, las imponentes antorchas en sus pedestales y las llamas lamiendo el cielo brillante. Aunque desde esta distancia no lograba distinguir rostros, en el centro de todo había una figura vestida de blanco, de pie y expectante entre los demás. Solo podría tratarse de Feyn. Ella estaba allí, y viva. Quizás menos de lo que había estado en los campos con él, pero *viva*. Distinguió a Saric y al presidente del senado a los lados de Feyn, levantados con expectación en la plataforma, observando la aproximación de ellos.

Los ojos del mundo se habían vuelto hacia los recién llegados. Por encima de todos los presentes, los miraban cámaras montadas en elevados postes, que enviaban las imágenes a todos los rincones del mundo.

El intenso sol logró sacar sudor de los poros en la frente de Rom. Una mosca se posó en el cuello de su corcel y salió volando ahuyentada cuando la carne tembló. Los cascos herrados de los caballos resonaban por la calle empedrada, firmes igual que un ritmo cardíaco. Pero el bufido ocasional de los animales delataba el temor en todos ellos.

El ladrido de un perro horadó el silencio mientras continuaban su aproximación. El resto de los reunidos no pronunció una sola palabra. Todo hombre, mujer y niño permanecía en perfecto temor. Seguramente el mundo sabría ahora que algo estaba terriblemente mal.

Neah se tensó contra la ventana de la torre, la que empañó su respiración, y ella limpió el vidrio con la manga. Apenas lograba distinguirlos, el pequeño grupo que venía por la Vía de los Desfiles. La plataforma se encontraba tapada por la basílica, desde la posición en que ella se hallaba. El corazón le había comenzado a palpitar con fuerza el momento en que los reconoció.

El anciano... ¿se trataba del custodio hacia el cual ella guiara a Rom solo unos días atrás? Y allí, ¿quién era ese sobre el caballo guiado por Rom? No podía ser. Pero Neah pudo ver claramente que aquel era más pequeño que los otros.

El niño.

La mujer pudo distinguir la figura de Triphon, pero fue al niño a quien volvió a mirar. Neah los había traicionado, y allí estaban. Los había traicionado en nombre del Orden, el cual había representado la verdad para ella todos los años de su vida.

Si ese niño era real...

No pudo soportar el miedo que se apoderó de ella. Se retorció, cayendo al suelo de la celda en la torre.

El dolor de la vida no era nada comparado con este temor. Si estuvo equivocada, y ese niño era lo que ellos decían, entonces caminaba ahora hacia su muerte, y la esperanza del mundo moriría con él.

En cuanto a ella, no habría foso suficientemente profundo en el Hades.

Feyn deseó que las piernas le sostuvieran su peso. No había esperado sentir tanto temor a la vuelta del Renacimiento. Ante el resto de las miradas del mundo, ella estaba final y plenamente llegando a su máximo esplendor, presentada y coronada como soberana. Pero sobre la plataforma ya se estaba tambaleando bajo el inmenso peso de esa soberanía.

Y a través de ese peso le susurraban al oído las palabras del custodio: *Hay un niño, Feyn. El mundo está muerto. Yo digo la verdad y usted está ligada a la verdad.*

Alguien le había guiado las manos para tomar mecánicamente el tazón durante la matanza del toro. Cuando bajó la mirada pudo ver la gran corpulencia del animal, sin vida delante de ella. Por fuerte y errático que sintiera el corazón, este amenazaba con fallarle. Dentro de su húmedo vestido, pegado a sus costados con sudor, la joven luchaba por respirar.

Solo hay una manera en que él puede reinar, Feyn. Usted debe confiar en mí. Usted no morirá.

La muchedumbre quedó en silencio.

Feyn levantó la mirada y vio que la multitud se había vuelto. Miró hacia la Vía de los Desfiles e inmediatamente vio lo que los demás también veían.

Tres caballos venían cabalgando. Sobre ellos tres jinetes. El personaje que los dirigía a pie era inconfundible aun a esta distancia.

¡Rom!

Pero no solo él. ¡Allí! A la derecha, el custodio con su túnica suelta y su barba larga. *¡El custodio!*

Y allí, sentado sobre el corcel que guiaba Rom...

La respiración de Feyn se le escapó y las rodillas casi se le doblan. El niño...

¿Lo habían encontrado? La mente se le quedó en silencio, excepto por un débil zumbido que se atrevía a hacerla dudar. Ella había leído acerca del muchacho en el pergamino, había oído al custodio hablar apasionadamente de él, incluso había enviado a Rom para que lo hallara. Había soñado que el niño venía, y le inquietaba lo que esto podría significar, ¡*temía* lo que significaba!

Pero ella no había esperado verlo.

El niño se veía muy pequeño en la parte superior de la montura, sentado ligeramente inclinado. Podría haber sido cualquier otro niño sin importancia, salvo por lo que Feyn sabía de él.

El chico estaba aquí para reclamarle la soberanía.

Volvió a recordar las palabras del custodio: *Si él no asciende ahora, Feyn, nunca tendrá derecho legal al trono. El mundo necesita más que la sangre del niño. Necesita su gobierno.*

Feyn sintió que Saric se retorcía como una serpiente a su lado. Debajo de ellos en las gradas, la guardia de élite se preparaba como flechas tensadas. El custodio moriría antes de llegar a la plataforma.

Por tanto, ahora estaban el niño, Saric y ella misma. Cada uno reclamaría el trono. ¡Pero este le pertenecía *a ella*! ¡Por derecho de nacimiento! Proclamado por el destino. Podía chasquear los dedos y hacer que mataran al niño. Podía gritar las intenciones de Saric de matarla, y hacerlo encadenar en el momento en que ella tomara el poder. ¿Qué podía interponérsele en el camino?

Nada de eso se iba a hacer, había dicho el custodio. Solo había una verdadera manera de hacer las cosas.

Ahora Feyn podía ver más claramente al anciano, el custodio que le había confiado sus más profundos secretos empapados en siglos de alquimia y devoción al niño dador de vida. Una palabra de ella, ¡y los guardias los destruirían a todos!

Pero la joven sabía ahora cómo actuar, ¿verdad? Las palabras del custodio habían sido verídicas.

Y Feyn era esclava de la verdad, las garras de la lealtad y el deber se le habían clavado en el corazón desde hace mucho tiempo.

Y Rom... Rom, quien había ido a encontrar al niño. Rom, quien una vez había sido el rostro del amor. Si ella era capaz de sentir cualquier otra emoción distinta al temor, ahora mismo podría llorar ante la vista de él. Y ante el débil pero inconfundible recuerdo de algo más grandioso y más fuerte que el miedo.

Rom había regresado con el niño, como el custodio había prometido. Y por eso Feyn estuvo repentinamente segura de algo: todo estaba a punto de cambiar.

¿Por qué?

Este era el único interrogante que resonaba en la mente de Rom mientras los guiaba hacia el frente. Ni un alma se movía para detenerlos. Nadie trataba de cortarles el avance hacia la plataforma. Ningún guardia gritaba que se detuvieran. Ningún soldado de élite saltaba del estrado para derribarlos.

¿Por qué?

Solamente una respuesta tenía sentido: Ni Feyn ni Saric habían dado la orden de detenerlos. Pues sin duda el gesto de uno de los dos haría interrumpir su marcha.

Rom comprendía el control de Feyn. Ella sabía lo que este niño representaba, lo que podría significar para el mundo. Pero Saric no hacía ningún gesto para detenerlos, lo cual solo podría significar que la llegada de ellos se alineaba con el propósito de él: En realidad, ellos estaban marchando hacia la muerte.

Aún ninguna palabra del custodio.

Los cascos de los caballos repiqueteaban en la calle de piedra. Las paletas equinas se flexionaban con cada paso. El sudor bajaba por la espalda de Rom, quien respiraba por la nariz con la barbilla nivelada. A cada lado, las multitudes observaban con ojos muertos, perdidos ante su propio temor.

Ahora Rom podía ver claramente a Feyn, de pie en el centro, perfectamente enmarcada por los dos pilares gemelos de la gran basílica. Habían sacrificado un noble toro blanco en la base de los escalones de piedra de aquella basílica. El cuerpo yacía inerte como una montaña nevada donde el animal cayera, vaciado de su sangre, la que habían recogido en un enorme tazón dorado encima de un pedestal entre Saric y Feyn.

Los dirigentes de cada uno de los siete órdenes mundiales se hallaban de pie como estatuas en los peldaños, sus miradas iban de los jinetes a su soberano en busca de instrucciones. Pero estas no llegaban.

Rom pudo ver ahora los rostros de la guardia de élite. Vestidos de negro, como fantasmas dispuestos a cada lado de las gradas de la basílica, esperando la orden de matar.

—¡Despacio! —exclamó el custodio; la familiaridad de su voz solo produjo un pequeño alivio.

El hombre había vivido toda su existencia en anticipación de este día. Pertenecía aquí, igual que el niño, salvado por el destino y por su madre para un propósito profetizado cinco siglos antes. Y Triphon, quien cabalgaba con su espada atada a la silla de la montura, se había transformado en un guerrero.

Pero *Rom* era ahora el líder de ellos, ¿no era así? No porque lo hubiera solicitado, sino porque un anciano le había confiado una detestable y antigua sangre en un callejón; porque el niño le había pedido ayuda; porque, como dijera el custodio, Feyn había saboreado vida y amor con él. Porque ella lo miraría a los ojos y sabría que el alma de él era sincera.

Porque Avra se lo había implorado.

Estaban a cien pasos de las gradas cuando Rom levantó la mano y los detuvo.

Feyn podía verles los ojos. Podía ver el rostro del custodio, con el niño al lado.

Luego estaba Rom, observándola con firmeza. Feyn se había convencido de que el último asomo del amor que compartiera con él había huido cuando los efectos de la sangre desaparecieron. Pero estaba equivocada. Una vez más, el corazón le dio un vuelco mientras lo miraba a los ojos.

Ella despreció y a la vez anheló ese amor, lo prohibido volvía a hacerse real una vez más.

Los ojos de Feyn se dirigieron hacia la multitud, hacia las cámaras, y otra vez hacia Rom, cuya mirada no se había movido. Luego la enfocó en el niño detrás de él, quien reflejaba la mirada de ella.

El muchachito parecía muy pequeño, sentado a horcajadas. No era tan pálido como un noble. A simple vista, ella nunca lo habría tomado por alguien de la familia real. Es más, el chico era poco interesante en todo sentido.

¿Por qué este niño? ¿Por qué incluso un lisiado? Y sin embargo su sola presencia lo hacía todo verdadero, todo lo escrito en el pergamino, todo lo que el custodio le había dicho.

Feyn luchó por inhalar aún en contra del temor que le había aprisionado los pulmones durante toda la mañana. Abrió la boca para hablar, pero no encontró aliento para hacerlo.

Ayúdame.

Su mirada se enfocó en el niño... en sus ojos, fijos a su vez en ella.

La mujer sintió que los pulmones se le expandían lentamente hasta que al fin se le llenaron de aire.

Ahora sabía dos verdades: La primera era que el soberano del mundo no estaba en esta tribuna. La segunda era que ella estaba aprisionada por esa verdad.

Las palabras del custodio le volvieron a susurrar en el oído: *Confíe en mí, Feyn. Usted no morirá.*

—Mi vida es suya —susurró.

—Aquel que será soberano ha venido entre ustedes —gritó Rom con voz que resonó en medio del silencio, sonora y clara; la voz de un cantante—. Él pregunta si Feyn, legítima soberana, se inclinará ante su nombre.

—¡Yo soy el soberano aquí! —gritó Saric.

Los dirigentes del mundo se volvieron. Un murmullo recorrió la multitud. Por un instante nadie se movió.

Entonces alguien lo hizo.

Feyn.

Rom pudo ver que a ella le temblaba el vestido mientras lentamente se ponía sobre una rodilla, y luego la otra.

—Ella está ligada por la verdad —expresó el custodio con la mirada al frente, sombrío.

Con un grito y una fuerte palmada a los cuartos traseros del animal, el anciano embistió. Se inclinó sobre el cuello del corcel, sosteniendo las riendas con una mano. El borde andrajoso de su túnica ondeaba detrás de él como la estela de una tormenta. El movimiento fue tan inesperado que de las bancas surgieron gritos ahogados.

Rom contuvo la respiración. ¿Qué estaba haciendo el custodio? Entonces supo lo que pasaba aquí: el momento que toda la humanidad había ansiado inconscientemente. El mundo observaba, asombrado, mientras el anciano arremetía a toda velocidad hacia los doce escalones de la basílica.

—¡Mátenlo! —ordenó Saric, gritando hacia la guardia.

Pero entonces se oyó otro grito, esta vez de Feyn, quien abrió los brazos.

—¡Déjenlo venir!

Los confundidos guardias titubearon, inseguros de si hacer caso al soberano o a quien iba a ser soberana. Pero el custodio siguió cabalgando, azuzando al caballo a ir más rápido, directo hacia Feyn.

Un sonido de locura se levantó sobre los cascos que arremetían. Un gemido solitario de terror. Un grito angustioso que hizo bajar escalofríos por el cuello de Rom. Un terrible sentimiento se le alojó en la garganta ante lo que veía: Feyn, con los brazos extendidos hacia el custodio.

El grito era de ella.

Rom miró al niño detrás de él, pálido y confundido, temblando.

La mano derecha del custodio se echó hacia atrás cuando estaba a menos de diez pasos de las gradas de la basílica. Su espada resplandecía alto en el sol, y las intenciones del anciano se hicieron claras.

Era demasiado tarde para que alguien lo detuviera.

El caballo se detuvo bruscamente en la parte inferior de las gradas, pero no así el custodio, quien saltó por sobre la cabeza del animal, aterrizó sobre el cuarto escalón con el pie delantero, y se precipitó hacia adelante, accionado por su propio impulso. En tres saltos llegó a la parte superior de la plataforma directamente frente a Feyn, con la espada en alto.

La hoja rebanó el cuerpo de Feyn, tajándolo a través del cuello y el pecho, y arqueándose ensangrentado detrás del anciano para que todo el mundo viera.

Chillidos y gritos de espanto.

Feyn se hundió silenciosamente a los pies del anciano, derrumbándose igual que el majestuoso toro brahmán. Su roja sangre atravesó la blancura del vestido y comenzó a encharcar la plataforma.

Antes de que Saric pudiera reaccionar, el custodio giró y le colocó la espada en el cuello.

—¡La última orden de ella se mantiene en vigor! —gritó—. ¡Dejen venir al nuevo soberano del mundo!

Saric se había puesto pálido.

Rom trataba de respirar. Tenía seca la garganta. No podía hablar.

La multitud estalló, el temor se extendió como fuego. Lamentos de terror se alzaron como un creciente torbellino.

El custodio se dio la vuelta, con la espada en alto, su voz resonó sobre toda la multitud.

—¡Feyn está muerta!

Arrojó la hoja por sobre las piedras de mármol donde sonó con estrépito hasta quedar inmóvil.

Entonces se inclinó, recogió en sus brazos el cuerpo inerte de Feyn, saltó por detrás de la plataforma y desapareció.

Capítulo cuarenta y cinco

LOS LAMENTOS DE TERROR eran para Rom casi tan desconcertantes como la horrible impresión por el asesinato de Feyn. La violencia no era algo que se presenciara en este mundo. La muerte no era algo aceptado por los adeptos al Orden. Y sin embargo, ante los ojos de los presentes, la soberana a la que todos habían venido a ver había aceptado su propia muerte. El primer asesinato desde el de Sirin. El primer acto público de violencia casi en cinco siglos.

Pero ahora Rom entendía el significado de las palabras del custodio: Feyn lo había hecho únicamente porque la vida que halló con Rom se aceleró cuando lo vio, y cuando vio al niño con el anciano. Todos eran coautores de esa muerte, principalmente la misma Feyn. Ahora a través de esa muerte voluntaria se había abierto el camino para que el niño ocupara su lugar como el nuevo soberano del mundo.

Sobre la plataforma, un tembloroso Rowan hizo un gesto de que siguieran adelante. Rom miró al niño encaramado en lo alto de su caballo, en estado de *shock*, mirando hacia la plataforma.

—¡No tengas miedo, Jonathan! Esto estaba destinado a ser así.

—¡Tengo que seguir al custodio! Él me dijo que debo regresar a las ruinas donde el ambiente es seguro.

—No antes de que te pongas en pie ante ellos y le des a Rowan el poder para gobernar hasta que tengas edad. ¿Puedes hacer eso?

Jonathan lo miró, aún temblando, pero asintiendo con la cabeza.

Rom llevó el caballo hasta la parte inferior de las gradas de la basílica. Rowan subió a lo alto de la plataforma y levantó la mano hacia la multitud hasta que un silencio aparente permitiera que lo oyeran.

—Feyn dio voluntariamente su vida para el siguiente séptimo en línea —gritó.

No había cómo negar las palabras que Rowan expresaba. El custodio había lanzado su desafío para que todo el mundo oyera. Feyn se había inclinado ante el niño para que todo el mundo viera.

—Jonathan, hijo de Talus, es el siguiente séptimo, como lo muestra el registro original de nacimiento. Como presidente del senado lo he verificado, y el senado comprobará que mis palabras son ciertas y ratificará lo que digo.

Aunque la muchedumbre se había calmado, los sollozos de quienes no podían controlarse interrumpían el silencio. El jefe de los guardias miró a Saric, quien captó la interrogante mirada y se dio media vuelta. Ahora no podía hacer nada. Aunque matara al niño, la ley no proveía medios para la prevalencia de Saric, porque el niño aún no estaba en el cargo. Feyn lo había humillado en su muerte usando la propia ley de Saric.

Rom bajó del caballo al niño y lo dejó suavemente en el suelo. Triphon y Rom condujeron a Jonathan, quien, cojeando, subió las gradas mientras los líderes de los siete órdenes observaban incrédulos.

El niño se detuvo al lado de Rowan, estirando el cuello para ver mejor al adulto, y luego volviéndose lentamente hacia la multitud, aparentemente perplejo. Detrás de él, Saric agarró la empuñadura de su espada. Aún tenía el rostro pálido por la impresión. Parecía tan perdido como el niño.

Pero Rowan ya no estaba perdido, y levantó ambas manos hacia Saric.

—No sea tonto, Saric. Ha perdido su juego.

—Soy soberano de...

—No es más que un comisionado para el legítimo soberano, quien está delante de usted. Haga un movimiento y morirá tan ciertamente como murió Feyn.

La mirada de Saric alternó frenéticamente entre el niño, Rowan y la multitud que había venido para la toma de posesión.

—¡Retroceda! —ordenó Rowan.

Saric lo hizo, pero muy lentamente. El temor y el odio reemplazaron a la desagradable sorpresa en el rostro del hombre. Sin embargo, el niño ni siquiera lo miró; parecía demasiado fijo en la muchedumbre, que le devolvía la mirada colectivamente asombrada.

—¿Puedo hablar? —pidió Rom mirando a Rowan.

El presidente del senado asintió con la cabeza.

—Di lo que tengas que decir, pero en tres minutos el mundo debe tener su soberano.

Entonces Rom se volvió hacia el pueblo, dirigiéndose al mundo.

—Soy Rom, hijo de Elías, y he venido ante ustedes con un mensaje de la verdad. Un mensaje prohibido de esperanza. De amor. De vida.

Al lado de él, Rowan lanzó una nerviosa mirada a la multitud. Quizás Rom había ido demasiado lejos.

—Feyn dio su vida de manera voluntaria y pública por este niño, para que no hubiera duda de la legitimidad del muchacho. Él es un niño. Un lisiado. Es nuestro destino.

¿Qué más podía decir? Nada, no ahora.

Se volvió hacia Jonathan y cayó de rodillas. A su lado, Triphon también se arrodilló. Pero no fue sino hasta que Rowan se puso de rodillas que los demás líderes, mirando por todos lados para ver si esto era lo que debían hacer, siguieran lentamente el ejemplo.

Un instante después, las multitudes se arrodillaron por miles. El sonido que hacían al arrodillarse era como el ruido de la lluvia al caer. Y luego como un aguacero, como truenos por todas partes.

Jonathan permanecía ante ellos sobre sus débiles piernas, sosteniéndose en la buena, sudando. Levantó la mirada hacia Rom con ojos indagatorios. Este asintió y miró a la asamblea. Los líderes del mundo estaban de rodillas, así como el senado y también los mismos guardias a quienes Saric había dado órdenes solo minutos atrás.

Muertos, todos ellos, hasta la última persona. Pero inclinándose ahora ante la única esperanza de vida para el mundo, aunque aún no lo sabían.

Rowan se puso de pie, agarró el cetro de soberano y se acercó al niño.

—Yo, Rowan, director del senado, confirmo el registro de nacimiento del elegido. Jonathan Emmanuel, hijo de Talus de la casa de Abisinia, ahora de nueve años de edad, es el nuevo soberano del mundo.

Le pasó el cetro de soberano al niño, quien lanzó una última y vacilante mirada en dirección a Rom, tomando luego cautelosamente de manos de Rowan el antiguo símbolo de poder.

El jefe del senado se inclinó y habló en voz baja para que solo Rom pudiera oírlos.

—Mi soberano, temo que su vida esté en peligro. Aún hay poderes de las tinieblas alineados para derribarlo. Temo que no dure hasta la noche.

—Él no estará aquí para la noche —comunicó Rom.

—¿Dónde estará? —preguntó Rowan mirando por encima.

—Oculto. Hasta entonces el chico lo nombrará a usted regente en su lugar.

—¿Es verdad esto? —averiguó el hombre girando otra vez la cabeza en dirección a Jonathan.

Pero el niño aún estaba demasiado impresionado como para responder.

—Díselo, Jonathan.

—Te señalo como regente en mi lugar —dijo el niño en voz baja.

—Mi señor, me concede demasiado.

—Solamente lo que le corresponde dar —expresó Rom.

Rowan inclinó la cabeza, luego se puso de pie y de cara a la multitud.

—Les presento a su soberano. ¡Levántense y recíbanlo ahora!

Todos se pusieron de pie. El rugido que surgió de entre los reunidos sacudió los mismos cimientos de la basílica, tanto que Rom temió que el techo pudiera caerse. Y entonces este supo que los gritos de los ciudadanos alrededor del globo serían suficientes para hacer vibrar los cimientos de la tierra misma.

El niño estaba delante de todos, frágil y joven. Luego, mientras el aire aún rugía, el pequeño inclinó ligeramente la cabeza, volviéndose hacia la parte trasera del escenario, y saliendo de allí para llorar por el elogio que había recibido.

Se había ido para encontrar al custodio.

Para ir al escondite.

Capítulo cuarenta y seis

SARIC CERELIA, HIJO DE Vorrin, de la casa de Europa Mayor, estaba de pie delante del espejo en su recámara oscurecida, temblando. La imagen frente a él estaba al fin desenmascarada, y su mente no lograba contener su lobreguez.

Se llevó los dedos al cuello y repasó las venas ennegrecidas que le resaltaban contra la carne pálida. Como raíces de un árbol prohibido, se habían abierto paso dentro de la profundidad de la mente, la carne y el corazón, infundiéndole veneno hasta que la tinta negra de la maldad misma nadaba en su interior.

Las uñas se le clavaron en la piel. Se quitó la túnica y la dejó caer al suelo. Una figura patética y furiosa le devolvió la mirada. Vil. Inhumana.

Las venas se le retorcían debajo de la piel como víboras. Este suero de los alquimistas no era un elíxir de los dioses, sino el veneno del mismísimo infierno. Él ya no era un hombre, sino un animal poseído. Era verdad que había demonios en este mundo. Miraban por los propios ojos del hombre. Le desgarraban la piel, arrancando las raíces negras de lo que había debajo de esa piel.

El odio de Saric por el niño se le extendió por la carne como una descarga eléctrica. Pero no tan poderoso como el odio por sí mismo, por este esqueleto miserable relleno de carne.

El rostro se le retorció de ira. Con amargura. Con el deseo de morir propio de un mendigo. Los ojos se le inundaron de lágrimas que le bajaron por las mejillas. Los hombros le comenzaron a temblar.

Una sombra apareció por encima de su hombro en el espejo.

Pravus había venido por él.

Saric extendió los brazos y lloró.

Capítulo cuarenta y siete

Dos semanas después

ELLOS PERMANECÍAN ENTRE LAS ruinas, enmarcadas por altas columnas talladas directamente en la superficie de la roca.

Nueve nómadas se les habían unido, todos guerreros, jinetes vestidos de cuero, blandiendo armas prohibidas por el Orden: cimitarras, cuchillos y arcos. En un mundo que había abolido la violencia, ellos eran rebeldes que se habían separado de la sociedad para seguir un llamamiento propio, perseguidos por desafiar al Orden muerto del mundo.

Neah se había quitado la vida, según los informes. Además del niño, solamente Rom y Triphon estaban vivos en todo el mundo.

Ellos eran ahora los custodios, guiados por el Libro. Este era ahora su nuevo Orden de Mortales, nacidos de sangre y totalmente humanos.

Jonathan estaba sentado en una roca a la derecha de ellos, con las piernas colgando sobre el borde. Rom le captó la mirada y guiñó un ojo. El niño sonrió y le devolvió el guiño.

El custodio se acercó al pequeño.

—Hemos empacado, Jonathan —anunció; una sonrisa se le formó en la boca—. ¿O debería llamarte *señor*?

Era el término usado por los nómadas cuando se dirigían al niño.

—Pensaría que tú, siendo mi anciano, querrías ser llamado así —contestó el niño con una sonrisa irónica.

—Solo si insistes.

Rom sonrió y miró por encima de los caballos cargados. Los cañones con sus ruinas estaban demasiado cerca de Bizancio como para brindarles seguridad por mucho tiempo. Viajarían al norte, al interior de Europa Mayor, y se unirían allí a los nómadas en tierras más lejanas y estériles. Ahora no habría más Orden para ellos. La seguridad del niño era ahora su única preocupación.

En cuanto al resto del mundo, ya se mascullaban preguntas y crecían temores. Como soberano interino durante los próximos nueve años, Rowan tendría desafíos de sobra. Gobernaría a su antojo, dejando al niño al cuidado del custodio, y habiendo accedido a rendir cuentas periódicamente. El hombre no estaba totalmente satisfecho con el acuerdo, ni el custodio confiaba totalmente en su lealtad, pero al menos ellos tenían a Jonathan... el Libro no estaba dispuesto a poner en peligro la vida del niño. El control ya no era el problema, pero los elementos que colaboraban con Saric no mostrarían afecto por el muchacho.

Debía estar apartado.

Rom se preguntaba qué podría pensar Avra de la muerte de Feyn. Sin duda cierto misterio rodeaba la naturaleza de ese fallecimiento. El custodio había desaparecido con el cadáver ese día y se negaba a decir dónde o cómo había dispuesto de este.

—A ella no se le puede enterrar por el Orden de la muerte, pues saboreó la vida —había comunicado el custodio cuando regresó a ellos—. Los muertos pueden enterrar a los muertos.

Y lo habían hecho, con un ataúd vacío, como era la costumbre.

Ahora dejarían las regiones de los desfiladeros donde Avra estaba enterrada. Pero ella estaría con ellos, pensó Rom, y no en el infierno al que siempre temió.

Jonathan no había hablado más de sus sueños, solo había dicho que habría guerra, una declaración que el chico había hecho a Rom ese primer día. Después de la toma de posesión se negó a hablar más de sus sueños.

La charla que tuvieran alrededor de la hoguera cuando Rom les contó acerca de la mención que el niño había hecho acerca de la guerra aún le resonaba en los oídos.

—¿Guerra? ¿Contra qué? —preguntó Triphon—. Se rumora que Saric está muerto. No tienen ejército.

—Él no ha estado solo —comentó el custodio mirando a la oscuridad más allá del fuego—. Los alquimistas tienen el suero. Ya vendrán.

—Entonces nunca nos encontrarán.

—Hay elementos dentro del Orden que no descansarán mientras estemos vivos. Ni siquiera Rowan podrá detenerlos. Y tienen el tiempo de su parte.

—¡Llenaremos los desfiladeros con sus cadáveres! —exclamó Triphon—. A partir de ahora los apodaré *cadáveres*. Que descansen en paz.

—Cadáveres, sí. Pero les ofreceremos *vida*, no paz.

—¿Y en qué nos convierte eso?

—Los custodios han usado muchos términos para hablar de los vivos, pero ahora veo que solo hay uno que suena a verdad —comentó el custodio metiendo la mano en el abrigo y sacando algo envuelto que el hombre tenía dentro de sus arrugados dedos—. Porque en la vida arriesgamos la muerte.

Luego cambió la mirada hacia Rom.

—El corazón puede sangrar. Y lo hará —concluyó.

Entonces abrió la mano. Acunado allí en los profundos surcos de su palma había un pendiente rectangular atado a una tira de cuero. Era un pedazo de piedra plana, con un corazón sangrante esculpido en una cara y la palabra *Mortal* grabada debajo.

—Mortal —expresó Triphon.

—Tómalo, Rom. Esto es para ti.

Agarró el pendiente. El corazón de Avra.

—Mortales —comentó.

—Quítense sus amuletos —pidió el custodio—. Láncenlos al fuego. Oficialmente ya no somos parte del Orden. Ahora estamos *fuera del Orden*.

Y así lo hicieron, enviando chispas hacia el cielo.

—Fuera del Orden, totalmente humanos —musitó Rom, y se puso el pendiente alrededor del cuello.

—¿*Totalmente* humano? —objetó el custodio atizando el fuego con una vara larga—. Sí, quizás.

Los ojos le resplandecían.

—Pero no crean que lo que han probado aquí es todo lo que se puede tener por razón de la sangre —continuó—. Ustedes han traído a la vida principalmente sus emociones, pero eso tan solo es el inicio. Creo que lo que les espera, lo que nos espera a todos, hará que esto parezca insignificante en comparación.

—¿Más? —inquirió Rom—. ¿Qué más podría haber?

—Llámalo una corazonada —opinó el custodio mientras una sonrisa de complicidad le retorcía la boca—. Sin embargo, creo que la sangre de Jonathan hará explotar la mente. Lo que ustedes probaron fue solo eso: una prueba. Por tanto hay muchísimo más que tiene que ver con la humanidad.

Todos lo miraron, luego le siguieron la mirada hacia el niño, quien se había sentado con las piernas cruzadas, hablando a uno de los nómadas en los lugares más apartados de la luz de la hoguera. Mucho se desconocía acerca del muchacho. Rom solo podía imaginar lo que les sucedería a todos ellos cuando el chico saliera de las sombras y entrara a la luz.

—Allí se encuentra el primer mortal verdadero —expresó el custodio.

—Entonces nos llamaremos mortales —declaró Rom—. Esperemos solamente que podamos protegerlo de los muertos hasta ese día.

Era cierto, el Orden tenía el tiempo de su lado. La sangre de Jonathan aún estaba en guerra con su propio cuerpo debilitado, insuficiente para llevar cualquier forma de vida. El custodio había extraído una parte y la había probado en sí mismo. Rom no sabía nada de alquimia, pero el veredicto del anciano era seguro: La sangre del niño no podía llevar ninguna forma de vida, no aún. Había sufrido de niño y sufriría aun más mientras el virus luchaba por erradicar la sangre pura de su cuerpo. Pero llegaría el momento en que la batalla en su cuerpo terminaría, y él emergería victorioso para restaurar la vida a toda la humanidad.

Fuera lo que fuera el significado de eso.

Por ahora, ellos construirían un nuevo orden con los nómadas y afianzarían la seguridad del niño hasta la llegada de su día. ¿Y entonces? Entonces, si los sueños del chico demostraban ser ciertos, habría guerra.

Guerra, y más vida de la que cualquiera de ellos conocía.

—Estamos listos —informó Rom, mirando a la congregación que esperaba sus palabras.

Entonces se volvió hacia los nómadas sentados en sus caballos.

—Llévennos al norte.

Capítulo cuarenta y ocho

LOS CALABOZOS DE SARIC ya no existían. Rowan, regente del soberano, los había limpiado de sus habitantes y había destruido todo rastro conocido de la ciencia siniestra que casi entrega a la humanidad en manos de Saric.

Ahora la jaula que había alojado al Libro solo era una celda sucia con su puerta soldada, cerrada y sellada por orden de Rowan. Todos los portones de acero que conducían a los calabozos estaban cerrados, y sus pasajes estaban prohibidos para cualquier alma viviente. La organización de grandes colegas de la alquimia se había purgado y sus miembros habían sido esparcidos. Nunca se supo qué pasó con Saric, que había dejado una estela sangrienta por todas partes en sus apartamentos.

Pero en una cripta sellada oculta en las profundidades de todas las demás había permanecido un alma que desafiaba todo orden terrenal.

Ella yacía en un sepulcro de piedra, donde el custodio la había puesto conforme a lo acordado. Su cuerpo lo había cosido la mano más experimentada. Su forma inmóvil y sin aliento la alimentaban a través de tubos por los que fluían nutrientes y la simple chispa de vida química. Sustentarían la profunda inactividad de la mujer durante el tiempo que fuera necesario.

En un dedo, un pálido anillo de piedra de luna.

Su nombre era Feyn.

Pravus se dirigió al gran laboratorio por debajo de su propiedad, seguido sumisamente por Corban. El sonido de las botas de ellos resonaba en el piso de piedra.

—No saben nada, señor, se lo puedo asegurar —declaró Corban.

Pravus no se molestó en contestar. Abrió la puerta que llevaba a su más profundo salón y entró al enorme laboratorio que zumbaba y titilaba con luz eléctrica.

Las filas de cilindros de vidrio acomodados verticalmente se extendían en lo profundo de la montaña, 121 en el último recuento.

El hombre caminó hasta la más nueva adición y se paró delante de ella. La forma desnuda adentro le era tan conocida como si se tratara de su propio hijo.

—¿Cuánto tiempo? —inquirió Corban.

—Nueve años.

Pravus golpeó el cilindro con la uña y los ojos del cadáver suspendido en el líquido se abrieron de súbito. Saric, hermano de Feyn, miraba sin ver, infrahumano como antes, la carne llena con la tenebrosidad del infierno.

—¿Y entonces?

—Entonces aplastaremos al niño —contestó Pravus volviéndose de la mórbida figura.

Acerca de los autores

TED DEKKER es un escritor con grandes éxitos de ventas en las listas del *New York Times*, con más de cinco millones de copias impresas. Es famoso por sus historias que combinan tramas cargadas de adrenalina con increíbles enfrentamientos entre personajes inolvidables. Vive en Austin con su esposa y sus hijos.

TOSCA LEE dejó su puesto en empresas del Fortune 500 como consultora para la Organización Gallup a fin de ir tras su primer amor: escribir. Es autora de *Demon* y *Havah*, aclamada por la crítica. Se caracteriza por sus retratos humanizadores de personajes malvados. Tiene su hogar en la región central de Estados Unidos.